Wenn aus Pinguinen Schwäne werden

Von Leena Hamacher

AF215976

Buchbeschreibung:

Nach einem traumatisierenden Erlebnis im Park sucht Leonie vorübergehend Zuflucht auf Teneriffa. Dort beginnt eine Reise, die viele Fragen aufwirft:
Kann sie anderen Menschen noch vertrauen?
Warum sucht Aaron ihre Nähe und hält sie gleichzeitig auf Distanz?
Und warum glaubt sie seit früher Kindheit, dass mit ihr etwas nicht stimmt?
Eine verwirrende Reise durch ihr Leben beginnt bei den Pinguinen und führt sie zu sich selbst und zu den Schwänen, die alle Fragen beantworten.

Über den Autor:

Leena Hamacher, geboren 1965, arbeitet als Lehrerin an einer Förderschule am Niederrhein. Lesen und Schreiben sind ihre Leidenschaft. Sollte sie sich einmal nicht an ihrem Schreibtisch aufhalten, streift sie vermutlich gerade mit ihrem Mann und ihrem Hund durch die Felder.

Wenn aus Pinguinen Schwäne werden

Von Leena Hamacher

Books on Demand, Norderstedt

Bibliografische Information der Deutschen Nationalbibliothek:
Die Deutsche Nationalbibliothek verzeichnet diese Publikation
in der Deutschen Nationalbibliografie: Detaillierte bibliografische
Daten sind im Internet unter http://dnb.dnb.de abrufbar.

1.. Auflage, 2018
© Leena Hamacher – alle Rechte vorbehalten.
Herstellung und Verlag:
BoD - Books on Demand, Norderstedt

ISBN: 9783748101512

„Aber vor allem habe ich mir immer gewünscht, eines Tages aufzuwachen, so wie das Entlein, und zum Schwan zu werden."
(Leonie)

Puerto de la Cruz

Schwere Hitze lag wie eine dicke Decke über dem Land und raubte ihm den Atem. Seit Wochen fielen die Temperaturen auch nachts nur selten unter 25 Grad, tagsüber lagen sie mindestens zehn Grad darüber. Das Grün der Wiesen war von trockenem Gelb verdrängt worden. Die Bäume warfen ihr Laub ab, und immer wieder fielen Äste dem Trockenbruch zum Opfer. Der See im Park war auf eine große Pfütze zusammengeschrumpft, an der die Wasservögel sich in den kühlen Morgenstunden versammelten und lautstark um den vermeintlich besten Platz rangen. Viele Spaziergänger brachten ihnen mittlerweile Wasser mit, das sie in eigens dafür aufgestellte Vogeltränken schütteten.

Der Park schmiegte sich an einen schmalen Flusslauf, der bei ausreichender Wasserführung zwei kleine, ineinander übergehende Seen speiste. Eine Holzbrücke führte über den niedrigen Wasserfall, der beide Seen miteinander verband. Weitläufige Rasenflächen, gesäumt von Büschen und Bäumen rundeten das Bild ab. An einer Seite ging der Park in einen Wald über, der im Gegensatz zum künstlich angelegten und penibel gepflegten Park weitgehend seinem Schicksal überlassen wurde. Verschiedene Laubbaumarten und Sträucher sowie bodennahe Pflanzen teilten sich den Waldboden.

Den Kampf gegen die Hitze hatte ich längst aufgegeben. Schon vor Wochen war ich dazu übergegangen, morgens um vier Uhr aufzustehen und den versäumten Nachtschlaf nach dem Mittagessen nachzuholen. Beim ersten Morgengrauen machte ich ausgedehnte Spaziergänge mit meinem Hund Lucky, so dass ihm mittags eine kurze Runde durch den Wald reichte. Während Lucky jeden einzelnen Grashalm untersuchte, beobachtete ich die

Fauna der Umgebung, in erster Linie Insekten, Käfer und Vögel. Gelegentlich machte sich ein Eichhörnchen oder ein Kaninchen bemerkbar, und einmal lief uns sogar ein Reh über den Weg.

An diesem Tag allerdings hüpften trotz der Hitze kleine Frösche in Scharen über die Wege. Jedes Jahr aufs Neue tummelten sich die zarten Wesen in diesem Teil des Waldes. Als Froschlaich waren sie noch nicht sehr auffällig. Sobald die Kaulquappen schlüpften, wuselten sie für einige Wochen zu Hunderten durch das Wasser und wurden allmählich immer größer, bis sie schließlich an Land gingen. Zu dem Zeitpunkt hatten sie kaum die Größe eines kleinen Fingernagels. Lucky fielen diese hopsenden Tierchen aufgrund ihrer Tarnfarbe kaum auf. Tatsächlich bemerkte man sie nur, wenn sie gerade einen ihrer winzigen Sprünge machten.

Ich hockte am Waldboden, ganz vertieft in das Gewimmel, als plötzlich ein Knurren an mein Ohr drang. Lucky fletschte die Zähne und sträubte die Nackenhaare. Sein Knurren ging schnell in wütendes Bellen über.

Mein Blick fiel auf einen hageren Mann, der in etwa zwanzig Metern Entfernung auf dem Waldweg stand und uns beobachtete. Er trug eine Edeljeans, ein weißes Hemd und ein Jackett. Mitten im Wald und bei dieser Hitze wirkte er völlig deplatziert. Ich fragte mich, warum Lucky so verärgert reagierte, und versuchte, ihn zu beruhigen. Ein feines Lächeln umspielte den Mund des Mannes. Als er einen Schritt auf mich zukam, konnte ich Lucky kaum noch bändigen. Nur aus dem Augenwinkel bemerkte ich ein Aufblitzen, und plötzlich spürte auch ich die beinahe greifbare Bedrohung, die von diesem Mann ausging.

Verzweifelt griff ich nach Luckys Halsband, um ihn festzuhalten. Ich wusste, dass mein Hund mich verteidigen würde, aber möglicherweise würde er den Versuch mit seinem Leben bezahlen.

Plötzlich ging alles sehr schnell. Unmittelbar vor dem Mann sprang eine weitere Gestalt aus dem Wald heraus, rannte auf uns zu und rief:

„Da seid ihr ja! Ich habe euch schon überall gesucht!"

Eine Hand griff grob nach meinem Arm, eine andere fasste Lucky am Halsband, und beide wurden wir mitgezerrt, fort von dem Mann mit dem Messer. Ich war so überrumpelt, dass ich mich einfach mitziehen ließ und losrannte. Auch Lucky folgte verwirrt und widerstandslos.

Erst als wir den Waldrand erreicht hatten, nahm ich eine Stimme wahr:

„Haben Sie ein Telefon dabei?"

Langsam blickte ich auf die Person, die zur Stimme gehörte und sah einen großen Mann von normaler Statur. Er hatte halblange, unfrisierte dunkelblonde Haare und trug einen ebenfalls ungepflegten Bart, in dem erste graue Härchen zu erkennen waren. Seine Kleidung hatte sich vermutlich einmal zwischen lässig und chic befunden, war jetzt allerdings schmutzig und löchrig. Die ehemals wahrscheinlich bequemen Schuhe waren abgelaufen und abgenutzt. Auf dem Rücken trug er einen Rucksack.

Die Erscheinung dieses Mannes erfüllte mich mit Angst. Auch Lucky winselte, ließ sich aber bereitwillig von dem Mann streicheln und anleinen.

„Keine Sorge, ich tu Ihnen nichts. Als ich durch den Wald lief, habe ich Ihren Hund gehört. Er klang so wütend, dass ich nachgesehen habe. Leider musste ich etwas unsanft reagieren, um uns so schnell wie möglich aus der Gefahrenzone herauszuholen. Es tut mir Leid, wenn ich Ihnen damit Angst gemacht habe. Wenn Sie ein Telefon dabei haben, kann ich die Polizei informieren. Vielleicht erwischen sie den Kerl noch."

Ich wünschte mir, dass diese Stimme endlich aufhören würde zu reden. Nur ganz allmählich nahm ich wahr, dass die Worte jetzt einen weichen Klang hatten und der Mann mich freundlich ansah. Zögernd kramte ich in meiner Tasche herum und überreichte ihm mein Telefon. Ich vermutete, dass er es an sich nehmen und damit flüchten würde. Stattdessen wählte er die Nummer der Polizei und berichtete, was vorgefallen war.

„Wir sollen hier warten. Die Polizei schickt sofort einen Streifenwagen vorbei. Glauben Sie, Sie schaffen das?"

Mein Körper fühlte sich an wie gelähmt, und die Stimme versagte mir. Ich nickte nur, fasste Lucky mit beiden Händen in das dichte Fell und zog ihn sanft zu mir heran. Das vertraute Gefühl des weichen Hundefells löste meine Erstarrung.

„Ich glaube, ich muss Ihnen danken. Sie haben uns wohl gerade das Leben gerettet. Glauben Sie, wir sind hier sicher?"

„Ja, ich denke schon. Die Polizei wird gleich da sein. Ich vermute, wir werden ihnen zeigen müssen, wo genau wir auf den Täter gestoßen sind. Aber ich kann mir kaum vorstellen, dass wir ihn dort noch einmal antreffen werden."

Lucky ließ seinen Blick auf den Mann fallen und wedelte freundlich. Ich hingegen verspürte leichte Übelkeit bei der Vorstellung, dass wir an die Stelle im Wald würden zurückkehren müssen.

Von der Polizei erfuhr ich, dass unser Angreifer der Klinik für forensische Psychiatrie entflohen war. Ich wusste nicht, weshalb er dort untergebracht war. Allerdings war mir bewusst, dass er nach seinem Ausbruch als extrem gefährlich galt. Obwohl es mich beruhigte zu wissen, dass er es nicht auf mich persönlich abgesehen hatte, erschreckte mich doch, dass er jederzeit wahllos zuschlagen könnte.

Auch zwei Wochen später war der Mann weiterhin auf freiem Fuß. Ich begann, mich jedes Mal gründlich umzusehen, wenn ich das Haus verließ oder in meine Wohnung zurückkehrte. Meine Phantasie spielte mir Streiche und ließ den Mann mehrmals täglich für Sekundenbruchteile vor mir erscheinen. Diese Verirrungen meiner Vorstellung konnten durch alles Mögliche hervorgerufen werden. Mal war es ein Kleidungsstück, mal eine Brille. Auch eine Frisur, ein Blick oder auch nur die Statur eines Menschen konnten die Erinnerung an die schrecklichen Momente im Park auslösen.

Ich bemerkte, dass ich nachts schlechter schlief und an Albträumen litt. Immer häufiger hatte ich Kopfschmerzen und Schwindelanfälle. Die Konzentration auf meine Arbeit fiel mir von Tag zu Tag schwerer. Obwohl ich wusste, dass all diese Symptome mit unserem Erlebnis im Park zusammenhingen, ging ich sicherheitshalber zum Arzt.

Als dieser mir eine Auszeit empfahl, machte ich mich zusammen mit Lucky und meinem Notebook auf die Reise. Mein Ziel lag in der Nähe von Puerto de la Cruz auf Teneriffa. Nur ein Flugzeug und ein Ozean konnten mich meiner Meinung nach weit genug von unserem Park trennen.

Eigentlich zählte Puerto de la Cruz mit seinen vielen Hochhäusern nicht wirklich zu meinen Favoriten. Einige andere Orte hatten es mir bei einem vorigen Aufenthalt auf der Insel jedoch angetan. Den Parque Taoro, einen kleinen, ruhigen und beschaulichen Park oberhalb der Stadt, hatte ich fast täglich besucht. Auch an den Jardín Botánico mit seinem kompetenten Führer hatte ich sehr gute Erinnerungen, sowie an den Bosque de la Esperanza und an den Teide. Nach mehreren Besuchen auf Lanzarote, wo die karge Landschaft noch sehr viele Spuren der Vulkanausbrüche trug, hatte mich die deutlich größere Menge an Grün auf Teneriffa fasziniert. Vor allem die Wälder begeisterten mich, nachdem ich sie auf der östlichsten Insel der Kanaren so schmerzlich vermisst hatte.

Das Klima auf den Kanarischen Inseln war mir sehr vertraut. Noch nie jedoch war es bei meiner Ankunft dort kühler gewesen als in Deutschland. Nach der Hitze der vergangenen Wochen fühlten wir uns bei den Temperaturen auf Teneriffa wie im Paradies. Zwar war es auch hier sehr warm, aber eine leichte Brise wirkte wohltuend erfrischend.

An unserem ersten Morgen auf der Insel unternahm ich mit Lucky einen ausgedehnten Spaziergang in der Nähe des Orotava-Tals. Wir liefen über schattige Waldwege, und ich atmete mit tiefen Zügen den Duft der Pinien ein. Lucky bemerkte, dass ich mich allmählich entspannte, und kam freudig wedelnd auf mich zu. Er hüpfte um mich herum und versuchte, an mir hochzuspringen und mir das Gesicht abzulecken. Seine Lebensfreude wirkte ansteckend und wir tollten ausgelassen durch den Wald.

Bald kamen wir zu einer Bank am Rande einer kleinen Lichtung. Lucky sprang sofort hinauf und schaute fasziniert auf die dahinterliegenden Felsen. Was es dort wohl gab? Zuerst konnte ich nichts Bemerkenswertes sehen. Dann jedoch nahm ich ein feines Funkeln wahr und sah sie auch: Aus vielen Felsspalten lugten Eidechsen hervor. Von den meisten sah man nur den Kopf und vielleicht gerade noch die Vorderbeine. Interessiert beobachtete ich Lucky. Er kannte keine Eidechsen. Würde er die Tiere jagen oder schnell das Interesse verlieren? Er blickte abwechselnd zu mir und auf seine Entdeckung. Bei jeder noch so kleinen Bewegung zuckten seine Ohren. Er blieb jedoch ruhig sitzen und hatte nach einiger Zeit wohl beschlossen, dass er diesen spannenden Tieren weiterhin zuschauen wollte. Als ich etwas später unsere kleine Wanderung fortsetzen wollte, konnte er sich nur schwer von seinen neuen, kleinen Freunden losreißen.

Den Nachmittag verbrachten wir im Garten, der zu unserer Ferienanlage gehörte. Ich freute mich darauf, wieder einmal in Ruhe zu lesen. Ganz bewusst hatte ich trotz des höheren Gewichts der Bücher auf meinen E-Book-Reader verzichtet. Ich mag das Gefühl von Papier in meiner Hand und den Geruch eines Buches. Außerdem kann ich mich in einem Buch besser zurechtfinden, wenn ich noch einmal zurückblättern oder mir Notizen machen möchte.

Drei Stunden später rief mich eine nasse Hundenase an meinem Bein in die Wirklichkeit zurück. Neben mir stand nicht nur Lucky, sondern auch unsere Gastgeberin.

„Hallo, Leonie. Wie schön, dass Sie wieder da sind. Gefällt Ihnen Ihre Wohnung? Ist alles in Ordnung?"

Ich freute mich, Nathalie wieder zu sehen. Ihr Hang zur Esoterik war mir ein wenig suspekt, aber sie war eine sehr einfühlsame und zugleich fröhliche Frau, bei der man sich sofort wohl fühlen musste. Spontan stand ich auf, um sie zu umarmen.

„Nathalie, vielen Dank, dass ich so kurzfristig herkommen konnte. Und vor allem möchte ich Ihnen danken, weil ich meinen Hund mitbringen durfte. Ich hoffe, er wird Ihnen nicht zur Last fallen."

Sie beugte sich hinunter zu Lucky und kraulte ihn hinter den Ohren. Offensichtlich hatte er eine neue Freundin gefunden.

Einige sehr ruhige und entspannte Tage später zog es mich nach Puerto de la Cruz in den Loro Parque. Bei meinem ersten Besuch auf der Insel war ich uneingeschränkt begeistert gewesen vom Loro Parque mit seinen schönen Anlagen, den weitgehend artgerechten Gehegen für die Tiere und den zahlreichen Tiershows. Damals gab es Delfin-, Robben- und Papageienshows.

Mittlerweile sah ich den Park mit kritischeren Augen. Schon beim ersten Mal war es mir bei den Vorführungen zu laut gewesen und hatte ich Bedenken gehabt angesichts der Anzahl der Shows, die die Tiere darzubieten hatten. Heutzutage gab es noch eine zusätzliche Attraktion mit Orcas, die den Loro Parque bei Tierschützern in Verruf gebracht hatte. Dennoch hatte es nach meinem ersten Besuch dort viele Jahre gedauert, bis ich wieder einen anderen Zoo besuchen konnte, ohne ein schlechtes Gewissen den Tieren gegenüber zu haben.

Wenn es mich heute in den Loro Parque zog, lag das nicht an den Tiershows, sondern an einem anderen Blickfang, den der Park zu bieten hatte: Planet Penguin, eines der größten Pinguinarien der Welt, vielleicht sogar das größte überhaupt. Bei seiner Inbetriebnahme wurden Pinguineier aus der Antarktis eingeflogen und die Küken schlüpften in ihrem zukünftigen Zuhause. Man hatte sich bemüht, den Lebensraum der Vögel möglichst naturgetreu nachzubilden. Auch Temperaturen, Lichtverhältnisse und Niederschläge sollten dazu beitragen, dass die Pinguine sich wohl fühlen könnten. So schneit es im Planet Pinguin täglich, und die Beleuchtung wechselt im Laufe der Jahreszeiten, ganz so, wie es dem Leben in der Antarktis entsprechen würde. Als Besucher bewegt man sich auf einem Laufband um die Glaswand des Pinguinariums herum und kann den Tieren in aller Ruhe zuschauen. Noch viel besser gefiel es mir allerdings, mich auf eine der wenig besuchten Tribünen zu setzen. Um die Pinguine möglichst wenig zu stören, lagen die Tribünen im Dunkeln. Dort oben konnte man über die Köpfe der anderen Besucher hinweg in Ruhe den Tieren zuschauen. Bis auf eine leise Hintergrundmusik drang kaum ein Ton nach oben. Dies war der Ort, an dem ich meine Begeisterung für Pinguine entdeckt hatte und den ich jetzt besuchen wollte.

Nach der Hitze der letzten Wochen war es im Planet Penguin angenehm kühl. Zuerst besuchte ich die Humboldt-Pinguine, die wegen ihrer abweichenden klimatischen Ansprüche in einem abgelegenen Teil der Anlage untergebracht waren. Dann machte ich einen Abstecher zu den Felsenpinguinen, die auf Englisch überaus zutreffend „rock hoppers" heißen. Besonders diese kleinen Gesellen hatten es mir angetan mit ihrem lustigen gelben Schopf und den kleinen Hopsern, die ihnen zur Fortbewegung verhalfen. Schließlich setzte ich mich zu den Königspinguinen auf die Tribüne und schaute ihrem Treiben zu.

Es gab nur wenige andere Menschen, die die Tribünen für sich entdeckt hätten. An einem Ende saß eine ältere Dame und nahm unerlaubterweise ein kleines Picknick ein, während auf der anderen Seite ein Mann in meinem Alter saß. Ich genoss die Stille und die friedliche Anwesenheit der beiden anderen Personen und beobachtete die Tiere. Schließlich wurde ich hungrig und besuchte ein Tapa-Restaurant. Nachdem ich mir noch ein Eis gegönnt hatte, ging ich zum Gambischen Markt. Zwar erwartete ich nicht, dort etwas authentisch Afrikanisches zu finden, aber mir gefielen die komplett andere Atmosphäre und das Angebot an Trockenfrüchten und Nüssen. Ich kaufte getrocknete Kokosnuss und gebrannte Mandeln. Natürlich hätte ich diese Dinge auch zu Hause auf der Kirmes kaufen können, aber es hatte seinen ganz eigenen Charme, etwas von hier mitzunehmen. Zusätzlich nahm ich noch einen grellbunten Holzgecko mit für meine Freundin Hannah.

Zum Abschluss meines Besuchs im Zoo zog es mich noch einmal zurück zu den Pinguinen und der Ruhe, die dort herrschte. Wieder nahm ich Platz auf der Tribüne und sah mich um. Überrascht stellte ich fest, dass der Mann von vorhin noch immer – oder vielleicht schon wieder – auf demselben Platz saß. Mein Atem wurde flacher, meine Hände feucht. Im selben Augenblick empfand ich Wut: Wie war es möglich, dass ein harmlos dasitzender Mensch mir Furcht einflößte, während er nur das Gleiche machte wie ich, nämlich den Pinguinen zuschauen?

Der Mann blickte in meine Richtung und schien mich auch wieder zu erkennen, denn er nickte mir kaum merklich zu. Ich konzentrierte mich darauf, meine Atmung zu kontrollieren und die Pinguine zu zählen. Bald entspannte ich mich wieder und sah zu dem Mann hinüber. Mit leichtem Bedauern stellte ich fest, dass er das Pinguinarium verlassen hatte.

Am Parkausgang stöberte ich ein wenig im Souvenirladen herum. Es gab selbstverständlich Plüschtiere der verschiedensten Arten, zudem T-Shirts mit Tiermotiven, Papageien aus unterschiedlichen Materialien, Kappen mit dem Emblem des Parks und vieles mehr. Obwohl ich nichts von alledem wirklich brauchte, entschied ich mich für eine gelbe Kappe und einen kleinen Felsenpinguin aus Plüsch. Die Kappe würde mich bei späteren Ausflügen vor der Sonne schützen, der Pinguin mich an meine Zeit hier im Park erinnern.

„Sie mögen die Pinguine wohl auch?", fragte eine Stimme hinter mir. Dort stand der Mann aus dem Planet Penguin. Er blickte auf das Tierchen in meiner Hand und dann auf den Königspinguin in seinem Arm. Beim Anblick dieses stattlichen Mannes, der ein Plüschtier im Arm hielt wie ein Baby, musste ich lachen. „Ja, sie sind wie eine Oase im Trubel und in der Wärme da draußen. Außerdem sind sie einfach total niedlich."

„Sie vermitteln gleichzeitig Ruhe und Lebensfreude. Außerdem hat man das Gefühl, dass sie überhaupt nicht hierher gehören – und trotzdem komplettieren sie das Ganze. Das gefällt mir."

Überrascht und aufmerksam musterte ich den Mann. „Waren Sie schon öfter hier?"

„Nein, um ehrlich zu sein, ist dies mein erster richtiger Urlaub. Normalerweise verbringe ich meine freien Tage zu Hause mit Arbeit."

„Warum sind sie ausgerechnet nach Teneriffa gekommen? Was hat sie hierher geführt?"

Er zuckte unschlüssig mit den Schultern. „Das war Zufall. Ein Bekannter hat hier eine Ferienwohnung, die er mir vorübergehend zur Verfügung gestellt hat."

„Und? Gefällt es Ihnen hier?"

„Ja, sicher. Die Wohnung ist sehr nett und es gibt immer etwas, das man unternehmen kann. Die Pinguine besuchen, zum Beispiel."

Ich legte meine Einkäufe an die Kasse und bezahlte. Dann wandte ich mich wieder dem Mann zu, um mich zu verabschieden. Er wühlte in seiner Hosentasche, um sein Geld heraus zu holen.

„Na, dann viel Spaß noch bei Ihrem ersten Urlaub. Genießen Sie die Zeit", sagte ich schmunzelnd.

„Ja, danke." Er wirkte abwesend und schien, mich kaum noch wahrzunehmen.

Wenn ich mich beeilte, könnte ich mich von der kleinen, gelben Eisenbahn bis zu meinem Parkplatz durch Puerto de la Cruz fahren lassen. Es waren nur wenige Schritte bis zu ihrer Haltestelle. Der kleine Zug, der nicht auf Schienen, sondern auf der Straße fuhr, nahm die Besucher des Parks gratis mit. Er erschien mir etwas kitschig, stellte aber eine praktische Lösung für das Parkplatzproblem dar. Meistens war er überfüllt mit Familien mit kleinen Kindern und mit älteren Herrschaften, die nicht mehr so gut zu Fuß waren. Ich hoffte, noch einen Platz zu bekommen, damit ich nach dem anstrengenden Tag nicht zum Auto würde laufen müssen.

Nathalie hatte sich in meiner Abwesenheit rührend um Lucky gekümmert. Die beiden hatten einen langen Spaziergang gemacht und sie hatte ihm ein Planschbecken aufgebaut, damit er sich bei dem warmen Wetter abkühlen könnte. Als ich ankam, tollte er gerade durch das Wasser. Vor Freude sprang er an mir hoch, so dass ich in Sekundenschnelle vollkommen nass war. Es war immer wieder schön, zu sehen, wie er nicht nur mir, sondern auch den verschiedensten Menschen ein Lächeln ins Gesicht zaubern konnte.

An den folgenden Tagen hatte Nathalie alle Hände voll zu tun. Sie hatte einen Kurs vorbereitet, den sie „Kreativ achtsam" nannte. In diesem Kurs wollte sie mit den Teilnehmern töpfern, malen und schreiben. Mein Beruf brachte es mit sich, dass ich täglich schrieb, aber meine Art des Schreibens hatte vermutlich wenig gemein mit dem, was Nathalie sich vorstellte. Die anderen Elemente ihrer kleinen Achtsamkeitsreihe hatte ich noch nie ausprobiert. Vielleicht war gerade das der Grund dafür, dass ich mich für ihren Kurs anmeldete. Außerdem hoffte ich, einige entspannende Elemente kennen zu lernen, die ich in meinen Alltag mitnehmen könnte.

Ganz besonders gefiel mir die Arbeit mit Ton. Das Gefühl des weichen, nachgiebigen und doch festen Materials in meiner Hand verführte mich dazu, immer neue Dinge auszuprobieren. Schließlich hatte ich eine kleine Skulptur geformt, die aus zwei ineinander verschlungenen Herzen bestand sowie einen Pinguin.

Als ich am Pinguin arbeitete, bemerkte ich, dass ich keineswegs achtsam war. Meine Gedanken schweiften immer wieder ab zum Loro Parque und dem Mann, den ich dort getroffen hatte. Wie verbrachte er wohl seinen ersten Urlaub seit Jahren? Ich nahm an, dass er versuchen würde, sich möglichst viele der Attraktionen der Insel anzusehen. Schließlich hatte ich ihn als erwachsenen, möglicherweise alleinstehenden Mann im Loro Parque angetroffen.

Als nächstes fragte ich mich, was aus unserem Retter aus dem Park geworden war. Ich hätte mich gerne bei ihm bedankt, kannte aber weder seinen Namen noch seine Adresse. Ich stellte mir immer wieder die Frage, ob er überhaupt ein richtiges Zuhause hatte und warum die Polizei ihn mitgenommen hatte, nachdem sie uns befragt hatten. Ich machte mir Sorgen, dass er meinetwegen in Schwierigkeiten geraten sein könnte. Hinzu kam, dass er mir trotz seiner ungepflegten Erscheinung vertraut schien, wenngleich ich mir dieses Gefühl der Verbundenheit nicht erklären konnte. Es konnte wohl kaum in dem einmaligen Erlebnis im Park begründet liegen. Natürlich können gemeinsame Erfahrungen Menschen miteinander verbinden, aber das hielt ich in diesem Fall für zu weit hergeholt.

Schließlich war mein Pinguin fast fertig. Die Anfertigung seines Gesichts erforderte meine ganze Aufmerksamkeit und brachte meinen Gedankenstrom endlich zum Stillstand.

Den Nachmittag verbrachte ich mit Lucky im Botanischen Garten. Der „Botánico" sticht dadurch hervor, dass dank der klimatischen Bedingungen der Kanaren Pflanzen aus den verschiedensten Regionen nebeneinander wachsen können. Besonders beeindruckend fand ich die Würgefeige. Würgefeigen wachsen auf einem Wirtsbaum, den sie im Laufe der Zeit komplett umschließen und zum Absterben bringen. Im Inneren einer ausgewachsenen Würgefeige befindet sich daher ein Hohlraum, während ihr Wurzelgeflecht wie von einer anderen Welt erscheint. Die verschlungenen Luftwurzeln bieten anderen Pflanzen und auch Tieren Raum. Es sah märchenhaft aus, und so ließen wir uns auf der nahe gelegenen Bank nieder und beobachteten das Treiben im „Botánico".

Als wir den Botanischen Garten verließen, fiel mein Blick auf einen besonderen Baum. Sein Stamm und seine Wurzeln waren ungewöhnlich geformt, so dass man meinte, ein Mann würde sich an den Baum schmiegen. Sofort holte ich meine Kamera hervor und suchte nach der besten Einstellung für mein Motiv. Dabei ärgerte ich mich ein wenig über die Bank, die schräg hinter dem Baum stand und den von mir gewünschten Bildaufbau störte. Zu allem Überfluss entschloss sich jemand dazu, diese Bank als Rastplatz zu nutzen. Nun gab es nicht nur eine Bank, sondern auch noch eine Person in meinem Bild. Schließlich entschloss ich mich, zu einem späteren Zeitpunkt zurückkehren, um den Baum zu fotografieren.

Ich wandte mich dem Ausgang zu, als ich aus dem Augenwinkel eine Bewegung wahrnahm. Die Person auf der Bank erhob sich und kam auf uns zu. Ich sah genauer hin und erkannte den Mann aus dem Planet Penguin. Er schien erfreut, mich zu sehen, und warf einen neugierigen Blick auf Lucky.

„Oh, hallo. Wie schön, Sie noch einmal zu treffen. Wer ist das denn? Ist das Ihr Hund?"

Er beugte sich zu Lucky hinunter, der irritiert den Kopf abwandte. Die plötzliche Annäherung durch einen unbekannten Menschen gefiel Lucky nicht. In mir blitzte kurz der Gedanke auf, dass mein Gegenüber nicht viel von Hunden zu verstehen schien.

„Ich glaube, er mag mich nicht." Der Mann sah mich ernüchtert an.

Lucky blickte fragend zu mir auf und ich musste lachen. Ich strich ihm über den Hals und erklärte: „Das ist Lucky. Er ist in der Tat mein Hund. Da ich einen längeren Urlaub geplant hatte, hatte er Glück und durfte mich nach Teneriffa begleiten. Ich kann mir nicht vorstellen, dass er etwas gegen Sie hat, aber er mag es nicht, wenn man sich ihm sofort zu sehr nähert."

„Sie meinen, ich war unhöflich zu ihm? Oh je, hoffentlich war ich nicht auch Ihnen gegenüber unhöflich." Er schmunzelte und versuchte es erneut.

Er trat einen Schritt zurück und sagte: „Hallo, Lucky. Ich wollte dich nicht erschrecken." Er hielt meinem Hund die Hand hin, und diesmal schnüffelte Lucky interessiert daran.

„Er gefällt mir. Aber ich weiß nicht viel über Hunde. Welche Rasse ist das?"

„Lucky ist ein Kurzhaarcollie."

Sein Blick zeigte Erstaunen, er sagte jedoch nichts weiter dazu.

„Nun, wo wir schon wissen, wie Ihr Hund heißt, würde ich mich auch gerne vorstellen. Mein Name ist Aaron. Ich komme aus Münster und mache gerade so etwas wie den ersten Urlaub meines Lebens."

„Ich erinnere mich. Ich bin Leonie und wohne normalerweise in Krefeld. Verzeihen Sie, wenn ich indiskret bin, aber warum ist dies der erste Urlaub Ihres Lebens?"

Plötzlich interessierte ich mich für diesen Mann. Er wirkte sehr sympathisch, vielleicht ein wenig schüchtern und verletzlich. Mir gefiel das. Ich hatte schon länger keine Beziehung mehr gehabt, und wenn ich beim letzten Mal etwas gelernt hatte, dann zweifellos dies, dass ich keine Lust mehr auf einen Mann hatte, der sich für etwas Besseres hielt.

Gemeinsam gingen wir zum Ausgang des „Botánico". Er erzählte: „In den letzten Jahren habe ich sehr viel gearbeitet. Meine Arbeit hat einen zentralen Platz in meinem Leben eingenommen. In meiner Freizeit, oder was man dafür halten könnte, habe ich die weniger anstrengenden Dinge meiner Arbeit gemacht. Ich war der Meinung, sie wären entspannend, bis ich vor einiger Zeit einen Hörsturz erlitt. Da wurde mir bewusst – und mein Arzt erklärte mir das auch eindringlich – dass sich etwas ändern muss. Als ersten Schritt verordnete er mir einen Urlaub. Und so bin ich hierhergekommen."

Wir hatten die Calle Retama erreicht. Plötzlich hörte ich mich sagen: „Haben Sie Lust, uns noch zum Parque Taoro zu begleiten? Er liegt auf dem Weg zu unserer Ferienwohnung. Dort gibt es einen herrlichen Ausblick, ein paar kleine Wasserfälle und ein Café, in dem wir noch etwas trinken könnten."

Aaron freute sich sichtlich über meine Einladung: „Waren Sie schon öfter auf Teneriffa? Es wirkt so, als wenn Sie sich hier auskennen würden:"

Ich lächelte leise. „Ich war schon einmal hier. Aber eigentlich kenne ich mich nur in diesem Teil der Insel aus. Er hatte mir beim letzten Mal so gut gefallen, dass ich mir gar nicht die Mühe gemacht hatte, in den Süden zu fahren. Auch diesmal war ich eigentlich noch nicht im Süden. Ich mag das Grün des Nordens, die Wälder und den Teide."

Er schwieg eine Weile. Dann bat er: „Dürfte ich Sie einmal begleiten, wenn Sie einen Ausflug zum Teide machen?"

Bei dieser Bitte Aarons lief Lucky freudig wedelnd auf ihn zu und legte ihm seinen Kopf in den Schoß. Fassungslos sah ich, wie mein distanzierter Collie Freundschaft schloss mit einem völlig fremden Mann. Wie konnte ich mich Aarons Wunsch da noch widersetzen?

Später überlegte ich, warum ich mich darauf eingelassen hatte, Aaron am nächsten Tag zum Teide mitzunehmen. Mich beunruhigte ein wenig, dass ich bisher nur seinen Vornamen kannte. Weder seinen Familiennamen noch seine Telefonnummer hatte er mir mitgeteilt. Fairerweise musste ich ihm jedoch zugestehen, dass auch er lediglich meinen Vornamen kannte. Da wir uns wieder am „Botánico" verabredet hatten, war ihm auch nicht bekannt, wo ich mich auf Teneriffa genau aufhielt. Ich beschloss, mich auf das kleine Abenteuer einzulassen, wollte aber vor meiner Abfahrt Nathalie darüber informieren, was ich vorhatte.

In Gedanken versunken, erregte ein Bild im Fernsehen plötzlich meine Aufmerksamkeit. Entgeistert blickte ich auf eine Nickelbrille, hinter der graue Augen eisige Kälte verströmten. Nur langsam begriff ich, dass ich in das Gesicht unseres Angreifers aus dem Park in Krefeld schaute. Das sollte mich nicht weiter wundern, da ich einen deutschen Fernsehsender gewählt hatte. Dennoch brauchte ich einige Zeit, bis ich mich wieder gefangen hatte. Bis dahin hatte man das Foto schon wieder ausgeblendet, und ich hatte den Inhalt der Mitteilung verpasst. Ich öffnete mein Notebook und sah mir die Nachrichtensendung online noch einmal an, während ich inständig hoffte, dass man diesen Mann gefasst hätte.

Ernüchtert hörte ich, dass man die Öffentlichkeit nun bei der Fahndung nach diesem Mann um Mithilfe bat. Während wir dank eines unbekannten Retters mit dem Schrecken davon gekommen waren, hatte der Täter mittlerweile vermutlich zwei Frauen vergewaltigt und einen tödlichen Überfall auf eine Sparkasse verübt. Da alle Verbrechen in Nordrhein-Westfalen begangen worden waren, ging man davon aus, dass er sich noch in Deutschland aufhielt, konnte jedoch nicht ausschließen, dass er versuchen würde, sich ins Ausland abzusetzen. Übelkeit machte sich in mir breit, und ich hoffte, dass er sich nicht gerade Teneriffa als Fluchtziel aussuchen würde.

Um jegliche Grübelei im Keim zu ersticken, begann ich den darauffolgenden Tag gründlich vorzubereiten. Ich ahnte, dass Aarons Gesellschaft mir nur guttun würde, nachdem ich gerade schmerzhaft an den Grund für meinen Aufenthalt hier erinnert worden war. Und so freute ich mich auf unsere Exkursion den Berg hinauf und verließ mich darauf, dass ich mich nicht in Gefahr begab.

Bei Tagesanbruch machte ich mich auf den Weg zu unserem Treffpunkt. Trotz all meiner Bemühungen hatte ich in der vergangenen Nacht nicht besonders gut geschlafen. Ich war immer wieder aufgewacht und schließlich um halb sechs aufgestanden. So früh am Morgen war es noch relativ kühl und es würde nicht schaden, wenn ich zuerst einen kleinen Spaziergang machte. Ich genoss die morgendliche Stille und die kühle Luft im Parque Taoro und begab mich zu einem der Aussichtspunkte, die den Blick freigaben auf den Atlantik. Verträumt schaute ich den Möwen zu, die sich um die besten Futterstückchen balgten. Plötzlich sprang Lucky auf und begann zu wedeln.

„Hallo, mein kleiner Freund. Seid Ihr auch schon munter?" Überrascht folgte ich Luckys Blick.

„Aaron, was machen Sie denn schon hier? Wir sind doch erst in zwei Stunden verabredet. Wollten Sie nicht ein wenig ausschlafen?"

„Ja, aber ich bin schon lange wach und konnte nicht mehr schlafen. Daher wollte ich zu unserem kleinen Café von gestern und vor unserer Abfahrt in aller Ruhe etwas essen. Haben Sie schon gefrühstückt? Kommen Sie, ich lade Sie ein." Ich freute mich, nicht alleine frühstücken zu müssen, und so saßen wir bald am gleichen Tisch wie tags zuvor und ließen es uns schmecken. Offensichtlich teilten wir unsere Vorliebe für Churros mit heißer Schokolade. Allmählich machte ich mir Sorgen um mein sorgfältig zubereitetes Picknick. Ob wir noch irgendetwas davon essen würden nach diesem ausgiebigen Start in den Tag?

Eine Stunde früher als geplant fuhren wir los zu meinem Lieblingswäldchen auf der Insel. Ich suchte eine ganz besondere Stelle, an die ich mich von meinem vorigen Aufenthalt auf der Insel erinnerte: Vom Parkplatz aus ging man ein gutes Stück durch den Wald bis zu einem Picknickplatz. Zwischen den Kiefern standen nur wenige Büsche, und die Bäume schienen in einer braunen Wolke zu stehen. Bei genauerem Hinsehen entpuppte sich die Wolke als Meer von Kiefernnadeln. Der Boden war so weich, dass man vollkommen geräuschlos durch den Wald gehen konnte.

Zu dieser frühen Stunde war es noch sehr ruhig auf den Straßen. Wir durchquerten das Dorf La Esperanza, das dem Wald seinen Namen gegeben hatte und für sein relativ kühles Klima bekannt war. Den Souvenirladen und die Gaststätten ließen wir links liegen. Ich genoss die entspannte Fahrt und Aarons und Luckys stille Anwesenheit. Mein Hund lag brav in seiner Box auf der Rückbank, und Aaron schien ganz versunken im Anblick der vorbeirauschenden Landschaften. Hin und wieder schielte ich zu ihm hinüber, weil ich mich fragte, ob die Stille im Wagen ihn nicht störte, aber er wirkte entspannt und zufrieden.

Nach einiger Zeit erkannte ich die Einfahrt zum Parkplatz. Wie ich gehofft hatte, war er noch menschenleer. Das würde Lucky die Möglichkeit bieten, frei durch den Wald zu tollen, ohne jemanden zu stören. Hier auf Teneriffa musste ich zum Glück nicht damit rechnen, dass das Jagdfieber mit ihm durchgehen würde, so dass ich ihn schon nach wenigen Metern ableinte. Durch das einfallende Sonnenlicht erhielt der Waldboden einen goldenen

Schimmer, was Luckys buntes Fell besonders gut zur Geltung brachte. Aaron griff zu seinem Handy und fragte:

„Haben Sie etwas dagegen, wenn ich Ihren Hund fotografiere? Dies ist ein wunderschönes Fleckchen Erde, und Lucky verströmt so viel Lebensfreude. Ich hätte gerne ein Erinnerungsfoto."

Wir brachen auf zu einer längeren Wanderung durch diesen märchenhaften Wald. Dabei folgten wir keinen ausgeschilderten Wanderwegen, sondern liefen einfach darauf los. Diese Vorgehensweise entsprach nicht im Geringsten meinen üblichen Gepflogenheiten, aber Aaron und Lucky waren so unternehmungslustig, dass ich es nicht übers Herz brachte, sie an festgelegte Strecken zu binden. So dauerte es sehr viel länger als geplant, bis wir den Picknickplatz erreichten.

„Wissen Sie, ob es hier in der Nähe eine Gaststätte gibt? Lucky scheint durstig zu sein, und wir bräuchten auch bald eine Erfrischung."

„Ich habe Wasser und Obst dabei, außerdem habe ich uns ein Mittagessen eingepackt, wenn Sie mögen. Ich dachte, dann sind wir unabhängig von den Angeboten der Lokale am Wegesrand. Man weiß nie, wie voll es dort ist. Und das Essen ist meistens sehr auf Touristen zugeschnitten."

„Oh, das hört sich gut an. Warum haben Sie nichts gesagt? Ich hätte auch etwas beisteuern können. Jetzt werde ich Ihre Vorräte aufessen." Aaron wirkte etwas verlegen, und plötzlich wurde mir klar, dass ich diesem mir fast unbekannten Mann Vertrauen entgegenbrachte. Woran lag das? An seiner ruhigen Art? An seiner Fähigkeit, sich auf Lucky einzulassen, obwohl er ganz offensichtlich intuitiv reagierte und keine Ahnung von Hunden hatte, wie er selbst gesagt hatte? Oder hatte es umgekehrt etwas damit zu tun, dass Lucky ihn sofort ins Herz geschlossen hatte? Ich wurde neugierig und wollte mehr über Aaron erfahren.

„Wie lange bleiben Sie noch auf Teneriffa?", fragte ich. Sein Blick überschattete sich kurz, als er sagte: „Ich fliege übermorgen zurück." Nach einer Pause fügte er hinzu: „Und ich bedaure das sehr."

Auch mir tat es leid, dass er so bald abreisen sollte, was ich aber zu überspielen versuchte, als ich schelmisch bemerkte: „Wirklich? Ich dachte, Sie wären nach Ihrem ersten Urlaub überhaupt ganz froh, wieder nach Hause fliegen zu können."

Sein Blick verriet mir, dass er den Scherz verstanden hatte. „Ja, ohne Arbeit wusste ich kaum, wie ich meine Zeit sinnvoll nutzen sollte. Es war schon fast langweilig." Dann fügte er jedoch hinzu: „Wenn ich ehrlich bin, hatte ich bis gestern wirklich nichts dagegen, wieder nach Hause zu fliegen. Jetzt aber würde ich gerne noch bleiben."

„Was hat sich geändert?".

„Vermutlich bin ich nicht gerade der kommunikativste Mensch, so dass ich die ganzen Tage die Insel alleine erkundet habe. Es gefällt mir, neue Dinge zu sehen und zu erfahren und so meinen Horizont etwas zu erweitern, auch wenn ich das in der Regel nicht vor Ort mache." Er sah mich an und fuhr fort: „Architektur, Flora, Fauna, das alles interessiert mich. Es ist spannend zu sehen, wie andere Menschen leben, wo die Unterschiede und auch die Gemeinsamkeiten sind. Aber mir scheint, es macht mehr Spaß, wenn man diese Dinge in Gesellschaft unternehmen kann. Sie haben mir eine große Freude damit gemacht, dass ich Sie heute begleiten darf, und ich würde mich gerne revanchieren und Sie näher kennen lernen. Dafür bleibt bis übermorgen allerdings nicht mehr viel Zeit."

Eine sanfte Welle der Zuneigung ergriff von mir Besitz. Ich sah ihn an und nahm eine gewisse Schwermut bei ihm wahr.

„Stattdessen müssen Sie wieder zurück nach Münster zu Ihrer Arbeit, auf die Sie nicht wirklich Lust haben?"

„So ungefähr."

Wir fuhren weiter und befanden uns plötzlich im dichten Nebel. Es dauerte ein wenig, bis ich verstand, dass ich mitten durch eine Wolke hindurchfuhr. Der Nebel drang vor bis zum Ende der Motorhaube und schien, mit zähen Fingern nach uns zu greifen. Ich überlegte, ob wir anhalten und warten sollten, entschied mich dann aber dagegen, da ich nicht wusste, wie wahrscheinlich es wäre, dass die Wolke weiterziehen würde. Außerdem wollte ich nicht als ruhendes Hindernis auf der Straße herumstehen.

Kurze Zeit später hatten wir die Wolke hinter uns gelassen und genossen einen herrlichen Ausblick über die Baumwipfel hinweg. Auf einmal machten die Kiefern niedrigen Büschen Platz. Wir hatten die Baumgrenze erreicht. Im Mai und Juni hätten wir hier den Teideginster in Blüte sehen können sowie die Bienenkörbe, die speziell zu der Jahreszeit aufgestellt werden. Im Hochsommer, und besonders in diesem Sommer, in dem die hohen Temperaturen auch vor Teneriffa nicht halt gemacht hatten, wirkte die Landschaft oberhalb der Bäume eher karg und farblos. Dies galt jedoch nicht für die Lavafelder, die wir kurz darauf durchquerten. Stellenweise konnte man die verschiedenen Schichten der Asche an ihren unterschiedlichen Farbtönen genau erkennen: Es gab selbstverständlich Schwarz, aber auch Braun, Grau, Gelb, Beige und Orange. Im Kontrast zu den Wäldern, die wir gerade noch durchquert hatten, wirkte dieses Farbenspiel schon fast bizarr.

Aus der Ferne sahen wir das „Observatorio del Teide", und bald darauf erreichten wir „El Portillo", den Eingang des Nationalparks. Hier ließen wir uns zu einem Picknick nieder.

„Wenn Sie nur noch zwei Tage hier sind, sollten wir die vielleicht so angenehm wie möglich verbringen, wenn Sie Lust haben", meinte ich. Ich wollte noch nicht daran erinnert werden, dass auch ich bald zurück nach Deutschland müsste. Während der letzten Wochen hatte ich immer wieder einmal gearbeitet, aber allmählich müsste ich mich wieder persönlich um meine Kunden kümmern. Spätestens in vierzehn Tagen würde auch ich zurückfliegen müssen. In Krefeld warteten nicht nur meine Kunden auf mich, sondern auch meine Ängste bei den Spaziergängen mit meinem Hund. Bei genauerer Überlegung musste ich allerdings zugeben, dass meine Ängste mich auch hier auf Teneriffa schon längst eingeholt hatten, allerdings hatte meine Bekanntschaft mit Aaron sie ein wenig in den Hintergrund gerückt. Und diese Bekanntschaft würde ich gerne vertiefen.

Bei meinen Worten griff er nach Lucky und begann, ihn zu streicheln. „Ich würde mich freuen." Etwas verlegen fügte er hinzu: „Darf ich „Du" sagen?" Am liebsten hätte ich schelmisch bemerkt, dass Lucky bestimmt nichts dagegen hätte. Aber Aarons offensichtliche Verunsicherung berührte mich, und so sagte ich nur: „Gerne."

Als ich am nächsten Morgen aus der Dusche stieg, lief Lucky plötzlich aufgeregt hin und her und winselte. Immer wieder rannte er zur Tür und zu mir zurück. Dann hörte ich, wie jemand anklopfte.

„Einen Moment, bitte!", rief ich und zog mich schnell an. Mit nassen Haaren und etwas atemlos öffnete ich die Tür. Lucky stürmte sofort hinaus und tänzelte um unseren Besucher herum.

„Es tut mir Leid, dass ich mich nicht vorher angekündigt habe, aber ich würde gern wieder mit euch frühstücken. Ich habe Croissants mitgebracht und eine Melone. Ist das in Ordnung?" Sprachlos wanderten meine Augen von Lucky zu Aaron. Zuerst war ich erschrocken, weil er plötzlich vor unserer Wohnungstür stand, aber dann ließ ich meine Bedenken fallen und freute mich einfach darüber, dass er da war.

„Oh, ich liebe Croissants. Und ich liebe Gesellschaft beim Frühstück. Schön, dass du da bist."

Gemeinsam deckten wir den Tisch auf der Terrasse. Zu dieser Tageszeit waren im Garten nur Vögel und die ersten Insekten unterwegs. Es war noch ein wenig kühl, aber die Sonne würde bald alles erwärmen, so dass wir vielleicht auch ein paar Eidechsen zu sehen bekommen würden.

„Was wirst du tun, wenn du wieder nach Münster fährst?"

Er sah mich einige Zeit still an, dann goss er uns ein Glas Saft ein. „Ich werde wieder zur Arbeit gehen. Vermutlich werde ich sofort einige Überstunden machen müssen, da in den letzten Tagen die Arbeit liegen geblieben sein dürfte. Dann werde ich mich an die Zeit hier auf der Insel erinnern, und nichts wird mehr so sein wie vorher."

„Warum? Weil du endlich einmal Urlaub gemacht hast? Bist du auf den Geschmack gekommen?"

„Auch. Aber nicht nur deshalb."

Neugierig beobachtete ich ihn, während er langsam und schweigend seinen Tee umrührte.

„Meine Arbeit war immer mein Lebensmittelpunkt. Ich habe mich nur mit wenig anderen Dingen beschäftigt und mir sogar oft freiwillig Arbeit mit nach Hause genommen. Das gab mir das gute Gefühl, gebraucht zu werden. Gelegentlich habe ich Spaziergänge gemacht, um mich zu entspannen. Aber dann hat mein Körper die Notbremse gezogen, so dass ich nach Teneriffa gekommen bin. Und hier bin ich fast ganz zum Schluss euch beiden begegnet. Ihr habt mir gezeigt, dass es auch noch andere Dinge im Leben gibt."

Lucky legte ihm den Kopf in den Schoß und sah ihn aufmerksam an. Fasziniert sah ich zu, wie Aaron sich meinem Hund zuwandte und ihn behutsam am Hals und hinter den Ohren streichelte. Er wirkte ganz vertieft in den Kontakt zu Lucky, bis er aufblickte und leise sagte: „Ich glaube, ich werde euch vermissen."

Allmählich erwärmte sich die Luft, und wir gingen noch einmal zum Botánico. Im Schatten der Bäume wehte eine leichte Brise durch den Park.

„Erzähl mir von dir", bat Aaron.

Ich zögerte. „Was möchtest du wissen?"

Nachdenklich sagte er: „Was ist dir wichtig im Leben? Was möchtest du erreichen? Was fällt dir leicht, und was bereitet dir Schwierigkeiten?"

Seine Fragen erschienen mir ziemlich kompliziert für ein Gespräch am Beginn einer Beziehung, von der man noch nicht wusste, wie sie sich weiter entwickeln würde.

„Ich weiß nicht, ob ich diese Fragen spontan beantworten kann. Über das eine oder andere würde ich gerne nachdenken. Darf ich dir zu einem späteren Zeitpunkt antworten?"

Nachdenklich sagte er: „Ich fliege morgen."

Ich lächelte. „Ich könnte dir schreiben. Oder wir könnten telefonieren, einander vielleicht besuchen, wenn ich wieder in Krefeld bin."

Sein Gesicht erhellte sich, und ich bemerkte, wie eine kaum wahrnehmbare Spannung von ihm abfiel. „Dann würden wir uns wiedersehen?"

Lucky kam zu mir herüber, sprang mir halb auf den Schoß und leckte mir die Nase ab. Eigentlich mochte ich es nicht, wenn er das machte, aber diesmal musste ich lachen.

„Es sieht so aus", sagte ich vergnügt.

Nach Aarons Abflug fühlte ich mich seltsam leer und unentschlossen. Ich kehrte zu unserer Ferienwohnung zurück, um ein wenig zu arbeiten. Die Aufträge meiner Kunden hatte ich in der letzten Zeit etwas vernachlässigt, und mein Aufenthalt auf Teneriffa sollte sich nicht nachteilig auf meine Arbeit auswirken. Kurz bevor ich meine Wohnungstür erreichte, hörte ich jedoch meinen Namen.

„Leonie, warten Sie doch mal, bitte. Ich habe hier etwas für Sie."

Es war Nathalie, die mir von weitem zuwinkte und ein Päckchen in der Hand hielt.

„Was ist das?"

Sie zuckte mit den Schultern. „Ich weiß es nicht. Das ist gestern für Sie abgegeben worden. Der Mann, der es mir gab, hat mich nur gebeten, es Ihnen heute zu geben."

Neugierig betrachtete ich das Päckchen. Es war kaum größer als eine Streichholzschachtel. Ich öffnete es, und heraus kam ein kleiner, orangefarbener Karton, in dem sich eine Art gelblicher Watte befand. Ich hob die Watte an und fand einen Zettel: „Dieser kleine Kerl braucht ein Zuhause. Aaron."

Ich blickte noch einmal in die Schachtel, und da sah ich ihn: einen kleinen, silberfarbenen Pinguin an einem Halskettchen. Ich war gerührt. Mit feuchtem Blick sah ich Nathalie an: „Danke."

Sie musterte mich forschend: „Ist alles in Ordnung?"

Ich nickte und nahm den Pinguin in die Hand. Es war ein kleiner Felsenpinguin, und ich fragte mich, wo Aaron ihn gefunden haben mochte. Ich war ziemlich sicher, dass er nicht zu den Andenken aus dem Loro Parque gehörte. Er war wunderschön, und ich legte mir das Kettchen um. Dabei durchströmte mich ein warmes Gefühl.

Nathalie lächelte verständnisvoll und sagte: „Ich plane für morgen eine kleine Tour nach Icod de los Vinos und in den Schmetterlingsgarten. Möchten Sie uns begleiten?"

Am nächsten Morgen fuhren wie die Höhenstraße über La Guancha entlang, und ich genoss den Blick auf den Teide auf der einen und auf das Meer auf der anderen Seite. Diese vereinten Gegensätze machten den Ort zu etwas Besonderem. Die Straße führte durch einen Kiefernwald und brachte uns in das Zentrum von Icod. Dort besuchten wir zuerst den „Drago", den ältesten Drachenbaum der Kanaren, der Wissenschaftlern zufolge etwa 600 Jahre alt sein soll. Der Drago ist nicht besonders groß, besticht aber durch seine außergewöhnliche Form: Es sieht so aus, als hätten sich viele schlanke Bäume umschlungen und so einen dicken Stamm gebildet.

In unmittelbarer Nähe zum Drago befindet sich der Schmetterlingsgarten „Mariposario del Drago". Hier wurden wir von Hunderten von bunten Schmetterlingen begrüßt, die sich zwischendurch immer wieder einmal auf unseren Schultern und Köpfen niederließen. Mir gefielen besonders die blauen Himmelsfalter, deren Flügeloberseite strahlend blau leuchtet. Die Unterseite der Flügel ist fein gemustert in Brauntönen mit Augenzeichnungen. Ich konnte mich kaum sattsehen an diesen eleganten Lebewesen, die durch die Halle schwebten. Als ich auf einer Bank saß und ihrem Treiben zuschaute, berührte ich unversehens den kleinen Pinguin an meinem Hals.

Meine Gedanken verließen die Schmetterlinge und kehrten zurück zum Planet Penguin. Warum mochte Aaron mir die Kette geschenkt haben, noch dazu auf dem Umweg über Nathalie? Hatte er sich nicht getraut, sie mir selber zu geben? Oder hatte er möglicherweise Angst davor gehabt, dass sie mir nicht gefallen könnte? Dass mir das Geschenk an sich nicht gefallen würde?

Ich hatte mich sehr gefreut, als ich den Pinguin in den Händen hielt. Und ich hatte keine Sekunde gezögert, ihn mir um den Hals zu legen. Aber welche Gegenleistung würde Aaron erwarten? Ich beschloss, ihm abends eine kurze Nachricht zu schicken und mich zu bedanken. Die Zukunft würde dann schon zeigen, wie sich unsere Bekanntschaft weiter entwickeln würde.

Schon am nächsten Abend erhielt ich Aarons Antwort.

Liebe Leonie,

nun bin ich erst wenige Tage zu Hause, und es ist erschreckend, wie schnell der Alltag mich wieder im Griff hatte. Wie vermutet, türmte sich die Arbeit bei meiner Ankunft und musste ich gleich eine Menge Überstunden machen, um den Berg auf ein übersichtliches Maß schrumpfen zu lassen. Dabei stellte ich fest, dass die Arbeit seit meinem Aufenthalt auf Teneriffa einen anderen Stellenwert einnimmt als noch kurz zuvor. Ich wage zu behaupten, dass Du nicht ganz unbeteiligt bist an dieser Entwicklung. Immer wieder kehren meine Gedanken zurück zu den drei Tagen, die ich mit Dir und mit Lucky verbringen durfte. Es war schön, Zeit mit einem Menschen zu verbringen, mit dem alles so einfach und natürlich erschien.

Als Du bei unserer ersten Begegnung den Planet Penguin betratst, hatte ich schon eine Weile dort gesessen und sowohl den Pinguinen als auch den Menschen zugeschaut. Dabei war mir aufgefallen, dass ein Großteil der Leute dort Unruhe verbreitete und sich nur oberflächlich für die Tiere interessierte. Dann kamst Du herein und setztest Dich auf die Tribüne. Weißt Du, dass Du dort wie ein ruhender Pol wirktest? Du warst in der Lage, Dich dorthin zu setzen und den kleinen Frackträgern lange und entspannt zuzusehen, so als läge Dir jeder einzelne von ihnen am Herzen. Das hat mich tief beeindruckt.

In einem von mir unbemerkten Augenblick warst Du plötzlich verschwunden. Ich vermutete, dass es Zeit für ein Mittagessen war, da ich selber auch ein wenig hungrig war. Trotzdem blieb ich dort sitzen, weil ich hoffte, Du würdest nach einer Weile wieder zurückkommen. Deine Begeisterung für die Pinguine erfüllte mich mit einer gewissen Zuversicht, die sich dann ja auch bestätigte. Nun hätte ich die Gelegenheit gehabt, Dich anzusprechen und Dich in eine kleine Unterhaltung zu verwickeln. Zu der Zeit verließ mich allerdings mein Mut, so dass diesmal ich das Pinguinarium verließ.

Ich empfinde es als großen Glücksfall, dass wir uns später im Botánico wieder trafen. Die Gunst des Schicksals wollte es wohl, dass Du bei der Gelegenheit Lucky dabei hattest. Er ermöglichte es mir, mit Dir ins Gespräch zu kommen. Ansonsten hätte ich den Mut dazu vermutlich nicht gefunden. Wie Du wahrscheinlich bemerkt hast, verstehe ich nicht viel von Hunden, aber Lucky ist wirklich ein toller Kerl. Manchmal habe ich das Gefühl, er könnte den Menschen in ihre Seele schauen. Wahrscheinlich romantisiere ich jetzt etwas.

Nachdem wir meine letzten Urlaubstage miteinander verbracht hatten, bedauerte ich sehr, dass ich Euch verlassen musste. Ich habe mich schon lange nicht mehr so angenommen und ausgeglichen gefühlt wie in Eurer Gesellschaft, so als wenn ich nach langer Zeit einen Teil von mir wieder gefunden hätte. Darum würde ich mich sehr freuen, wenn wir unseren Kontakt nach Deiner Rückkehr nach Deutschland vertiefen könnten.

Es stimmt mich froh, dass Du den kleinen Pinguin erhalten hast und dass er Dir gefällt. Er soll Dich zu nichts verpflichten, Dich nur an ein paar schöne Urlaubstage erinnern. Wenn er Dich zudem an schöne Stunden mit mir erinnern würde, würde mich das sehr glücklich machen.

Hier ist es übrigens nach wie vor sehr heiß. Das Klima spielt wohl vollkommen verrückt, wenn es über viele Wochen auf Teneriffa kühler ist als in Deutschland. Eigentlich sollte ich mich daher darüber freuen, wenn Ihr noch länger auf der Kanaren-Insel mit ihrem angenehmen Klima bleiben könnt. Wenn ich ehrlich bin, sehe ich Deiner Rückkehr allerdings mit Ungeduld entgegen.

Den Pinguin aus dem Loro Parque habe ich mir auf den Schreibtisch gestellt. So bringt er ein wenig Ruhe in meine arbeitsreichen Tage. Darf ich ein Foto von Lucky dazu stellen?

Viele Grüße
Aaron

Ich saß vor meinem Notebook und starrte immer wieder auf diese Zeilen. Wie schön wäre es, wenn ich sie auf die altmodische Weise als Brief erhalten hätte. Dann könnte ich das Papier in die Hand nehmen, das auch Aaron vor nicht allzu langer Zeit berührt hätte. Vielleicht hätte es einen Hauch seines Dufts mit sich geführt, eines Duftes, der mir noch nicht wirklich vertraut war. Elektronische Post mochte zwar praktisch sein, erheblich schneller und preisgünstiger als Briefpost, aber dennoch vermisste ich die Briefe von früher. Mir fehlten die Spannung und Vorfreude, die man erlebte, während man auf einen Brief von lieben Menschen wartete. Andererseits hätte mich ein Brief von Aaron vermutlich niemals auf Teneriffa erreicht, zumal auch meine Abreise nicht mehr allzu lange würde auf sich warten lassen.

Es bestand kein Zweifel daran, dass Aaron sich in Deutschland mit mir treffen wollte. Ich musste mir eingestehen, dass ich diesen Gedanken äußerst reizvoll fand. Gleichzeitig machte er mir Angst. War ich so weit, dass ich eine Beziehung eingehen wollte? Handelte es sich vielleicht nur um einen Urlaubsflirt, um eine heftige Woge, die im Alltag nicht bestehen würde? Wenn ich genauer darüber nachdachte, waren wir allerdings nicht bis zu einem Flirt gekommen. Ohne Lucky hätten wir uns womöglich gar nicht näher kennen gelernt. Wir hatten eine schöne Zeit gemeinsam verbracht, und offensichtlich hatten wir beide erst zum Schluss bemerkt, dass der andere uns ans Herz gewachsen war.

Meine Hand griff immer wieder zu dem kleinen Pinguin an meinem Hals und meine Gedanken kreisten um die drei Tage, die wir mit Aaron verbracht hatten. An meinen letzten Urlaubstagen ertappte ich mich dabei, dass ich arbeitete, um auch zu Hause über ein wenig Freizeit zu verfügen. Ich bemerkte mit leichtem Erstaunen, dass ich mit Freude an meine Rückkehr nach Deutschland dachte – obwohl der Fremde, wie ich ihn in Gedanken seit einiger Zeit nannte, noch immer auf freiem Fuß zu sein schien.

Welchen Weg würde ich finden, um mit der Unsicherheit umzugehen, die dieser Fremde für mich mit sich brachte? Immerhin hatte ich großes Glück gehabt, dass mir nichts Schlimmes passiert war. Außerdem tröstete ich mich damit, dass der Täter bisher nie zweimal am gleichen Ort zugeschlagen hatte. Vielleicht kam unser Park damit einer sicheren Zone gleich. Ich wusste, dass es müßig war, sich all diese Gedanken zu machen. Aber ich wusste auch, dass ich nicht vorhatte, mir von einem Fremden auferlegen zu lassen, wie ich meine Freizeit verbringen wollte.

Meinen letzten Urlaubstag verbrachte ich noch einmal im Loro Parque. Ich musste mich einfach von den Pinguinen verabschieden, die vielleicht dazu beigetragen hatten, dass mein Leben eine andere Wendung einschlagen würde, als ich noch vor kurzem gedacht hatte. Diesmal saß ich ganz alleine auf der Tribüne. Zu gerne hätte ich Lucky an meiner Seite gehabt, aber verständlicherweise durften Hunde den Park nicht betreten. Ich schaute dem munteren Treiben der Pinguine zu. Während ich dort saß, beschloss ich, Aaron noch am gleichen Tag zu schreiben, obwohl ich ursprünglich vorgehabt hatte, damit zu warten bis nach meiner Ankunft in Krefeld.

Für den Abend bereitet Nathalie eine Grillparty vor. Mein längerer Aufenthalt in ihrer Ferienanlage hatte dazu geführt, dass wir gute Freundinnen geworden waren. Wie so oft, hatte auch hier

Lucky ordentlich nachgeholfen. Er fand immer den richtigen Mittelweg zwischen Gehorsam und Clownerie. Er freute sich, wenn er sie sah, und hüpfte wie verrückt um sie herum, wusste aber instinktiv, wie weit er damit gehen konnte. Kurz bevor es ihr zu viel wurde, beruhigte er sich und bereitete ihr so viel Freude. Schmunzelnd fragte ich mich, ob Nathalie die Grillparty wirklich meinetwegen plante oder vielleicht doch eher, um sich von Lucky zu verabschieden. Da die Party länger dauern könnte, beschloss ich, vorher einen Spaziergang mit ihm zu machen. Wir streiften noch einmal durch den Wald, wo er voller Begeisterung seinem Ball hinterherlief. Unermüdlich brachte er ihn zurück, bis wir beide müde und durstig waren.

Als wir in unserer Ferienwohnung ankamen, stellte ich fest, dass mir noch genügend Zeit blieb, um zu duschen und mich umzuziehen. Anschließend setzte ich mich an mein Notebook und begann zu schreiben.

Lieber Aaron,

gerne darf Lucky dem Pinguin auf Deinem Schreibtisch Gesellschaft leisten. Es freut mich, dass Ihr Euch so gut verstanden habt und dass wir Deinen Urlaub bereichern konnten.

Morgen fliegen auch wir nach Deutschland zurück. Nach so vielen Wochen auf Teneriffa werden wir uns wohl erst wieder an Zuhause gewöhnen müssen. Ich habe die Auszeit auf dieser Insel sehr genossen, aber jetzt ist es an der Zeit, in den Alltag zurückzukehren.

Einerseits freue ich mich sehr darauf, dass wir dann in Deiner Nähe sein werden und einem erneuten Treffen nichts im Wege stehen wird. Aber andererseits beunruhigt mich auch die Frage, ob unsere Bekanntschaft eben diesem Alltag wird standhalten können. Manchmal versanden Urlaubsbekanntschaften, sobald man sich wieder im gewohnten Umfeld befindet.

Ich würde mir wünschen, Dich näher kennen lernen zu dürfen, um herauszufinden, ob sich aus unserer zufälligen Bekanntschaft mehr entwickeln kann.

Du hast mich gefragt, was mir wichtig ist im Leben. Ich möchte versuchen, diese Frage zu beantworten:

Unsere Sicht auf die Dinge und auf uns selbst ändert sich ständig, da wir im fortwährenden Austausch mit unserer Umwelt sind. Lange Zeit habe ich gedacht, dass es unser Ziel ist, etwas zu erreichen. Immer wieder musste ich dann aber feststellen, dass auf das Erreichen eines Ziels nach kurzer Zeit eine Ernüchterung folgte und man ein neues Ziel brauchte. Irgendwann habe ich verstanden, dass es nicht darum geht, ein Ziel zu erreichen. Wenn ich mich selbst verwirklichen will, geht es nicht darum, etwas zu sein, sondern etwas zu werden.

In einem nächsten Schritt habe ich begriffen, dass wir hoch entwickelte, soziale Wesen sind. Folglich ist diese Selbstverwirklichung schöner und anregender, wenn man sie nicht für sich alleine in Angriff nehmen muss. Wir können uns nur in der Beziehung zu anderen als vollständiges Wesen erfahren.

Während eines Aufenthalts in Argentinien fiel mir ein Werk von Jorge Bucay in die Hände, das den Titel „El camino del encuentro" trägt. Für mich war dieses Werk bahnbrechend. Fundamental war dabei der Gedanke, dass wir in unseren Beziehungen eine Balance zwischen Freiheit und Bindung finden müssen. Ich nenne das in Anlehnung an Bucay das Erschaffen eines "Ich, Du und Wir" und bin mir dessen bewusst, dass das in den meisten Fällen eine ziemliche Herausforderung darstellt.

Ich glaube, damit habe ich ziemlich kurz dargestellt, was mir wichtig ist: Ich möchte dem Leben mit Neugier und Offenheit begegnen und mich weiter entwickeln. Schön wäre es, wenn ich Menschen fände, die mich auf diesem Weg begleiten möchten. Schön wäre es, wenn Du ein solcher Mensch werden könntest.

Ich würde mich freuen, wenn wir uns am kommenden Wochenende wieder sehen könnten.

Liebe Grüße
Leonie

Krefeld

Bei unserer Ankunft am Düsseldorfer Flughafen fühlte ich mich seltsam verloren. Ich stand am Gepäckband und wartete auf Lucky und meinen Koffer, während ich in Gedanken versank. Wie schön wäre es, wenn mich jemand abholen und nach Hause bringen würde? Da ich allerdings niemanden über den genauen Zeitpunkt meiner Rückkehr informiert hatte, konnte ich wohl kaum auf ein Empfangskomitee hoffen. Wen hätte ich auch informieren sollen? Meine Freundin Hannah vielleicht. Möglicherweise hätte mich auch Aaron abgeholt, aber das wollte ich zum jetzigen Zeitpunkt noch nicht. Er sollte sich nicht verpflichtet fühlen, und ich wollte ihm nicht müde und erschöpft gegenüber treten müssen.

Mir wurde bewusst, dass es außer Hannah und vielleicht Aaron niemanden zu geben schien, der sich dafür interessiert hätte, dass ich wieder da war. Mein Vater war vor vielen Jahren gestorben und meine Mutter hatte vor zwei Jahren den Kampf gegen ihre Depressionen verloren und war ihm gefolgt. Ich hatte noch eine Schwester, Lisa, die ich ebenfalls seit langem nicht mehr gesehen hatte. Aber mein Verhältnis zu Lisa war oft schwierig gewesen, so als hätten unsere Eltern nicht genug Liebe für zwei Kinder gehabt und hätten wir Mädchen um jedes bisschen Liebe kämpfen müssen. Dabei waren wir sehr unterschiedliche Wege gegangen. Während ich zumindest äußerlich als brav dahergekommen war, war Lisa immer der aufsässige Wirbelwind gewesen, die kein Blatt vor den Mund nahm und machte, was sie wollte. Obwohl sie meinen Eltern mit Sicherheit viel Ärger bereitet hatte, hatte ich immer das ungute Gefühl gehabt, dass ich diejenige war, mit der etwas nicht stimmte.

Und dann kam der Tag von Lisas Hochzeit. Wir hatten schon lange gefeiert. Ich war müde und wollte nach Hause gehen, als mich plötzlich jemand von hinten griff und auf die Tanzfläche zog. Es roch nach Alkohol, und der Mann zog mich so eng an sich, dass ich sein Gesicht nicht sehen konnte. Ich wollte weg und begann um Hilfe zu rufen. Um mich zum Schweigen zu bringen, drückte er mir seine Lippen fest auf den Mund. Es tat weh und widerte mich an. Allerdings konnte ich dadurch endlich erkennen, wer der Mann war: Es war Jürgen, Lisas frisch vermählter Ehemann. Ich versuchte, mich zu wehren, war aber machtlos gegen ihn. Dann hörte ich Schreie und spürte Schläge auf meinem Körper. Endlich wurde ich von Jürgen getrennt. Meine Schwester tobte vor Wut. Dass ihr Mann für das Geschehene verantwortlich war, konnte sie nicht glauben. Seitdem haben wir uns nicht wieder gesehen. Mit Jürgen ist sie anscheinend nach wie vor verheiratet – glücklich, wie meine Mutter mir vor ihrem Tod berichtet hatte.

Zum Glück erschien endlich Lucky in seiner Transportbox und erlöste mich von meinen Grübeleien. Ich ließ ihn heraus, um zu schauen, ob er den Flug gut überstanden hatte. Er wirkte noch ein wenig träge, freute sich aber über seine Freiheit und wollte den Flughafen so schnell wie möglich verlassen. Als endlich auch mein Koffer kam, machten wir uns auf den Heimweg.

Am nächsten Morgen beschloss ich, Hannah zu besuchen und ihr den bunten Gecko mitzunehmen, den ich im Loro Parque für sie gekauft hatte. Normalerweise telefonierten wir mehrmals in der Woche miteinander, aber seit zwei Wochen hatte ich sie nicht erreichen können. Das war ungewöhnlich und beunruhigte mich ein wenig. Auch diesmal ging sie nicht ans Telefon, so dass ich kurz entschlossen zu ihrer Wohnung fuhr.

Als ich klingelte, drang hysterisches Gebell bis zu mir vor. Spätestens jetzt wusste ich, dass etwas nicht stimmte. Enya, Hannahs Hündin, verhielt sich normalerweise vollkommen ruhig, wenn Besuch kam. Da Hannah nicht öffnete, ging ich zum Garten und hoffte, durch den Hintereingang hineingehen zu können. Das Gartentor war verschlossen, aber Enya kannte mich gut, so dass ich kein Risiko einging, wenn ich einfach hinüberkletterte. Schon bald kam sie erregt bellend auf mich zu gerannt. So hatte ich sie noch nie erlebt. Aber immerhin: Wenn ich sie vorher an der Wohnungstüre gehört hatte, konnte das nur bedeuten, dass sie durch den Hintereingang in den Garten gelaufen war. Ich blickte mich um und sah überall Hundehäufchen. Beklommen folgte ich Enya ins Haus. Dort war es dunkel, und es roch muffig.

„Hannah?"

Hannah antwortete nicht. Ich fuhr die Rollläden hoch und sah mich um. Überall lag Müll herum. Enyas Näpfe waren schmutzig und leer. Schnell stellte ich ihr frisches Wasser und ein wenig Futter hin. Dankbar nahm sie beides an, was allerdings nicht unbedingt bedeuten musste, dass sie wirklich Hunger gehabt hatte. Ein Retriever hat irgendwie immer Hunger.

„Hannah? Bist du da?"

Auf meinem Weg durch die Wohnung ließ ich überall das Licht herein. Es bot sich mir immer das gleiche Bild: Unordnung und Schmutz, als hätte man einfach alles liegen lassen, was man in der Hand gehabt hätte. Besonders die vielen Papiertaschentücher fielen mir auf, die auf dem Boden herumlagen.

Schließlich erreichte ich Hannahs Schlafzimmer. Ich zog den Rollladen hoch und öffnete das Fenster, was Enya dazu veranlasste, ins Bett zu springen. Mein Blick folgte ihr, und erschrocken rief ich:

„Hannah! Was ist passiert? Bist du krank?"

Meine Freundin lag zusammengerollt und mit verweintem Gesicht in ihrem Bett.

„Geh weg! Lass mich in Ruhe!", wimmerte sie. Sie schluchzte laut auf, verlor aber keine einzige Träne. Vermutlich hatte sie so viel geweint, dass sie keine Tränen mehr übrig hatte. Ich setzte mich zu ihr aufs Bett und war froh, dass ich vorher das Fenster geöffnet hatte. Sanft berührte ich sie an der Schulter.

„Wie lange liegst du hier schon so?" – Sie zuckte nur mit den Schultern und zog sich die Decke über den Kopf. Ich überlegte. Was konnte nur passiert sein?

Leise fragte ich noch einmal: „Hannah, was ist passiert? Wo ist Paul? Warum ist er nicht hier, wenn es dir so schlecht geht?"

Hannah zuckte zusammen und ihr Blick erinnerte mich an ein verletztes Tier. Schließlich stammelte sie: „Weiß ich nicht… Frag ihn doch selbst."

Paul war Hannahs Verlobter. Die beiden wollten in drei Monaten heiraten. Aber Hannahs Reaktion wirkte nicht so, als wenn die Hochzeit noch stattfinden würde.

Einen Augenblick lang war ich erleichtert. Wenn ich ihn fragen sollte, konnte ihm nichts Schlimmes passiert sein. Aber wo war er nur? Da Hannah es offensichtlich auch nicht wusste und sie gerade nicht mit mir reden wollte, fasste ich den Entschluss, mich erst einmal um Enya und die Wohnung zu kümmern.

„Ist es in Ordnung, wenn ich mit Enya und Lucky spazieren gehe? Ich glaube, ein bisschen Auslauf würde ihr gut tun."

Hannah brummte nur. Also nahm ich Enya mit und holte Lucky ab. Zum Glück war es noch recht früh am Morgen, so dass es nicht allzu heiß war und die beiden ausgiebig miteinander spielen konnten.

Als wir zurückkehrten, räumte ich den Garten und Hannahs Wohnung auf. Dabei fiel mir ein zerrissenes Foto von Paul in die Hand. Ich wollte es nicht wegwerfen und legte es beiseite.

„Das musst du nicht aufheben. Wirf es ruhig weg. Ich brauche es nicht mehr. Was glaubst du, warum ich es zerrissen habe?" Hannahs Stimme klang brüchig und sie wirkte wie zerschlagen, aber immerhin stand sie in der Tür und sah meinem Treiben zu.

Ich zögerte. „Bist du sicher?"

„Ja." Sie trat an die Spüle und ließ sich ein Glas Wasser einlaufen. Nachdenklich blickte sie auf das Glas, bevor sie es in einem großen Zug leertrank. „Er ist zur Erkenntnis gekommen, dass ich wohl doch nicht das Wahre bin. Dann hat er seine Sachen gepackt und ist gegangen."

„Ihr wart sechs Jahre lang zusammen. Ihr wolltet heiraten." Fassungslos stammelte ich nur Dinge, die Hannah selbst wusste. „Und dann hat er dir gesagt, du seist nicht das Wahre?" Sie nickte nur.

„Wann war das?"

Mit einem Blick auf ihre Uhr sagte sie: „Vor elf Tagen, zweiundzwanzig Stunden und siebzehn Minuten."

„Du zählst die Minuten, die seitdem vergangen sind?"

„Jede einzelne."

Elf Tage, zweiundzwanzig Stunden und siebzehn Minuten. Das waren siebzehntausendeinhundertsiebenundsiebzig Minuten.

„Du hast 17177 Minuten gezählt? Wann hast du geschlafen, wann hast du gegessen?"

„17178 Minuten. Wenn ich geschlafen hatte, musste ich neu zählen. Darum habe ich die Minuten ja auch zu Stunden und später zu Tagen gebündelt. Das vereinfacht das Zählen."

Ich war fassungslos. Nach einer Beziehung von sechs Jahren sagte Paul meiner Freundin drei Monate vor der Hochzeit, sie sei nicht das Wahre. Nicht, dass er sich in eine andere Frau verliebt oder – was der Wahrheit vermutlich am nächsten käme – dass er Angst vor seiner eigenen Courage bekommen hätte. Stattdessen behandelte er sie wie einen überflüssigen Gegenstand und bezeichnete sie als „nicht das Wahre". Persönlich würde ich ihm nicht wirklich nachtrauern, aber diese Entmenschlichung meiner Freundin machte mich wütend. Kein Wunder, dass Hannah zutiefst verletzt war.

„Was willst du jetzt tun?"

Verlegen schaute sie an sich herab. „Duschen?" Ich unterdrückte ein Schmunzeln. „Das wäre wohl nicht verkehrt."

Nach einiger Zeit kehrte sie zurück und sah wie verwandelt aus. Sie trug einen kurzen Jeansrock und eine weiße, ärmellose Bluse, dazu weiße Sneakers. Ihre dunklen Haare hatte sie zu einem lockeren Pferdeschwanz zusammengebunden. Sie hatte sich offensichtlich bewusst für ein Outfit entschieden, dass Paul nicht gefallen hätte. Er hatte es vorgezogen, wenn sie sich elegant kleidete, und nur wenig Verständnis dafür gezeigt, dass Eleganz nur schwer zu einem lebenslustigen Retriever passte.

Wie gerufen kamen Enya und Lucky aus dem Garten herangerannt und begrüßten Hannah überschwänglich. Zufrieden bemerkte ich das zaghafte Lächeln, das über ihr Gesicht huschte.

„Und nun?", fragte sie unschlüssig.

„Na ja, ich wäre für einkaufen. Ich bin erst gestern Abend zurückgekommen und meine Küchenschränke sind leer. Bei dir sieht es übrigens auch nicht viel besser aus, wie ich gerade festgestellt habe. Vielleicht sollten wir zuerst irgendwo frühstücken und anschließend unsere Vorräte auffüllen."

„Gute Idee. Ich glaube, ich habe endlich wieder ein wenig Hunger."

Wir fuhren zu unserem Lieblingsbiohof und genossen ein ausführliches Frühstück mit frischen Brötchen, Käse, Schokocreme, Joghurt, Orangensaft und einem kleinen Obstsalat. Währenddessen erzählte ich Hannah von meiner Zeit auf Teneriffa und bemühte mich, Aaron nur am Rande zu erwähnen. Ich vermutete, dass ihr der Sinn nicht gerade nach Berichten über Männerbekanntschaften stand.

Plötzlich fiel ihr Blick auf meinen Hals. „Der ist aber süß! Woher hast du ihn?"

Der Pinguin! Ich hatte den Pinguin vergessen. Sollte ich sie anlügen und sagen, dass ich ihn mir selbst gekauft hätte? Nein, doch lieber nicht. Aber wollte ich ihr ausgerechnet jetzt die Wahrheit sagen? Ich druckste herum. Während ich noch überlegte, wie ich reagieren sollte, verengten sich ihre Augen zu schalkhaften Schlitzen. „Sag schon, wer hat ihn dir geschenkt? Und warum?"

„Also gut. Ich habe ihn von Aaron bekommen, und er hat ihn mir zum Abschied geschenkt. Allerdings hat er ihn mir nicht selbst gegeben, sondern ihn mir von Nathalie überreichen lassen."

„Warum? Ist er schüchtern?"

Ich überlegte. „Ja, ich denke schon. Er war sehr lieb, auch zu Lucky, obwohl er selbst gesagt hat, dass er nichts von Hunden versteht. Ich glaube, ohne Lucky hätten wir uns überhaupt nicht näher kennen gelernt."

„Werdet ihr euch wieder sehen?" Ich nickte. „Ich wollte mich am nächsten Wochenende mit Aaron treffen, ja."

„Aber?"

„Nun ja, ich weiß nicht. Kann ich dich alleine lassen? Vielleicht brauchst du mich."

„Leonie!" Hannah war sichtlich empört. „Ich bin überglücklich, dass du wieder da bist. Wer weiß, wie lange ich ohne dich noch in dem tiefen Loch gesteckt hätte, in dem ich war? Aber jetzt hast du mir das Licht am Ende des Tunnels gezeigt, auch wenn der Tunnel vermutlich noch ziemlich lang und dunkel sein wird. Du allerdings wirst dein Leben nicht nach meinem Gemütszustand ausrichten." Sanfter fuhr sie fort: „Triff dich mit Aaron und finde heraus, wie wichtig ihr einander seid. Verbringt Zeit miteinander und lernt euch kennen. Und dann kommst du zurück, erzählst mir alles und darfst dich gerne um mich kümmern. Aber erst, nachdem du dich um dich selbst gekümmert hast. So, und jetzt lass uns einkaufen."

Sie stand auf, ging hinüber zum Hofladen und griff nach einem Tragekorb. Verblüfft folgte ich ihr. „Willst du hier einkaufen?"

„Ja, sicher. Wenn wir Fleisch kaufen wollen, sollten wir das hier tun. Wenn wir aber hier Fleisch kaufen, müssen wir auch den

Rest hier besorgen. Es ist zu heiß, um Einkäufe auch nur kurz im Auto liegen zu lassen."

So war sie, meine Freundin Hannah. Ein Stehaufmännchen mit einer gehörigen Portion Pragmatismus und einem Herzen, das am richtigen Fleck saß. Es gab Zeit für Trauer und es gab Zeit für Freude. Jetzt war offensichtlich die Zeit für das Leben zurückgekehrt.

Einige Tage später machte ich mich zusammen mit Lucky auf den Weg nach Münster. Wir waren mit Aaron zu einer Wanderung am Aasee verabredet. Wir hätten uns auch in Krefeld treffen können, aber da der Fremde noch nicht gefasst worden war, fühlte ich mich in meiner eigenen Stadt nach wie vor ziemlich unsicher. Für Münster hatten wir uns letzten Endes auch deshalb entschieden, weil es Aarons Heimatstadt war und wir somit bei wirklich schlechtem Wetter einen Zufluchtsort hätten.

Diese Vorsichtsmaßnahme war allerdings vollkommen überflüssig, da der lange, heiße Sommer noch immer andauerte. Ich war froh, dass mein Auto über eine Klimaanlage verfügte, ein Luxus, den mein voriger Wagen noch nicht besessen hatte.

Bei unserer Ankunft auf dem Parkplatz wartete Aaron schon. Mein Herz machte einen kleinen Freudensprung, und ich fragte mich, ob ich mir nicht zu viel von dieser Verabredung versprach. Möglicherweise wäre hier alles anders als noch vor kurzem auf Teneriffa. Mein Verstand mahnte mich fortwährend zur Vorsicht. Er sagte mir, dass ich nicht nach Münster hätte kommen sollen und dass ich vor allem jemand über mein genaues Vorhaben hätte informieren müssen. Ein anderer Teil von mir hatte allerdings keine Bedenken und freute sich einfach, Aaron wieder zu sehen.

Als wir aus dem Auto ausstiegen, war es wieder einmal Lucky, der sofort jede Unsicherheit wegwischte. Noch bevor ich die Gelegenheit gehabt hätte, Aaron zu begrüßen, hüpfte er ausgelassen auf ihn zu. Aaron bückte sich zu ihm hinab, und

Lucky sprang an ihm hoch und fuhr ihm mit der Zunge durchs Gesicht.

Nachdem mein Hund ausreichend begrüßt worden war, wandte sich Aaron mir zu und reichte mir die Hand. Er freute sich sichtlich, uns zu sehen: „Hallo, Leonie. Wie geht es euch? Hattet ihr eine angenehme Fahrt?" Sein Händedruck mutete geradezu seltsam an, nachdem ich in Teneriffa den kleinen Pinguin und die schon fast liebevolle E-Mail erhalten hatte. Ich wurde darin bestätigt, dass Körper und Seele manchmal nicht in Einklang sind und Menschen sich in Beziehungen gelegentlich in unterschiedlichem Tempo aufeinander zu bewegen. Im Laufe der Jahre hatte ich gelernt, dass man diesem Phänomen am besten mit Gleichmut und Geduld begegnet sowie mit einer gewissen Portion Neugier.

Wir gingen am Ufer des Sees entlang, vorbei am Freilichtmuseum, bis wir zum Allwetterzoo kamen. Eigentlich wollte ich nach meinem Aufenthalt auf Teneriffa erst einmal keinen anderen Zoo besuchen, aber es war so heiß, dass wir beschlossen, unsere Wanderung an diesem Punkt abzubrechen. Im Allwetterzoo sind die Tiergehege zu einem großen Teil durch überdachte Wege miteinander verbunden. Macht dies den Zoo auch bei Regenwetter zu einem beliebten Ausflugsziel, nutzten wir diese Überdachungen als Schutz vor der Sonne. Wir besorgten uns etwas zu trinken und ließen uns an einem schattigen Plätzchen nieder.

„Du hast mir noch nicht erzählt, warum du mehrere Wochen auf Teneriffa verbracht hast. Musstest du dich von einem Burn-Out erholen oder ist die Frage zu persönlich?" Ich musste zugeben, dass Aaron mir mehr von sich erzählt hatte als ich ihm. Und so berichtete ich von meinem Erlebnis im Park, das dazu geführt hatte, dass ich vorübergehend in Angst lebte und vor meiner Heimatstadt geflohen war.

„Kanntest du den Mann, der euch geholfen hat?"

Ich zögerte. „Ich glaube nicht. Er wirkte sehr ungepflegt, fast wie obdachlos. Das machte mir Angst. Und jetzt beunruhigt es mich, dass er mir Angst machte, obwohl er uns nur helfen wollte."

Aaron sah mich verständnislos an. „Wie meinst du das, du glaubst, du kanntest ihn nicht."

„Na ja, er tauchte plötzlich aus dem Nichts auf und riss uns mit sich fort. Dann bemerkte ich sein Äußeres und erschrak. Später, als er mit uns auf die Polizei wartete, erschien er mit trotzdem irgendwie vertraut, ohne dass ich sagen könnte, warum. Danach habe ich ihn nicht wieder gesehen." Nach einer Weile fuhr ich fort: „Ich würde mich gerne bei ihm bedanken, aber meine Vorurteile haben mich damals daran gehindert. Das tut mir Leid, und ich hoffe, dass ich ihn irgendwann noch einmal treffe."

„Du befandst dich in einer Ausnahmesituation. Ist es nicht normal, dass man dann erschrocken reagiert? Bist du sicher, dass es eine Frage von Vorurteilen war?"

„Na ja, ich fühle mich unwohl in der Nähe von Fremden, die in irgendeiner Form auffallend sind – sei es wie in diesem Fall durch ungepflegtes Äußeres, oder durch lautes Verhalten, manchmal durch ihre Hautfarbe oder ihre Kleidung. Das macht mir Sorgen." Hiermit sprach ich ein Thema an, das ich mir selbst kaum eingestehen wollte.

Prüfend beobachtete er mich. „Wie geht es dir, wenn du alleine unterwegs bist, und dir zum Beispiel Jugendliche begegnen oder auch einfach nur ein Mann, so wie ich?"

„Das kommt ganz auf die Situation an. Alleine im Wald würde ich mich unwohl fühlen, in einer belebten Fußgängerzone wäre es mir egal."

Er schmunzelte. „Alleine im Wald hättest du Angst vor mir gehabt?" Ich nickte. „Vermutlich schon."

„Hättest du vor dem Mann, der euch geholfen hat, auch dann Angst gehabt, wenn ihr euch in der Fußgängerzone begegnet wärt?"

Ich dachte nach und streichelte währenddessen meinen Hund. „Nein, ich glaube nicht."

Aaron sah mich sanft an und sagte: „Vielleicht hast du keine Vorurteile, sondern bist unsicher, wenn du dich schutzlos fühlst. Es lohnt sich, darüber nachzudenken. Das könnte deine Sicht auf die Welt und auf dich selbst ziemlich verändern."

Dann stand er plötzlich auf und meinte verschmitzt: „Komm, es ist Zeit." Überrascht folgte ich ihm, in Gedanken noch ganz bei dem Gespräch, das wir gerade geführt hatten. Da ich den Zoo in Münster nicht kannte, war ich auf den folgenden Anblick nicht vorbereitet: vor uns watschelten etwa zwanzig Brillenpinguine über die Wege. Man erklärte uns, dass diese kleinen Wanderungen durchgeführt wurden, um die Fitness der Tiere zu erhalten. Mit Lucky musste ich ein wenig Abstand halten, aber ich war entzückt. Die Pinguine im Loro Parque hatten mich begeistert. Dies hier jedoch war durch die Nähe zu den Vögeln ein ganz besonderes Erlebnis. Dann nahm mir Aaron Luckys Leine aus der Hand und meinte: „Geh hin, du kannst sie füttern." Und tatsächlich, einer der Wärter gab mir einen kleinen Fisch, den ein Pinguin dankbar annahm. Man wurde aufgefordert, die Tiere nicht anzufassen, aber dieser kleine Kerl dachte anders darüber und schmiegte kurz seinen Kopf in meine Hand. Glücklich blickte ich zu Aaron hinüber und sah die Freude über die gelungene Überraschung in seinem Blick.

Unser gemeinsamer Tag ging viel zu schnell zu Ende, und ich freute mich schon auf eine Fortsetzung am folgenden Wochenende. Um die Zeit bis dahin zu überbrücken, setzte ich mich an mein Notebook und schrieb.

Lieber Aaron,

ich danke Dir für einen unvergesslichen Tag in Deiner Heimatstadt.

Zwar mussten wir die geplante Wanderung um den Aasee wegen der nach wie vor hohen Temperaturen abbrechen, aber das Erlebnis im Zoo hat mich voll und ganz für das entgangene Vergnügen entschädigt. Ich kann kaum glauben, dass der Besuch bei den Pinguinen aus einer spontanen Entscheidung heraus entstanden ist. Er wirkte wie perfekt vorbereitet, und ich danke Dir dafür, dass Du mir dieses kleine Abenteuer ermöglicht hast.

Wenn ich Menschen näher kennen lerne, finde ich es immer wieder spannend, zu sehen, wie sie wohnen. Nachdem Du erzählt hattest, dass Du die vergangenen Jahre hauptsächlich mit Arbeit verbracht hast, hatte ich angenommen, Du würdest in einem funktionell eingerichteten Apartment mit geometrischen Formen und kühlen Farben leben. (Ich muss gerade schmunzeln: Vielleicht habe ich doch Vorurteile?) Umso erstaunter war ich, als Du mir Dein Zuhause zeigtest: Ein kleines Häuschen am Waldrand hatte ich eher nicht erwartet. Ich bedaure sehr, dass Du es Dein Eigen nennst, weil Deine Eltern es Dir nach ihrem Tod hinterlassen haben. Auch wenn es Dein Elternhaus ist, wird es Dir die geliebten Menschen nie ersetzen können. Mir gefällt, wie Du ihr Andenken in Ehren hältst, indem Du versuchst, ein Gleichgewicht zu finden zwischen dem Althergebrachten und Deinen eigenen Wünschen und Bedürfnissen. Ganz lieben Dank auch dafür, dass Lucky sich überall frei bewegen und im Garten herumtollen durfte.

Sehr gerne würde ich Dich am nächsten Wochenende zu mir nach Hause einladen. Unsere Wohngegend ist längst nicht so reizvoll wie Deine: Ich wohne in einem Mehrfamilienhaus in der Stadt. Von außen betrachtet ist *das Haus sogar relativ hässlich, aber der dahinter liegende Garten entschädigt uns für viele Unannehmlichkeiten.*

Da der Wetterbericht noch immer kein Ende der Hitzewelle in Aussicht stellt, schlage ich vor, dass ich meinen Kühlschrank mit Getränken, Eis und Salaten bestücke und wir uns einen gemütlichen Tag machen. Vermutlich würde es die Hitze nicht ernsthaft verschlimmern, wenn wir zusätzlich den Grill anzünden. Natürlich müssten wir zwischendurch auch einen kleinen Spaziergang mit Lucky machen.

Die Zeit bis zum Wochenende erscheint mir plötzlich unendlich lang. Es ist ganz gut, dass meine Arbeit einen großen Teil meiner Aufmerksamkeit erfordert und so die Zeit schneller vergehen lässt.

Ich freue mich darauf, Dich bald wieder zu sehen und ein weiteres Puzzle-Teilchen meines Lebens mit Dir zu teilen. Lucky liegt neben mir auf dem Teppich und sieht mich erwartungsvoll an, ganz so als wüsste er, wem ich hier gerade schreibe.

Liebe Grüße und bis bald.
Leonie

Nachdem ich diese Nachricht abgeschickt hatte, überlegte ich, dass es an der Zeit wäre, mir den Park zurückzuerobern. Vor unserer Begegnung mit dem Fremden hatte mich mein Weg fast täglich dorthin geführt. Seither mied ich jedoch den Park aus Sorge, dem Mann dort wieder zu begegnen. Nun wollte ich nicht länger hinnehmen, dass ein einmaliges unangenehmes Erlebnis mich so in meiner Bewegungsfreiheit einschränkte.

Ich begann, meine Besuche im Park zu planen. Aufgrund der ungebrochenen Hitze konnte ich davon ausgehen, dass schon am frühen Morgen recht viele Leute dort sein dürften. Gegen Mittag und am Nachmittag wäre es vermutlich zu heiß, und auch wir wollten nicht unbedingt bei sengenden Temperaturen unterwegs sein. Vom Wald würde ich mich vorerst fernhalten, aber auch der See hatte seinen Reiz und erfreute sich im Sommer großer Beliebtheit. Kurz blitzte der Gedanke auf, Hannah zu bitten, mich mit Enya zu begleiten. Alternativ könnte ich mir Pfefferspray besorgen. Beides verwarf ich schnell wieder. Weder wollte ich mich von einer Begleitung abhängig machen noch von einer Waffe.

Den ersten Versuch startete ich gleich am nächsten Tag. Lucky freute sich sichtlich, als er bemerkte, dass ich den Parkplatz des Parks ansteuerte. Mein Herz schlug spürbar in meiner Brust. Lucky sah kurz fragend zu mir auf, entschied sich dann aber dafür, seine Aufmerksamkeit interessanteren Dingen zuzuwenden. Nach einer kurzen Runde um den See kehrte ich erleichtert zum Auto zurück.

Zufrieden fuhr ich zurück nach Hause. Dort angekommen, nahm ich im Vorbeigehen die Post aus dem Briefkasten und legte sie auf den Küchentisch. Dann griff ich zum Telefon.

„Hallo Hannah, weißt du, wo ich gerade war?"

Hannah reagierte mit Verzögerung. „Leonie, bist du das? Was ist passiert? Wie spät ist es denn?" Vor lauter Freude hatte ich nicht auf die Uhr geschaut. Es war halb acht. Ich hatte schon einen kleinen Spaziergang und einen Besuch auf dem Markt hinter mir, aber Hannah hatte vermutlich noch geschlafen.

„Oh, Hannah, es tut mir leid. Ich stehe zurzeit immer sehr früh auf, weil es uns sonst zu heiß wird. Entschuldige bitte, dass ich dich geweckt habe."

Hannah brummte etwas Unverständliches, dann sagte sie: „Nun erzähl schon, wo warst du?"

Ich berichtete ihr von meinem genau geplanten Besuch im Park und von meiner Erleichterung und Begeisterung, als ich wieder im Auto saß.

„Das freut mich, Leonie. Aber warum hast du mich nicht mitgenommen? Zu zweit wäre es bestimmt einfacher gewesen."

„Genau deshalb. Ich möchte wieder alleine mit Lucky in den Park gehen können, ohne Angst zu haben."

„Ich verstehe. Aber weißt du, was?" Sie machte eine bedeutungsschwere Pause.

„Was denn?"

Ich hörte sie leise kichern. „Ich finde, du schuldest mir ein Frühstück, wenn du mich schon so früh aus dem Bett wirfst, um mir zu erzählen, wie du den Tag begonnen hast."

Die Zeit, die Hannah für den Weg zu mir brauchen würde, reichte mir, um frische Brötchen zu besorgen. Während unseres Frühstücks erschien mir meine Freundin sehr munter und unternehmungslustig. Das machte mich misstrauisch. Ich hatte sie gerade erst geweckt und noch vor wenigen Tagen litt sie an Liebeskummer. Warum also wirkte sie jetzt so heiter und ausgeglichen?

„Wie geht es dir, Hannah?"

Sie hielt inne und hob die Augenbrauen. „Wieso? Mir geht es gut. Das siehst du doch. Ich habe wieder neue Pläne, und an denen hat gerade kein Mann Anteil. Alles ist bestens."

„Neue Pläne? Was hast du vor?"

„Ich fliege nach Chile."

Ich hatte gerade meine Tasse zum Mund geführt, stellte sie jedoch verwirrt wieder ab. „Nach Chile? Was willst du dort?"

„Arbeiten. Auf einer Pferdefarm." Ihre Augen zogen sich zu belustigten Schlitzen zusammen.

„Wie bitte?"

„Ich werde mindestens drei Monate lang auf einer Pferdefarm arbeiten. In sechs Wochen geht's los."

„Und was ist mit Enya?"

„Ich hatte gehofft, sie könnte bei dir bleiben. Sie versteht sich doch so gut mit Lucky. Aber wenn es sein muss, kann ich sie auch mitnehmen. Ich habe mich schon erkundigt, wie man Hunde im Flugzeug mitnehmen kann. Und die Einreisebestimmungen für Chile sind nicht besonders kompliziert."

Chile also... Meine Freundin wollte für mehrere Monate nach Chile ... Um auf einer Pferdefarm zu arbeiten... Und Enya sollte bei mir bleiben. Na gut, Enya war kein Problem. Sie konnte so lange bei uns bleiben, wie sie wollte. Aber ob Hannah wirklich wusste, worauf sie sich da einließ?

„Hannah, wann hast du zum letzten Mal auf einem Pferd gesessen? Ist dir klar, dass das Leben auf einer südamerikanischen Pferdefarm sich drastisch unterscheidet von unserem gemütlichen Leben hier in der Stadt?"

Sie grinste. „Natürlich. Das ist ja der Sinn der Sache. Einmal etwas ganz anderes erleben, ganz neue Dinge sehen, neue Leute kennen lernen und einen anderen Lebensstil erfahren. Das mit den Pferden, das wird schon. Immerhin bin ich früher gerne und viel geritten, das verlernt man nicht. Außerdem spreche ich Spanisch, also kann ich mich problemlos verständigen."

„Hoffentlich sprechen die Pferde auch Spanisch." Mit Mühe unterdrückte ich ein Kopfschütteln. Ich verstand, dass sie von zu Hause wegwollte, um auf andere Gedanken zu kommen. Aber musste es gleich ein solches Abenteuer sein?

Noch während ich versuchte, mich mit ihren neuen Plänen anzufreunden, fragte sie: „Wieso hast du Post vom Amtsgericht? Gibt es etwas Neues von dem Mann aus dem Park?" Sie hielt mir einen Umschlag hin, der zweifellos von einer Behörde stammte.

„Ich weiß nicht." Zögernd nahm ich den Umschlag an. Ich griff nach einem Messer auf dem Tisch und öffnete den Brief vorsichtig. Als ich das Papier auseinanderfaltete, fiel mir das Wort

„Nachlass" ins Auge. Es verselbständigte sich augenblicklich zu einem Gedankenstrom in meinem Kopf: *Nachlass bedeutet Erbe. Wenn man etwas erbt, muss jemand gestorben sein. Es ist aber niemand gestorben, oder? Von wem sollte ich etwas erben? Das muss ein Irrtum sein.* Meine Hände wurden feucht und ich starrte unverwandt auf das Blatt Papier in meiner Hand.

„Was ist es denn nun?" Hannah wurde ungeduldig.

Ich schüttelte den Kopf. „Da steht etwas von Nachlass."

„Nachlass? Lass mich mal sehen." Sie nahm mir den Brief aus der Hand und begann zu lesen. Konzentriert blickte sie auf das Schreiben und zog die Augenbrauen zusammen.

„Du hast ein Wohnmobil geerbt."

„Ein Wohnmobil? Das kann doch gar nicht sein. Ich kenne niemanden mit einem Wohnmobil. Ich kenne nicht mal jemanden, der gestorben sein könnte." Ich wollte ihr den Brief aus der Hand nehmen, doch sie entzog ihn mir. „Da ist noch etwas, Leonie." Sie schien nach Worten zu suchen. Ihre Anspannung erfüllte den Raum und sprang auf mich über. Schweigend beobachtete ich sie und wartete auf das, was sie offenbar nur mit Mühe hervorbringen konnte. Schließlich wisperte sie: „Das Wohnmobil stammt aus dem Nachlass deines Vaters."

Ungläubig nahm ich ihr den Brief aus der Hand. „Hannah, mein Vater ist vor vielen Jahren gestorben. Wie soll ich denn jetzt noch etwas von ihm erben? Ich habe schon damals nichts geerbt, weil er meine Mutter als Alleinerbin eingesetzt hatte. Wo sollen denn jetzt ein anderes Testament und vor allem ein Wohnmobil herkommen? Er hatte doch nie ein Wohnmobil." Aber da stand es tatsächlich. Es war die Rede von einem erst kürzlich aufgetauchten Testament, das das vorherige ersetzen sollte. Laut diesem Testament sollte ich das Wohnmobil meines Vaters erben. Ich sollte mich persönlich melden, damit man mich über den Verbleib des Wohnmobils informieren und mir gegebenenfalls bei der Übernahme behilflich sein könnte.

Ohne Zögern wählte ich die angegebene Nummer. Leider wollte man mir am Telefon keine Auskünfte erteilen, aber ich wurde für den übernächsten Tag zu einem Termin mit dem offensichtlich für mich zuständigen Herrn Schneider eingeladen.

Ich konnte es kaum erwarten, die Geschichte von dem Wohnmobil und meinem angeblichen Erbe kennen zu lernen. Vor Ungeduld und Neugier konnte ich mich kaum auf meine Arbeit konzentrieren. Darum zog es mich am nächsten Tag wieder mit Lucky in den Park. Am Ende unserer kleinen Runde fiel mein Blick auf eine Bank in der Nähe des Parkplatzes. Wir hatten es uns gerade ein wenig gemütlich gemacht, als plötzlich ein Schatten vor uns auftauchte. Lucky begann zaghaft zu wedeln.

„Bist du nicht der Hund aus dem Wald?" Im ersten Augenblick stieg Panik in mir auf. Das Bild des Fremden mit den kalten Augen erschien mir. Aber dann erinnerte ich mich daran, dass der Fremde nicht mit uns gesprochen hatte. Ich hatte seine Stimme also nicht gehört, diese Stimme hingegen kam mir bekannt vor. Zögernd wandte ich mich dem Sprecher zu und sah in braune, freundliche Augen.

„Ja, kein Zweifel. Sie sind es. Wie geht es Ihnen? Haben Sie sich von dem furchtbaren Schreck erholt, der Sie im Wald ereilt hat?"

Überrascht musterte ich den Mann. Es musste sich um unseren Retter handeln, aber ich erkannte ihn nicht. Er bemerkte meine Verunsicherung und erklärte: „Wir sind uns vor einigen Wochen hinten im Wald begegnet. Sie waren wohl in einer Notlage und ihr Hund hatte mich durch sein Bellen darauf aufmerksam gemacht. Erinnern Sie sich nicht daran?"

„Selbstverständlich erinnere ich mich daran. Wie könnte ich das je vergessen. Aber ..." Ich zögerte.

Er lächelte leise und beendete dann meinen Satz: „Sie erkennen mich nicht wieder."

Ich zuckte ratlos mit den Schultern. Auf eine ungreifbare Art strahlte der Mann Ruhe aus. Das schien auch Lucky zu bemerken.

„Ich kann es Ihnen gerne erklären. Ich war vier Wochen lang zu Fuß unterwegs und habe sozusagen eine kleine Reise in meine Vergangenheit unternommen. Ich habe Orte meiner Kindheit aufgesucht, aber auch mir bis dahin unbekannte Orte, die ich mir immer einmal ansehen wollte. Da die Seele zu Fuß reist, hatte ich mich entschlossen, für dieses Projekt auf jegliche Verkehrsmittel zu verzichten. Der Tag unserer Begegnung war der letzte meiner Reise." Er zuckte entschuldigend mit den Schultern. „So kam es, dass ich an dem Tag unserer Begegnung, sagen wir mal, nicht mehr so ganz taufrisch gewirkt haben mag. Habe ich Sie erschreckt?"

Ich nickte beschämt. „Vielleicht schon. Das tut mir Leid. Vor allem aber wollte ich mich gerne bei Ihnen bedanken. Sie haben mir möglicherweise das Leben gerettet."

Meine Neugier war geweckt, und ich setzte an, um den Mann zu seiner Reise zu befragen. Doch er unterbrach mich:

„Haben Sie Zeit? Darf ich Sie zu einem Eis einladen?"

Gerade fuhr ein kleiner Eiswagen vor, dem dieser Sommer wahrscheinlich ungeahnte Einkünfte bescherte.

Wir setzten uns in den Schatten, wo der Mann gedankenverloren sein Eis zu essen schien. Nach einiger Zeit sah er mich prüfend an und fragte:

„Kennen wir uns nicht? Haben wir uns nicht früher schon einmal irgendwo getroffen?"

Auch ich hatte Aaron erzählt, dass mir dieser Mann seltsam vertraut erschienen war, obwohl er mir gleichzeitig Angst gemachte hatte. Zögernd sagte ich: „Möglich wäre es schon. Ich weiß nur noch nicht, wo wir uns begegnet sein sollten", als sich mit einem Mal sein Gesicht erhellte und freudiges Erkennen ausdrückte.

„Spielst du noch Klavier?"

„Klavier?"

Vor vielen, vielen Jahren hatte ich einmal Klavierunterricht erhalten. Vorher hatte ich Blockflöte und Gitarre gespielt, aber keines dieser beiden Instrumente war mir so richtig ans Herz gewachsen. Beim Klavier war das anders. Bis heute faszinierte mich Klaviermusik, und obwohl ich das Instrument seit langer Zeit nicht mehr genutzt hatte, stand es nach wie vor in meiner Wohnung und wartete darauf, wieder in Gebrauch genommen zu werden.

Aufmerksam musterte ich den Mann.

„Robert?"

Mehrmals hatte ich versucht, genau diesen Mann wieder zu finden, nachdem er aus meinem Leben verschwunden war. Es war mir nie gelungen. Und jetzt sollte er sich quasi vor meiner Haustür aufgehalten haben? Nur langsam verstand ich, dass ich vor einigen Wochen tatsächlich von meinem früheren Klavierlehrer gerettet worden war. Ich erinnerte mich an seine Frage: „Nein, ich habe aufgehört, Klavier zu spielen, als du nicht mehr da warst."

„Warum?"

Ich überlegte. „Na ja, man braucht jemanden, der einem zeigt, wie es funktioniert."

Robert stutzte. „Aber es gibt doch viele Lehrer. Du hättest leicht einen finden können."

Prinzipiell hatte er damit Recht, ich hatte es auch mehrfach versucht. Aber ich hatte nie mehr jemanden gefunden, mit dem ich gerne weiter gelernt hätte. Ich versuchte, es ihm zu erklären.

„Weißt du, ein guter Lehrer ist nicht nur jemand, der den Lehrstoff in wohl dosierten Schritten anbietet. Er erkennt auch die Stärken und Schwächen seiner Schüler, so wie du es getan hast. Er nimmt ihre Interessen und Belange ernst und versucht nicht um jeden Preis, ihnen seinen eigenen Stempel aufzudrücken. Er fördert Kreativität, anstatt sie zu unterdrücken. In meinen Augen bist du der beste Lehrer, den ich je hatte. Wie hätte ich dich ersetzen sollen? Ich habe es übrigens durchaus versucht, aber es hat nie gepasst."

Still und nachdenklich sah er mich an. „Ich danke dir, Leonie. Und es tut mir Leid. Ich hatte keine Ahnung, dass du das so sehen würdest und dass ich dir so wichtig war."

„Du warst der erste, der mir wirklich Anerkennung entgegengebracht hat. Du hast *mich* gesehen, nicht die Dinge, die ich konnte oder auch nicht konnte. Das war eben der Unterschied."

„Ich verstehe. So entspricht es auch meinem Konzept, das ich seitdem ausgearbeitet habe." Nach kurzem Zögern fügte er hinzu: „Ich erteile immer noch Klavierunterricht. Und ich wohne hier in Krefeld. Bist du interessiert?"

Ob ich interessiert war? Mein Herz machte einen Freudensprung. Lange hatte ich davon geträumt, mein Instrument wieder mit Freude berühren zu können und ihm harmonische Klänge zu entlocken. Jetzt könnte dieser Traum wahr werden.

Allmählich fragte ich mich, ob der Fremde mir letzten Endes möglicherweise mehr Glück gebracht als Schaden zugefügt hatte. Leider war nicht jeder, der ihm begegnet war, mit dem Schrecken davongekommen, so wie ich. Außerdem hatte man ihn noch immer nicht gefasst, was dazu führte, dass er durchaus noch mehr Unheil anrichten konnte. Dennoch freute ich mich darüber, bald wieder Klavier spielen zu können, zumindest sobald mein Klavier gestimmt wäre. Ganz besonders genoss ich allerdings den Gedanken, dass ich Aaron schon bald wieder sehen würde.

Vorher sollte jedoch noch der Termin bei Herrn Schneider stattfinden. Ich hoffte, endlich das Geheimnis des Wohnmobils lüften zu können. Schon früh am nächsten Morgen machte ich mich auf den Weg zu seinem Büro. Kurz nachdem ich das Gebäude betreten hatte, wurde ich aufgefordert, meine Tasche auf das Förderband zu legen, ganz so wie am Flughafen. Offensichtlich war es in der Vergangenheit vermehrt zu unangenehmen Vorfällen gekommen. Nun wurde jeder kontrolliert, der das Amtsgericht betreten wollte. Damit hatte ich nicht gerechnet, da ich in einer harmlosen Erbschaftsangelegenheit unterwegs war. Die Sicherheitskontrolle machte mich etwas nervös und ich hoffte, Herrn Schneider schnell zu finden. Sein Büro befand sich im dritten Stock, die Tür war nur angelehnt. Vorsichtig klopfte ich an und wurde von einer freundlichen Stimme empfangen, die mich hereinbat. Ich betrat einen hellen, behaglich eingerichteten Raum, in dessen Mitte ein Schreibtisch stand. Herr Schneider kam mir sofort entgegen und reichte mir die Hand:

„Guten Morgen, Schneider mein Name. Was kann ich für Sie tun?"

„Guten Morgen. Mein Name ist Leonie Mertens. Wir haben einen Termin."

„Richtig, das Wohnmobil. Es freut mich, dass wir Sie gefunden haben und Ihnen nun zu Ihrem Erbe verhelfen können. Es geschieht nicht alle Tage, dass man nach vielen Jahren noch einmal etwas erbt."

Er griff nach seinen Unterlagen und zog ein Dokument heraus. Auch nach so langer Zeit erkannte ich sofort die etwas eigenwillige Handschrift meines Vaters. Mein Kopf wurde plötzlich heiß und ich musste schlucken.

Herr Schneider lächelte mir zu und fragte: „Kennen Sie Herrn Peter Hürten?"

Ich war verwirrt. Peter Hürten war ein Freund meines Vaters gewesen, aber seit seinem Tod hatte ich ihn nie wieder gesehen. Ich nickte.

„Nun, es sieht so aus, als hätten Ihr Vater und Herr Hürten eine Übereinkunft getroffen. Dieses Testament war der letztwilligen Verfügung von Herrn Hürten beigefügt." Ratlos blickte ich auf Herrn Schneider und auf das Papier in seinen Händen.

„Ihr Vater hat bestimmt, dass Sie nach dem Tod von Herrn Hürten sein Wohnmobil erben sollen."

„Herr Schneider, entschuldigen Sie bitte, dass ich Sie unterbreche. Aber mein Vater ist schon vor so vielen Jahren gestorben, und er hatte kein Wohnmobil."

„Offensichtlich doch. Es hat wohl immer auf dem Grundstück der Familie Hürten gestanden."

„Wenn dem so ist, warum soll ich es dann erst jetzt bekommen, nachdem Herr Hürten offensichtlich ebenfalls verstorben ist?" Mir kam die ganze Geschichte sehr merkwürdig vor, und noch immer nahm ich an, dass es sich um ein Missverständnis handeln müsste.

„Wissen Sie, dass Herr Hürten ein Motorrad besaß?"

„Ja, das weiß ich. Meine Schwester war ganz vernarrt in Herrn Hürten, aber eigentlich ging es ihr um sein Motorrad. Er hat sie häufiger mitfahren lassen, auch als wir noch klein waren. Mich konnte er dafür allerdings nicht begeistern."

Herr Schneider nickte begeistert. „Eben. Und das ist die Lösung des Rätsels." Nach einer kleinen Pause fuhr er fort: „Ihr Vater und Herr Hürten hatten ein Abkommen. Ihre Schwester sollte das Motorrad erben und Sie das Wohnmobil. Allerdings wollte Ihr Vater, dass Sie beide gleichzeitig etwas bekommen, Sie das Wohnmobil und Ihre Schwester das Motorrad. Und darum erfahren Sie leider erst jetzt davon."

Allmählich begann ich zu glauben, dass ich wirklich ein Wohnmobil erben sollte. Immerhin kannte ich das Motorrad, das nun meiner Schwester gehören würde. Allerdings musste das Wohnmobil mittlerweile sehr alt sein. Ob sich überhaupt noch etwas damit anfangen ließe? Aber egal, ich wollte es mir zumindest ansehen und das Geheimnis meines Vaters kennen lernen.

„Wo ist denn das Wohnmobil jetzt?"

„Es steht nach wie vor auf dem Grundstück der Familie Hürten. Sie können es jederzeit abholen. Es weist aus heutiger Sicht kaum noch materiellen Wert auf. Tut mir leid." Er hielt mir einen Schlüssel hin.

„Glauben Sie denn, es fährt noch?" Zögernd nahm ich den Schlüssel an.

Er zuckte bedauernd mit den Schultern. „Das kann ich Ihnen nicht sagen. Ich würde sagen, versuchen Sie es. Aber lassen Sie es lieber einmal überprüfen, bevor Sie wirklich damit herumfahren."

„Das werde ich. Vielen Dank." Plötzlich konnte ich es kaum erwarten, mir dieses Erinnerungsstück an meinen Vater anzusehen. Herr Schneider hielt mir ein weiteres Dokument hin, das ich unterschreiben musste. Und dann hatte er noch einen Brief für mich. Auf dem Umschlag stand mein Name – klar und deutlich in der Schrift meines Vaters.

Liebe Leonie,

wenn Du diesen Brief liest, wirst Du Dich darüber wundern, dass Du plötzlich ein Wohnmobil von Deinem Vater erbst. Möglicherweise ist es schon viele Jahre her, dass Ihr mich beerdigt habt. Einerseits wünsche ich mir, dass dem so ist, denn das würde bedeuten, dass Peter Hürten ein langes Leben vergönnt war. Andererseits hoffe ich, dass noch nicht allzu viele Jahre vergangen sind, damit Du nicht so lange auf diese Überraschung warten musstest.

Du fragst Dich wahrscheinlich, wieso ich ein Wohnmobil besessen habe, von dessen Existenz Ihr nichts gewusst habt. Ich möchte es Dir erklären, das lässt Dich vielleicht auch verstehen, warum gerade Du es erbst, obwohl Du Autos nicht besonders magst.

Weißt Du, ich habe mit dem Wohnmobil nie große Reisen unternommen. Viel weiter als bis zu unserem früheren Campingplatz bin ich nie damit gefahren. Eigentlich stand es fast die ganze Zeit auf Peters Grundstück. Ich habe es kaum als Fortbewegungsmittel benutzt, sondern als Rückzugsort.

Es gab eine Zeit, zu der Du und Deine Schwester Lisa größer und mir immer fremder wurdet. Es war für mich schwer, zu erleben, dass die Pubertät Euch mit sich mitnahm; zu sehen, dass ein Abend mit Freunden plötzlich viel interessanter war als Euer Vater. Ich weiß, dass das ganz normal ist und ich mich eigentlich darüber hätte freuen sollen, dass Ihr Euren eigenen Weg suchtet. Ich mache Euch auch keine Vorwürfe, weil Ihr dem Ruf des Lebens gefolgt seid. Gott sei Dank habt Ihr das getan, anstatt Eurem Vater Händchen zu halten.

Zur gleichen Zeit wurde die Krankheit Eurer Mutter immer offensichtlicher. Ich vermute, dass ihre zunehmende Unzufriedenheit und ihr Kontrollzwang in einer Depression begründet lagen. Leider hat sie sich immer geweigert, ärztliche Hilfe in Anspruch zu nehmen. So etwas wie Depressionen oder andere psychische Störungen gibt es in ihrer Welt nicht. Bedauerlicherweise habe auch ich lange nicht verstanden, dass sie vermutlich krank war. Vielleicht hätte ich ihr helfen können oder zumindest mehr Verständnis zeigen müssen.

So aber fühlte ich mich eingeengt. Meine Kinder verließen das Haus und meine Frau hatte sich in einer Weise verändert, die mich überforderte.
Ich wollte für Euch alle da sein und es Euch allen Recht machen. Ich hoffe, Du hast mittlerweile gelernt, dass das kein guter Plan ist, und Du lebst nicht danach.

Weißt Du noch, wie Deine Mutter immer mit Dir schimpfte, weil Du häufig geweint hast? Du bist sehr sensibel, nimmst

Dinge wahr, die andere nicht bemerken und trägst schwer an ihnen. Mit Sorge beobachtete ich, dass Du Deine Gefühle immer mehr vor uns verborgen hieltest. Leider wusste ich nicht, wie ich darauf reagieren sollte, rang ich doch selbst immer wieder mit meinen Emotionen, für die nur wenige Menschen Verständnis zu haben schienen.

Dies alles führte dazu, dass ich mir ein Wohnmobil anschaffte. Wenn mir alles zu viel wurde, fuhr ich zu Peter und zog mich für ein paar Stunden in mein kleines Reich zurück. Danach fühlte ich mich wieder stark genug, um mit allen Widrigkeiten des Lebens fertig zu werden. Du glaubst gar nicht, wie gerne ich Dich dorthin mitgenommen hätte. Dann aber wäre es kein Geheimnis mehr gewesen und hätte ich meinen Rückzugsort verloren. Es tut mir leid, dass ich Dich damit alleine gelassen habe.

Fährst Du immer noch so ungern Auto? Wenn ja, dann stelle das Wohnmobil doch einfach auf einem Campingplatz ab und nutze es, so wie ich es tat. Oder denke darüber nach, wohin Du alles fahren kannst, wenn Du jederzeit Deine Reise unterbrechen und eine Pause einlegen kannst.

Ich habe immer davon geträumt, mit Dir zusammen Urlaub mit dem Wohnmobil zu machen. Da mir klar war, dass Du einen Hund besitzen würdest, habe ich eine große Hundebox einbauen lassen. Hast Du wirklich einen Hund? Ich kann es mir eigentlich nicht anders vorstellen.

Leider ist es nie zu dem gemeinsamen Urlaub gekommen, da ich dann mein Geheimnis hätte preisgeben müssen. Aber zumindest jetzt sollst Du die Gelegenheit erhalten, ihn an meiner Stelle nachzuholen. Hoffentlich hast Du jemanden, der Dich begleiten möchte.

Den Fahrzeugschein und den Schlüssel hatte Peter. Wenn Du diesen Brief erhältst, dann hast Du vermutlich auch alles Notwendige bekommen. Außerdem hat er mein Tagebuch für Dich aufbewahrt. Na ja, es ist kein richtiges Tagebuch. Es enthält Aufzeichnungen zu besonderen Ereignissen und Geschichten, die ich geschrieben habe. Ich schenke es Dir. Du wirst schon das Richtige damit machen.

Mach Dir übrigens keine Sorgen um Lisa. Wenn Du das Wohnmobil bekommst, dann bedeutet das, dass sie Peters Motorrad erben wird. Sie war immer so verrückt danach – sehr zum Ärger Deiner Mutter. Leider musstest Du genau deshalb so lange auf Deinen Anteil an meinem Erbe warten: Ihr solltet beide gleichzeitig erben, damit Ihr Euch nicht darüber ärgern müsst, dass die jeweils andere etwas bekommt.

Ich wünsche Dir viel Spaß mit dem Wohnmobil. Wer weiß, vielleicht können wir die verpasste Reise in einem anderen Leben nachholen. Ich weiß nicht, ob es ein Leben nach dem Tod gibt. Das weiß keiner. Aber wenn ja, dann werde ich zu gegebener Zeit an der Himmelspforte auf Euch warten.

Bitte, vergiss nie, dass ich Euch lieb habe.

Dein Papa

Hätte man mich noch vor wenigen Tagen gefragt, wie die Beziehung zwischen mir und meinem Vater ausgesehen hat, so hätte ich darauf kaum eine Antwort gewusst. Ich hätte vermutlich gestammelt, dass ich meinen Vater gar nicht richtig gekannt hatte.

Als kleines Kind hatte ich durchaus das Gefühl, von ihm geliebt zu werden. Doch irgendwann hatte ich den Anschluss an ihn verloren. Hatte ich je gewusst, was ihm im Leben wichtig und teuer war? Konnte ich die Frage nach seinen Sorgen und Nöten beantworten? Hatte ich viel Zeit mit ihm verbracht? Wohl eher nicht. Schlimmer noch: Ich hatte angenommen, dass er von mir nicht nennenswert mehr wusste als ich von ihm.

Und nun schenkte er mir, wenn auch mit großer zeitlicher Verzögerung, ein Wohnmobil. Außerdem erhielt ich seinen Brief, der mir klar machte, dass mein Vater sich in meiner Gefühlswelt durchaus ausgekannt hatte. Es sah ganz danach aus, als hätte er Dinge in mir gesehen, die ich selbst erst sehr viel später verstanden hatte. Manches würde ich vielleicht überhaupt erst noch verstehen müssen. Manchmal war ich mir selbst ein Rätsel.

Ich wusste nicht, ob mich diese Erkenntnis traurig oder glücklich machen sollte. Waren wir einander ähnlicher, als ich gedacht hatte? Es war immer wieder vorgekommen, dass mich Leute gefragt hatten, warum ich in vielen Dingen anders reagierte als meine Familie. Ich hatte nie eine befriedigende Antwort gewusst. Könnte mein Vater der Schlüssel zu dieser Antwort sein?

Er hatte in seinem Brief ein Tagebuch erwähnt. Dieses Tagebuch könnte Antworten auf viele weitere Fragen enthalten. Leider hatte Herr Schneider es mir nicht zusammen mit dem Brief ausgehändigt. Vermutlich wusste er nichts vom Tagebuch. Wo mochte es sein? Mein Vater schrieb, Peter Hürten hätte es aufbewahrt. Hoffentlich hatte er es nicht irgendwo so sicher versteckt, dass es niemand wieder finden würde. Ich erinnerte mich daran, dass Peter einen Sohn hatte. Er war es wahrscheinlich, der das Testament meines Vaters gefunden hatte. Vielleicht würde er ebenfalls wissen, was mit dem Tagebuch geschehen war.

Anstatt nach Hause zu fahren, steuerte ich das Grundstück der Familie Hürten an. Ich musste unbedingt das Wohnmobil sehen.

Lucky würde es mir hoffentlich verzeihen, wenn er noch ein wenig länger auf mich warten müsste.

Zögernd betrat ich den Vorgarten. So viele Jahre hatte ich überhaupt nicht mehr an den Freund meines Vaters gedacht. Und nun stand ich hier, leider zu spät. Auch ihn gab es nicht mehr. Genau wie in meiner Erinnerung gab es noch immer eine Zufahrt am Haus vorbei zum Garten hin. Ob das Wohnmobil hinter dem Haus stehen würde? Ich überlegte, ob ich zuerst klingeln sollte oder gleich zum Garten gehen könnte. Plötzlich kam ein Mann auf mich zu und fragte: „Kann ich Ihnen helfen?" Erschrocken musterte ich den Mann. Die Ähnlichkeit zu Peter war verblüffend. Er sah aus wie eine jüngere Version des Mannes, den ich seit Jahren nicht gesehen hatte.

„Guten Tag. Entschuldigen Sie bitte, dass ich hier so hereinplatze. Ich bin Leonie Mertens. Ich wollte mir das Wohnmobil anschauen. Aber wenn ich ungelegen komme, kann ich gerne ein anderes Mal wieder kommen."

„Sie sind die Erbin des Wohnmobils?" Sein Blick nahm einen eigentümlichen Ausdruck an und schien Mitleid erkennen zu lassen. „Na, dann kommen Sie mal mit. Ich bin übrigens Stefan Hürten. Unsere Väter waren wohl befreundet."

„Oh. Mein Beileid. Ich kann, wie gesagt, gerne zu einem späteren Zeitpunkt wieder kommen."

„Nein, nein. Kommen Sie nur. Ein bisschen Ablenkung tut mir nur gut." Er führte mich um das Haus herum zum Garten. Die Auffahrt war irgendwann einmal bis zum Ende des Gartens durchgezogen worden, wo nun das Wohnmobil stand. Es war von einer Plane bedeckt, so dass man seine Umrisse nur erahnen konnte.

„Sie wissen schon, dass es seit einer Ewigkeit unbenutzt hier herumsteht, oder? Ich weiß gar nicht, ob es je von der Stelle bewegt worden ist. Ich kann mir nicht vorstellen, dass es noch irgendeinen Wert hat."

Ich fühlte mich durch seine Bemerkung verletzt und sagte trotzig: „Nun, für mich wird es auf jeden Fall Erinnerungswert haben. Auch wenn ich bis vor kurzem gar nicht wusste, dass es dieses Wohnmobil überhaupt gibt."

Er legte den Kopf schief und sah mich an. „Sie haben es noch nie gesehen? Dann sollten wir wohl mal die Plane entfernen." Offensichtlich wusste er genau, wie die Plane befestigt war. Zielsicher ging er auf das Wohnmobil zu und befreite es innerhalb kurzer Zeit.

„Haben Sie das schon öfter gemacht?"

„Ja, aber nicht bei diesem Fahrzeug. Ich habe selber ein Wohnmobil. Vermutlich habe ich Ihren Vater damals dazu inspiriert, sich auch eines zuzulegen."

Staunend betrachtete ich das Wohnmobil. Es war alt, ja. Aber nicht so alt, wie ich angenommen hatte. Als mein Vater es kaufte, musste es noch relativ neu gewesen sein.

Stefan umkreiste es und sah es sich von allen Seiten an. Auf einmal stieß er einen anerkennenden Pfiff aus: „Es hat eine gültige TÜV-Plakette."

„Eine gültige TÜV-Plakette? Meinen Sie, das heißt, es ist fahrtüchtig?" Plötzlich war ich sehr aufgeregt. Ich griff nach dem Fahrzeugschlüssel und öffnete die Türen.

„Theoretisch schon. Versuchen Sie es doch einmal." Ich zögerte. Ich hatte keine Ahnung, wie man mit einem Wohnmobil umging. Stefan bemerke meine Zurückhaltung und sagte: „Es funktioniert im Prinzip so wie jeder PKW. Soll ich es Ihnen zeigen?"

Ich reichte ihm den Schlüssel und er setzte sich auf den Fahrersitz. Mit geübten Bewegungen startete er das Wohnmobil. Es klang zuerst so, als ob es hustete, aber dann gab es ein ganz normales Motorengeräusch von sich. Stefan nickte zufrieden, während ich mich vor Spannung kaum zu bewegen wagte.

„Na, kommen Sie! Steigen Sie ein, dann fahren wir eine kleine Runde."

„Meinen Sie, das ist sicher? Ich meine, wenn es nie gefahren wurde."

„Es war vor vier Monaten beim TÜV, es sollte sicher sein. Wo wollen Sie es eigentlich hinstellen? Wir können es an seinen neuen Aufenthaltsort bringen."

Wo wollte ich es hinstellen? Über diese Frage hatte ich noch überhaupt nicht nachgedacht. Meine Wohnung hatte einen Garten, aber keine Zufahrt. Eine Garage besaß ich auch nicht. Genau genommen wusste ich überhaupt nicht, was ich mit dem Wohnmobil anfangen wollte.

„Oh. Ich weiß nicht. Es ist etwas überraschend in mein Leben gestolpert."

Er unterdrückte mühsam ein Grinsen. „Es kann vorläufig bei uns stehen bleiben, bis wir selbst genau wissen, was wir mit dem Grundstück und dem Haus meines Vaters vorhaben. Ich würde gerne dort einziehen, aber meine Frau hält noch nicht viel von der Idee."

Wir fuhren eine Viertelstunde herum und hielten auf einem Parkplatz im Grünen an. „Ich schlage vor, dass wir die Plätze tauschen und dass Sie zurück fahren. Es ist eine einfache, wenig befahrene Strecke. Genau das Richtige zum Üben."

Ich blickte mich um. Er hatte eine wirklich schöne Stelle ausgewählt für den Fahrertausch. „Haben Sie noch ein wenig Zeit? Ich würde mir gerne das Innere des Wohnmobils anschauen. Ach, und noch etwas: Wissen Sie etwas über das Tagebuch meines Vaters?"

„Ein Tagebuch?" Er zuckte bedauernd mit den Schultern. „Es war nicht im Safe beim Testament. Dort hätte ich es gesehen. Vielleicht liegt es hier irgendwo im Wohnmobil? Schauen Sie einmal im Handschuhfach nach."

Aufgeregt öffnete ich das Fach. Es sah sehr sauber und aufgeräumt aus. So konnte ich sofort erkennen, dass es kein Tagebuch enthielt. Stattdessen hielt ich nun alle erforderlichen

Unterlagen für das Wohnmobil in der Hand. „Nein, hier ist es nicht." Bedauernd schüttelte ich den Kopf.

Stefan blickte sich zum Wohnraum hin um und meinte: „Vielleicht ist es dort irgendwo. Ich werde aber auch bei den Sachen meines Vaters danach Ausschau halten."

Er stieg aus, umrundete das Wohnmobil noch einmal und öffnete die Tür zum Wohnraum. Ich nahm die Abkürzung durch den Innenraum. Alles wirkte sehr sauber, aber auch ziemlich trist. Die vorherrschende Farbe der kompletten Einrichtung war braun. Sogar die Spüle und die Toilette waren ockerfarben. Es war mir ein Rätsel, wie man sich in diesen Farben wohlfühlen konnte. Ob sie wohl zum Gemütszustand meines Vaters gepasst haben mochten? Ich blickte in die Schränke und fand, sauber und aufgeräumt, Kleidungsstücke. Sie kamen mir bekannt vor, vermutlich hatte ich meinen Vater darin gesehen.

Plötzlich unterbrach Stefan meine Gedankengänge. „Mir scheint, unsere Väter hatten allerlei Geheimnisse vor uns. Ich wusste nicht, dass sich jemand um das Wohnmobil gekümmert hat. Mein Vater hat es wie seinen Augapfel gehütet und uns immer verboten, es anzurühren. Wahrscheinlich hat er es selber regelmäßig geputzt und warten lassen. Und ich dachte all die Jahre, es würde sinnlos in seinem Garten herumstehen. Dabei hat er es für seinen Freund und für Sie gehegt und gepflegt. Erstaunlich." Bei den letzten Worten überschattete ein Hauch von Trauer sein Gesicht.

Bis vor kurzem hatten Stefan und ich einander noch nie gesehen. So strich ich ihm kurz über den Arm als Zeichen meiner Anwesenheit und Anteilnahme, und überließ es ihm, ob er das Thema weiter verfolgen wollte.

Sein Blick fiel auf einen Kasten, der durch eine Gittertür verschlossen war. Vor dem Kasten standen ein Tisch und eine Bank. Er runzelte kurz die Stirn. „Eine Hundebox?" Ich nickte und bemerkte mit einem Blick, dass sie groß genug für Lucky sein würde.

„Mein Vater hat wohl vorausgesehen, dass ich einen Hund haben würde. Deshalb hat er die Box einbauen lassen. So stand es jedenfalls in seinem Brief." Obwohl die Box die zweite Bank der Sitzecke verdrängt haben musste, fügte sie sich perfekt in das Gesamtbild ein. Die Gittertür an der schmalen Seite diente als Eingang, aber auch an einer langen Seite gab es ein Gitter, das durch ein abnehmbares, leichtes Brett verdeckt wurde. Das war genial. Ganz nach Bedarf konnte man so den Hund vor Zugluft schützen oder aber die Frischluftzufuhr erhöhen.

Stefan beobachtete mich neugierig. „Und? Hat sie die richtige Größe für Ihren Hund?" – „Mhm." – „Aber?" – „Sie ist einfach perfekt." Ich zögerte: „Ich glaube, mein Vater wusste ganz genau, wie er mich für sein Wohnmobil begeistern konnte."

Ich sah mich weiter um, und plötzlich hatte ich eine Vision: „Wenn man alles hell streichen und die Polster neu beziehen würde, dann würde es viel freundlicher aussehen. Ich glaube, cremeweiß wäre die richtige Farbe. Die Polster und der Fußboden müssten ziemlich strapazierfähig sein wegen Lucky, aber da findet sich bestimmt auch eine Lösung."

„Ihr Vater hat gewonnen, oder?" Stefan wirkte vergnügt.

„Wie meinen Sie das?" Seine offensichtliche Freude irritierte mich.

„Sie werden es behalten. Sie werden es farblich neu gestalten und dieses zugegebenermaßen nicht besonders hübsche Ding in ein kleines Schmuckstück verwandeln. Anschließend werden Sie Ihre erste Fahrt zusammen mit Ihrem Hund Lucky unternehmen und sich darüber freuen, dass Sie das alles geschafft haben. Spätestens zu dem Zeitpunkt werden Sie vom Wohnmobil-Virus befallen sein und sich ein Leben ohne dieses Fahrzeug nicht mehr vorstellen können. Für Luxushotels werden Sie nur noch ein müdes Lächeln übrig haben und Sie werden dem Rausch der Freiheit verfallen sein."

Fast zärtlich berührte ich die Schränke des Wohnmobils. In dem Moment wusste ich, dass er Recht hatte. Dennoch neckte ich ihn: „Glauben Sie? Ich komme auch jetzt schon ganz gut ohne Luxushotels zurecht. Und das Ganze klingt nach viel Arbeit, nach sehr viel Arbeit."

„Jep. Viel Arbeit und viel Spaß. Glauben Sie mir! Kommen Sie, es ist Zeit zum Üben."

Ich folgte ihm und beobachtete, wie er es sich auf dem Beifahrersitz bequem machte.

„Meinen Sie wirklich, dass ich jetzt zurück fahren soll? Darf ich das überhaupt?"

Er stutzte: „Sie haben doch einen Führerschein, oder? Dann dürfen Sie ein Wohnmobil dieser Größe auch fahren."

Ich versuchte gar nicht erst, Stefan zu erklären, dass ich noch nie ein größeres Fahrzeug als meinen PKW gelenkt hatte. Das Wohnmobil wirkte auf einmal riesig. Wie würde ich verhindern können, dass ich irgendwo aneckte? Ich ging die Strecke zum Grundstück seines Vaters in Gedanken durch und musste zugeben, dass sie wenig befahren und die Straßen relativ breit waren. Ob er das im Voraus so geplant hatte?

Ich atmete tief durch und startete den Motor. Diesmal hustete er nicht einmal, sondern schnurrte brav wie eine etwas groß geratene Katze. Ich trat die Kupplung und gab ein wenig Gas. Offensichtlich verstand das Wohnmobil, was ich von ihm wollte, denn es rollte friedlich los. Nach wenigen Metern hopste es allerdings plötzlich und ging aus. Ich hielt den Atem an.

„Sehr gut. Jetzt noch einmal mit etwas mehr Gas, und dann geht es auch nicht wieder aus." Misstrauisch schielte ich zu Stefan hinüber. Ich erwartete Hohn in seiner Stimme, musste aber feststellen, dass ich ihm damit Unrecht tat. Ich biss die Zähne zusammen und versuchte es noch einmal. Diesmal funktionierte es. Ich würgte das Wohnmobil nur noch einmal ab und brachte es unversehrt wieder an seinen Stellplatz zurück. Vor Erleichterung atmete ich hörbar aus.

„Na also, das hat doch wunderbar geklappt.“

So ganz konnte ich seine Euphorie nicht teilen. Hoffentlich würde ich mich bald an das Gefühl dieses großen Fahrzeugs gewöhnen.

„Wenn ich Ihnen einen Rat geben darf, dann lassen Sie eine Rückfahrkamera einbauen. Damit fühlen Sie sich vermutlich sicherer als nur mit den Parksensoren. Es ist überhaupt erstaunlich, dass es schon welche hat. Und fahren Sie immer wieder einmal ein kleines Stück. Dann wird Ihnen Ihr Wohnmobil bestimmt bald vertraut sein.“ Er zwinkerte mir zu: „Immer, wenn Sie an der Renovierung gearbeitet haben, dürfen Sie zur Belohnung ein bisschen fahren.“

Als ich nach Hause zurückkehrte, ertappte ich mich dabei, wie ich dem fröhlich wedelnden Lucky von unserem neuen Wohnmobil vorschwärmte. Während mein Verstand mir noch zu erklären versuchte, dass ein Wohnmobil zu teuer und zu unpraktisch sei, hatte er den Kampf gegen mein Herz schon lange verloren.

Stefan hatte Recht: Mein Vater hatte gewonnen. Ich würde das Wohnmobil nicht nur behalten, sondern es als Andenken an meinen Vater bewahren und ihm gleichzeitig eine persönliche Note verleihen. Ich sah es vor mir, die Möbel cremeweiß gestrichen, die Polster und Accessoires in Meeresfarben. Vorher würde ich allerdings die Sachen meines Vaters sichten müssen und hoffentlich auch sein Tagebuch finden.

Zuerst jedoch war ich mit Hannah zum Spaziergang verabredet. Sobald sie mich sah, brach es aus ihr heraus: „Nun sag schon, wie war es?“ Sie platzte fast vor Neugier, aber es bereitete mir Vergnügen, sie noch ein wenig hinzuhalten.

Mit unschuldigem Blick frage ich sie: „Wie war was?“

Sie zappelte vor mir herum und rollte ungeduldig mit den Augen. „Leonie! Du weißt genau, was ich meine. Wie ist das

Wohnmobil? Ist es sehr alt? Kann man damit fahren? Erzähl schon!"

Ich musste lachen, und erzählte ihr dann bereitwillig von meinen Plänen, bis sie mich unterbrach:

„Willst du wirklich damit herumfahren?"

Ich zögerte: „Vielleicht. Ich bin mir noch nicht sicher. Ach was, ich glaube schon."

„Nimmst du mich mit? Mich und Enya?"

„Klar, aber zuerst muss es hergerichtet werden. Außerdem fliegst du bald nach Chile. Da werde ich die Jungfernfahrt wohl ohne dich unternehmen müssen. Und für Enya bräuchten wir auch noch eine Lösung. Das Wohnmobil hat eine perfekte Box für einen Hund, aber eben nicht für zwei. Wir werden uns etwas überlegen müssen."

„Darf ich es sehen? Zeigst du es mir?"

So kam es, dass ich an diesem Tag zum zweiten Mal innerhalb weniger Stunden zum Grundstück der Familie Hürten fuhr. Zum Glück hatte mir Stefan freien Zugang gewährt, so dass ich Hannah ihren Wunsch erfüllen konnte. Während sie sich das Wohnmobil anschaute, begann ich, nach dem Tagebuch zu suchen. Leider fand ich außer Kleidung keine weiteren persönlichen Gegenstände meines Vaters. Enttäuscht entschied ich mich dafür, die Kleidungsstücke einem wohltätigen Zweck zukommen zu lassen, als Hannah mich aus meinen Gedanken riss:

„Glaubst du, man kann eine zweite Box auf die erste bauen?"

„Vielleicht. Ich kann versuchen, jemanden zu finden, der sich damit auskennt. Und dann werden wir sehen."

Die nächsten Tage verbrachte ich damit, die Kleidung meines Vaters auszusortieren und einen Klavierstimmer zu suchen für mein seit Jahren unbenutztes Instrument. Letzteres erwies sich als gar nicht so einfach, aber schließlich gelang es mir doch noch. Schon in der nächsten Woche wollte er vorbeikommen und sich mein Klavier ansehen.

Außerdem wollte ich alles für den Besuch von Aaron vorbereiten. Ich wusste, dass er überflüssig war, aber trotzdem räumte ich meine Wohnung auf und putzte sie gründlich trotz der hohen Temperaturen, die noch immer herrschten. Ich pflanzte neue Blumen in die Kübel auf der Terrasse und hoffte, dass sie das Ende des langen, heißen Sommers erleben würden. Das Rasenmähen erübrigte sich, weil das Gras bei diesem Wetter vollkommen vertrocknet war und kein bisschen wuchs. Schließlich besorgte ich Fleisch und Fisch für den Grill und bereitete die Salate zu.

Endlich war es soweit. Es klingelte. Mein Hund schien schon im Voraus zu wissen, wer angekommen war, und begann aufgeregt zu winseln und zu wedeln. Als Aaron eintrat, wurde er beinahe von Lucky umgeworfen, der vor Begeisterung an ihm hochsprang. Mir war das sehr peinlich und ich wollte mich entschuldigen, aber Aaron lachte nur und knuddelte meinen Hund ordentlich durch. Als Lucky sich beruhigt hatte, trat Aaron auf mich zu und gab mir einen leichten Kuss auf die Wange.

„Hallo, Leonie. Ich freue mich, dich wieder zu sehen."

Er hielt mir eine kleine Tasche hin und fügte verlegen hinzu: „Ich habe uns etwas mitgebracht. Allerdings weiß ich nicht, ob es so recht zum Wetter passt."

Neugierig schaute ich hinein und fand eine Flasche Rotwein sowie eine Schachtel Pralinen.

Schmunzelnd sagte ich: „Hm, ich glaube, die Pralinen sollte ich in den Kühlschrank stellen und den Wein in den Keller. Es sei denn, du möchtest irgendetwas davon jetzt gleich haben."

Er grinste: „Nein, danke. Ich glaube, das sollten wir uns für später aufheben."

Wir setzten uns auf die Terrasse und tranken der Hitze geschuldet alkoholfreie Cocktails. Lucky sprang zu Aaron auf die Bank und legte ihm den Kopf in den Schoß, während Aaron ihn gedankenverloren streichelte. Immer noch wunderte ich mich darüber, dass mein relativ distanzierter Collie so sehr die Nähe dieses Mannes suchte, den auch ich immer mehr ins Herz geschlossen hatte.

Als ich nach einiger Zeit hineinging, um das Mittagessen vorzubereiten, hörte ich, wie Aaron sich zuerst am Grill zu schaffen machte und dann mit Wasser hantierte. Ich konnte mir nicht erklären, was er da draußen machte. Gespannt schaute ich zum Fenster hinaus und konnte mir ein Lachen nicht verkneifen: Aaron hatte Luckys Planschbecken mit frischem Wasser befüllt und nun standen beide im Wasser und spielten mit einem kleinen Ball. Ihre Bewegungsfreiheit war dabei ziemlich eingeschränkt, aber sie hatten offensichtlich eine Menge Spaß.

„Ich hoffe, es ist kein Problem, dass ich das Becken gefüllt habe. Mir war so heiß, und ich dachte, eine Abkühlung würde uns gut tun."

Wieder musste ich lachen. „Nein, es ist alles in Ordnung. Fühl dich wie zu Hause."

Beim Mittagessen erzählte ich Aaron von meinem neuen Wohnmobil. Zu gerne hätte er es sich angesehen, aber die Hitze an diesem Tag war kaum zu ertragen, so dass wir eine Besichtigung auf einen späteren Zeitpunkt verschoben.

„Brauchst du Hilfe bei der Renovierung? Das könnte Spaß machen." Das Projekt Wohnmobil schien ihn zu faszinieren.

„Willst du es dir nicht lieber erst einmal ansehen, bevor du mir deine Hilfe anbietest? Vielleicht ist es riesengroß und wir werden niemals damit fertig." Ich freute mich über seine Begeisterung und hoffte insgeheim, dass er mir tatsächlich würde helfen wollen.

„Wenn es so groß ist, können wir immerhin viel Zeit miteinander verbringen. Allerdings kann ich vorrangig an den Wochenenden." Bei diesen Worten fuhr er gedankenverloren mit dem Finger dem Muster auf der Tischdecke nach.

Ich dachte ein paar Sekunden über seine Worte nach, bevor ich sagte: „Ich würde mich über deine Hilfe freuen."

„Weißt du schon, wohin du damit fahren möchtest?"

„Nein. Zuerst wusste ich nicht einmal, ob ich es würde behalten wollen. Später dachte ich, ich würde es auf einen Campingplatz stellen als Rückzugsort, so ähnlich, wie mein Vater es gemacht hat. Eine Reise habe ich bisher nicht geplant. Dafür müsste ich es zuerst technisch überprüfen lassen. Es ist zwar fahrtüchtig, aber das heißt nicht unbedingt, dass es auch Spaß macht, damit unterwegs zu sein."

„Du würdest dich aber nicht alleine auf die Reise machen, oder?" In seiner Stimme schwang Besorgnis mit. Normalerweise neigte ich dazu, mich zu ärgern, wenn ich mich bevormundet fühlte, aber in diesem Fall war ich vielmehr gerührt. Im nächsten Augenblick fiel mir der Fremde aus dem Park wieder ein und mir wurde klar, dass ich mich unmöglich alleine mit dem Wohnmobil auf den Weg machen konnte. So sagte ich nur: „Nein, wohl eher nicht. Lucky würde auf jeden Fall mitkommen."

„So meinte ich das nicht. Und das weißt du auch." Ernst legte er mir die Hand auf den Arm. „Warst du schon einmal mit einem Wohnmobil unterwegs?"

„Nein, ich habe einige Camping-Erfahrung. Wir hatten viele Jahre einen Wohnwagen, aber der stand immer am selben Platz. Wir haben ihn nie gezogen. Ich stelle es mir toll vor, wenn man sein Haus immer mitnehmen kann."

„Es ist bestimmt wie ein kleines Abenteuer."

„Warst du denn schon einmal mit einem Wohnmobil unterwegs?"

Er lächelte. „Ich habe vor kurzem den ersten Urlaub meines Lebens gemacht, erinnerst du dich? – Nein, ich habe sogar noch nie ein Wohnmobil von innen gesehen."

Nach dem Mittagessen beschlossen wir, einen kurzen Spaziergang mit Lucky zu machen. Wir setzten uns ins Auto und fuhren zum Park. Ich wollte Aaron die Stelle zeigen, an der Lucky und ich unser unangenehmes Erlebnis gehabt hatten. Bis zu diesem

Zeitpunkt hatte ich diesen Ort nicht wieder aufgesucht, aber ich vermutete, dass die Anwesenheit Aarons mir die nötige Kraft geben würde, den Wald wieder zu betreten. Zudem hoffte ich, dass es dort weniger heiß wäre als direkt am See.

Im Wald stellten wir fest, dass das Wetter sich änderte. Die trockene Hitze der letzten Tage wich einer unangenehmen Schwüle, die sich im windstillen Wald drückend auf uns und unsere Umgebung legte, so dass wir schon nach kurzer Zeit umkehrten. Am See gönnten wir uns ein Eis, aber auch das sorgte nicht wirklich für Abkühlung. So kehrten wir bald zu meiner Wohnung zurück.

Während der Rückfahrt schaltete Aaron das Autoradio ein. Ich weiß nicht, wonach Aaron dort suchte, aber plötzlich bat ich ihn, innezuhalten, und hörte folgende Mitteilung:

„Der Polizei in Dortmund ist heute der seit langem gesuchte Hans N. ins Netz gegangen. Nachdem Hans N. aus der forensischen Psychiatrie in Krefeld entflohen war, machte er sich mutmaßlich verschiedener Verbrechen schuldig, unter anderem mehrerer Vergewaltigungen und eines tödlich verlaufenen Überfalls…“

Ich spürte, wie mir trotz der fast unerträglichen Hitze kalte Schauer über den Rücken liefen. Meine Hände krallten sich am Lenkrad fest und ich zitterte.

Aaron legte mir die Hand auf den Arm und sagte leise: „Ich glaube, du solltest kurz rechts heranfahren und mich weiterfahren lassen.“

Wie betäubt nickte ich und hielt an. Er stieg aus und führte mich zum Beifahrersitz. Ich hatte keine Ahnung, ob Hans N. wirklich der Name des Mannes war, vor dem Robert uns im Park gerettet hatte. Fieberhaft überlegte ich, wie ich das herausfinden könnte. Durch die widerstreitenden Gefühle in mir wurde mir übel. Ich wollte mich so gerne darüber freuen, dass der Fremde aus dem Park endlich gefasst worden war. Gleichzeitig hatte ich

Angst davor, dass Hans N. nicht unser Fremder sein könnte und ich mich zu Unrecht freuen würde. Als wir zu Hause ankamen, hatte auch Lucky meine Verwirrung bemerkt. Er wich mir nicht von der Seite und berührte immer wieder mein Bein mit seiner Nasenspitze.

Aaron brauchte keine weitere Erklärung. Er schaltete mein Notebook ein und bat mich, das Passwort einzugeben. Schon bald kam er mit dem Notebook auf mich zu und fragte:

„Möchtest du Fotos von Hans N. sehen?"

Zögernd nickte ich. Mein Herz schien vor Anspannung zu zerspringen. Beunruhigt blickte ich auf das Notebook: Auf den Fotos war tatsächlich der Mann zu sehen, dem wir im Park begegnet waren. Ich las noch einmal, was ich schon wusste. Er war in Dortmund verhaftet worden und würde im günstigsten Fall nicht so schnell wieder auf freien Fuß kommen.

Plötzlich ertönte ein lauter Knall. Erschrocken blickte ich zum Fenster hinaus: in der Ferne hatte sich der Himmel schwarz gefärbt. Schon tauchten die ersten Blitze auf und erhellten die dunklen Wolken. Schnell rannten wir hinaus und brachten alles auf der Terrasse in Sicherheit. Lucky zog es vor, sich in seinem Körbchen zu verkriechen.

Noch als wir die letzten Dinge wegräumten, fielen die ersten Regentropfen. Der Himmel verdunkelte sich so sehr, dass es mitten am Tag aussah wie in tiefster Nacht. Es blitzte und donnerte ununterbrochen, und wir hörten, wie der Regen gegen die Fenster prasselte. Auf der dem Regen zugewandten Seite des Hauses ließ ich vorsichtshalber die Rollläden herab. Dabei sah ich, wie das Wasser durch die Straßen strömte. Ich überlegte kurz, wie froh ich war, dass unser Haus etwas höher gelegen war, so dass wir vielleicht vor überfluteten Kellern sicher sein könnten.

Ich kehrte zurück zu Aaron und meinem Notebook und warf einen erneuten Blick auf die Fotos. Ohne jeden Zweifel handelte es sich bei Hans N. um den Mann, der mir so viele schlaflose

Nächte besorgt hatte. Heiße Tränen bahnten sich einen Weg mein Gesicht hinab. Noch während ich darüber nachdachte, warum ich weinte, wurde ich von Wärme umfangen. Wortlos hielt Aaron mich fest und drückte mich leicht an sich. Er sprach kein Wort, während er mich lange Zeit einfach nur in seinen Armen hielt und ganz sanft meine Haare streichelte.

Draußen tobte das Unwetter weiter. Es war immer noch stockfinster. Der Donner grollte ohne Unterlass und der Regen prasselte lautstark. Hinzu kamen heftige Windböen, die durch die Türschlitze drangen.

Aaron trat einen Schritt zurück und sagte: „Ich glaube, es ist Zeit für ein Glas Rotwein. Was meinst du?" Ohne auf meine Antwort zu warten, ging er zur Küche und machte dort das Licht an. Nach einiger Zeit kehrte er mit zwei Gläsern Wein und der Schachtel Pralinen zurück. Dann zündete er die Kerze auf dem Wohnzimmertisch an. Ich wusste nicht wirklich, ob ich gerade jetzt Lust auf Wein hatte, aber ich freute mich über die Pralinen. Normalerweise mochte ich gekühlte Schokolade nicht so gerne und bevorzugte sie, wenn sie schon weich war und die meisten Leute sie nicht mehr mochten. Jetzt aber kamen mir die kühlen Pralinen gerade recht. Ich wusste nicht, wer je gesagt hatte, Schokolade sei Nervennahrung. Ich wusste auch nicht, ob diese Aussage stimmte. Aber ich war mir ziemlich sicher, dass Schokolade genau das war, was ich in diesem Moment wollte. Dankbar nahm ich Aaron die Gläser ab und griff zu einer Praline. Die kühle Süßigkeit schmolz in meinem Mund und gab mir ein Gefühl von Behaglichkeit.

Aaron griff nach seinem Glas und nippte prüfend am Rotwein. Er schloss für einen Moment die Augen und nahm zufrieden einen weiteren Schluck. Ein Lächeln umspielte seine Mundwinkel, als er fragte: „Geht es dir besser?"

Er strahlte Ruhe und Sicherheit aus. Voller Erstaunen beobachtete ich ihn. Was war mit seiner Schüchternheit geschehen, die auf Teneriffa meine Aufmerksamkeit erregt hatte? Von dieser Wandlung überrascht horchte in mich hinein. Das Gefühl dauernder Anspannung war fort. An seine Stelle war Erleichterung getreten. Ich wusste nicht, ob dies bedeuten würde, dass ich mich jetzt wieder überall ohne Angst würde bewegen können. Aber ich hatte den Eindruck, dass ich eventueller Angst nun problemlos würde entgegentreten können.

„Ja, danke." Mit einem befreiten Seufzer fügte ich hinzu: „Ich bin froh, dass du heute hier bei mir bist."

Er nickte: „Es ist gut, dass du heute Nachmittag nicht alleine warst. Und ich freue mich, dass ich es bin, der heute bei dir sein konnte."

Er setzte sich zu mir und zog mich wieder zu sich heran. Fast wünschte ich mir, dass er mich weiter berühren würde, aber das tat er nicht. Ich ließ meinen Kopf an seine Schulter sinken und genoss den Augenblick. Bald wurden meine Lider schwer vor Müdigkeit. Ich wollte auf keinen Fall einschlafen, wenn ich Aarons Nähe spüren konnte. Verzweifelt versuchte ich, dagegen anzukämpfen, doch während ich noch dachte, dass diese Müdigkeit vermutlich eine Folge der weggefallenen Anspannung sei, nahm ich schon nichts mehr um mich herum wahr.

Viel später wachte ich auf, als ich etwas Nasses in meinem Gesicht spürte. Verwirrt blickte ich mich um und stellte fest, dass ich noch immer in Aarons Arm lag. Das Nasse stammte allerdings von Lucky, der in die Couch gesprungen war und mich mit seiner Nase anstupste. Erschrocken setzte ich mich auf.

„Oh, entschuldige. Ich glaube, ich bin eingeschlafen. Das tut mir so leid."

Aaron lächelte mich freundlich an. „Das macht nichts. Aber ich glaube, jetzt möchte Lucky einmal hinaus." Mein Hund bestätigte das, indem er freudig durch die Wohnung hüpfte und zur Tür lief.

Mir fiel das Unwetter wieder ein. „Regnet es noch?"

„Ich glaube nicht. Wir können ja einmal nachsehen." Aaron stand auf und ging zur Terrassentür. Als er sie öffnete, strömte kühle, frische Luft herein. Lucky lief sofort hinaus und rannte ausgelassen durch den Garten. Ich folgte ihm und sah überrascht zum Himmel hinauf.

Das Unwetter war vorbei. Es hatte die Luft von Staub und Hitze gereinigt. Nach den vielen Wochen voller Hitze fühlte sich diese frische Luft geradezu kalt an, obwohl ein kurzer Blick auf das Thermometer mir verriet, dass es immer noch 20 Grad waren. Der Himmel war wieder schwarz, aber diesmal handelte es sich um nächtliche Dunkelheit. Es zogen nur noch wenige Wolken vorbei, und zwischen ihnen leuchtete ein voller Mond. Obwohl ich fröstelte, konnte ich mich von diesem Anblick nicht lösen. Ich spürte Aarons Nähe und streckte zaghaft meine Hand nach ihm aus. Als meine Finger die seinen berührten, umschloss er meine Hand und holte mich zu sich heran. Ich spürte den Unterschied zur Umarmung am Nachmittag und lehnte mich bei ihm an. Sanft strich er wieder über meine Haare. Es fühlte sich an, als hätte ich etwas gefunden, wonach ich lange gesucht hatte. Zugleich hoffte ich inständig, dass mich mein Gefühl nicht trog.

Nachdem Lucky einige Runden durch den Garten gelaufen war, setzte er sich erwartungsvoll hechelnd vor uns hin und blickte uns auffordernd an. Ich versuchte, ihn zu ignorieren, aber er ging zu Aaron und stupste ihn immer wieder mit der Nase an. Mit einem gewissen Bedauern stellte ich fest, dass Lucky noch einen Abendspaziergang machen musste.

„Na, junger Mann, was möchtest du denn?" Mit einer Hand streichelte Aaron ihm über den Kopf, während seine andere weiter an meiner Schulter ruhte.

Ich sah zu ihm auf und sagte: „Ich fürchte, er muss noch eine kleine Runde drehen." Lucky erschien mir in diesem Augenblick außerordentlich lästig, da sein Bedürfnis unweigerlich dazu führen würde, dass ich mich von Aaron trennen müsste.

„Na, dann …", mit diesen Worten schob Aaron mich sanft von sich fort, während er mir einen Kuss auf die Stirn hauchte. Überrascht beobachtete ich, wie er mit Lucky zur Terrasse ging und im Haus verschwand. Kurz darauf erschienen beide wieder in der Tür und schauten mich auffordernd an. Aaron hielt Luckys Leine in der Hand. „Gehen wir?"

Es war spät geworden und ich fragte mich, ob Aaron in dieser Nacht noch nach Münster zurückfahren würde. Wir waren uns an diesem Tag sehr viel näher gekommen und ich freute mich darüber. Aber war ich schon bereit zu noch mehr Nähe? Würde mehr Nähe nicht zu Verbindlichkeiten führen, für die ich möglicherweise noch mehr Zeit bräuchte?

Ich war so in meine Überlegungen vertieft, dass ich erst mit Verzögerung bemerkte, dass Aaron mit mir gesprochen hatte. Erschrocken blieb ich stehen und sah seinen erwartungsvollen Blick. „Entschuldige bitte. Ich war in Gedanken. Was hast du gesagt?"

„Ich wollte wissen, ob es hier irgendwo ein Hotel gibt."

„Ein Hotel?"

„Ja. Es ist sehr spät geworden, deutlich später als ich geplant hatte. Außerdem sind durch das Unwetter vielleicht nicht alle Straßen passierbar. Daher würde ich lieber erst morgen zurückfahren."

Es formten sich Worte, zuerst in meinem Kopf, dann auch mit meiner Stimme, und ich hörte mich sagen: „Du kannst auch bei mir übernachten, wenn du möchtest."

Aaron zögerte. Nach einer Weile sagte er: „Ich weiß nicht recht." Plötzlich, wie aus dem Nichts, war seine Schüchternheit wieder da. Eine Welle der Zuneigung ergriff von mir Besitz, und anstatt ihm den Weg zum nächsten Hotel zu zeigen, erklärte ich: „Das Sofa im Wohnzimmer ist eine Schlafcouch. Ich kann sie dir zurechtmachen, dann kannst du da schlafen." Schmunzelnd fügte ich hinzu: „Du riskierst allerdings, dass du heute Nacht Gesellschaft bekommst und dein Bett mit Lucky teilen musst."

Mit gespieltem Entsetzen sah er hinab zu Lucky: „Darf er im Bett schlafen?"

Ich lachte. „Nein, eigentlich nicht, aber er darf auf die Couch. Und ich weiß nicht, ob er den Unterschied wird erkennen wollen. Auch wenn du dort schlafen solltest, wäre es für ihn doch immer noch die Couch."

„Das wäre einmal eine ganz neue Erfahrung, nicht wahr, junger Mann?" Er grinste Lucky an, und fragte dann zaghaft: „Bist du dir sicher, Leonie, dass du möchtest, dass ich bleibe?"

Ich war mir nicht sicher. Daher sagte ich: „Ich weiß nicht. Aber vielleicht möchtest du trotzdem bleiben?"

„Wenn ich darf, gerne. Das erspart mir die Suche nach einem Hotel. Ich kann morgen früh zum Bäcker gehen und uns etwas zum Frühstück holen. Als kleine Entschädigung sozusagen. Anschließend muss ich dann wieder zurückfahren. Es gibt noch Arbeit, die auf mich wartet."

„Morgen ist Sonntag." Selbstverständlich hatte auch ich schon an vielen Wochenenden gearbeitet. Aber jetzt spürte ich ein leichtes Bedauern angesichts der Tatsache, dass Aaron nach dem Frühstück gleich würde fahren müssen.

Offensichtlich ging es ihm ähnlich. Fast entschuldigend antwortete er: „Ich weiß. Ich bin nicht sonderlich gut darin, mir Freizeit zu verschaffen. Es tut mir leid. Für morgen lässt sich das nicht mehr ändern. In Zukunft kann ich versuchen, das anders zu handhaben, wenn du möchtest."

Ich sah ihn an und hielt seinen Blick für kurze Zeit fest. Ein Lächeln umspielte seine Augen und bahnte sich einen Weg zu mir.

Als ich am nächsten Morgen aufwachte, herrschte vollkommene Stille. Lucky lag nicht auf seinem gewohnten Platz vor dem Bett und ein Blick auf den Wecker sagte mir, dass es halb neun war. Normalerweise hätte mein Hund mir spätestens um sieben mitgeteilt, dass er in den Garten wollte. Wo war er bloß?

Plötzlich erinnerte ich mich daran, dass ich in dieser Nacht nicht alleine in meiner Wohnung gewesen war. Wie hatte ich so tief und fest schlafen können, während Aaron im Nachbarzimmer lag? Ich hatte eigentlich erwartet, dass dieser Umstand genügt hätte, mir eine schlaflose Nacht zu bereiten. Allmählich begriff ich, dass die Begegnung mit Hans N. mich wohl erheblich mehr belastet hatte, als mir bewusst gewesen war. Durch die nun wiedergekehrte Ruhe war mein Körper vermutlich endlich dazu bereit, die Anspannung fallen zu lassen und sich zu erholen. Meine Seele würde folgen, das wusste ich.

Ich ging ins Wohnzimmer, um nachzusehen, ob Lucky dort war. Die Bettwäsche lag ordentlich zusammengelegt auf der Couch, aber es war niemand zu sehen. Auch der Garten war menschenleer. Wahrscheinlich waren die beiden auf dem Weg zum Bäcker. Mein Wohnungsschlüssel lag ebenfalls nicht auf seinem üblichen Platz, so dass ich beschloss, schnell zu duschen und den Frühstückstisch zu decken. Erst als ich mit allem fertig war und schon ein wenig unruhig wurde, hörte ich das Tapsen von Luckys Pfoten vor der Wohnungstür. Gleich darauf wurde der Schlüssel ins Schloss gesteckt.

Lucky lief sofort zu seinem Wassernapf und begann zu trinken. Aarons Blick wanderte erfreut zum Frühstückstisch, wo er die Brötchentüte ablegte.

„Guten Morgen, Leonie. Hast du gut geschlafen?" Er griff nach meiner Hand und zog mich zu sich heran. Zufrieden brummend genoss ich seine Umarmung. Ich spürte seine Finger in meinem Haar und sah ihn an. Seine Augen schienen vor Freude zu funkeln und ich bemerkte, wie dieses Funkeln in meinen

Bauch übersprang und ihn zum Kribbeln brachte. Er nahm mein Gesicht in seine Hände und küsste mich zart auf die Stirn. Ehe ich seine Frage beantworten konnte, trat er einen Schritt zurück und sagte:

„Wir waren schon spazieren und haben Brötchen gekauft. Leider gab es keine Croissants."

Gerührt griff ich nach seiner Hand. „Das macht nichts. Schön, dass du da bist. Für Croissants hättest du zu einem anderen Bäcker gehen müssen, dafür hat dieser die leckersten Brötchen weit und breit." Ich zwinkerte ihm zu und fügte hinzu: „Du hast alles richtig gemacht."

Mit einem Blick zu Lucky fragte ich: „Wo wart ihr denn?"

Aaron schmunzelte. „Lucky hat mir den Weg zum Park gezeigt. Man kann auch zu Fuß hingehen, wie ich jetzt weiß."

„Oh, dann wart ihr ja richtig lange unterwegs. Nur gut, dass es nicht mehr so heiß ist."

„Um ehrlich zu sein, war es sehr schön. Nur schade, dass du nicht dabei warst."

„Du hättest mich wecken können. Dann wäre ich mitgegangen."

„Ich weiß. Aber du hast so friedlich geschlafen, da habe ich es nicht übers Herz gebracht, dich zu wecken."

Für einen Moment überlegte ich, woher er wusste, dass ich geschlafen hatte, aber da ich wegen Lucky die Tür zu meinem Schlafzimmer offengelassen hatte, konnte ich ihm kaum vorwerfen, wenn er hineingeschaut hatte.

Nach dem Frühstück fragte Aaron: „Ist es eigentlich weit bis zu deinem Wohnmobil?"

„Nur ein paar Minuten mit dem Auto. Warum?"

„Ich überlege, ob wir es uns noch kurz anschauen könnten, bevor ich fahre. Du hast mich neugierig gemacht."

Mein Herz machte kleine Freudensprünge. Wenn wir zum Wohnmobil fahren würden, könnten wir noch ein wenig mehr Zeit miteinander verbringen.

Als wir das Wohnmobil erreichten, umkreiste Aaron es fast andächtig, ganz so, wie auch Stefan Hürten es getan hatte. Ich öffnete die Tür, und wir traten ein. Aufmerksam betrachtete Aaron jedes kleine Detail, während er mit den Fingern an den Möbeln entlangfuhr. Vor der Hundebox blieb er stehen und nickte anerkennend.

„Ich glaube, es wird sehr schön werden, wenn es erst einmal renoviert wurde. Eigentlich gefällt es mir auch jetzt schon. Dein Vater hat eine gute Wahl getroffen.“

„Wenn ich nur herausfinden könnte, wo sein Tagebuch geblieben ist.“

„Hast du hier schon überall nachgesehen?“

Ich nickte bedauernd. „Ich glaube schon.“

Aufmunternd fragte er: „Sollen wir am nächsten Wochenende noch einmal in aller Ruhe gemeinsam suchen?“

Nachdenklich und leise hoffend sah ich ihn an: „Heißt das, du möchtest am nächsten Wochenende wieder herkommen?“

Er legte den Kopf ein wenig schief, was ihm wieder einen verletzlichen Ausdruck verlieh. Dann bewegte er sich kaum merkbar auf mich zu, hielt aber wieder inne. Im kleinen Raum des Wohnmobils war die Spannung zwischen uns deutlich wahrnehmbar. Ich hatte das Gefühl, dass sie sich wie eine Wand zwischen uns aufzubauen drohte. Daher sagte ich schnell: „Ich würde mich sehr freuen, dich am nächsten Wochenende wieder zu sehen.“

Ich konnte geradezu sehen, wie die Anspannung, die plötzlich von ihm Besitz ergriffen hatte, sich bei meinen Worten löste. Er blinzelte, und mit einem unhörbaren Seufzer erschien sein Lächeln wieder.

„Ich freue mich auch darauf. Und dann suchen wir noch einmal gemeinsam. Es ist dir sehr wichtig, das Tagebuch zu finden, oder?" Er zupfte sanft an einer Strähne meiner Haare und drehte sie in seinen Fingern. Durch diese Geste fühlte ich mich auf einmal sehr verwundbar, Tränen stiegen mir in die Augen. Ich erschrak vor meiner eigenen Gefühlsregung.

Aaron hielt inne, ließ meine Haare aber nicht los. Beunruhigt fragte er: „Habe ich etwas Falsches gesagt?"

Ich schüttelte den Kopf. „Ich weiß nicht." Wieder spielte er mit meinen Haaren. Als ich die Tränen nicht mehr zurückhalten konnte, verstand ich: „Mein Vater hat das früher auch immer gemacht, als ich noch klein war. Ich hatte es vergessen, aber jetzt erinnere ich mich genau."

Er schloss mich behutsam in seine Arme und fragte leise: „Was hat er gemacht?"

Ich schniefte und suchte nach einem Taschentuch. „Mit meinen Haaren gespielt, so wie du gerade. Als er älter wurde und ihm die Haare allmählich ausfielen, meinte er immer, ich solle ihm einige meiner Haare schenken. Ich hätte ohnehin mehr als genug davon." Diese Erinnerung zauberte mir ein Lächeln ins Gesicht.

„Darf ich fragen, was passiert ist?"

Ich überlegte. Es war alles schon so lange her, und doch erschien es mir plötzlich, als sei es erst gestern gewesen. „Er wurde krank. Aber er verheimlichte seinen Zustand vor meiner Mutter und vor uns. Vermutlich wollte er es selbst nicht wahrhaben. Als er endlich zum Arzt ging, konnte man nicht mehr viel für ihn tun. Bis dahin war er so geschwächt, dass die üblichen Behandlungen nicht mehr in Frage kamen. Die Ärzte konnten ihm nur noch ein bisschen Lebenszeit schenken, ihn aber nicht mehr heilen. Und dann starb er einfach so, zu einem Zeitpunkt, wo niemand damit gerechnet hatte. Plötzlich war er nicht mehr da. Und ich blieb zurück mit dem Gefühl, ihn nie richtig gekannt zu haben und nicht zu wissen, was ihn je bewegt hat."

„Das tut mir Leid." Nach einer Pause fügte er hinzu: „Soll ich es lassen?"

Ich verstand nicht, was er meinte. „Was denn?"

„Wäre es dir lieber, wenn ich nicht mit deinen Haaren spiele? Wenn es dir weh tut, höre ich damit auf." Er sah bedauernd auf die Strähne in seiner Hand.

„Es tut gerade tatsächlich etwas weh. Aber ich möchte nicht, dass du jemals Angst bekommst, mich zu berühren. Ich genieße es, wenn du mich anfasst. Es ist schön. Die Erinnerung war vorhin nur so unerwartet präsent. Vielleicht gibt es noch mehr Erinnerungen oder verstehe ich manche Dinge, wenn ich das Tagebuch finde. Eigentlich hast du mir gerade ein kleines Stückchen von meinem Vater wieder gegeben."

Ich lehnte mich bei ihm an, und er schloss mich in seine Arme. Nach einiger Zeit spürte ich seine Hand in meinem Haar und musste lächeln. Kaum hörbar wisperte er: „Leonie?" Ich sah ihn an und bemerkte den Kummer in seinem Gesicht.

„Leonie, es tut mir so schrecklich Leid. Ich möchte dich jetzt nicht verlassen, aber ich muss allmählich fahren. Wenn du nicht alleine bleiben möchtest, nehme ich dich und Lucky sehr gerne mit nach Münster. Allerdings musst du morgen wahrscheinlich auch arbeiten, nicht wahr?"

Ich nickte. „Ja, leider. Kannst du mich noch nach Hause fahren?"

„Selbstverständlich. Darf ich dich heute Abend anrufen? Ich möchte wissen, wie es dir geht und ob du zurechtkommst. Wenn nicht, hole ich dich doch noch ab."

„Du würdest jetzt nach Münster fahren, um zu arbeiten, und heute Abend wieder zurückkommen, um mich abzuholen?" Ich war gerührt. Wann hatte sich zuletzt jemand so um mich gesorgt? Ich wartete seine Antwort nicht ab, sondern strich ihm sanft über die Wange.

„Ich verspreche dir, dass ich das nächste Wochenende für uns freihalten werde. Keine Arbeit und keine Verpflichtungen."

Aaron brachte mich nach Hause und fuhr anschließend nach Münster. Als ich die Wohnungstür öffnete, kam Lucky mir entgegen und lief immer wieder suchend zum Eingang. Irritiert setzte er sich mit fragendem Blick vor mich hin und stupste mich mit der Nase an.

„Es tut mir Leid, Lucky, aber Aaron ist nach Hause gefahren. Am nächsten Wochenende kommt er wieder. So lange musst du dir die Zeit mit mir vertreiben."

Ich ging nicht wirklich davon aus, dass Lucky mich verstand, aber da ich oft alleine mit ihm war, hatte ich mir angewöhnt, mit ihm zu sprechen. Und manchmal fragte ich mich doch, ob er nicht zumindest ein kleines Bisschen von dem begriff, was ich ihm erzählte. Zumindest legte er sich jetzt hin und nahm den Kopf zwischen die Vorderpfoten.

Ich öffnete die Tür zum Garten und setzte mich auf die Terrasse. Es war erst Sonntagmittag, aber ich hatte das Gefühl, dass in den letzten vierundzwanzig Stunden so viel passiert war, dass es für eine ganze Woche gereicht hätte. Ich hatte einen ganzen Tag mit Aaron verbracht, der Fremde aus dem Park hatte einen Namen bekommen und war gefasst worden, die Hitze der letzten Wochen war einem heftigen Unwetter gewichen und Aaron hatte die Nacht in meiner Wohnung verbracht. Es hatte Augenblicke gegeben, in denen ich mich ihm ganz nah gefühlt hatte, und andere, in denen eine gläserne Wand zwischen uns zu stehen schien. Manchmal wirkte er sehr schüchtern und zurückhaltend, dann wieder selbstsicher und ruhig. Wir hatten einander immer wieder einmal kurz berührt und er hatte mich über einen längeren Zeitraum festgehalten, als ich seine Nähe brauchte. Aber sobald es mir besser ging und ich mutiger wurde, zog er sich zurück. Wie wäre dieser Tag wohl weiter verlaufen, wenn er nicht hätte arbeiten müssen? Ich fühlte mich verwirrt und verunsichert. So wie auf Teneriffa hatte ich auch hier jeden Augenblick mit Aaron genossen. Dennoch gab es da irgendetwas nicht Greifbares, das mich zugleich beunruhigte. Was wusste ich eigentlich von Aaron?

Er war das jüngste von drei Kindern. Zusammen mit seinem Bruder und seiner Schwester arbeitete er in der Firma, die von seinem Vater gegründet worden war. Der ehemalige Elektrohandel wäre fast der Konkurrenz der großen Konzerne erlegen gewesen, als Aarons Bruder Elias die Idee entwickelte, den Elektrohandel in eine Energieberatungsfirma umzuwandeln. Dies schien eine zukunftsträchtige, aber offensichtlich auch arbeitsintensive Lösung zu sein. Ob es Aaron wirklich gelingen würde, sich das nächste Wochenende freizuhalten?

Mir fiel ein, dass Hannah in fünf Wochen nach Chile fliegen wollte. Ich hielt das nach wie vor für eine verrückte Idee. Jahrelange Erfahrung hatte mich allerdings gelehrt, dass ich sie von diesem Plan ohnehin nicht mehr würde abbringen können. Besser wäre es, zu ihr zu fahren und zu schauen, ob sie Hilfe bei den Vorbereitungen bräuchte. Auch Lucky freute sich, als er bemerkte, dass wir etwas unternehmen würden.

Bei unserer Ankunft saßen Hannah und Enya im Garten. Das kleine Tischchen war vollgestapelt mit Reiseführern, Papier, farbigen Klebezetteln und Stiften.

„Was machst du da? Ich dachte, du wirst die ganze Zeit über auf der Pferdefarm arbeiten. Hast du da Zeit für Ausflüge?"

Hannah lachte. „Na, das hoffe ich doch. An den Wochenenden werde ich frei haben, dann kann ich mir das Land ansehen."

„Aber Chile ist ein sehr langgestrecktes Land. Du wirst längere Reisen in Kauf nehmen müssen, wenn du dir alles anschauen möchtest. Wo genau geht es denn hin?"

„In einen kleinen Ort, etwa dreihundert Kilometer nördlich von Santiago. Wenn ich schon da bin, möchte ich mir natürlich auch etwas von Argentinien anschauen. Zumindest Mendoza und Córdoba sollten möglich sein."

„Oh." Ich war vor Jahren selber einmal in Argentinien gewesen und hatte dort drei Wochen bei Freunden verbracht. Die Weite der Landschaft hatte mich fasziniert und ich hatte mich in dieses Land verliebt. Wäre die wirtschaftliche Situation im Land damals eine andere gewesen, wäre ich vielleicht sogar ganz dortgeblieben. So hatte mir jeder davon abgeraten. Und irgendwie hatte ich es aus verschiedenen Gründen nicht mehr geschafft, noch einmal hinzufliegen.

Plötzlich erschien mir Hannahs Idee von der Pferdefarm gar nicht mehr so verrückt.

Wie versprochen, rief Aaron abends an. Es stellte sich heraus, dass er die richtige Entscheidung getroffen hatte, als er über Nacht geblieben war. Nachts wären die Straßen durch Überflutungen und umgestürzte Bäume zum Teil unpassierbar gewesen. Nun war er zwar immer noch recht lange unterwegs gewesen, aber zumindest war er sicher nach Hause gekommen.

Ich flachste herum: „Was für ein Glück für dich, dass du nicht wieder zurückkommen musst, um mich abzuholen." Er lachte: „Das ist in der Tat ein Glück." Ernster fügte er hinzu: „Aber wenn es sein muss, hole ich euch trotzdem noch ab. Bist du sicher, dass es dir gut geht?"

„Ja. Es handelte sich heute Morgen um einen sehr sensiblen Moment. Aber es ist alles in Ordnung. Es ist lieb, dass du dich sorgst, das musst du jetzt aber nicht mehr."

Er wirkte nicht ganz überzeugt. „Rufst du mich an, wenn etwas bei dir nicht stimmt? Bitte." Ich versuchte, ihm seine Sorgen zu nehmen, indem ich sagte: „Darf ich dich auch anrufen, wenn alles gut ist?"

Das durfte ich natürlich. Von diesem Tag an telefonierte ich täglich mit Aaron. Häufig war ich diejenige, die ihn anrief, aber manchmal hatte er keine Ruhe und meldete sich bei mir.

Hannah verbrachte die nächsten Wochen zu einem großen Teil damit, ihre Spanischkenntnisse aufzufrischen. Einmal in der Woche half sie mir bei der Arbeit am Wohnmobil, wobei ihr technisches Verständnis und ihre vielfältigen Kontakte mir sehr zugutekamen. Sie war es, die veranlasste, dass die verschiedenen Gas- und Wasserleitungen überprüft wurden, und sie sorgte auch dafür, dass ihr Vetter den Motor und das gesamte Fahrwerk kontrollierte. Ich hatte Glück: Peter Hürten hatte sich vorbildlich um das Wohnmobil gekümmert, alles war in einwandfreiem Zustand. Letzten Endes mussten wir nur Verschönerungsarbeiten durchführen.

Zuerst entfernten wir alle Polster und Gardinen und brachten sie zu mir nach Hause. Dann bauten wir Schrank für Schrank auseinander und strichen sie in Cremeweiß. Auch die Decke würde cremeweiß. Das, was von den Wänden noch sichtbar war, wurde taubenblau. Folglich musste ich dann allerdings auch die Spüle, die Toilette und die Duschwanne austauschen lassen, da ihr Ockerton nun gar nicht mehr passte. Den Teppichboden ersetzte ich zusammen mit Aaron durch einen strapazierfähigen Vinylbelag in passender Farbe. Und die Polster und Gardinen brachte er zu seiner Schwester, die für ihr Leben gerne nähte. Es war ein sehr merkwürdiges Gefühl, ihm Teile des Wohnmobils mitzugeben, ohne seine Schwester zu kennen, aber ich beschloss, ihm zu vertrauen und mich überraschen zu lassen.

Aaron kam nun an jedem Wochenende zu mir nach Krefeld, um mir bei der Arbeit zu helfen. Wir waren ein gutes Team und konnten hervorragend miteinander arbeiten. Abends planten wir die weitere Vorgehensweise oder gingen mit Lucky spazieren. Bei gutem Wetter saßen wir auf der Terrasse und unterhielten uns. Obwohl wir uns sehr gut verstanden und jeder von uns die Anwesenheit des anderen genoss, wurde ich aus Aaron nicht wirklich schlau. Ich hätte mir mehr Nähe gewünscht, und in manchen Augenblicken schien das auch sein Wunsch zu sein. Trotzdem blieb er auch immer etwas distanziert, fast so wie Lucky, bei dem es durchaus passieren konnte, dass ihm Nähe plötzlich zu viel wurde und er sich zurückzog.

Zusätzlich zur Arbeit am Wohnmobil und meiner eigentlichen Tätigkeit als Übersetzerin begann zu dieser Zeit auch mein Klavierunterricht. Zuerst kam allerdings der Klavierstimmer. Da mein Instrument so lange nicht bespielt worden war, musste es zweimal gestimmt werden. Und dann konnte es endlich losgehen.

Es gehörte zu Roberts Philosophie, dass der Unterricht bei seinen Schülern zu Hause stattfand. Natürlich wollte er ihnen die Grundlagen des Klavierspielens beibringen, aber vor allem sollten sie Spaß und Freude am Umgang mit ihrem Instrument erfahren.

Als er zum ersten Mal kam, stellte ich fest, dass er genau so vorging wie damals, wenngleich er mehr in sich zu ruhen schien. Er ließ sich die Wohnung und den Garten zeigen und verweilte lange bei meinen Büchern und CDs. Wenn ich ihn nicht gekannt hätte, hätte sein Verhalten mich vermutlich abgeschreckt. So aber wusste ich, dass er nur versuchte, eine Verbindung aufzunehmen zu mir und meinen Interessen. Natürlich hätte er mich auch einfach fragen können, aber ein großer Redner war er noch nie gewesen. Er ließ die Dinge lieber auf sich wirken.

Schließlich trat er an mein Klavier und strich über das Holz. Mit warmem Interesse fragte er: „Ist das noch dasselbe wie damals?" Ich nickte und konnte die Freude darüber, dass ich gleich wieder darauf spielen würde, nicht verbergen. Lächelnd öffnete er die Abdeckung und schlug probeweise ein paar Tasten an. Er lauschte dem Klang und sagte anerkennend: „Sehr schön. Es klingt weich und rund. Das passt zu dir. Gut, dass du es all die Jahre über behalten hast."

Dann zog er sich einen zusätzlichen Stuhl zum Klavier, klopfte auf den Hocker und sagte: „Komm!" Er forderte mich auf, wahllos auf dem Klavier herum zu klimpern, um wieder ein Empfinden dafür zu bekommen, wie sich die Tasten anfühlen und welche Töne sie produzieren. Nach einiger Zeit bemerkte ich, dass mir bestimmte Tonfolgen und Rhythmen besonders gut gefielen, und ich nahm sie häufiger bewusst auf.

Als ich aufhörte, fragte er: „Kannst du noch Noten lesen?" Ich überlegte kurz und antwortete: „Ich glaube schon."

Er zog ein Notenblatt hervor und legte es mir hin: „Menuet I" von Wolfgang Amadeus Mozart. Ich kannte das Stück. Es war ein kurzes, einfaches Menuett, das Mozart als Kind geschrieben hatte. Verblüfft sah ich zu Robert: „Woher weißt du das noch?" Es handelte sich um das letzte Stück, an dem wir vor vielen Jahren gemeinsam gearbeitet hatten. Er musterte mich schweigend lächelnd: „Ich wusste es nicht mehr. Aber ich dachte, es könnte richtig für dich sein. Es war ein Risiko. Nach so langer Zeit haben Menschen ihren Geschmack oft geändert. Ich erinnerte mich an deine Worte im Park und hoffte, dass dir ähnliche Dinge wie damals gefallen würden. Also habe ich es mitgebracht."

„Hast du auch noch andere Noten dabei – für den Fall, dass du dich getäuscht hättest?"

„Sicher. Möchtest du mit etwas anderem anfangen?"

„Nein. Das hier ist perfekt."

Ich ließ zuerst die Finger meiner rechten Hand ihren Weg über die Tasten suchen, anschließend erkundete meine linke Hand die Melodie. Schließlich versuchte ich, beide zusammenzufügen. Es ging langsam, und ich verspielte mich mehrmals. Doch am Ende meiner Unterrichtsstunde wusste ich, dass ich auf einem guten Weg war.

Münster

An Hannahs letztem Wochenende vor ihrem Abflug nach Chile wünschte sie sich eine Einweihungsfahrt mit dem Wohnmobil. Nachdem sie so viel daran gearbeitet hatte, konnte ich ihr diese Bitte kaum abschlagen. Allerdings gefiel mir nicht, dass mich das ein Wochenende mit Aaron kosten würde. Nach einiger Überlegung entschieden wir uns, diese Fahrt nach Münster führen zu lassen. So käme Hannah zu ihrer Einweihungsfahrt, und ich würde Aaron sehen.

Bei der Abfahrt hatte ich feuchte Hände, und es rumorte in meinem Bauch. Aber die regelmäßigen kurzen Übungsfahrten zahlten sich jetzt aus. Das Wohnmobil rollte friedlich vor sich hin, und nach einiger Zeit begann ich, diese kleine Reise zu genießen. Unsere Hunde hatten sich damit abgefunden, dass sie die Zeit in ihren Boxen verbringen sollten, und Hannah machte es sich auf dem Beifahrersitz bequem. Im Radio lief gerade „Über den Wolken" von Reinhard Mey. Ich musste unwillkürlich lächeln. Zwar befanden wir uns keineswegs über den Wolken, doch unsere erhöhte Sitzposition vermittelte mir ein Gefühl von Freiheit. Es war eine gute Entscheidung gewesen, das Wohnmobil zu behalten, dachte ich.

„Danke, Leonie."

Ich schielte kurz zu Hannah hinüber. „Wofür?"

Sie lächelte mir zu. „Dafür, dass ich bei dieser ersten Fahrt dabei sein darf. Du hättest sie auch mit Aaron oder ganz alleine, nur mit Lucky, unternehmen können."

Tatsächlich hätte ich bei dieser ersten Fahrt gerne Aaron an meiner Seite gehabt. Da er jedoch auf keinen Fall schon jetzt gemeinsam mit mir im Wohnmobil übernachten wollte, kam das erst einmal nicht in Frage. Immerhin gab es nur ein Bett, wenngleich das bei einer Breite von 1,60 m für ein Wohnmobil sehr groß ausfiel. Nun denn, so würde ich die Nacht mit Hannah verbringen. Sie hatte sich sehr dafür eingesetzt, dass diese erste Fahrt überhaupt zu diesem Zeitpunkt schon möglich war. Zudem wollte sie in wenigen Tagen fliegen. Daher sagte ich: „Das hast du mehr als verdient. Ohne dich würde ich vermutlich immer noch ratlos herumstehen und nicht wissen, womit ich anfangen soll. Ich bin allerdings gespannt auf Aarons Freund Daniel."

„Richtig, das hatte ich fast schon wieder vergessen. Warum hat er ihn noch einmal eingeladen?"

Ich schmunzelte: „Damit du dich nicht wie das fünfte Rad am Wagen fühlst. Von Dreier-Konstellationen scheint er nichts zu halten."

Hannah prustete los: „Was hat er mit dir vor, dass ich überflüssig bin? Nichts Unsittliches, hoffe ich."

Ich zwang mich zu einem Grinsen: „Wohl kaum." Hannah betrachtete mich prüfend, meinte dann aber leichthin: „Was soll's? Schauen wir uns diesen Daniel einmal an. Vielleicht ist er ja ganz nett."

Ich parkte das Wohnmobil vor Aarons Haus, und Hannah staunte. „Hier wohnt er, gleich am Waldrand?" Vor Begeisterung wurde sie ganz hibbelig, was sich augenblicklich auf unsere Hunde übertrug. Sie begannen aufgeregt zu fiepen und zu bellen. Es klang, als hätten wir ein ganzes Rudel Hunde dabei. Offensichtlich war der Lärm bis zum Haus zu hören gewesen, denn Aaron und Daniel kamen uns schon entgegen, als wir noch damit beschäftigt waren, Lucky und Enya aus ihren Boxen zu befreien. Enya stürmte vor lauter Freude gleich hinaus, geradewegs Daniel in die Arme. Sie zeigte keine Berührungsängste Fremden gegenüber und begrüßte ihn schwanzwedelnd. Geistesgegenwärtig griff er nach ihrem

Halsband und hielt sie fest, bis Hannah mit der Leine vor ihm stand.

„Oh, Entschuldigung! Ich glaube, das müssen wir noch üben." Sie leinte Enya an und fuhr fort: „Das ist meine manchmal ungezogene Hündin Enya, und ich bin Hannah."

Sie reichte ihm die Hand. Er erwiderte ihren Händedruck und ergänzte ihn noch um zwei in die Luft gehauchte Wangenküsse. Ich fragte mich, ob die beiden einander doch schon einmal kennengelernt hatten, aber Hannah hatte sich gerade erst vorgestellt. Daher war das eher unwahrscheinlich. Sie wandte sich in meine Richtung und sagte: „Und das ist meine Freundin Leonie mit ihrem Hund Lucky." Daniel grinste und kam auf mich zu. Ehe ich mich versah, griff er nach meiner Hand und hauchte mir zwei Küsse auf die Wangen: „Freut mich, Leonie, ich bin Daniel."

Erst jetzt kam ich dazu, Aaron zu begrüßen, der seinem Freund etwas verwirrt zusah. Er trat auf mich zu, streichelte Lucky kurz über den Kopf und umarmte mich. Eine Zeitlang sagte er gar nichts, sondern hielt mich einfach nur fest. Schließlich flüsterte er: „Schön, dass du da bist."

Dann hörte ich, wie Daniel leise zu Hannah sagte: „Komm, gehen wir schon einmal hinein. Der Grill wartet." Schritte auf dem Kies ließen mich vermuten, dass sie ihm folgte.

In der darauffolgenden Stille nahm ich Aarons Nähe intensiv wahr. „Ich freue mich auch, dich zu sehen." Er hielt mich immer noch im Arm und schien, ganz in unsere Begegnung versunken zu sein. Schließlich schob er mich sanft ein wenig von sich fort, küsste mich auf die Stirn und zog mich an der Hand mit zum Haus: „Komm." Nach wenigen Schritten zögerte ich. Aaron blieb stehen, wandte sich mir zu und runzelte fragend die Stirn.

„Aaron, ist alles in Ordnung?" Ich hatte ein unbestimmt unangenehmes Gefühl. Er betrachtete mich nachdenklich, lächelte dann und nickte: „Ja, Leonie. Mach dir keine Sorgen. Lass uns den gemeinsamen Tag genießen."

Wir folgten unseren Freunden zum Haus und wurden dort gleich von Daniel empfangen: „Ah, da seid ihr ja! Was haltet ihr davon, wenn ich mit Hannah und den Hunden eine kleine Runde durch den Wald drehe? Der Grill ist so gut wie fertig. Ich denke, in einer halben Stunde könnten wir das Fleisch auflegen. Fangt doch einfach schon an, und wir kommen dann bald. Wenn alles gut geht, bringen wir müde und zufriedene Hunde mit."

Woher hatte dieser Mann nur eine solche Energie? Wir waren noch nicht einmal richtig angekommen, und er wollte schon Hannah, Enya und Lucky entführen. Ratlos sah ich von Hannah zu Aaron. Hannah zeigte freudige Erwartung, während Aaron mir eine Hand auf den Rücken legte: „Wir können uns gerne weiter um den Grill kümmern, wenn Hannah und Leonie damit einverstanden sind. Aber sollten wir nicht zuerst etwas trinken? Ihr seid bestimmt durstig nach der langen Fahrt."

„Ich habe Hannah schon etwas gegeben. Wir können sofort los." Daniel schien es kaum erwarten zu können.

Aaron bewegte seine Hand auf meinem Rücken und fragte: „Leonie?" Ich zuckte mit den Schultern. „Wenn *ich* nicht sofort wieder los muss, soll es mir Recht sein. Aber lasst Lucky bitte vorher etwas trinken."

Aaron sah mir belustigt zu, als ich einen kleinen Seufzer der Erleichterung ausstieß.

„Was möchtest du trinken? Einen Eistee?"

„Ja, gerne."

„Komm, wir gehen in den Garten."

Dankbar genoss ich das kühle Getränk und die Ruhe am Waldrand.

„Vielleicht hätte ich dich vorwarnen sollen. Daniel kann ein bisschen anstrengend sein. Aber er ist wirklich schwer in Ordnung. Und im Gegensatz zu mir versteht er etwas von Hunden. Enya und Lucky sind bei ihm in besten Händen."

„Na, dann …" Ich spürte, dass meine Schultern sich allmählich lockerten. Genüsslich nippte ich am Eistee und fragte: „Versteht er auch etwas von Menschen, insbesondere von Frauen?"

Aaron zwinkerte mir kichernd zu: „Nun ja, ich bin keine Frau. Von daher kann ich *den* Teil der Frage schwer beantworten. Aber ich würde sagen, er versteht definitiv etwas von Menschen. Da besteht kein Zweifel."

Das Fleisch auf dem Grill war fast fertig, als die Hunde durch das Gartentor hereingestürmt kamen. Lucky wusste von unserem vorigen Besuch noch, wo der Wassernapf stand, und leerte ihn fast in einem Zug. Sowohl die Hunde als auch Hannah und Daniel wirkten erhitzt, aber auch sehr zufrieden.

Beim Nachtisch fragte Hannah: „Hättet ihr etwas dagegen, wenn Daniel mir gleich Münster zeigen würde? Und könnten die Hunde dann bei euch bleiben?"

Aaron wandte mit gespielter Entrüstung ein: „Wie? Daniel will dich schon wieder mitnehmen? Gefällt es dir hier nicht?"

Plötzlich wurde Daniel verlegen: „Ich würde ihr gerne die Stadt zeigen. Ich glaube, wir verstehen uns ganz gut."

„Bitte, Leonie, kann Enya hier bleiben?"

Was war mit meiner Freundin geschehen, die nach ihrer Enttäuschung mit Paul nichts mehr von Männern wissen wollte? Auf einmal zog sie mit einem wildfremden Mann los, und das gleich zweimal hintereinander. Na gut, vielleicht sah sie in Daniel keinen Fremden, da er Aarons bester Freund war. Aber merkwürdig war es schon.

Glücklich wie Kinder gingen sie zu Daniels Auto und fuhren los. Ratlos sah ich mich nach Aaron um: „Sie fliegt in vier Tagen nach Chile." Ihn schien das nicht zu beunruhigen: „Sie sind doch erwachsen. Sie werden schon wissen, was sie tun. – Zeigst du mir das Wohnmobil, jetzt wo es fertig ist?"

Ich freute mich über diese Ablenkung und sagte: „Na klar, komm. Es ist sehr schön geworden. Hannah hat diese Woche noch einmal hart daran gearbeitet. Sie wollte unbedingt bei der Jungfernfahrt dabei sein."

„Wirst du sie vermissen, wenn sie in Chile ist?" Bei dieser Frage machte sich ein kleiner Knoten in meiner Brust breit. „Ja, das werde ich wohl." Ich bemühte mich, zu lächeln: „Aber ich werde kaum Zeit dazu haben. Sie lässt mir ja Enya da. Ich werde solange also zwei Hunde haben."

Aarons Blick wanderte anerkennend durch das Wohnmobil. Er nahm jedes noch so kleine Detail wahr. „Es ist wirklich sehr, sehr schön. Dein Vater würde sich bestimmt freuen, wenn er sehen könnte, wie liebevoll du es gestaltet hast."

„Wir. Hannah, du und ich, außerdem noch deine Schwester und Hannahs Vetter. Wir alle haben Anteil daran, dass es so gut gelungen ist. Ich danke dir dafür. Es bedeutet mir sehr viel, dass ich dieses Geschenk meines Vaters jetzt noch weiter nutzen kann."

„Habt ihr das Tagebuch eigentlich gefunden bei den Arbeiten?"

Ich schüttelte bedauernd den Kopf. „Nein, leider nicht. Vielleicht sollte ich Stefan Hürten noch einmal danach fragen. Allerdings hält er sich zurzeit im Ausland auf."

Die Stunden vergingen, in denen wir uns angeregt unterhielten oder auch einfach den Geräuschen des angrenzenden Waldes lauschten. Es raschelte und knackte leise, wenn ein Tier durch das Unterholz huschte. Ein Eichelhäher stieß immer wieder laute Warnrufe aus, gelegentlich unterbrochen durch das Klopfen eines Spechts. Allmählich wurden wir hungrig und warteten auf die Rückkehr von Hannah und Daniel. Gegen 20 Uhr war Aaron der Meinung, wir sollten alleine zu Abend essen und anschließend einen Abendspaziergang machen. Unruhe und Sorge griffen nach mir: „Sollen wir die beiden nicht einmal anrufen und fragen, ob alles in Ordnung ist?"

Aaron neckte mich: „Leonie, du bist ja eine Glucke. Lass die beiden doch."

„Aber ich mache mir Sorgen."

„Warum denn? Sie sind doch zu zweit. Wir wissen sonst auch nicht immer, was die beiden machen." Sein Gleichmut war mir unverständlich.

„Ach, ich weiß auch nicht." Eigentlich wusste ich es sehr genau. Ich fühlte mich in der Nähe von Daniel unwohl, konnte aber nicht sagen, warum. Ich hatte das Gefühl, dass irgendetwas mit ihm nicht stimmte.

Aaron lenkte ein: „Ich mache dir einen Vorschlag. Wenn wir nach dem Abendessen noch nichts von ihnen gehört haben, rufe ich Daniel an. Was hältst du davon?" Etwas widerwillig stimmte ich zu.

Noch während wir aßen, erhielt Aaron eine Nachricht auf seinem Smartphone. Er wollte sie ignorieren, aber ich drängte ihn, nachzuschauen, ob es vielleicht von Daniel sei. Als er auf sein Telefon blickte, prustete er los: „Schau mal." Mit gerunzelter Stirn sah ich mir die Nachricht an: *Hallo Aaron, bitte wartet nicht auf uns. Wir bringen morgen früh Brötchen mit. Bitte richte Leonie doch von Hannah aus, dass es ihr gut geht. Bis morgen. Daniel.*

„Was bedeutet das?"

„Ich vermute, dass die beiden sich sehr gut verstehen und Hannah die Nacht bei Daniel verbringen wird. Vielleicht erzählen sie es uns ja morgen."

„Und was machen wir jetzt?"

„Am besten das, was wir sonst auch gemacht hätten: zu Ende essen, spazieren gehen, den Abend genießen und schlafen." Wie zur Bekräftigung sprangen Enya und Lucky auf und blickten erwartungsvoll zur Tür.

Es war ein schöner Abend mit angenehm klarer, frischer Luft, gerade noch warm genug, um auf der Terrasse nicht zu frieren.

Dennoch überfiel mich irgendwann wieder die Besorgnis um Hannah und ich fragte Aaron: „Bitte, sei mir nicht böse, aber: Was ist los mit Daniel?"

Er beantwortete meine Frage mit einem aufrichtig erstaunten Blick: „Wie meinst du das?"

Ich zögerte: „Ich kann es schwer erklären. Er wirkt getrieben und … ja, distanzlos. Er macht mir Angst, aber gleichzeitig ist er dein bester Freund. Ich verstehe das nicht. Es ist so, als läge ein Schatten auf seiner Seele."

Aaron schien lange zu überlegen. Er musterte mich aufmerksam, und ich bedauerte meine Worte. Dann wurde sein Blick weich und er lächelte wieder.

„Soviel ich weiß, ist es sehr lange her, dass es jemandem so deutlich aufgefallen wäre. Eigentlich müsste Daniel es dir selbst erzählen. Aber da er gerade sehr beschäftigt bist und ich nicht möchte, dass du dich weiter sorgst, erzähle ich es dir."

Er atmete noch einmal tief ein und fuhr fort: „Daniel hat ADHS. Als Kind und als Jugendlicher hat er sehr darunter gelitten. Er konnte sein Verhalten nicht steuern, und er eckte überall an. Man versuchte es mit Medikamenten, aber ohne Erfolg. Oder besser gesagt, die Nebenwirkungen waren so heftig, dass die Medikamente abgesetzt werden mussten. Als junger Erwachsener wurde er einmal fast verhaftet, weil er so impulsiv war. Das war sein Glück. So fand er einen Coach, der ihn zum Anti-Aggressions-Training und zum Verhaltenstraining motivierte. Seit Jahren hat er das Problem im Griff. Er treibt sehr viel Sport und hat einen Beruf erlernt, der ihm körperliche Arbeit an frischer Luft abverlangt. Er ist Gärtner. Leider hat er seine Stelle vor einigen Wochen verloren, weil der Betrieb, für den er arbeitete, geschlossen wurde." Er machte eine Pause: „Wenn er heute spürt, dass es ihm zu viel wird, geht er raus und beginnt zu joggen oder etwas ähnliches. Das macht ihn manchmal etwas anstrengend: er braucht sehr viel Bewegung. Entweder man bewegt sich mit ihm oder man gewährt ihm den Freiraum, den er braucht. Gleichzeitig ist er sehr liebevoll und verantwortungsbewusst. Er würde niemandem etwas zuleide tun. Und wenn er dein Freund ist, lässt er dich nie im Stich. Ich glaube, er hat selbst am meisten unter seiner damaligen Situation gelitten. Er konnte nicht der Mensch sein, der er eigentlich war. Für mich ist er ein wunderbarer Freund. Ich verdanke ihm viel."

Er schwieg und ich beobachtete, wie sich das Erzählte in seinem Mienenspiel widerspiegelte. Ich legte ihm eine Hand auf den Arm: „Danke, dass du es mir erzählt hast. Und es tut mir Leid, dass ich ihn so falsch eingeschätzt habe."

„Nein, es ist gut, dass du gefragt hast. Geht es dir jetzt besser?"

Ich nickte.

„Dann lass uns jetzt schlafen gehen. Wer weiß, wann die beiden morgen früh hier auftauchen? Wenn es nach Daniel geht, kann es gut sechs Uhr morgens sein."

Ich stöhnte gespielt auf: „Nicht wirklich, oder?"

Aaron lachte. „Nein, er weiß, dass ich das nicht toll fände. Aber acht Uhr wäre schon möglich."

Ich rief Lucky und Enya, um zum Wohnmobil zu gehen, doch Aaron hielt mich zurück: „Du solltest nicht alleine draußen schlafen. Ich würde mich nicht wohl fühlen bei dem Gedanken."

Eine Stimme in mir nörgelte etwas vorschnell: „Ich möchte auch gar nicht alleine draußen schlafen. Ich möchte überhaupt nicht alleine schlafen. Ich möchte in deiner Nähe sein und dich spüren." Aber ich schwieg und sagte stattdessen: „Du bist aber nicht darauf eingerichtet, dass ich heute hier schlafe."

„Das Gästezimmer ist frei. So, wie es aussieht, braucht Daniel es heute nicht."

Ernüchtert rief ich die Hunde: „Kommt, wir dürfen drinnen schlafen." Wir brachten ihre Decken ins Gästezimmer und sie folgten mir bereitwillig.

Aaron umarmte mich kurz und flüsterte: „Gute Nacht, Leonie."

Ich sah ihm nach, doch dann rief ich ihn leise zurück: „Aaron!"
Kaum hörbar fragte ich: „Willst du mir nicht erzählten, welche
Schatten auf deiner Seele liegen?"

Sein Blick verdunkelte sich, und er biss sich auf die Oberlippe.
Mit einer hilflosen Geste kam er auf mich zu und schloss mich
sanft in seine Arme: „Ach, Leonie." Schließlich entzog er sich
mir wieder, ließ seine Hände jedoch an meinem Körper. Seine
Augen schimmerten feucht, als er mich bat: „Gib mir noch ein
wenig Zeit. Bitte, ich brauche zwei Wochen, dann erzähle ich es
dir, so oder so."

Mir wurde klar, dass ich keine andere Wahl hatte, als mich in
Geduld zu üben. Ich lehnte mich bei ihm an und fragte: „Zwei
Wochen? Und dann erzählst du es mir?" Ich spürte, dass er nickte.

Irgendwann musste ich nachts zur Toilette und bemerkte, dass
Lucky nicht mehr bei mir im Zimmer lag. Vorsichtig schlich ich
zu Aarons Schlafzimmer und lauerte hinein. Lucky lag bei Aaron
im Bett, ganz nah an ihn angekuschelt. Das widersprach all
meinen Erziehungsgrundsätzen, dennoch war es diesmal genau
richtig. Lucky muss es auch so empfunden haben. Als er mich
hörte, hob er kurz den Kopf, sah mich an und legte sich gleich
wieder entspannt hin.

Am nächsten Morgen brach plötzlich leichter Tumult im Garten
aus. Die Hunde bellten, und bekannte Stimmen drangen bis ins
Badezimmer. Daniel und Hannah waren tatsächlich, wie von
Aaron vorausgesagt, schon vor acht eingetroffen. Ich war
neugierig zu erfahren, wie sie den Tag und die Nacht verbracht
hatten.

Offensichtlich deckten sie den Frühstückstisch, denn ich
bemerkte das Klappern von Geschirr. Kurze Zeit später drang der
Duft von frischem Kaffee ins Bad.

Ich ging in den Garten und sagte fröhlich: „Guten Morgen!
Kann ich mich noch irgendwie nützlich machen?" Dann stutzte
ich. Hannah stand Daniel gegenüber und hatte ihre Hände um

seinen Nacken geschlungen. Sie bemerkte mich nicht. Als Daniel mich sah, nickte er mir zu, legte eine Hand auf Hannahs Hüfte und führte sie in meine Richtung. Die beiden wirkten sehr vertraut miteinander.

„Hallo, Leonie. Haben wir euch geweckt? Das Frühstück ist fertig." Ich blickte von einem zum anderen und konnte meine Neugier kaum zügeln. „Nein, ich war schon wach. Ich weiß allerdings nicht, wie es bei Aaron aussieht."

Doch schon erklang seine Stimme hinter mir: „Ich bin auch wach. Es wäre allerdings schön, wenn ich vor dem Frühstück noch kurz ins Bad dürfte." Auch er bemerkte Daniels Hand auf Hannahs Hüfte. Er sah zuerst mich an, dann seinen Freund und grinste: „Aha."

Anschließend drückte er mich kurz an sich und flüsterte: „Guten Morgen, Leonie."

Ehe ich antworten konnte, wiederholte Daniel Aarons Worte: „Guten Morgen, Leonie? Heißt das, du hast die Arme alleine schlafen lassen?" Er zwinkerte Hannah zu: „Willst du sagen, Hannah und ich haben uns die ganze Nacht um die Ohren geschlagen und ihr habt in getrennten Betten geschlafen?"

Ich erschrak. Anders als Daniel wusste ich, dass er einen wunden Punkt getroffen hatte. Aber Aaron reagierte gelassen: „Ich habe nicht den Eindruck, dass euch das sehr schwer gefallen wäre. Ich komme gleich wieder, ich möchte nur kurz duschen." Zu mir gewandt fügte er lächelnd hinzu: „Lass dich bloß nicht ärgern." Im Vorbeigehen streifte seine Hand meinen Arm. Ich spürte Daniels interessierten Blick auf mir, aber er ließ das Thema ruhen. Vielleicht kannte er Aarons wunden Punkt ja doch.

Beim Frühstück fragte Aaron wie beiläufig: „Und, wie war es in Münster?" Hannah schwärmte: „Sehr schön. Ihr wohnt in einer ganz besonderen Stadt. Sie gefällt mir sehr gut. Nur schade, dass ich sie so bald nicht wiedersehen werde." Bei diesen Worten strahlte sie Daniel an. Ich versuchte zu verstehen, was hier vor sich ging. Worüber freute sie sich, wenn sie frisch verliebt war, aber in wenigen Tagen nach Chile abreisen wollte?

Aaron kannte seinen Freund offenbar besser: „Na los, raus mit der Sprache, was habt ihr ausgeheckt?"

Daniel zögerte nur den Bruchteil einer Sekunde, bevor er das Geheimnis preisgab: „Ich werde Hannah begleiten."

Ich war sprachlos, und tatsächlich sagte erst einmal niemand etwas. Dann wurde mir klar, dass er sie gar nicht begleiten konnte. Er brauchte einen Flug und ein Visum.

Ich sagte: „Du weißt aber, dass sie in vier Tagen fliegt? Bis dahin hast du doch kein Visum."

„Man braucht nicht unbedingt eines. Bei einem Aufenthalt bis zu drei Monaten kann man das bei der Einreise bekommen. Aber …"

Nun sprach er zu Aaron: „… wenn du das möchtest, fliege ich eine Woche später. Wir haben uns den ganzen Tag und die ganze Nacht unterhalten. Und mir ist klar geworden, dass ich ein Geschenk des Himmels wie Hannah nicht einfach davonziehen lassen kann. Ich fliege auf jeden Fall nach – oder am Donnerstag zusammen mit ihr."

Aaron überlegte und sah mich an: „Am Wochenende komme ich zu dir, nicht wahr?" Als ich verwirrt nickte, sagte er: „Ich glaube, es ist in Ordnung. Fliege ruhig mit. Ich komme schon zurecht."

Ich hatte das Gefühl, irgendetwas an dieser Unterhaltung verpasst zu haben. Daniel wollte Hannah begleiten, so viel war klar. Aber warum ließ er Aaron über den Zeitpunkt seines Abflugs entscheiden?

Hannah schäumte über vor Begeisterung. Sie erzählte von der Hacienda, auf der sie gegen Kost und Logis arbeiten würden. Offensichtlich hatte sie sich gut informiert und schon mehrfach mit den Betreibern der Hacienda kommuniziert. Es stellte sich heraus, dass sie gut gewählt hatte, denn ihre Ansprechpartnerin vor Ort stammte aus Deutschland. Man musste zwar Englisch und Spanisch sprechen, um zur Arbeit zugelassen zu werden, aber die sprachlichen Anforderungen schienen nicht allzu hoch zu sein. So könnten sich die beiden dort zur Not auch in ihrer Muttersprache verständigen.

„Allerdings gibt es nicht überall Internet und Handy-Empfang. Wir wissen daher nicht, ob wir mit euch Kontakt halten können. Zur Not müssen wir auf den guten, alten Brief ausweichen." Sie blickte belustigt in die Runde.

Ich setzte an zu der frechen Bemerkung, dass ich auf die Art und Weise endlich einmal Post von ihr bekommen könnte, als mir bewusst wurde, dass Aaron bei ihren Worten zusammengezuckt war. Daniel fasste Hannah am Arm, um ihre Aufmerksamkeit zu erregen. Dann wandte er sich Aaron zu: „Ich werde auf jeden Fall ein Telefon finden und dich anrufen, versprochen."

Aaron nickte und blickte von Daniel zu mir. Wieder hatte ich das Gefühl, dass ihn etwas belastete. Daniel schien mehr darüber zu wissen. Ein leichtes Angstgefühl beschlich mich. Aber ich hatte Aaron erst gestern Abend zwei Wochen Zeit eingeräumt. Dann würde er mir erzählen, was es zu erzählen gab. So hatte er es mir versprochen. Allerdings können zwei Wochen voller Sorge eine sehr lange Zeit sein.

Als Hannah und ich am späten Nachmittag alles zusammenpackten, um nach Hause zu fahren, fragte Daniel mich: „Bringst du Hannah am Donnerstag zum Flughafen?"

Wir hatten durchaus abgesprochen, dass Hannah Enya schon am Mittwochabend zu mir bringen würde. Am nächsten Morgen wollte ich sie zum Flughafen bringen. Mittlerweile hatte sich die Situation aber geändert, so dass ich mir nicht sicher war, ob Hannah diesen Plan beibehalten wollte. Als ich zögerte, sagte sie an meiner Stelle: „Ja, natürlich macht sie das. Wir müssen uns doch richtig verabschieden." Ich freute mich. Es wäre mir schwergefallen, meine beste Freundin für drei Monate ziehen zu lassen, ohne sie nach Düsseldorf zu bringen.

Als Daniel die Erleichterung in meinen Augen sah, fragte er Aaron: „Kannst du mich ebenfalls zum Flughafen bringen?" Auch Aaron antwortete nicht sofort, sondern sah ein wenig verloren aus. Schließlich sagte er: „Ja, sicher. Wenn du das möchtest, bringe ich dich. Ich möchte mich natürlich auch von dir verabschieden."

Zusammen mit Hannah räumte ich das Haus noch ein wenig auf, und die beiden Männer schafften im Garten Ordnung. Gelegentlich warf ich einen Blick hinaus. Ich sah, wie Daniel längere Zeit zu Aaron sprach, der mehrmals den Kopf schüttelte. Schließlich fiel Daniels Blick auf unsere Hunde und er sagte wieder etwas. Diesmal hellte sich Aarons Blick auf, und er begann Lucky zu streicheln.

Nachdem wir fertig waren, brachte ich Getränke in den Garten. Sofort sprudelte es aus Daniel hervor: „Leonie, ich habe eine Idee. Wenn Aaron am Donnerstag sowieso schon in Düsseldorf ist und am Freitag zu dir nach Krefeld käme, wäre es dann nicht viel besser, wenn er dich gleich am Donnerstag begleiten würde?"

Mich beschlich das Gefühl, dass Daniel Aaron nach seiner Abreise auf keinen Fall alleine lassen wollte. Ich überlegte nicht lange und strich Aaron über den Arm: „Ich würde mich freuen, wenn du schon am Donnerstag zu mir kämst. Allerdings werde ich ein wenig arbeiten müssen. Du solltest dir also auch irgendeine Beschäftigung mitbringen."

Aaron atmete sichtbar aus: „Kein Problem. Ich kann mir auch Arbeit mitbringen. Ich brauche nur ein wenig Platz für mein Notebook."

Ein paar Tage später war ich mit Hannah auf dem Weg zum Düsseldorfer Flughafen. Besonders gut geschlafen hatten wir in dieser Nacht nicht, denn Hannah war viel zu aufgeregt, weil sie endlich nach Chile fliegen durfte. Ich selber war nervös, da ich in den nächsten Tagen besonders viel Zeit mit Aaron verbringen würde.

Am Flughafen fand ich schnell einen geeigneten Parkplatz. Wir gingen zum Terminal und mussten nicht lange nach Aaron und Daniel suchen. Hannah und Daniel schienen magisch voneinander angezogen zu werden. Sie lief ohne Zögern auf ihn zu und warf sich in seine Arme. Ich musste lächeln und hoffte, dass diese Anziehungskraft Bestand haben würde. Aaron kam zu mir und fasste mich sanft bei der Hand: „Hey, geht es dir gut?" Ehrlich antwortete ich: „Ich weiß gerade nicht so recht." Er legte seine Arme um mich und sagte: „Ich weiß. Geht mir genauso." Ich zog ihn dicht heran und versuchte zu verbergen, dass ich weinte. Ich wollte mir nicht vorstellen, dass Hannah für drei Monate weg sein würde.

Daniel hatte uns trotz Hannahs stürmischer Begrüßung intensiv beobachtet. Er verabschiedete sich von Aaron, indem er ihn umarmte und ihm versprach, ihn anzurufen. Dann kam er zu mir und strich mir eine Strähne aus dem Gesicht. „Mach's gut, Leonie." Er sah, dass ich geweint hatte, und nahm auch mich in seine Arme. Sein Körper fühlte sich warm an und strahlte Zuversicht aus. Dann flüsterte er mir zu: „Mach dir keine Sorgen. Alles wird gut." Ich hätte gerne gefragt, was gut werden sollte, aber schon war Hannah da, um sich zu verabschieden.

Wir sahen den beiden nach, wie sie uns noch einmal zuwinkten und davongingen. Aaron wischte mir eine Träne aus dem Gesicht und legte mir seinen Arm um die Schulter: „Hast du schon gefrühstückt?" Hannah war viel zu aufgeregt gewesen, um zu frühstücken, und so hatte auch ich noch nichts gegessen. Plötzlich musste ich daran denken, dass ich auf Teneriffa mehrmals mit Aaron gefrühstückt hatte – zumeist an Tagen, an denen ich nicht damit gerechnet und er mich überrascht hatte. Als Antwort auf seine Frage schüttelte ich den Kopf.

„Komm, ich weiß, dass es hier irgendwo gute Croissants gibt und heiße Schokolade." Beim Gedanken an leckere Croissants verbesserte sich meine Stimmung etwas. Ich griff nach Aarons Hand, und er führte mich zu dem kleinen Frühstücksraum, den er bei seinem Abflug nach Teneriffa gefunden hatte. Ein süßer Duft stieg mir in die Nase und ließ mich meinen Hunger spüren. Ich überlegte, dass es absolut verrückt war, am Flughafen überteuerte Croissants und Schokolade zu kaufen, aber als Aaron mir gegenüber saß und mir lächelnd ein Croissant hinhielt, vergaß ich diesen Gedanken wieder.

Zu Hause angekommen, gingen wir zuerst mit Lucky und Enya spazieren. Dann zeigte ich Aaron einen möglichen Arbeitsplatz im Esszimmer. Es war sehr ungewohnt, ihn so in meiner Nähe zu wissen und trotzdem zu arbeiten. Meine Gedanken schweiften immer wieder ab zu der Frage, worüber ich mir keine Sorgen machen sollte. Schließlich gelang es mir doch, mich auf meine Aufgabe zu konzentrieren.

Aaron schlief in diesen Tagen weiterhin mit Lucky im Wohnzimmer, während Enya sich bei mir wohler fühlte und mir Gesellschaft leistete.

Allmählich verstand ich, warum Daniel solchen Wert darauf gelegt hatte, dass Aaron nach der Abreise unserer Freunde zu mir kam. Immer wieder verfiel einer von uns in vorübergehenden Trübsinn, und wir taten einander einfach nur gut.

Am Samstag hatte ich das Bedürfnis nach ein wenig Abwechslung. Wir entschlossen uns zu einem Ausflug in die Eifel und fuhren nach Gerolstein. Mitten im Ort beginnt der Felsenpfad, der uns mit seiner Streckenlänge von gut acht Kilometern gerade richtig erschien. Letztlich brauchten wir für die Strecke allerdings über vier Stunden, da es unterwegs so vieles zu bestaunen gab: wunderschöne Aussichten über Gerolstein und das Kylltal, sowie die Buchenlochhöhle und den

Kasselburger Hahn. Gerne hätten wir auch der Kasselburg mit ihrem Adler- und Wolfspark einen Besuch abgestattet, mussten wegen unserer Hunde jedoch darauf verzichten. Als wir wieder am Zielpunkt ankamen, waren wir ziemlich erschöpft und besuchten erst einmal die nahegelegene Pizzeria. Anschließend schlenderten wir ein wenig durch das Städtchen und beschlossen, dass es einen zukünftigen weiteren Besuch durchaus wert sei. Entspannt und zufrieden traten wir die Rückreise an.

In der folgenden Nacht wurde ich unsanft von Lucky und Enya geweckt. Lucky war in mein Bett gesprungen und stieß mich immer wieder mit den Vorderpfoten an, während Enya mir fortwährend die Nase ins Gesicht stupste. Als ich mich aufsetzte, sprang Lucky zur Tür und winselte. Enya nahm meine Hand in ihr Maul und zog behutsam daran. Ich stand auf und folgte den beiden. Sie liefen sofort ins Wohnzimmer, aus dem sonderbare Geräusche drangen.

Ich zündete das Licht an und erschrak. Aaron saß heftig keuchend und schwitzend auf der Couch. Besorgt legte ich ihm eine Hand auf die Schulter und sprach ihn an. Dabei bemerkte ich, dass sich seine Arme und Hände verkrampften, während seine Haut kalt und feucht war. Ich erkannte die Symptome der Hyperventilation und lief in die Küche. Schnell suchte ich nach einem Gefrierbeutel, den ich Aaron so vor den Mund hielt, dass er hineinatmen musste. Ich hoffte inständig, dass er sich in seiner Panik nicht wehren würde.

Zum Glück schien er zu verstehen, was ich machte und ließ mich gewähren, so dass sich seine Atmung bald wieder regulierte. Erschöpft sank er in sich zusammen. Ich zögerte, da ich nicht wusste, ob ich ihn in dieser Situation berühren durfte. Unschlüssig fragte ich: „Geht es dir wieder besser?" Er nickte.

Ich war verunsichert. Zwar hatte ich die Hyperventilation beenden können, aber jetzt wusste ich nicht, wie ich mich weiter verhalten sollte. Ich ging in die Küche und holte uns ein Glas

Wasser. Mit einem dankbaren Blick griff Aaron danach und leerte es in einem Zug. Ich füllte nach, aber diesmal ließ er das Glas stehen und sagte leise: „Danke."

Betroffen fragte ich: „Passiert das öfters?"

Er blickte auf den Boden und wisperte: „Einmal im Jahr. Aber so schlimm war es schon lange nicht mehr. Es tut mir Leid, dass ich dich geweckt habe."

„Du hast mich nicht geweckt. Das waren die Hunde."

Aaron streichelte die beiden: „Habt ihr auf mich aufgepasst? Vielen Dank." Er seufzte schwer.

Ich wollte es genauer wissen: „Aaron, warum passiert das genau einmal im Jahr? Was ist der Auslöser?"

Er schwieg und zog Lucky näher zu sich heran. Ich setzte mich zu ihm und legte ihm meine Hand auf das Knie. Meine Finger bewegten sich langsam und sanft auf der Stelle. Er sah auf meine Hand und seufzte noch einmal.

Ich wiederholte meine Frage: „Was passiert einmal im Jahr?"

Zitternd griff er nach meiner Hand, umschloss sie und zog sie an seine Brust. „Ich wollte es dir nicht sagen, jedenfalls jetzt noch nicht. Ich wollte dich nicht beunruhigen." Zum ersten Mal sah er mir wieder ins Gesicht und flüsterte: „Es tut mir Leid."

Mit meiner freien Hand strich ich ihm durchs Haar. Leise sagte ich: „Schon gut. Da ich jetzt aber ohnehin beunruhigt bin, könntest du mir auch erklären, was gerade passiert ist."

Er zögerte noch, begann dann aber stockend zu erzählen: „Ich muss am Montag ins Krankenhaus." Er wirkte abwesend, als er fortfuhr: „Es begann vor elf Jahren. Eines Tages, beim Duschen, ertastete ich etwas Ungewöhnliches. Ich geriet in Panik und ging sofort zum Arzt. Der schickte mich zum Urologen, der mich weiter in die Uniklinik. Innerhalb von zwei Tagen war mein Leben ein Scherbenhaufen: ich hatte Hodenkrebs. Ich verbrachte fast ein ganzes Jahr im Krankenhaus. Zum Glück lebten meine Eltern damals noch. Sie waren fast täglich bei mir, um mir zur Seite zu stehen. Und das, obwohl ich bestimmt nicht immer eine angenehme Gesellschaft war. Und dann war da noch Daniel, der immer wieder versuchte, mich aufzumuntern."

Wir saßen lange Zeit schweigend beieinander. Was hätte ich auch sagen sollen? Schließlich fragte ich: „Und am Montag musst du zu einer Kontrolluntersuchung?" Er schluckte und nickte.

„Warum ist es jetzt schlimmer als in den letzten Jahren?" Ich verstand, dass er Angst vor dem Ergebnis der Untersuchung hatte, aber mir war ein Rätsel, was ihn diesmal mehr aus der Fassung zu bringen schien als sonst.

„Am Montag sind zehn Jahre vorbei. Wenn dann alles gut ist, gelte ich als geheilt. Wenn nicht, fängt alles von vorne an. Morgen fängt sozusagen mein neues Leben an. Ich weiß nur nicht, welche Richtung es einschlagen wird. Und außerdem …" Sein Blick drückte so tiefen Schmerz aus, dass mir Tränen in die Augen stiegen.

„… außerdem gab es dich in den vergangenen Jahren noch nicht. Diesmal habe ich wirklich etwas zu verlieren."

Die Einsicht traf mich mit solcher Wucht, dass ich zusammenzuckte. All die Situationen, in denen er sich plötzlich von mir zurückgezogen hatte, machten auf einmal Sinn. Genauso wie die Gelegenheiten, bei denen ich seine Zuneigung fast greifbar hatte spüren können, er mich dann aber immer wieder verwirrt zurückgelassen hatte. Verschiedene Gefühle breiteten sich in mir aus: Angst, Wut, Verzweiflung und Mitgefühl, aber ich spürte auch zaghafte Glücksgefühle und wusste, dass ich meine wahren Empfindungen für Aaron nicht länger verbergen musste.

Ich legte ihm den Arm um die Schulter und strich ihm durch die Haare: „Wie wäre es, wenn wir nicht bis Montag warten? Wenn unser neues Leben jetzt auf der Stelle beginnen würde? Das Ergebnis deiner Untersuchung würde uns die Richtung weisen, aber auf den Weg machen könnten wir uns heute schon."

Er biss sich auf die Unterlippe, bis Blut austrat: „Das geht nicht. Das kann ich nicht von dir erwarten. Ich hätte es dir nicht erzählen dürfen."

Wieder stieg so etwas wie Wut in mir auf: Hatte ich nicht das Recht, selbst zu entscheiden, was ich mir zumuten wollte und was nicht? Aber ich verstand ihn auch irgendwie. Vermutlich würde ich in seiner Situation nicht anders reagieren.

Und plötzlich begriff ich. „Ist es das, was du mir erst in zwei Wochen erzählen wolltest? Nachdem du das Ergebnis der Untersuchung bekommen hättest?" Aaron nickte schweigend.

„Und das ist auch der Grund dafür, dass Daniel erst in ein paar Tagen nach Chile fliegen wollte. Normalerweise hätte er dir an diesem Tag zur Seite gestanden. Darum wollte er, dass du an diesem Wochenende nicht alleine bist." Er nickte wieder.

Betroffen ließ ich meinen Kopf an seine Schulter sinken: „Darf ich dich etwas fragen?"

„Mhm." Das sollte hoffentlich Zustimmung ausdrücken.

„Was wäre …" Ich suchte nach Worten. „… was wäre, wenn es umgekehrt wäre? Ich meine, wenn ich es wäre, die am Montag diese alles entscheidende Untersuchung vor sich hätte?"

Ich wollte fortfahren, aber er legte mir einen Finger auf die Lippen und brachte mich zum Schweigen. Ich sah und spürte, wie es in ihm arbeitete. Seine Atmung beschleunigte sich, wurde dann wieder ruhiger, und schließlich erschien ein zaghaftes Lächeln auf seinen Lippen. Er flüsterte stockend: „Ich würde… dich von jetzt an nicht mehr loslassen… Ich würde dich nur noch im Arm halten… und dich ins Krankenhaus begleiten. Ich würde bei dir sein, wenn du die Nachricht erhältst – egal, wie sie ausfällt. Und dann… könnten wir uns überlegen, wohin uns unsere gemeinsame Reise führt." Einzelne Tränen rannen ihm übers Gesicht.

Mit der Hand wischte ich ihm die Tränen ab und sagte: „Siehst du, genauso machen wir es."

Ich legte mich auf die Couch, zog ihn zu mir heran und kuschelte mich in seinen Arm. Ganz kurz kam mir der Gedanke, dass eigentlich ich ihn in den Arm nehmen müsste, aber er hielt mich umfangen und drückte mich fest an sich. Bald atmete er wieder gleichmäßig und nahm nichts mehr wahr. Ich hingegen brauchte noch lange, bis ich in den Schlaf fand.

Als ich am nächsten Morgen aufwachte, lag Aaron noch immer neben mir und beobachtete mich intensiv. Er richtete sich auf und fuhr mit dem Finger meinen Haaransatz entlang. Es war eine sanfte und liebevolle Berührung, die sich in seinen Augen widerspiegelte. Wie zur Begrüßung sagte er leise: „Hey." Dann ließ er seine Hand an meiner Wange ruhen.

Es erschien mir wie ein Wunder, dass er hier bei mir war. Bedingt durch die Enge der Couch nahm ich seinen warmen Körper in ganzer Länge wahr. Aaron war vollkommen entspannt, und ich nahm seine wohltuende Ruhe bereitwillig in mich auf. Ich schloss kurz die Augen und spürte seinen leichten Bewegungen nach. Er folgte mit den Fingern meinen Augenbrauen und fragte schließlich: „Hast du gut geschlafen?" Ich brummte nur. Noch wollte ich nicht sprechen, und vor allem wollte ich nicht feststellen müssen, dass ich vollkommen übermüdet war. Er lachte lautlos: „Tut mir Leid. Tröstet es dich ein wenig, wenn ich dir sage, dass ich durch dein Zutun gut geschlafen habe?" Ich hätte ihn gerne gefragt, wie es ihm ginge, aber dieser Augenblick vollständiger Entspannung und Gelöstheit war zu kostbar. Als hätte er mich verstanden, legte Aaron sich wieder hin und umschloss mich mit seinen Armen, während mein Kopf an seiner Schulter ruhte.

Am liebsten wäre ich für immer so liegen geblieben, aber bald drängte mich meine Blase dazu aufzustehen. Ich tippte Aaron kurz an, damit er mich freigab, und beendete auf diese Weise ungewollt den magischen Moment.

Beim anschließenden Frühstück lenkte ich das Thema auf den kommenden Tag: „Wann musst du morgen eigentlich im Krankenhaus sein? Und in welches Krankenhaus gehst du?"

Er ließ sich Zeit mit seiner Antwort: „Ich muss in die Uniklinik in Münster, und der Termin ist um acht Uhr. Aber Leonie – du *musst* das nicht tun, weißt du?"

„Ich weiß. Ich *möchte* dich aber gerne begleiten. Es sei denn, du willst mich nicht dabei haben. Allerdings, wenn du morgen schon um acht in Münster sein musst, dann sollten wir heute zu dir fahren, oder?"

Er lachte auf: „Ja, das sollten wir tun." Er atmete tief ein, und dann ganz langsam aus, bevor er sagte: „Ich würde mich freuen, wenn du mich begleitest. Aber dann sollte ich dir beschreiben, was morgen passieren wird."

Normalerweise wären seine gründlichen und umfassenden Untersuchungen schon nach fünf Jahren beendet gewesen. Allerdings hatte sich Aaron bei Ausbruch seiner Krankheit bereit erklärt, an einem speziellen Nachsorgeprogramm teilzunehmen, das diesen Zeitraum auf zehn Jahre ausdehnte. Dabei handelte es sich um ein Pilotprojekt, bei dem man feststellen wollte, ob sich die Überlebenschancen durch die längere Beobachtung erhöhten.

Er war schon einige Tage zuvor zur Blutabnahme gegangen, deren Ergebnis er ebenfalls morgen erfahren sollte. Zudem sollten eine Ultraschalluntersuchung seines Hodens sowie eine Röntgenaufnahme der Lunge und eine MRT des Bauches durchgeführt werden. Offensichtlich würden wir mehrere Stunden in der Klinik verbringen.

„In der Regel sehe ich als erstes meinen behandelnden Arzt, Dr. Koch. Er führt den Ultraschall durch. Anschließend geht es zum Röntgen und danach zum MRT-Raum. Allerdings wird manchmal von dieser Reihenfolge abgewichen, je nachdem, was anliegt. Auf jeden Fall gibt es nach den Untersuchungen eine

Pause von etwa zwei Stunden. Dann erst werde ich Dr. Koch wieder sehen, der mir die Ergebnisse mitteilt."

Während ich noch versuchte, diese Informationen zu verarbeiten, griff er nach meinen Händen und fuhr fort: „Ich hoffe, du bist mir nicht böse, wenn ich bei den eigentlichen Untersuchungen lieber alleine sein möchte." Er neigte seinen Kopf zur Seite und bemühte sich um ein Grinsen: „Du hast mich bisher nur bekleidet gesehen, und ich möchte nicht, dass sich das ausgerechnet morgen ändert, wenn ich hilflos auf dem Untersuchungstisch liege."

Ich musste lachen: „Nein, das wäre wahrscheinlich nicht besonders sexy."

Er sah, dass ich über etwas nachdachte, und sagte freundlich, aber bestimmt: „Nein, auf gar keinen Fall." Seine Daumen kreisten auf meinen Händen, als er weitersprach: „Nur für den Fall, dass du gerade daran gedacht hast, das heute noch zu ändern: wir werden uns nicht voreinander ausziehen, bloß weil ich morgen zu dieser blöden Untersuchung muss. Wir werden das tun zu einem Zeitpunkt, wenn wir das beide wirklich wollen und wenn wir bereit dazu sind."

Ich musste unwillkürlich schmunzeln. Tatsächlich hatte ich diese Möglichkeit einen Augenblick lang in Erwägung gezogen, aber sie erschien mir selbst nicht besonders attraktiv.

Einige Stunden später fuhren wir gemeinsam in meinem Auto nach Münster. So konnten die Hunde wie gewohnt im Kofferraum mitreisen, und keiner von uns musste alleine fahren. Aaron würde am Montagabend mit zurück nach Krefeld fahren und über Nacht bleiben.

Bei einem meiner ersten Besuche in Münster hatten wir unsere Wanderung um den Aasee wegen zu großer Hitze abgebrochen. Heute herrschten angenehmere Temperaturen, und etwas Bewegung und Ablenkung würde uns allen nur guttun. Daher fuhren wir nachmittags noch einmal zum See. Wir folgten dem

Rundwanderweg und genossen anschließend bei untergehender Sonne eine Portion Spaghetti und ein Eis. Aaron nahm Rotwein zum Essen, in der Hoffnung, in der kommenden Nacht schlafen zu können.

Sein Blick fiel auf die Tretboote, und er fragte: „Kennst du die Geschichte von der Schwanendame Petra?" Ich schüttelte den Kopf.

„Sie tauchte eines Tages hier auf dem See auf und sorgte für Aufregung, weil sie sich in einen Tretboot-Schwan verliebt hatte. Sie wich dem Boot nicht mehr von der Seite und wurde sogar zusammen mit ihrem geliebten Boot ins Winterquartier gebracht."

Mein Blick glitt den See entlang, doch ich sah keinen Schwan. „Was ist mit ihr passiert?"

„Nach einer Silvesternacht ist sie entkräftet in die Vogelpflege-Station in Osnabrück gebracht worden, wo sie einen lebenden Partner fand, mit dem sie fortan zusammenlebte."

„Lebt sie noch?"

„Das weiß ich, ehrlich gesagt, nicht. Aber Schwäne binden sich für immer an ihren Partner, und mir gefiel, dass sie letzten Endes doch noch ihr Glück gefunden hat."

Er schwieg, und sein Blick verlor sich irgendwo über dem See.

Abends machte sich leichte Nervosität in mir breit. Bisher hatte ich immer in Aarons Gästezimmer geschlafen, und ich fragte mich, ob ich das heute wieder tun sollte. Gestern hatte ich mich in einer Notsituation zu ihm gelegt. Aber wie sähe die Sache heute aus?

Ich ging ins Bad, putzte mir die Zähne und zog mich um. Unsicher ging ich zurück ins Wohnzimmer. Aaron saß auf der Couch, flankiert von beiden Hunden. Bei meinem Erscheinen sprang Lucky auf mich zu, und Aaron sagte aufmunternd: „So, Leute, es ist Zeit schlafen zu gehen. Ab ins Bett mit euch." Er stand auf und brachte die Hundedecken ins Schlafzimmer. Immer noch verunsichert blieb ich einfach im Wohnzimmer stehen und kaute verlegen auf meiner Unterlippe herum. Nach kurzer Zeit kam Aaron zurück: „Gehen wir nicht schlafen? Morgen klingelt der Wecker ziemlich erbarmungslos."

Er versuchte, die Situation zu erfassen, und lachte leise auf: „Du weißt nicht, wo du schlafen sollst?" Immer noch unsicher schüttelte ich nur den Kopf. Jetzt prustete er los: „Entschuldige Leonie, aber du bist so süß. Heute Morgen wolltest du, dass wir uns voreinander ausziehen, damit ich morgen nicht alleine zur Untersuchung muss und jetzt traust du dich nicht zu mir ins Bett?" Seine Heiterkeit verwirrte mich noch mehr und mit einem Mal kämpfte ich mit den Tränen.

„Leonie?" Aarons Stimme klang aufrichtig erstaunt. Er legte einen Finger unter mein Kinn und zwang mich, ihn anzusehen. Dann nahm er mein Gesicht in seine Hände und fragte sanft: „Leonie, was ist los?" Plötzlich brach die Anspannung der letzten Tage aus mir hervor und ich begann zu schluchzen. Behutsam nahm er mich in den Arm und streichelte meinen Rücken: „Es ist ein bisschen zu viel passiert in der letzten Zeit, oder?" Ich ließ zu, dass er mich festhielt, und stammelte schließlich: „Ich habe Angst. Angst, dass ich etwas falsch mache, wenn ich bei dir schlafe. Und Angst, dass ich etwas falsch mache, wenn ich nicht bei dir schlafe. Und ganz besonders habe ich Angst vor morgen." Weiter kam ich nicht, den restlichen Gedanken konnte und wollte ich keinen Raum geben.

Aaron führte mich ins Schlafzimmer und setzte mich auf das Bett. „Ach, Leonie, du kannst doch gar nichts falsch machen. Ich würde mich freuen, wenn ich heute Nacht deine Nähe spüren dürfte. Aber wenn dir das jetzt zu viel ist, dann ist das nicht schlimm. Bedauerst du, dass du mitgekommen bist?" Ich schüttelte heftig den Kopf: „Nein. Es ist richtig, dass ich hier bin. Ich meine, es ist nicht nur rational richtig, es fühlt sich auch richtig an. Ich möchte jetzt nirgendwo anders sein."

Er atmete erleichtert aus: „Komm, dann leg dich zu mir. Ich möchte dich einfach nur festhalten. Wer weiß, vielleicht gelingt es uns ja sogar, ein bisschen zu schlafen."

Ich fragte mich, was in der letzten halben Stunde geschehen war. Warum war ich auf einmal so ängstlich und unsicher geworden, dass ich sogar zu weinen begonnen hatte? Vermutlich hatte Aaron Recht und waren die letzten Tage zu aufregend gewesen. Mir fiel ein, dass Daniel gesagt hatte, ich sollte mir keine Sorgen machen und alles würde gut. Hoffentlich irrte er sich damit nicht. Und plötzlich wünschte ich mir, ich könnte Daniels Stimme hören und er würde seine Worte wiederholen.

Am nächsten Morgen saßen wir pünktlich um acht im Warteraum des Krankenhauses. Wie vermutet, begegneten wir zuerst Aarons behandelndem Arzt. Er freute sich sichtlich, Aaron zu sehen: „Guten Morgen, Herr Baumann. Schön, dass Sie da sind. Und Sie sind in Begleitung, wie ich sehe?"

„Ja, guten Morgen. Das ist meine Freundin Leonie."

Dr. Koch begrüßte mich mit einem freundlichen Lächeln und bat uns ins Sprechzimmer. Ich zögerte, denn ich sollte ja nicht an den Untersuchungen teilnehmen. Aber Aaron legte mir eine Hand auf die Schulter und schob mich hinein.

Das Sprechzimmer war ein heller, freundlich eingerichteter Raum. In den Ecken standen große Pflanzgefäße, auf einem kleinen Tisch gab es Getränke und Kekse. An den Wänden hingen Naturfotografien. Ich fragte mich, ob Dr. Koch Naturliebhaber war oder sich die Erkenntnisse der Psychologie zunutze machte.

Er schien Aaron recht gut zu kennen, denn er fragte ihn nach seinen Angstzuständen und plauderte ein wenig mit ihm über seine Arbeit. Aaron berichtete sogar von seinem Urlaub auf Teneriffa.

Schließlich forderte der Arzt mich auf, mich an Keksen und Getränken zu bedienen, und ging mit Aaron in den Untersuchungsraum. Da wir vor Nervosität noch nicht gefrühstückt hatten, griff ich dankbar zu einem Fläschchen Orangensaft und einem Keks. Ich versuchte, mir vorzustellen, was nebenan vor sich ging, bis mir wieder einfiel, weshalb Aaron mich nicht dabei haben wollte. Wenn ich ganz leise war, konnte ich den Stimmen der beiden lauschen. Ich verstand die Worte nicht, aber insgesamt klang es nach einer freundschaftlichen Unterhaltung. Nichts hätte darauf schließen lassen, dass dies ein sehr wichtiger Tag in Aarons Leben wäre.

Als die beiden in das Sprechzimmer zurückkehrten, wirkte Dr. Koch sehr zufrieden. Aaron jedoch war eher schweigsam und still. Wir wurden zum Röntgen in den zweiten Stock geschickt. Auf dem Weg dorthin fragte ich: „Erfährst du etwas bei den einzelnen Stationen oder erst am Ende des Tages?" Er wirkte so in sich gekehrt, dass ich nicht wagte, ihn zu berühren.

Aaron räusperte sich: „Erst am Ende des Tages, das macht es mir ja so schwer, diesen Tag auszuhalten. Allerdings hat Dr. Koch mir einmal erklärt, dass er es für viel schlimmer hält, wenn er einem Patienten schon dreimal gesagt hat, dass alles in Ordnung sei, und ihm dann bei der letzten Untersuchung sagen muss, dass doch etwas nicht stimmt. Das kann ich nachvollziehen. Trotzdem ist es für mich schwierig. – Danke, dass du da bist." Er griff nach meinen Haaren und zupfte leicht daran.

Wir erreichten die Röntgenabteilung in wenigen Minuten. Ich wurde in einen Wartesaal geführt, während Aaron fortgebracht wurde. Im Vergleich zum Sprechzimmer von Dr. Koch wirkte dieser Wartesaal trostlos und karg. Zum Glück kehrte Aaron schon nach kurzer Zeit zurück.

Er winkte mir zu und sagte: „Komm. Die Termine liegen heute sehr eng beieinander, weil ein Patient bei der MRT ausgefallen ist. Das ist gut, so müssen wir nicht so lange warten. Allerdings müssen wir uns jetzt ein wenig beeilen."

Wir blieben auf derselben Etage, mussten aber in einen anderen Gebäudetrakt. Hier nahm ich auf einem Stuhl im Flur Platz. Bevor Aaron davon ging, zog er mich an sich und erklärte noch einmal: „Das dauert jetzt etwas länger. Spätestens in einer halben Stunde sollte ich wieder da sein."

Ich holte mein Buch aus der Tasche und versuchte zu lesen. Allerdings herrschte reges Treiben auf dem Flur. Immer wieder kamen die verschiedensten Leute vorbei. Manche schlenderten ganz langsam, andere rannten. Gelegentlich erklangen Rufe. So konnte ich mich nicht konzentrieren, und die halbe Stunde erschien mir wie eine Ewigkeit.

Endlich kam Aaron wieder. Ich bemerkte, dass er geschwitzt hatte. Sein Blick flackerte, bis er mich sah. Schnell kam er auf mich zu, zog mich an sich und lehnte sich bei mir an. Beunruhigt fragte ich: „Ist alles in Ordnung?" Er drückte mich noch einmal und sagte dann: „Ja. Aber lass uns hier rausgehen, bitte." Er sprach so drängend, dass ich ihm ohne weitere Fragen folgte. Als wir die Zwischentür hinter uns ließen, atmete er hörbar aus.

„War es schlimm?" Ich hatte nur eine sehr vage Vorstellung davon, wie eine MRT ablief.

Er schüttelte sich: „Ich hasse das. In diesen engen Röhren bekomme ich immer Angstzustände. Ich habe mir schon einmal ein Beruhigungsmittel geben lassen, aber danach war ich lange Zeit todmüde und konnte den Ausführungen von Dr. Koch nicht mehr folgen. Ich musste ihn am nächsten Tag noch einmal anrufen, um nachzufragen, was er mir eigentlich genau gesagt hatte. Seitdem lasse ich das mit den Beruhigungsmitteln."

Bis zum nächsten Termin bei Dr. Koch hatten wir drei Stunden Zeit.

„Was machen wir jetzt?"

„Normalerweise bin ich in dieser Pause mit Daniel etwas spazieren gegangen. Ich musste allerdings noch nie so lange warten bis zum abschließenden Gespräch. Sollen wir nach Hause fahren und eine kleine Runde mit Lucky und Enya drehen? Dann vergeht die Zeit schneller."

Die Idee gefiel mir hervorragend, vor allem jedoch, weil ich immer noch Hunger hatte und endlich etwas essen musste.

Relativ gelöst fuhren wir später zurück zur Uniklinik. Wir wurden sofort in das Sprechzimmer vorgelassen, mussten allerdings noch eine Viertelstunde auf Dr. Koch warten. Währenddessen beobachtete ich die Wanduhr, deren Zeiger im Schneckentempo weiter krochen. Bei jeder Sekunde war ein ganz leichtes Klicken zu hören. Nun war ich es, die von Minute zu Minute unruhiger wurde. Schließlich hielt ich es nicht mehr aus und ging zu den Pflanzen, um sie mir genauer anzusehen. Eigentlich waren die Pflanzen mir in dem Augenblick ziemlich egal, aber ich hatte das Gefühl, irgendetwas tun zu müssen.

Aaron sah mir eine Weile zu und streckte dann seine Hand nach mir aus: „Komm her, Leonie." Er zog mich zu sich auf den Schoß und sagte: „Entspann dich, bitte. Und atme." Er hatte recht: Ich hatte immer wieder die Luft angehalten, eine schlechte Angewohnheit, die jedes Mal dann zutage trat, wenn ich nervös war. Er legte mir eine Hand auf den Bauch, und der leichte Druck half mir, tiefere Atemzüge zu nehmen. Zufrieden sagte er: „Na, also." Erst als wir Schritte vor der Tür hörten, ließ er mich wieder los. Ich zog einen Stuhl heran und setzte mich dicht zu ihm.

„So, da wären wir wieder." Dr. Koch betrat beschwingt den Raum und blickte von Aaron zu mir. Er griff nach seinen Unterlagen und sah sie noch einmal genau an, bevor er weitersprach:

„Ich freue mich, Ihnen mitteilen zu können, dass wir Sie mit dem heutigen Tag für geheilt erklären können. Bei keiner der Untersuchungen wurde etwas Ungewöhnliches festgestellt. Alles ist in bester Ordnung. Ich gratuliere Ihnen." Er kam auf Aaron zu und reichte ihm die Hand. Aaron schien sich der Tragweite dieser Worte nur langsam bewusst zu werden, doch dann stand auch er auf und beantwortete den Händedruck des Arztes: „Ich danke Ihnen von ganzem Herzen." Dann drehte er sich mir zu und vergrub sein Gesicht in meinem Haar.

Dr. Koch ließ uns ein wenig Zeit, doch dann räusperte er sich und seine Stimme erklang wieder: „Sie möchten das jetzt vielleicht nicht hören, aber angesichts Ihrer veränderten Situation ..." Er machte eine Pause und zögerte: „Ich möchte Sie noch einmal darauf hinweisen, dass wir Ihnen gerne weiterhelfen, falls Sie doch noch unsere Unterstützung bezüglich Ihrer Zeugungsfähigkeit in Anspruch nehmen wollen. Ich weiß, dass Sie davon nichts halten, aber wenn Sie es sich anders überlegen sollten ..." Dr. Koch sah uns mitfühlend an. Aaron schüttelte den Kopf und ich versuchte zu verstehen, wovon der Arzt gerade sprach.

Langsam begriff ich: Dr. Koch sprach von Zeugung, mit anderen Worten von Kindern. Im gleichen Moment spannten sich alle Muskeln in meinem Körper an. Es gab etwas, das ich Aaron schon längst hätte erzählen müssen, aber eine Angst, die mich seit Jahren beherrschte, hatte mich daran gehindert. Mir wurde klar, dass ich nicht länger schweigen durfte, und mir wurde übel.

Aaron deutete meine Reaktion falsch. Er trat einen Schritt zurück und sagte heiser: „Leonie, es tut mir leid. Wie Dr. Koch gesagt hat: ich kann auf natürlichem Weg wahrscheinlich keine Kinder zeugen. Und eine In-Vitro-Fertilisation kommt für mich nicht in Frage. Ich kann dir gerne gelegentlich erklären, warum. Vielleicht sind wir ohnehin schon in einem Alter, wo es nicht die beste Idee wäre, Kinder zu zeugen. Aber, ... wenn Kinder für dich sehr wichtig sind, dann ..." Bei den letzten Worten versagte seine Stimme.

Verzweifelt schüttelte ich den Kopf. Die Hoffnungslosigkeit in seinem Blick raubte mir den Atem, aber ich fand keine Worte für das, was ich ihm mitteilen musste.

Der Arzt beobachtete mich genau und schien plötzlich zu verstehen. Er kam mir zu Hilfe, indem er Aarons Gedankengang unterbrach: „Herr Baumann – ich glaube, ihre Freundin möchte Ihnen etwas sagen." Aaron hielt inne und sah mich ängstlich an. Mir wurde bewusst, dass er sich mir völlig ausgeliefert hatte.

Dr. Koch nickte mir aufmunternd zu: „Frau ... ach, ich weiß gar nicht, wie Sie heißen ... Leonie, bitte?"

Ich schloss die Augen und versuchte, Mut zu schöpfen. Der Knoten in meiner Brust wurde immer größer. Er lag zwischen meiner Lunge und meinem Magen und drückte auf beide. Als ich es nicht mehr länger ertragen konnte, brach es aus mir hervor: „Aaron, *mir* tut es leid." Ich erkannte an seinem Blick, dass ich die vollkommen falschen Worte gewählt hatte, und sagte schnell: „Nein, nein, nicht so, wie du denkst." Er biss die Zähne zusammen und sah mich unverwandt an. Mit zusammengepressten Lippen stammelte ich schließlich: „Aaron ... ich ... *ich* kann keine Kinder bekommen."

Er atmete scharf ein und starrte mich an. Nur langsam trat Erstaunen in seine Augen, und seine Gesichtszüge wurden wieder weich. Er ging vor mir in die Hocke und griff nach meinen Händen: „Du kannst auch keine Kinder bekommen?" Ich schüttelte schuldbewusst den Kopf.

„Ach, Leonie. Warum hast du nur nichts gesagt?" Als ich schwieg, sagte er besänftigend: „Nein, lass nur. Ich verstehe dich schon."

Eine Ahnung verloren geglaubter Möglichkeiten keimte in ihm auf. Vorsichtig fügte er leise hinzu: „Dann ist es nicht schlimm, wenn ich zeugungsunfähig sein sollte?"

Mit einem Seufzer der Erleichterung ließ die schmerzhafte Anspannung in meinem Körper nach. Ich nahm sein Gesicht in meine Hände und zog ihn langsam zu mir heran. Ich flüsterte: „Ich werde nicht sagen, dass es nicht schlimm ist, denn ich würde mir nichts mehr wünschen, als mit dir zusammen ein Kind zu bekommen. Aber da es nun einmal so ist, wie es ist, macht es keinen Unterschied, oder? Es ist eigentlich vollkommen egal."

Mir wurde bewusst, wie nah er mir in diesem Augenblick war. Ich überbrückte den letzten Rest Distanz und berührte ihn mit meinen Lippen. Mit leichter Verwunderung zog er mich an sich und erwiderte meinen Kuss. Er war sanft und liebevoll und schmeckte nach mehr.

Kurz darauf schob er mich ein wenig von sich fort und sah entschuldigend zu Dr. Koch. Beschämt blickte ich auf den Arzt und stotterte: „ Oh … Entschuldigung. Tut mir leid." Aber Dr. Koch lächelte nur.

Vor dem Eingang des Krankenhauses führte Aaron mich plötzlich in eine angrenzende Grünanlage. Dort nahm er mich schweigend in den Arm. Die leichten Bewegungen seines Körpers verrieten mir, dass die Erlebnisse der letzten Stunden noch einmal Besitz von ihm ergriffen. Er drückte mich so fest an sich, dass mir fast die Luft wegblieb. Schließlich ruhte seine Stirn entspannt an meiner, und wir genossen einen unvermittelt einsetzenden Moment inniger Vertrautheit.

Er griff nach meinem Haar und ließ es durch seine Finger gleiten: „Ich dachte, ich würde dich verlieren." Seine Stimme bebte vor Erleichterung. Ich schluckte und fühlte mich schuldig, weil ich ihm ausgerechnet an diesem schweren Tag zusätzlich Angst gemacht hatte, und schüttelte den Kopf: „Es tut mir Leid. Das wollte ich nicht."

„Ich weiß. Für manche Dinge gibt es einfach keinen richtigen Zeitpunkt, egal, wie sehr man sich darum bemüht. Ich habe auch nicht den passenden Moment gefunden, dir meine Geschichte zu erzählen, sondern stattdessen gewartet, bis ich keine andere Wahl mehr hatte. Komm, lass uns fahren." Seine Finger suchten nach meiner Hand und ließen sie nicht mehr los, bis wir das Auto erreichten.

„Können wir zuerst noch zur Firma fahren? Elias und Chiara, meine Geschwister, warten vermutlich darauf, dass ich ihnen erzähle, wie es heute gelaufen ist. Ich möchte sie nicht länger als nötig im Ungewissen lassen."

„Selbstverständlich. Sie machen sich bestimmt Sorgen."

Als sei es die normalste Sache der Welt, nahm er mir behutsam den Autoschlüssel aus der Hand: „Lass mich fahren, ich kenne den Weg." Das Büro lag am anderen Ende der Stadt in einem Gewerbegebiet. Es gab nur drei firmeneigene Parkplätze, woraus ich schloss, dass es sich um einen Familienbetrieb handeln musste. Ich wollte im Wagen sitzen bleiben und auf Aaron warten, doch er bat mich, ihn zu begleiten: „Komm mit, ich möchte dich gerne vorstellen." Die unerwartete Aussicht, seiner Familie zu begegnen, machte mich nervös. Wir hatten einen anstrengenden Tag voller Emotionen hinter uns, und ich sehnte mich nach Ruhe. Aaron bemerkte mein Zögern und scherzte: „Keine Angst, sie beißen nicht. Und wir müssen auch nicht lange bleiben."

Er öffnete die Tür und schob mich in einen großen Raum mit drei Schreibtischen und einer gemütlichen Sitzecke. Nur zwei der Schreibtische waren belegt, jeweils von einem Mann und einer Frau, beide vermutlich einige Jahre älter als wir. Neugierige Blicke flogen mir zu, bis die Frau Aaron wahrnahm und vor Freude aufschrie: „Aaron! Endlich! Nun sag schon, wie ist es gelaufen?" Sie rannte auf ihn zu und flog ihm um den Hals. Der Mann hingegen nahm die Szene ruhig in sich auf und kam freundlich lächelnd auf mich zu: „Hallo, ich bin Elias, Aarons Bruder. Und das ist unsere Schwester Chiara, die sich schon den ganzen Tag über Sorgen gemacht hat." Sein Händedruck war warm und fest.

„Freut mich. Ich bin Leonie. Ich habe Aaron auf Teneriffa kennen gelernt."

Elias grinste: „Ich weiß, wer du bist. Wie schön, dass wir dich auch endlich kennen lernen dürfen. Du bist die Frau mit den Hunden, die Aaron neuerdings an jedem Wochenende von der Arbeit fernhält. Zum Glück, übrigens."

Als sie das Wort *Hunde* hörte, eilte Chiara zu mir: „Du bist Leonie? Wie schön! Wo sind deine Hunde?"

Angesichts ihrer Begeisterung musste ich lachen: „Sie sind bei Aaron und warten dort auf uns. Aber eigentlich gehört nur einer von beiden mir. Der zweite ist von meiner Freundin, die sich zurzeit in Chile aufhält."

„Wie schade! Ich hätte sie so gerne gesehen." Chiara schien, ihre Sorgen vergessen zu haben. Ich lachte wieder: „Ach, weißt du, Enya bleibt noch länger bei mir. Es wird bestimmt noch genügend Gelegenheiten geben, die beiden zu begrüßen. Wenn ihr möchtet, könnt ihr uns gerne in Krefeld besuchen. Ich würde mich freuen."

Elias zeigte auf die Sitzecke: „Kommt, setzen wir uns ein wenig. Ich hole uns Kaffee und Tee, und dann könnt ihr erzählen, wie es euch heute ergangen ist." Mir fiel auf, dass er davon ausging, dass ich den Tag mit Aaron verbracht und ihn zum Krankenhaus begleitet hatte.

„Es ist alles gut. Alle Untersuchungsergebnisse waren in Ordnung. Ab jetzt soll ich nur noch einmal im Jahr zur Vorsorgeuntersuchung gehen. Dr. Koch hat mir ans Herz gelegt, das auch wirklich als reine Vorsorge zu betrachten und mich nicht unnötig zu beunruhigen." Aaron lächelte. „Mal sehen, ob mir das gelingt."

Chiara erhob sich und umarmte ihren Bruder liebevoll: „Das sind wirklich gute Nachrichten. Ich freue mich so." Auch Elias nahm Aaron in den Arm: „Gott sei Dank! – War es schlimm? Ihr seht ziemlich mitgenommen aus."

„Na ja, ich hatte im Vorfeld wieder eine Panikattacke. Zum Glück war Leonie da und hat mir geholfen. Und die Zeit im Krankenhaus war wie immer sehr unangenehm." Er sah mich an und entschied sich, den vermutlich beängstigendsten Teil nicht zu erzählen. Elias war unser Blickwechsel nicht entgangen. Er respektierte Aarons Schweigen jedoch und fragte: „Was wollt ihr jetzt tun?"

„Mein Auto ist noch bei Leonie. Wir sind gestern mit ihrem Wagen hergekommen. Daher müssen wir nachher nach Krefeld fahren, und ich komme dann erst morgen zurück – zumindest, wenn ich solange bei Leonie bleiben darf."

Elias räusperte sich: „Darf ich euch einen Vorschlag machen?"

Er wartete unsere Reaktion ab, und fuhr erst fort, als wir ihn beide gespannt anblickten. „Warum fahrt ihr nicht ein paar Tage weg? Genießt die guten Neuigkeiten und nehmt euch ein bisschen Zeit füreinander. Die letzten Tage waren bestimmt nicht einfach. Nehmt ein bisschen Abstand von dem Ganzen und lasst die Seele baumeln."

„Aber ich habe gerade erst Urlaub. Ich kann euch doch nicht schon wieder mit der Arbeit alleine lassen." Obwohl Aaron protestierte, hatte ich den Eindruck, dass ihm der Gedanke durchaus gefiel. Mir gefiel er auch, allerdings war auch ich erst vor kurzem von Teneriffa zurückgekehrt.

Als wir Aarons Haus betraten, kam Lucky ungewohnt abwartend und behutsam auf uns zu. Er schnüffelte ausgiebig an Aarons Beinen, während Enya mich sofort freudig begrüßte. Plötzlich jedoch sprang Lucky stürmisch an Aaron hoch und versuchte, ihm das Gesicht abzulecken. Er wurde immer ausgelassener, so dass ich schließlich die Tür zum Garten öffnete, damit er seine überschäumende Begeisterung dort loswerden könnte. Einmal auf der Wiese rannten beide Hunde immer wieder um Aaron herum und sprangen an ihm hoch. Schließlich warf ich einen Ball quer durch den Garten, damit sie ihm eine kleine Pause gönnten.

Er lachte herzhaft: „Was ist denn mit denen los? So verrückt habe ich sie ja noch nie erlebt."

Ich musterte Aaron neugierig. Gleichzeitig machte es mich ein wenig betroffen, dass unsere Hunde ihre Gefühle offenbar so viel besser zeigen konnten als wir: „Ich glaube, die beiden spiegeln gerade unsere Emotionen."

Ehrlich verblüfft sah Aaron mich an: „Wie meinst du das?"

„Sie spüren, dass eine Last von dir abgefallen ist und freuen sich darüber." Nachdenklich fügte ich hinzu: „Vor allem Lucky macht mir gerade bewusst, unter welchem Druck du gestanden hast und wie groß deine Erleichterung jetzt ist."

„Das meinst du wirklich ernst, oder?"

Ich nickte und lehnte mich bei ihm an: „Ja, sicher. Hunde sind hoch soziale Wesen, und in vielen Dingen könnten wir von ihnen lernen."

„Machen alle Hunde das?"

„Vermutlich schon, aber ihre Menschen müssen in der Lage sein, das zu erkennen. Darum habe ich auch gesagt, dass vor allem Lucky es mir bewusst macht. Ich verbringe so viel Zeit mit ihm, dass ich ihn besser lesen kann als Enya. Außerdem hat er dich von Anfang an ins Herz geschlossen und sich an dir orientiert." Ich lächelte: „Jetzt weiß ich auch, warum."

„Erstaunlich." Er zog mich näher zu sich heran. „Aber Lucky hat durchaus Recht. All die Jahre hatte ich das Gefühl, dass mein Leben jeden Augenblick vorbei sein könnte. Vielleicht ist das auch der Grund dafür, dass ich nur wenig unternommen habe und kaum aus Münster herausgekommen bin. Daniel meinte immer, wenn ich schon davon ausginge, dass ich nicht mehr lange zu leben hätte, dann sollte ich mir wenigstens vorher die Welt ansehen. Aber ich sah keinen Sinn darin. Alleine hätte es mir wohl auch keinen großen Spaß gemacht."

Ich schmiegte mich noch enger an und fragte: „Was hältst du von Elias' Vorschlag?"

„Ein paar Tage wegzufahren, meinst du? Hättest du denn Zeit? Und hättest du Lust dazu?"

„Na ja, Zeit hätte ich vermutlich eher nicht. Aber Lust hätte ich schon, und wenn ich geschickt organisiere, kann ich mir vielleicht eine oder zwei Wochen Zeit verschaffen. Wir müssten allerdings die Hunde mitnehmen. "

Aarons Freude war körperlich spürbar und brachte mich zum Lächeln. „Das ist doch kein Problem. Wenn wir das Wohnmobil nehmen, können sie ganz entspannt mitfahren, oder?"

Plötzlich klingelte das Telefon. Aaron zuckte bedauernd mit den Schultern und ging ins Haus. Nur wenige Sekunden später kehrte er gut gelaunt mit dem Telefon wieder in den Garten zurück:

„Es sind Daniel und Hannah. Sie sind gut angekommen und möchten wissen, wie es uns geht."

Ich freute mich sehr über den Kontakt zu unseren Freunden. Nach den Erlebnissen des letzten Wochenendes fehlte mir Hannah. Während Aaron Daniel ausführlich den Verlauf des vergangenen Tages schilderte, hoffte ich darauf, zumindest kurz mit meiner Freundin sprechen zu können. Zu meiner Verblüffung reichte mir Aaron dann allerdings das Telefon mit den Worten: „Das ist Daniel für dich."

„Hallo, Leonie. Ich reiche dich gleich an Hannah weiter. Sie ist schon ganz ungeduldig und möchte dir so viel erzählen. Aber zuerst möchte ich mich bei dir bedanken."

„Wofür?"

„Na ja, du hast heute sozusagen meine Aufgabe bei Aaron übernommen, so dass ich mit einem guten Gefühl mit Hannah nach Chile fliegen konnte. Ich war mir sicher, dass du ihn nicht im Stich lassen würdest. Aber dann hatte ich doch ein schlechtes Gewissen. War es schlimm?"

Ich überlegte. Selbstverständlich war der heutige Tag nicht besonders angenehm gewesen. Vor allem das Geständnis, das ich Aaron hatte machen müssen, war mir sehr schwergefallen. Aber dennoch waren wir uns noch einmal näher gekommen. Daher hatten die letzten Stunden auch ihr Gutes.

„Es war in Ordnung. Ich musste immer wieder an deine letzten Worte vor eurem Abflug denken, dass alles gut werden würde. Ich bin froh, dass du Recht hattest."

Daniel seufzte erleichtert: „Ja, ich auch. Obwohl ich fest daran geglaubt habe, war mir eben, vor unserem Anruf, sehr mulmig zumute." Plötzlich kicherte er: „Ist ja gut. – Leonie, wir müssen ein anderes Mal weiter reden. Jetzt möchte Hannah endlich mit dir sprechen."

Ich hörte Hannahs Stimme; „Es ist so toll hier, Leonie! Wir müssen früh aufstehen und einige Stunden lang ziemlich hart arbeiten. Aber nachmittags wird es ruhiger. Dann haben wir auch ein bisschen Zeit für uns. Und die Landschaft ist wunderschön. Es würde dir hier gefallen. Schade, dass du nicht hier sein kannst. Aber gut, dass du bei Aaron warst. Daniel hat mir alles erzählt. Wir haben übrigens ein kleines Apartment bekommen, als man verstand, dass wir zusammen hergekommen sind." Sie lachte: „Wir haben jetzt sozusagen eine gemeinsame Wohnung."

Hannah sprudelte über vor Begeisterung, und ich kam kaum zu Wort. Erst als sie nach Enya fragte, hatte ich die Gelegenheit, ihr zu erzählen, was in den letzten Tagen alles passiert war.

Es war schön, zu hören, dass es den beiden in Chile so gut zu gehen schien. Allerdings erklärte Hannah uns, dass wir wohl nicht häufig würden telefonieren können. Ihr vorübergehendes Zuhause lag so abgelegen, dass Handys nur selten funktionierten. Für den heutigen Anruf hatten sie das Festnetz ihres Arbeitgebers benutzen dürfen, nachdem Hannah ihnen die Dringlichkeit erklärt hatte. Mit ein wenig Glück könnten wir über Skype Kontakt halten.

Als ich auflegte, grinste Aaron zufrieden vor sich hin. „Mir scheint, die beiden sind sehr zufrieden dort, wo sie jetzt sind."

„Also, Hannah auf jeden Fall. Und ich glaube, Daniel kann seine Zeit in Chile ab jetzt auch genießen, da er nun weiß, dass es dir gut geht."

Aaron sah mich nachdenklich an: „Er wirkte all die Jahre immer so optimistisch. Ich habe gerade erst verstanden, wie sehr er sich um mich gesorgt hat. Ich wünsche den beiden einen unbeschwerten Aufenthalt in Südamerika. Hoffentlich kommt er dort auch ein wenig zur Ruhe. Ich glaube, es war die richtige Entscheidung für ihn, deine Freundin zu begleiten."

„Obwohl er für mehrere Monate fort ist?"

„Ja, auch wenn er mehrere Monate fort ist." Er trat auf mich zu und fuhr mir sanft mit dem Handrücken durch das Gesicht. „Ich finde, er hätte keinen besseren Zeitpunkt wählen können."

Ich ahnte, was er damit sagen wollte, doch ich hatte das Bedürfnis, es genauer zu wissen und fragte: „Wie meinst du das?"

Ein schelmischer Zug in seiner Mimik verriet mir, dass ihm klar war, dass ich ihn verstanden hatte: „Weil du und ich jetzt *wir* sind, oder?"

Er beobachtete genau, wie sich seine Worte langsam einen Weg in mein Inneres bahnten. Mir wurde warm, und ich atmete unwillkürlich tief ein. In meinem Bauch kribbelte es, als ich seinen Blick suchte. Leise wiederholte ich das eine Wort: „Wir." Es fühlte sich warm und sicher an, als ich mich bei ihm anschmiegte: „Ich finde, *wir* klingt sehr, sehr gut."

Von nun an telefonierten wir täglich miteinander. Der Tag im Krankenhaus hatte uns einander näher gebracht, als ich es mir je hätte vorstellen können. Daher kam uns Elias' Vorschlag gerade recht, und wir begannen, Reisepläne zu schmieden.

Aaron war noch nie an der Nordsee gewesen, und so stand schnell fest, dass wir genau dorthin wollten. Ich kannte einen Campingplatz an der belgischen Küste, auf dem wir sowohl mit dem Wohnmobil als auch mit den Hunden gerne gesehene Gäste sein würden.

Es sollte allerdings noch zwei Wochen dauern, bis wir endlich losfahren konnten. Wenn ich in Belgien wirklich über freie Zeit verfügen wollte, musste ich vorher noch einige Arbeiten erledigen. Außerdem wollte das Wohnmobil noch für eine solche Reise vorbereitet und gepackt werden. Weder Aaron noch ich verfügten über irgendwelche Erfahrung auf diesem Gebiet, so dass wir ziemlich lange herumtüftelten, bis wir alles untergebracht hatten. Schließlich war es Stefan Hürten, der uns die Arbeit mit einigen entscheidenden Hinweisen deutlich erleichterte.

Nach seiner Rückkehr aus dem Ausland rief er mich an, um sich nach dem Tagebuch meines Vaters zu erkundigen. Es ging ihm nicht aus dem Sinn, und mittlerweile lag es ihm genauso am Herzen wie mir. Leider hatte keiner von uns beiden irgendwelche Fortschritte gemacht. Mittlerweile hatte ich die Hoffnung, es doch noch zu finden, schon fast aufgegeben.

De Haan

Endlich war es soweit: Das Wohnmobil war vollgetankt und alles hatte seinen Platz gefunden. Nach einer letzten Runde durch den Park stiegen die Hunde in ihre Boxen, und es konnte losgehen.

Wir brauchten etwa drei Stunden, bis wir Brügge hinter uns ließen und uns der Küste näherten. Am Hinweisschild Richtung De Haan bogen wir ab, und aus einem gewohnten Impuls aus der Vergangenheit heraus öffnete ich das Fenster. Frische, leicht salzige Luft strömte herein und erfüllte das Wohnmobil. Ich genoss jeden Atemzug und freute mich auf die bevorstehende Zeit an der Küste.

Aaron sah mich neugierig von der Seite her an: „Du kennst die Gegend hier ziemlich gut, oder?"

Ich nickte mit einem zufriedenen Lächeln im Gesicht: „Als Kind war ich jedes Jahr hier. Meistens haben wir eine Ferienwohnung gemietet. Für meinen Vater war es wie ein Ritual, an der Stelle von vorhin das Fenster zu öffnen und die Seeluft einzuatmen. Er meinte immer, in dem Augenblick würde für ihn der Urlaub beginnen. Ich habe es intuitiv gerade genauso gemacht."

Aarons Hand wanderte kurz zu meinem Knie, als er fragte: „Seid ihr auch auf dem Campingplatz gewesen, zu dem wir jetzt fahren?"

„Nicht als Kind. Aber später hatten meine Großeltern dort einen Wohnwagen, und ich habe sie einige Male dort besucht."

Es dauerte nicht mehr lange, bis wir auf die kleine Straße einbogen, die uns zu unserem Zielort führte. Wir fuhren an einem renovierten Hof mit seinen Pferdekoppeln vorbei. Es folgten Wiesen und Felder, und schließlich lag die Einfahrt des

Campingplatzes vor uns. Lucky und Enya spürten, dass die Reise zu Ende ging, und wurden unruhig. Doch zuerst mussten wir zur Rezeption und uns anmelden. Unser Platz für die nächsten zwei Wochen lag am Rande der Anlage, nicht weit von der Hundewiese entfernt. Dies kam uns jetzt sehr entgegen, da die Hunde sich nach der langen Fahrt erleichtern mussten, wir jedoch mittlerweile ziemlich hungrig waren.

Nach einem kleinen Snack hielt uns nichts mehr im Wohnmobil: Wir mussten einfach zum Strand. Nur wenige Meter von der Einfahrt zum Campingplatz entfernt begann ein kleiner Wald. Die Wege im Wald waren zu einem großen Teil asphaltiert, da er aufgrund des Sandes sonst nur sehr mobilen Fußgängern zugänglich wäre. Die Vegetation, vorwiegend Nadelbäume, war in dieser Form für unsere Hunde unbekannt, und so liefen sie aufgeregt schnüffelnd hin und her.

Kurze Zeit später kamen wir an eine Weggabelung. Der linke Weg führte nach De Haan, der rechte zum Strand und, wenn man Lust auf eine etwas längere Wanderung hatte, nach Wenduine. Wir gingen Richtung Strand, bis wir auf eine kleine Straße stießen. Dort bogen wir nach links ab und sahen nach wenigen Minuten die Dünen vor uns liegen.

Aaron hielt an und fragte neugierig: „Liegt das Meer dahinter?" Als ich nickte, nahm er sein Smartphone und fotografierte die Aussicht: „Mein erster Fast-Blick auf die Nordsee."

Bald mussten wir nur noch die Küstenstraße überqueren, dann konnten wir die Dünen hochsteigen. Eine Treppe sollte den Aufstieg erleichtern. Offensichtlich war es jedoch in den letzten Tagen sehr windig gewesen, denn die Treppe war vom Sand weitgehend zugeschüttet worden. Oben angekommen, blieb Aaron stehen und blickte andächtig auf das Meer. Wieder griff er nach seinem Smartphone, um ein Foto zu machen: „Das ist wunderschön. Wie weit kann man den Strand entlang laufen?"

„Hmm, in westlicher Richtung bin ich immer nur bis De Haan gegangen und dann durch den Wald zurück. Aber mir hat mal jemand erzählt, er wäre bis Ostende gelaufen. In östlicher Richtung kommt man zuerst nach Wenduine, anschließend nach Blankenberge. Wenn ich mich recht erinnere, kann man dort nicht am Strand weitergehen, sondern muss ein Stückchen durch den Ort, bis man wieder ans Meer kommt. Vielleicht sollten wir uns das nachher einmal auf der Karte ansehen."

Wir liefen zum Strand hinunter. Unten angekommen, leinten wir die Hunde ab. Sie wirkten zuerst etwas eingeschüchtert von der unerwarteten Weite, doch schon bald tobten sie ausgelassen durch den Sand. Außer uns war weit und breit kein Mensch zu sehen. Wir wandten uns ostwärts und gingen den Strand entlang. Er war absolut sauber, so als wäre er frisch geputzt worden. Aus Erfahrung wusste ich, dass er auch ganz anders daherkommen konnte. Vor allem bei stürmischem Wetter wurde zuweilen allerlei Unrat angespült. Aber an diesem Tag hatten wir Glück: Die Sonne strahlte von einem wolkenlosen Himmel herab und das Meer plätscherte unschuldig vor sich hin. Über dem Wasser zogen einige Möwen ihre Kreise und suchten nach etwas Fressbarem.

Nach kurzem Zögern lief Enya auf das Wasser zu und ging vorsichtig hinein. Sie schüttelte sich, als sie den Salzgeschmack auf der Zunge wahrnahm, aber dann begann sie, ausgelassen im Wasser zu spielen. Lucky hingegen traute sich nicht hinein und rannte ratlos am Wasser entlang. Aaron schaute beiden eine Weile zu und zog sich dann Schuhe und Socken aus: „Ich glaube, das müssen wir ihm zeigen." Mit aufgekrempelter Hose ging er ebenfalls ein Stückchen ins Meer hinein und rief mir zu: „Komm mit, es ist gar nicht kalt!"

Unentschlossen sah ich auf das Meer. Als kleines Kind war ich beim Spielen am Wasser von einer Welle umgeworfen und ein Stückchen mitgerissen worden. Ein fremder Mann hatte mich aufgehoben und zu meiner Mutter gebracht, die den Vorfall nicht bemerkt hatte. Eigentlich war nichts passiert, aber dennoch hatte dieses Erlebnis tiefe Spuren bei mir hinterlassen. Ich hatte mich nie wieder ins Meer getraut. Diesmal aber war ich nicht alleine. Ich wusste, dass Aaron auf uns achten und uns helfen würde, wenn nötig. Langsam zog auch ich mir Schuhe und Socken aus und krempelte meine Jeans hoch. Behutsam ging ich auf das Wasser zu und ließ es meine Füße umspielen. Der Sand fühlte sich weich an, und es war wirklich nicht kalt. Ich ging ein paar Schritte weiter, bis meine Füße ganz vom Wasser bedeckt waren. Auch Lucky kam näher, so dass seine Pfoten nass wurden. Das Spiel der Wellen schien ihn allerdings zu beunruhigen und er ging doch lieber wieder zurück zum trockenen Sand. Enya stand mittlerweile bis zum Bauch im Wasser, und Aaron krempelte sich die Hose bis über die Knie. Es sah aus, als wollten sie gemeinsam Fische jagen.

Wir gingen weiter am Meer entlang nach Wenduine. Dort verließen wir den Strand. Wie in vielen belgischen Badeorten standen Hochhäuser voller Ferienwohnungen aneinandergereiht auf dem Deich und versperrten den Blick auf das Städtchen. In den meisten dieser Bauten gab es im Erdgeschoss Souvenir- und Spielzeugläden sowie Restaurants und Cafés.

Aaron sah fassungslos auf die eher hässliche Häuserkulisse: „Was für ein Kontrast." Ich schmunzelte. Mir war klar, dass er Recht hatte, aber da ich diesen Ort als Kleinkind kennen gelernt hatte, waren mir die Hochhäuser am Deich immer als Selbstverständlichkeit erschienen. Ich versuchte zu erklären: „Früher waren die Menschen hier an der Küste fast ausschließlich auf die Einnahmen der Monate Juli und August angewiesen. In der restlichen Zeit gab es kaum Tourismus. Umweltschutz war noch kein Thema im öffentlichen Bewusstsein, und so sind diese Blöcke entstanden."

„Viele dieser Gebäude sind sehr schmal. Wie sehen sie von innen aus?"

„Ich würde sagen, gewöhnungsbedürftig. Die Wohnungen in den schmalen Blöcken sind wie ein langer Schlauch aufgebaut. Zum Meer hin liegt das Wohnzimmer mit einer angrenzenden kleinen Küche. Dahinter befinden sich ein Flur und ein schmales Bad. Der Flur mündet in der Regel in ein Schlafzimmer, das man durchqueren muss, um in ein zweites Schlafzimmer zu gelangen."

„Das klingt nur begrenzt gemütlich."

Ich dachte zurück an meinen einzigen Aufenthalt in einer dieser Wohnungen: „Es kommt zu einem großen Teil natürlich darauf an, wie die Eigentümer die Wohnungen einrichten, aber die Räume sind in der Tat nicht sehr schön angeordnet." Lachend fügte ich hinzu: „Und wenn man Pech hat, gibt es lediglich eine Gasheizung, und zwar im Wohnzimmer. Ungünstig, wenn man sich im Herbst in einer solchen Wohnung aufhält. Vor allem nachts kann es dann ganz schön kalt werden."

Aaron zog eine Augenbraue hoch: „Wie gut, dass wir das Wohnmobil haben. Und gut, dass wir einander haben. So müssen wir nachts wenigstens nicht frieren."

Vermutlich war ihm nicht klar, wie kühl es nachts in einem Wohnmobil werden konnte. Aber zum Glück war die kalte Jahreszeit noch nicht angebrochen. Außerdem hatte unser Campingplatz an jedem Stellplatz einen Stromanschluss, so dass wir notfalls auf diese Weise würden heizen können.

Ich blieb stehen und schlang ihm meine Arme um den Hals: „Stimmt. So müssen wir nicht frieren." Er legte die Hände auf meine Hüften und zog meinen Körper zu sich heran. Wir standen eine Weile ganz still, zwei aneinander geschmiegte Körper, die aus der Ferne wie einer aussehen mussten. Er pustete mir die Haare aus dem Gesicht und küsste mich sanft auf die Stirn, bevor seine Lippen meinen Mund suchten. Ich spürte seine Hand in meiner, und er zog mich langsam weiter.

„Können wir hier irgendwo etwas essen? Ich habe allmählich Hunger."

Ich konnte mir ein Grinsen nicht verkneifen und überlegte, ob er wirklich Hunger hatte oder der intimen Situation in der Öffentlichkeit entfliehen wollte. Dann fiel mir ein, dass meine Eltern sich immer darüber beschwert hatten, dass wir an den ersten Tagen an der Nordsee fortwährend hungrig gewesen wären. Also dachte ich nach und erinnerte mich an ein kleines Restaurant im Ortskern. Schon wollte ich uns dorthin führen, als mir klar wurde, dass Hunde in belgischen Restaurants nicht erlaubt waren. So blieben wir auf dem Deich und wählten eine Gaststätte mit Terrasse. Dort würden Lucky und Enya niemanden stören. Sie wurden sogar als erste bedient und bekamen einen großen Napf mit Wasser.

Aaron studierte neugierig die Speisekarte: „Kannst du mir irgendetwas empfehlen?"

Ich schüttelte bedauernd den Kopf: „Ich war schon so lange nicht mehr hier. Ich weiß nicht einmal, ob wir mit dem Restaurant eine gute Wahl getroffen haben. Da wir an der Nordsee sind, sollte ich dir vermutlich Fisch empfehlen. Selber werde ich aber etwas anderes essen."

„Was denn?"

Nach einem schnellen Blick auf die Speisekarte sagte ich: „Vol au vent oder Koninginnehapje. Das ist eine Art Blätterteigpastete, gefüllt mit einem Ragout aus Hähnchenfleisch, Champignons und Hackbällchen. Dazu gibt es Pommes Frites und Salat."

„Das klingt interessant. Aber ich glaube, ich werde doch Fisch nehmen. Dann können wir einander probieren lassen."

Das Essen schmeckte hervorragend, und so hatten wir wahrscheinlich schon am ersten Tag unser Lieblingsrestaurant gefunden. Wir blieben noch eine Weile sitzen und schauten den Vögeln am Strand zu, bis wir letztlich aufbrachen und durch den Ort schlenderten.

Auf dem Rückweg gingen wir durch den Wald, der eine Besonderheit dieser Region darstellte. Neben Strand und Dünen gab es in dem Gebiet zwischen De Haan und Wenduine einen ausgedehnten Waldstreifen, den ich besonders bei stärkerem Wind sehr zu schätzen wusste. Auch jetzt schützte er uns vor der allmählich aufkommenden Brise.

Als wir schließlich unser Wohnmobil wieder erreichten, waren wir fünf Stunden unterwegs gewesen. Durch die Bewegung an der ungewohnten Luft waren wir müde und zufrieden. Ich fütterte die Hunde, die sich fast augenblicklich zusammenrollten und einschliefen. Aaron und ich kuschelten uns aneinander, um noch ein wenig zu lesen, doch schon bald verschwammen die Zeilen und fielen auch uns die Augen zu.

Kurz nach Sonnenaufgang des nächsten Tages wurde ich durch ein leises Klopfen auf dem Dach des Wohnmobils geweckt. Ich nahm an, dass es sich um Regen handelte, doch schnell bemerkte ich, dass das Geräusch dafür zu unregelmäßig war. Zudem verstummte es nach einem kurzen Crescendo ganz. Vermutlich war es nur ein Vogel gewesen.

Ich sah mich in aller Ruhe um. Aaron lag tief und fest schlafend neben mir, während unsere beiden Hunde mich erwartungsvoll ansahen. Obwohl es noch sehr früh war, fühlte ich mich frisch und unternehmungslustig. Vorsichtig stand ich auf und zog mich an. Dann hinterließ ich eine Nachricht für Aaron.

Durch meine ungewohnt langsamen Bewegungen verhielten sich auch Lucky und Enya überraschend leise. So gelang es mir, mit beiden das Wohnmobil zu verlassen, ohne Aarons Schlaf zu stören. Wir gingen die Straße hoch zum Wald und schlugen den Weg nach De Haan ein.

Sonnenstrahlen suchten sich einen Weg durch die Baumwipfel und tauchten alles in goldenes Licht. Am Waldboden, abseits des Weges, tummelten sich Kaninchen, so dass Lucky und Enya wohl oder übel angeleint bleiben mussten. Schon bald erreichten wir das Ende des Waldes und folgten der Straße in den Ort. Wir wollten nur zur Bäckerei, doch auch auf diesem kurzen Stück bekam man schon eine Vorstellung davon, wie malerisch dieses Städtchen sein konnte. Vor allem der kleine, denkmalgeschützte Bahnhof der Straßenbahn aus dem Jahr 1902 gab erste Hinweise auf die Architektur der Belle Époque, die sich durch weite Teile von De Haan fortzog.

Bei unserem Eintreffen im Wohnmobil wurden wir vom Duft nach Kaffee begrüßt. Aaron war mittlerweile aufgewacht und hatte den Tisch gedeckt. Nach meiner kleinen Wanderung freute ich mich sehr auf das Frühstück, noch mehr jedoch freute ich mich darüber, wieder bei Aaron zu sein. Ich legte die Brötchen ab und umarmte ihn spontan: „Guten Morgen. Ich wollte dich vorhin nicht wecken. Ich hoffe, das ist mir gelungen."

Er wirkte ausgeruht und entspannt. „Ja, ihr müsst ganz leise gewesen sein. Wie hast du das geschafft, die beiden geräuschlos mit hinaus zu nehmen?"

Ich lachte erfreut: „Ich glaube nicht, dass wir geräuschlos waren. Aber sie haben sich wohl von meinen vorsichtigen Bewegungen anstecken lassen. Dafür waren sie während des Spaziergangs sehr verrückt. Als Entschädigung, sozusagen."

„Warum warst du so früh wach? Hast du nicht gut geschlafen?"

„Doch, nach unserem Ausflug von gestern habe ich wunderbar geschlafen. Wahrscheinlich ist ein Vogel auf dem Dach herumgetrippelt. Als ich das hörte, hatte ich Lust aufzustehen und uns ein leckeres Frühstück zu besorgen."

Neugierig blickte er in die Tüte, die ich mitgebracht hatte: „Hmm, Brötchen und Croissants."

Nach dem Frühstück fuhren wir mit der Straßenbahn nach Ostende. Möglicherweise wäre es praktischer gewesen, das Wohnmobil zu nehmen. Aber mindestens einmal wollte ich mit der sogenannten *Kusttram* fahren, der längsten Straßenbahn der Welt, die auf einer Strecke von fast 70 Kilometern alle Orte der flämischen Küste anfährt. Zudem sah ich diese Art der

Fortbewegung als willkommenes Umwelttraining für unsere Hunde. Sie kannten den öffentlichen Nahverkehr, aber bei uns zu Hause gab es eben keine Straßenbahn.

Enya gefiel dieser Plan weniger gut. Trotz guten Zuredens und vieler Bestechungsversuche mit Leckerlis wollte sie nicht in das ungewohnte Fahrzeug einsteigen. Plötzlich jedoch sprang Lucky einfach an ihr vorbei in die Straßenbahn hinein, und dann folgte sie ihm bereitwillig.

Bei unserer Ankunft in Ostende fiel unser Blick sofort auf den Yachthafen mit dem auffälligen Dreimaster *Mercator*.

„Was ist das denn?" Aaron war fasziniert.

„Das ist ein Museumsschiff. Es hat unter anderem als Schulschiff gedient, glaube ich, und außerdem nach dessen Tod den Körper von Pater Damiaan nach Hause gebracht."

„Pater Damiaan?"

„Er war ein in Belgien sehr bekannter Missionar, der sich in besonderer Weise für Leprakranke einsetzte und schließlich selbst dieser Krankheit erlag. Er gilt als Schutzpatron der Leprakranken und wurde zuerst selig- und vor gar nicht so vielen Jahren heiliggesprochen."

„Kann man das Schiff besichtigen?"

Ich nickte. Mit einem Blick auf Lucky und Enya fügte ich hinzu: „Kann man, aber Hunde sind dort bestimmt nicht erlaubt."

Die Enttäuschung war Aaron ins Gesicht geschrieben: „Schade. Können wir es uns trotzdem aus der Nähe ansehen?"

Als wir vor dem Schiff standen, nahm ich ihm Luckys Leine aus der Hand und sagte lächelnd: „Geh schon, sieh es dir an."

Er zögerte: „Meinst du wirklich? Ich kann dich doch hier nicht einfach alleine draußen stehen lassen. Das wäre unfair."

„Ich bin nicht alleine. Und ich habe das Schiff schon einmal von innen gesehen. Geh ruhig. Ich laufe in der Zwischenzeit einmal mit den beiden um den Hafen, und dann treffen wir uns hier wieder. Was meinst du?"

„Ich beeile mich." Dankbar schloss er mich in die Arme und lief glücklich wie ein kleiner Junge auf das Schiff zu. Als er es betrat, winkte er uns noch einmal kurz zu. Dann war er verschwunden.

Nach einer Weile setzte ich mich auf eine Bank und schaute dem Treiben der Möwen zu, bis Aaron wieder erschien.

„Das ist wunderschön, Leonie. Bist du sicher, dass du es dir nicht auch ansehen möchtest?" Die Begeisterung brachte seine Augen zum Strahlen. Lächelnd schüttelte ich den Kopf: „Ich weiß, wie schön es ist. Es ist beeindruckend, das alte Holz anzufassen, das so viele Seemeilen zurückgelegt hat. Wenn man sich vorstellt, wo dieses Schiff überall gewesen ist."

Er ließ seine Finger durch mein Haar gleiten und griff anschließend nach Luckys Leine: „Ich sehe schon, du weißt, was ich meine. Was machen wir jetzt?"

Zur Freude unserer Hunde besuchten wir den nahe gelegenen Park, bevor wir uns der Fußgängerzone zuwandten. An deren Ende konnte ich dem Geschäft mit den belgischen Pralinen nicht widerstehen, und diesmal war es Aaron, der draußen auf mich wartete, bis ich mit einem kleinen Vorrat wieder erschien.

Versonnen blickte er in die Richtung, in der das Meer liegen musste. „Können wir von hier aus zu Fuß zurückgehen?"

„Zu Fuß bis zum Campingplatz?" Diese Strecke erschien mir ziemlich unrealistisch und ich nahm an, dass er etwas anderes meinte. Doch als Antwort auf meine Frage nickte er nur.

Zögernd sagte ich: „Das habe ich noch nie gemacht. Ich weiß nicht, wie lange das dauern würde. Auf jeden Fall müssten wir zuerst auf die andere Seite des Kanals kommen. Am besten wieder mit der Straßenbahn, nehme ich an."

„Ich würde es gerne versuchen. Wenn die Straßenbahn die Küste entlangfährt, kann man doch notfalls irgendwo einsteigen und den Rest fahren, wenn wir zu müde werden, oder?"

„Vermutlich."

Er bemerkte, dass ich immer noch gewisse Zweifel hatte, und sagte: „Warte." Kurze Zeit später kam er zurück mit Wasser, einer kleinen Plastikschüssel und belegten Baguettes: „Jetzt kann uns kaum noch etwas passieren. Wir haben Verpflegung, und die Schüssel ist für die Hunde, damit sie auch trinken können."

Fassungslos starrte ich ihn an: „Du hast eine Wasserschüssel für die Hunde gekauft?" Verunsichert blickte er auf die Schüssel: „War das falsch?" Wärme durchflutete meinen Körper, als er so ratlos da stand. „Nein, Aaron. Das war genau richtig. Danke." Ich verringerte den Abstand zu ihm und schloss ihn in die Arme. Zaghaft erwiderte er meine Umarmung und fragte: „Ist alles in Ordnung?" Als ich an seiner Brust nickte, strich er mir sanft über den Kopf.

Wir ließen uns auf die andere Seite des Kanals fahren und gingen zum Strand. Jetzt mussten wir ganz in der Nähe von Bredene sein. Diese Erkenntnis nährte in mir die Zuversicht, dass es kein allzu großes Problem sein dürfte, bis De Haan zu wandern.

Plötzlich sagte Aaron: „Ich glaube, ich sollte meine Geschwister auch einmal herschicken."

„Mögen sie das Meer?"

„Spätestens wenn sie das hier alles sehen, werden sie es mögen."

Ich freute mich darüber, dass Aaron diese Gegend genauso mochte wie ich. Mein letzter Besuch hier lag viel zu lange zurück, und ich genoss jeden Augenblick.

Er griff nach meiner Hand und fragte unbefangen: „Hast du eigentlich Geschwister? Bisher hast du nur von deinen Eltern gesprochen."

Meine Hand schloss sich fester um seine, aber ich schwieg. Das Atmen schien mir auf einmal schwerzufallen, und meine Beine fühlten sich an wie Gummi. Vor mir sah ich Lisa und

Jürgen, und die Erinnerung an den Tag ihrer Hochzeit stand mir klar vor Augen.

Aaron sah mich von der Seite her an und ließ seinen Daumen auf meiner Hand kreisen. Er wartete geduldig ab, bis der Sturm in meinem Inneren sich etwas gelegt hatte.

Mit einem tiefen Seufzer sagte ich schließlich: „Ich habe eine Schwester."

Ich spürte seinen fragenden Blick auf mir: „Möchtest du nicht darüber reden?"

Schweigend gingen wir weiter, bis ich schließlich zu erzählen begann: „Am Tag ihrer Hochzeit hat ihr Mann mich belästigt. Es war furchtbar. Am schlimmsten aber war, dass sie mir die Schuld gab. Sie sah nicht, dass er betrunken war und mich vermutlich deshalb bedrängte. Letztendlich brach sie den Kontakt zu mir ganz ab. Seit Jahren habe ich kein Wort mehr von ihr gehört."

Aaron blieb stehen und strich mir über den Arm. „Das tut mir Leid. Glaubst du, es war ihre Entscheidung, den Kontakt abzubrechen? Könnte er sie nicht dazu gezwungen haben?"

Erschrocken weitete ich die Augen. Ich hatte es immer für selbstverständlich gehalten, dass Lisa diese Entscheidung aus freien Stücken getroffen hatte. Aber Aaron hatte Recht. Trotz unserer Rangeleien in Kindertagen waren wir auch so etwas wie ein Team gewesen. Sollte sie gezwungen worden sein, mich zu meiden? Verwirrt sagte ich: „Ehrlich gesagt, wäre es ihm zuzutrauen. Ich weiß es nicht."

„Vermisst du deine Schwester?"

Ich nickte und spürte, wie seine Frage die ganze Wahrheit und den Kummer der letzten Jahre herauf beförderte. Von meiner Familie war nur meine Schwester übrig geblieben. Dennoch hatte ich mich einfach damit abgefunden, dass sie mich nicht sehen wollte. Wenn Aaron mit seiner Vermutung Recht hätte, wäre das möglicherweise ein großer Fehler gewesen.

Leise fragte er: „Hast du in letzter Zeit noch einmal versucht, mit ihr zu reden?"

„Nein. Ich weiß nicht einmal, wo sie jetzt wohnt."

„Würdest du es denn versuchen wollen?"

Ratlos zuckte ich mit den Schultern. „Wie denn? Wahrscheinlich will sie mich sowieso nicht sehen."

„Das Internet verrät vieles, und soziale Netzwerke können sehr geschwätzig sein. Wenn du möchtest, helfe ich dir bei der Suche. Vielleicht wäre es gut, wenn du es noch einmal versuchen würdest. Sollte sie dich weiterhin abweisen, wüsstest du zumindest, dass du alles getan hast, um eine Annäherung zu ermöglichen."

„Würde es dadurch besser werden?"

Sanft umfasste er mit einer Hand mein Gesicht: „Ich weiß nicht. Aber wenn ich an deiner Stelle wäre, würde ich mich besser fühlen, wenn ich wüsste, dass ich alles getan habe, um mich auszusöhnen. Möglicherweise wäre ich sehr traurig, wenn sie mich ablehnen würde. Aber zumindest hätte ich ein gutes Gewissen und müsste mich nicht mit der Frage herumschlagen, ob ich etwas hätte ändern können. Mich persönlich belasten verpasste Chancen mehr als Fehlschläge. Aus Fehlern kann man lernen, verpasste Chancen kehren oftmals nie wieder." Nachdenklich blickte er mich an: „Das heißt aber nicht, dass du genauso empfinden musst. Es tut mir Leid, dass ich dieses traurige Thema aufgeworfen habe."

„Das ist schon in Ordnung. Es ist schließlich dein gutes Recht, mich nach meiner Familie zu fragen, oder?"

„Ist es das?" Erwartungsvoll sah er mir in die Augen, und ich verstand, dass seine Frage viel mehr beinhaltete als nur den Abschluss einer kleinen, schwermütigen Unterhaltung über Geschwister und verpasste Chancen.

Ein warmes Gefühl der Freude machte sich in mir breit. Nickend hielt ich seinen Blick fest und konnte geradezu spüren, wie meine Emotionen auf ihn übergingen.

Letztendlich schafften wir es problemlos, über den Strand bis De Haan zu gehen. Dort frischte der Wind auf und brachte deutlich kühlere Luft mit, so dass wir es vorzogen, dem Weg durch den Wald zu folgen. Als wir unser Wohnmobil erreichten, fielen erste zaghafte Regentropfen, die schnell in einen prasselnden Schauer übergingen. Das Wohnmobil vermittelte mir ein unwirkliches Gefühl: Es schützte uns vor den Kapriolen des Wetters, obwohl es doch nicht viel mehr als ein großes Auto war. Mir kam der Gedanke, dass eine Ferienwohnung komfortabler wäre, aber die Erinnerungen, die ich mit unserer jetzigen Unterkunft verknüpfte, ließen sie ausgesprochen gemütlich und sicher erscheinen, so als hätte mein Vater ein wachsames Auge auf uns.

Die Wassertropfen schlugen unaufhörlich auf das Dach des Wohnmobils. An ihrem Rhythmus konnten wir die Intensität des Regens ablesen, der endlich ein wenig nachzulassen schien.

Aaron saß im Schneidersitz im Bett und hielt meinen Kopf in seinem Schoß, ganz darin vertieft, mit meinen Haaren zu spielen. Sein Finger strich an meinem Gesicht hinab und meinen Hals entlang, bis zu meinem T-Shirt. Dort hielt er an und folgte dem Verlauf des Kragens bis zu meiner Schulter. Er bahnte sich langsam einen Weg unter meine Kleidung. Mit warmem, dunklem Blick bat er mich leise: „Ich würde deinen Körper gerne besser kennen lernen." Seine Hand lag auf meiner Haut, bewegte sich zu meiner Schulter und hielt dort inne. In seinem Blick sah ich liebevolle Freundlichkeit und ein aufkeimendes Verlangen.

Einen solchen Moment hatte ich seit Jahren nicht erlebt. Bewusst hatte ich jede Annäherung an einen Mann vermieden, weil ich angenommen hatte, doch nur wieder Schmerzen und Enttäuschung davonzutragen. Und zeitweise war ich so damit beschäftigt gewesen, meine Verletzungen zu verarbeiten, dass ich einen Annäherungsversuch vermutlich überhaupt nicht wahrgenommen hätte.

Aaron aber hatte uns die Zeit zur langsamen und behutsamen Annäherung gegeben. Obwohl wir viele Stunden miteinander verbracht hatten, wussten wir so vieles noch nicht voneinander. Ganz besonders wussten wir nicht, wie sich der Körper des anderen anfühlen würde, und ich begriff, dass auch ich genau das jetzt herausfinden wollte.

Ich nickte ihm kaum merklich zu und flüsterte: „Es ist sehr lange her." Er verstand augenblicklich, was ich meinte, und wirkte fast erleichtert: „Das macht nichts. Bei mir ist es auch sehr lange her. Es war vor meiner Operation, um genau zu sein."

Damit hatten wir eine Gemeinsamkeit, die ich ihm bisher allerdings verschwiegen hatte. Auch wenn er das nicht ahnen konnte, hatte ich tatsächlich mehr als nur eine vage Vorstellung davon, wie er sich fühlen musste: „Muss ich etwas wissen?"

Meine Frage überraschte ihn, und er musterte mich aufmerksam: „Ehrlich gesagt, weiß ich es nicht. Was ist mit dir? Muss *ich* etwas wissen?"

Kopfschüttelnd antwortete ich: „Ich weiß es auch nicht."

Seine Finger ruhten noch auf meiner Schulter und malten kleine Kreise: „Wir könnten es herausfinden."

Bedachtsam öffnete ich einen Knopf seines Hemdes und tastete nach seiner Haut. Sie war warm und ein wenig rau. Er erschauerte zufrieden unter meiner Berührung und knöpfte das Hemd vertrauensvoll weiter auf. Ich legte ihm meine Hände an die Schultern und begann, sie leicht zu massieren. Er seufzte tief, und ich spürte Spannung, die sich in seinem Körper aufbaute. Daher schlug ich vor: „Möchtest du dich umdrehen? Ich könnte dir den Rücken massieren." Dankbar setzte er sich auf, legte das Hemd zur Seite und drehte sich auf den Bauch. Mit leichtem Druck, abwechselnd kreisend und knetend, erkundete ich die Konturen seines Rückens. Ich versuchte, die Muskelstränge wahrzunehmen und ihnen zu folgen. Bald spürte ich, dass er sich entspannte. Als er sich ganz locker anfühlte, verringerten meine Finger den Druck wieder und gingen in lange, streichelnde Bewegungen über. Schließlich küsste ich ihn zärtlich in den Nacken. Er richtete sich etwas auf und drehte sich wieder um. Zufrieden lächelnd sah er mich an. Ich legte meine Hände auf seinen Brustkorb und fragte: „Soll ich weitermachen?"

Kopfschüttelnd griff er nach meiner Hüfte und ließ seine Hände unter meinem T-Shirt hinauf wandern. Ich genoss das Gefühl, das er damit hervorrief. Ein freudiges Funkeln erschien in seinen Augen und er zog mich zu sich heran: „Komm her, bitte." Ich ließ mich hinabgleiten und wurde von seiner warmen Umarmung aufgefangen. Seine Finger und seine Lippen bewegten sich sanft auf mir, und plötzlich fühlte ich mich frei und leicht.

Die Grenzen unserer Körper und unserer Seelen schienen zu zerfließen. Wir bewegten uns intuitiv und wie selbstverständlich, als würden wir einander Puzzleteilchen anreichen und diese gemeinsam zu einem Bild zusammenfügen. Am Ende stand das wunderbare Gefühl, endlich in Geborgenheit zu Hause angekommen zu sein.

Am nächsten Tag besuchten wir Brügge, dessen mittelalterlicher Stadtkern zum Weltkulturerbe gehört. Bei unserer Ankunft erklang gerade das Glockenspiel des Belfrieds, das in besonderer Weise zur Atmosphäre dieser außergewöhnlichen Stadt beiträgt. Wir schlenderten durch den Ort und statteten der Heilig-Blut-Basilika und dem Minnewaterpark einen Besuch ab. Ohne die Legende von Minna und Stromberg zu kennen, führte Aaron uns zur Brücke, die diesen „See der Liebe" überquerte, und blieb in der Mitte stehen.

„Schön ist es hier." Er zog mich zu sich heran.

„Es heißt, dass man ewige Liebe erfahre, wenn man mit seinem Geliebten über diese Brücke gehe."

Schmunzelnd sah er mich an: „Ewige Liebe? Wieso?"

Ich erzählte ihm die Geschichte der belgischen Variante von Romeo und Julia, bei der Minna ihre Liebe leider niemals leben durfte.

„Das ist eine traurige Geschichte. Und deshalb kommen jetzt alle Liebespaare, die herkommen, in den Genuss ewiger Liebe?"

Schulterzuckend antwortete ich: „So in etwa."

„Ewige Liebe – glaubst du, dass es so etwas gibt?"

Ich ließ mir Zeit mit der Antwort. Schließlich sagte ich: „Ich glaube, dass es Gefühle gibt, die alles überdauern. Was die Liebe zwischen zwei Partnern angeht, glaube ich allerdings auch, dass wir dazu beitragen müssen, dass sie lange währt."

„Du meinst, wenn die Phase der Verliebtheit vorbei ist und dem Alltag weicht?"

„Genau." Mit einem schelmischen Zwinkern in den Augen fügte ich hinzu: „Aber ich will gerne ein bisschen daran glauben, dass diese Brücke uns dabei helfen kann."

Aaron lachte und schloss mich in die Arme: „Schaden kann es bestimmt nicht, wenn wir noch ein wenig hier stehen bleiben."

Meine Gedanken wanderten zu Hannah und Daniel. Seit dem Tag im Krankenhaus hatten wir keinen Kontakt mehr zu ihnen gehabt. Mir war klar, dass die modernen Wege der Kontaktaufnahme uns mehr oder weniger versperrt waren. Vielleicht sollten wir ihnen einen Brief schreiben, so wie wir es früher getan hätten.

Als wir weiter durch die Stadt schlenderten, fiel mein Blick auf einen Postkartenstand. Ich griff zu einer Karte, die die Brücke zeigte, auf der wir eben gestanden hatten.

Aaron sah mir zu: „Möchtest du ein Andenken haben?"

„Nein, ich brauche kein Andenken. Keine Karte kann das Gefühl wieder heraufbeschwören, das ich hatte, als ich mit dir auf der Brücke stand. Aber ich hätte gerne eine für Hannah und Daniel. Wenn wir schon nicht mit ihnen reden können, könnten wir ihnen zumindest eine Karte schicken oder die Karte zu einem Brief dazulegen."

„Das ist eine gute Idee. Wenn wir wieder zurück sind, schreiben wir ihnen. Am besten gleich, wenn wir wieder auf dem Campingplatz sind. Allerdings dauert es bestimmt seine Zeit, bis sie unsere Post bekommen."

„Ja, ich weiß. So müssen wir uns wohl oder übel in Geduld und Gleichmut üben.“

Nachdem wir unseren Brief geschrieben und eingeworfen hatten, gingen wir den Strand entlang und sahen Enya und Lucky zu, die mit den hereinströmenden Wellen spielten. Die beiden machten wilde Verfolgungsjagden durch den Sand und ich wusste, dass sie anschließend müde und zufrieden sein würden.

In der Ferne tauchten Reiter auf und galoppierten am Wasser entlang. Sie kamen schnell näher, so dass ich sagte: „Lass uns die Hunde anleinen. Ich möchte nicht, dass sie zwischen die Pferdehufe geraten.“

Aaron zögerte: „Müssten die ihr Tempo nicht drosseln, wenn sie sich uns nähern?“

„Das werden sie vermutlich auch tun. Aber die Pferde sind, genau wie unsere Hunde, nun einmal Lebewesen. Man weiß nie, ob sie nicht plötzlich vor etwas erschrecken und unvorhergesehen reagieren.“

Wir führten die Hunde ein Stück die Dünen hoch und ich setzte mich in den Sand, um den Reitern zuzusehen. Sie ließen ihre Pferde ebenfalls am Wasser spielen. Besonders eines der Tiere hatte große Freude daran, das Wasser immer wieder mit seinen Hufen hoch zu spritzen. Der Anblick brachte mich zum Lächeln.

Aaron beobachtete mich von der Seite aus und fragte schließlich: „Magst du Pferde?“ Sehnsüchtig sagte ich: „Ja, sehr.“

„Reitest du?“ Er war ehrlich interessiert. Etwas wehmütig blickte ich ihn an und antwortete: „Nicht mehr. Früher mal.“ Ich konzentrierte mich wieder auf die spielenden Tiere am Wasser, die nun Gesellschaft erhielten von einem Schwarm Möwen. Aaron folgte meinem Blick und fragte weiter: „Warum hast du aufgehört? Du siehst gerade so aus, als würdest du dich am liebsten dazu gesellen.“

Mein Mund wurde trocken und ich griff nach unserer Wasserflasche. Da ich nicht antwortete, rückte Aaron näher heran und legte mir einen Arm um die Schulter: „Hm?"

„Ach, weißt du, ich habe als junges Mädchen damit angefangen, wie so viele junge Mädchen das eben tun." Ich musste lächeln. „Mein Vater brachte mich immer geduldig zu meinen Reitstunden, bis ich alt genug war, alleine hinzufahren. Aber eigentlich glaube ich, dass er mich gerne weiter herumgefahren hätte."

„Und dann?"

„Ich zog für mein Studium in eine andere Stadt, und dort versuchte ich es ein paar Mal, aber ich fühlte mich in den Ställen vor Ort nicht wohl. Außerdem beanspruchte mein Studium einen so großen Teil meiner Zeit, dass es auch nicht wirklich passte. Und als ich schließlich schwanger wurde, hatte sich das Thema sowieso erledigt." Ich schwieg abrupt, als mir klar wurde, dass ich zum ersten Mal seit Jahren von meiner Schwangerschaft gesprochen hatte.

Aarons Augen weiteten sich, als er fragte: „Du warst schwanger?" Ich nickte, meinen Blick krampfhaft auf die Pferde geheftet. Er erhöhte den Druck auf meiner Schulter und fuhr ganz leise fort: „Was ist passiert?"

All die Jahre hatte ich mehr oder weniger erfolgreich verdrängt, was damals geschehen war. Zu einem Teil war das nicht besonders schwer gewesen, weil ich keine Erinnerung daran hatte. Nur die anschließende Leere in mir hatte mich nie wieder losgelassen. Dieses Gefühl der Verlassenheit war allerdings weniger drängend geworden, seitdem ich Aaron im Loro Parque begegnet war.

„Ich hatte eine Gebärmutterhals-Schwangerschaft, bei der ich nicht nur mein Kind, sondern auch meine Gebärmutter verloren habe." Das war die Kurzversion, die ich mir für Fragen von Ärzten zurechtgelegt hatte, denen die Narbe auf meinem Bauch auffiel. Ich spürte, dass Aaron bei meinen Worten erschauerte. Ich schwieg eine Weile und gab ihm Zeit, das Gehörte ein wenig zu verarbeiten. Dann fragte ich: „Möchtest du die ausführliche Fassung hören?" Er zögerte sichtlich, sagte dann aber: „Wenn du sie mir erzählen möchtest."

Zum ersten Mal in meinem Leben erzählte ich: Eigentlich wusste ich damals noch nicht mit Sicherheit, dass ich schwanger war. Ich hatte immer schon sehr unregelmäßige Blutungen gehabt, denen häufig starke PMS-Symptome vorangegangen waren. Spannungsgefühle in den Brüsten und Bauchschmerzen waren für mich nichts Ungewöhnliches. Erst als meine Periode zweimal ausblieb, wurde ich aufmerksam und machte einen Termin bei der Frauenärztin. Dazu kam es allerdings nicht mehr. Auf dem Weg dorthin brach ich plötzlich mit unerträglichen Schmerzen und heftigen Blutungen zusammen. Jemand rief den Krankenwagen und während der Fahrt ins Krankenhaus verlor ich das Bewusstsein. Ich wachte erst zwei Wochen später wieder auf. Ich wäre fast verblutet, und mein Körper brauchte sehr lange, um sich davon zu erholen. Später erfuhr ich, dass man meine Gebärmutter hatte entfernen müssen. Nach der Operation hatte ich noch zwei Jahre lang immer wieder Schmerzen, erst danach wurde es besser.

Aaron hatte mir regungslos zugehört, und ich war ihm dankbar dafür, dass er noch eine Weile die Stille wahrte. Schließlich fragte er: „Hast du immer noch Schmerzen?"

„Nein, zum Glück nicht. Das ist Jahre her."

„Weißt du …?" Er zögerte und schluckte schwer. Dann versuchte er es erneut: „Weißt du, ob es …?"

Ich seufzte und beendete seine Frage für ihn: „… ob es ein Junge oder ein Mädchen war?" Ich spürte sein Nicken in meinem Nacken.

„Es war ein Mädchen. Da ich nicht ansprechbar war, ließ einer der anwesenden Ärzte einen Gentest machen, und so erfuhr ich es."

„Wie heißt sie?"

Noch nie hatte mich jemand nach dem Namen meiner verstorbenen Tochter gefragt. Damals wurden Kinder, die in einem solch frühen Stadium der Schwangerschaft starben, weder gemeldet noch im üblichen Sinne beerdigt. Als ich Aaron das erklärte, sagte er: „Das habe ich befürchtet. Aber ich meinte: Wie heißt sie in deinem Herzen? Hast du ihr keinen Namen gegeben?"

In diesem Moment hätte ich von Traurigkeit übermannt werden können. Stattdessen wurde es in mir warm und hell. Ich sah ihn an und sagte: „Sarah. Sie heißt Sarah."

Aaron setzte sich hinter mich und hielt mich fest umschlungen. Dann begann er leise zu summen. Es dauerte ein wenig, bis ich die Melodie erkannte. Schließlich sang er ganz leise, und irgendwann sangen wir zusammen – für Sarah und im Gedenken an sie.

Wir blickten auf die Sonne, bis sie vollständig im Meer versunken war. Dann suchten wir uns schweigend, Hand in Hand, den Weg durch die Dunkelheit über die Dünen nach Hause.

Am nächsten Tag spürte ich immer wieder Aarons Blicke auf mir. Gleichzeitig war er sehr schweigsam und wirkte irgendwie verloren. Ich nahm an, dass dies seine Reaktion auf die Geschichte meiner Schwangerschaft war, und beschloss, ihm die Zeit zu geben, die er offensichtlich brauchte. Irgendwann griff er zu Papier und Stift und begann zu zeichnen.

Er war so versunken in seine Arbeit, dass ich mit Lucky und Enya zum Strand ging. Dort blickte ich auf einen strahlend blauen Himmel und überlegte, ob ich mit den beiden bis Blankenberge laufen sollte. Vielleicht könnte Aaron uns dort abholen.

Enya liebte es, am Strand hinter einem Ball herzulaufen und ihn mir zurückzubringen. Lucky hingegen rannte immer nur Enya hinterher, weil er den sandigen Ball nicht ins Maul nehmen wollte.

Wir befanden uns auf halber Strecke zwischen Wenduine und Blankenberge, als der Wind plötzlich auffrischte und es zu regnen begann. Erstaunt wandte ich mich um, denn der Himmel vor uns war nach wie vor wolkenlos.

Intuitiv leinte ich die Hunde an. Hinter uns türmte sich eine schwarze Wolkenwand auf und kam schnell näher. Noch während ich mich umsah und überlegte, ob wir irgendwo Unterschlupf finden könnten, riss der Wind an meiner Kleidung und begann es heftig zu regnen. Innerhalb von Sekunden waren wir vollkommen durchnässt. Die schwarze Wand trieb den Regen mit solcher Kraft vor sich her, dass an ein Umkehren nicht zu denken war. Einige hundert Meter vor uns gab es eine hölzerne Treppe über die Dünen hinweg. Ich wusste nicht, ob diese Treppe uns in irgendeiner Form Schutz bieten würde, aber mir war klar, dass es die einzige Möglichkeit war, die sich uns bot. Enya geriet in Panik und rannte los, fort vom Wind und vom Regen. Sie zog Lucky und mich einfach hinter sich her. Als wir an einem Pfeiler auf dem Strand vorbeiliefen, verlor sie kurz die Orientierung, so dass ich sie an ihrem Geschirr fassen und zu mir heran ziehen konnte. Ich hockte mich hin, öffnete meine Jacke und versuchte, sie mit meinem Körper und meiner Jacke vor dem Wetter zu schützen. Ich war erleichtert, als sie sich darauf einließ und ein wenig zur Ruhe kam. Auch in Luckys Augen spiegelte sich Angst, aber immerhin wurde er nicht panisch.

Nach kurzer Zeit war der Spuk vorbei. Es regnete noch, aber der Wind hatte sich gelegt. Wir gingen weiter zur Treppe und überquerten die Dünen. Dort war vom Wind kaum noch etwas zu spüren, und ich atmete erleichtert auf. Ich griff nach meinem Handy und versuchte, Aaron anzurufen. Schon beim ersten Klingelton hörte ich seine Stimme: „Leonie, um Himmels willen, wo seid ihr? Geht es euch gut?"

Beim Klang seiner Worte musste ich schlucken, aber ich sagte nur: „Ja, ich glaube schon, aber wir sind klatschnass und erschöpft. Kannst du uns abholen?

„Wo seid ihr?"

„Wir sind auf dem Weg, der parallel zur Küstenstraße zwischen Wenduine und Blankenberge verläuft. Könntest du zum Ortsausgang von Wenduine kommen? Das ist nicht mehr weit von hier aus."

„Bist du sicher? Schaffst du es bis dorthin?"

„Ja, klar. Wir sind nur nass, aber nicht verletzt. Und Aaron ..."

„Ja?"

„Fahre bitte vorsichtig."

Als er auflegte, stiegen mir vor Erleichterung Tränen in die Augen.

Schon bald sah ich die ersten Häuser vor mir und erkannte unser Wohnmobil. Aaron stellte es ab und kam uns entgegen: „Mein Gott, Leonie, ich habe solche Angst um dich gehabt."

„Glaube mir, ich habe auch Angst gehabt. Danke, dass du uns abholst."

Er blickte auf die Hunde und streichelte sie kurz: „Na, ihr nassen kleinen Monsterchen. Kommt, schnell ins Wohnmobil. Dann kann ich euch abtrocknen."

Aaron packte Lucky und Enya dick in Handtücher ein, während ich mich umzog. Als ich fertig war, stellte er eine dampfende Tasse mit heißem Kakao vor mich hin: „Hier, das wird dir gut tun."

Wieder spürte ich seine Blicke auf mir. Doch diesmal legte er seine Hand auf meine: „Leonie, es tut mir Leid."

Erstaunt sah ich ihn an: „Was tut dir Leid?"

„Das, was mit dir und Sarah passiert ist. Du hast so gelitten, aber ich war nicht da, um dir beizustehen. Du hast das ganz alleine durchstehen müssen, oder?"

Ich war verwirrt. „Ja, schon, weitgehend. Aber – wir kannten uns doch noch gar nicht. Wir haben uns erst auf Teneriffa kennen gelernt. Wie hättest du denn für mich da sein sollen?"

Er schüttelte den Kopf. „Ich weiß, es klingt verrückt. Aber seitdem du mir davon erzählt hast, denke ich die ganze Zeit, dass ich dir hätte zur Seite stehen müssen. Ich fühle mich irgendwie schuldig."

Gerührt nahm ich sein Gesicht in meine Hände: „Das ist verrückt, aber liebenswert verrückt. Du solltest dich nicht schuldig fühlen. Gestern Abend warst du für mich da in einer Art, wie noch nie jemand vorher für mich da war." Lächelnd fügte ich hinzu: „Und du hast uns gerade vor dem Unwetter gerettet. Hast du das schon vergessen?" Sein Blick drückte Zweifel aus, daher fuhr ich fort: „Du kannst doch überhaupt nichts dafür. Außerdem: manche Dinge passieren einfach, und es ist müßig, einen Schuldigen zu suchen. In letzter Instanz geht es doch gar nicht darum, wer die Schuld an einer Sache trägt. Vielmehr geht es doch darum, wie man trotz der Dinge, die einem widerfahren, sein Leben weiter lebt; darum, dass man das Beste daraus macht."

„Darf ich dabei sein, wenn du das Beste aus deinem Leben machst?" Er fuhr mir sanft mit dem Finger durch das Gesicht.

Ich atmete erleichtert auf und bemerkte erst jetzt, dass ich die Luft angehalten hatte: „Ja… Wenn ich dabei sein darf, wenn *du* das Beste aus *deinem* Leben machst."

„Sehr gerne."

Krefeld

Leider war der Tag des Unwetters auch unser letzter gemeinsamer Tag an der Nordsee. Am nächsten Morgen machten wir nach einem letzten Frühstück voller belgischer Köstlichkeiten einen Abschiedsspaziergang am jetzt wieder harmlos wirkenden Strand, bevor wir die Rückfahrt antraten.

Aaron war sehr still, und mir ging es nicht anders. Nach längerer Zeit des Schweigens fuhr er plötzlich auf einen Rastplatz und drehte den Motor aus: „Hast du nicht gesagt, dass wir das Beste aus unserem Leben machen müssen?"

Mir war unklar, weshalb er diese ungeplante Pause einlegte und worauf er hinaus wollte. Nachdenklich antwortete ich: „Ja, das habe ich gesagt."

„Und hast du nicht auch gearbeitet, als du auf Teneriffa warst?"

Langsam glaubte ich zu verstehen, was ihn beschäftigte: „Ja, das habe ich." Ich spürte eine erwartungsvolle Spannung, die von ihm ausging.

Nur mit Mühe gelang es ihm, seine Ungeduld zu unterdrücken, und er wirkte in etwa so wie ein Kind an Weihnachten: „Dann kannst du doch bestimmt auch an anderen Orten als Krefeld arbeiten, oder?"

Ich lachte: „Wenn es dort eine gute Internetanbindung gibt, dann kann ich das – zumindest für eine gewisse Zeit. Hin und wieder brauche ich den persönlichen Kontakt zu meinen Kunden. Warum fragst du?"

„Könntest du nicht … auch von Münster aus arbeiten? Ich meine … Mein Haus wäre groß genug für uns beide und die beiden Hunde. Ich müsste natürlich auch arbeiten und wäre dann nur abends zu Hause, aber … wir könnten uns täglich sehen und nicht mehr nur am Wochenende."

Ein Sonnenstrahl suchte sich seinen Weg durch die Wolkendecke hindurch und erhellte den Parkplatz. Ich sah auf und hatte unwillkürlich eine sehr genaue Vorstellung davon, wie sich Glück anfühlte:

„Bittest du mich gerade, bei dir einzuziehen?"

Noch hielt ich es für möglich, ihn falsch verstanden zu haben. Er sah mich lange an und nagte leicht an seiner Unterlippe. Schließlich sagte er leise: „Irgendwie schon, ja. Wir hatten eine sehr schöne Zeit, hier, in deinem Wohnmobil. Ich werde dich sehr vermissen, wenn du nicht mehr bei mir bist."

Ich spürte Schmetterlinge in meinem Bauch, aber dennoch zögerte ich: „Ich werde dich auch vermissen. Du bist mir so vertraut, und ich möchte dich nicht mehr nur an den Wochenenden sehen und spüren. Aber ich kann doch nicht einfach so bei dir einziehen und meine Zelte in Krefeld abbrechen. Ist das nicht etwas, das man im Voraus plant und vorbereitet?"

Sein Blick wurde von Enttäuschung überschattet, während mein Herz in meiner Brust heftig klopfte. Dann spürte ich seine Hand in meinem Nacken und er sah mich aufmerksam an: „Hast du Angst davor, den nächsten Schritt zu wagen? Geht dir das zu schnell?"

Ich schloss die Augen und versuchte, meine Gefühle zu sortieren. Schließlich sagte ich leise: „Ich würde gerne mehr Zeit mit dir verbringen und ich würde auch gerne mit dir an meiner Seite weiter durchs Leben gehen. Aber, ja, ich habe auch Angst davor. Allerdings weiß ich nicht, ob Zeit dabei ein entscheidender Faktor ist. Vielleicht muss ich es einfach wagen und mich meiner Angst stellen. Ich weiß es nicht. Ich weiß gerade nicht, was richtig und was falsch ist. Und ich möchte dich nicht enttäuschen."

Seine Augen weiteten sich, und er griff nach meiner Hand: „Triff diese Entscheidung bitte nicht, weil du mich nicht enttäuschen möchtest. Wenn es sich für dich nicht richtig anfühlt, bei mir einzuziehen, dann ist der richtige Moment vielleicht einfach noch nicht gekommen." Augenzwinkernd fügte er hinzu: „Ich kann und werde dich zu einem späteren Zeitpunkt gerne noch einmal fragen, ob du es dir nicht anders überlegst." Mit einem tiefen Seufzer entspannten sich meine Schultern, und ich bemerkte erstaunt, dass ich sie hochgezogen hatte: „Danke. Ich verspreche dir, dass ich darüber nachdenken werde." Zufrieden lächelnd lenkte er den Wagen wieder auf die Straße, und wir setzten unseren Weg fort.

Dennoch hatte Aaron mit seiner Bitte etwas in mir ins Rollen gebracht, das sich so leicht nicht mehr aufhalten ließ. Ich ertappte mich bei der Überlegung, was ich bei einem möglichen Umzug nach Münster alles beachten müsste. So gab es zum einen meine Arbeit, für die ich zwar vorübergehend nicht viel mehr als mein Notebook brauchte, die auf längere Sicht aber auch nach meinem Büro verlangen würde. Meine Kunden besuchten mich gelegentlich dort. Würden sie auch den Weg nach Münster auf sich nehmen? Oder sollte ich meine Wohnung und mein Büro in Krefeld einfach behalten?

Dann gab es noch meinen Klavierunterricht bei Robert, der doch gerade erst begonnen hatte. Ob ich einen Weg finden könnte, damit fortzufahren? Es würde mir sehr schwerfallen, meine Klavierstunden gleich wieder aufzugeben.

Außerdem wohnte Hannah in der Nähe, wenn sie sich nicht gerade mit Daniel in Chile aufhielt.

Und meine Schwester Lisa kannte meine Adresse. Auch wenn ich nicht wusste, wo sie sich aufhielt, hatte ich immer noch einen Rest Hoffnung, mich eines Tages mit ihr zu versöhnen.

Schließlich war da noch das Tagebuch meines Vaters, das bis heute unauffindbar war.

Meine Gedanken begannen, sich im Kreise zu drehen und sich immer mehr und mehr zu verzweigen, bis ich zu Papier und Stift griff und sie in Form einer Mindmap niederschrieb. Aaron sah belustigt zu mir herüber und fragte: „Was machst du da?"

Gedankenverloren antwortete ich: „Nachdenken", und wandte mich sofort wieder meinen Überlegungen zu.

Beim nächsten Halt an einer Ampel beugte er sich näher herüber und blickte auf den Mittelpunkt meines Blattes. Dort stand „Aaron/Münster".

„Sammelst du Pro- und Contra-Argumente? Soll ich dir helfen?" Seine Augen funkelten verschmitzt. Etwas verwirrt stellte ich fest, dass ich mir überhaupt keine Gedanken über das Für und Wider gemacht hatte, sondern eher gleich zur Planung übergegangen war: „Äh, nein. Ich denke darüber nach, was ich alles beachten muss, wenn ich zu dir ziehen möchte."

„Oh! Du bist schon einen Schritt weiter. Sag mir nur rechtzeitig Bescheid, ob ich nachher zu dir oder zu mir fahren soll", witzelte er.

Ohne Zögern sagte ich: „Zu mir." Bevor er etwas dagegen einwenden konnte, fuhr ich leise lächelnd fort: „Dein Auto steht bei mir."

Da Hannah in Chile war, stapelte sich die Post in meinem Briefkasten. Aaron brachte sie mit ins Haus und sortierte sie schnell auf drei Stapel: Werbung, geschäftlich und privat. Ich beobachtete ihn und fragte: „Wie kannst du so genau sagen, auf welchen Stapel etwas gehört?"

Er nahm einen Brief in die Hand und hielt ihn mir nach kurzem Zögern hin. „Das weiß ich nicht immer genau, schon gar nicht, wenn es deine Post ist. Tut mir Leid. Ich sortiere meine Post immer so." Er nickte dem Brief in seiner Hand zu und sagte: „Aber das hier ist ganz bestimmt privat, und es könnte dich interessieren."

Gespannt nahm ich den Umschlag an und suchte den Absender: Stefan Hürten. Ich hielt den Brief in der Hand wie einen Schatz und zögerte, ihn zu öffnen. Was er wohl enthalten mochte? Ob Stefan das Tagebuch gefunden hatte? Oder im Gegenteil die Suche aufgegeben hatte?

Langsam griff ich nach einem Messer und trennte den Umschlag auf. Heraus kam ein Bogen mit einer kurzen Notiz:

Hallo Leonie,
ich glaube, ich habe gefunden, wonach Sie suchen.
Rufen Sie mich jederzeit an, dann besprechen wir alles
Weitere.
Stefan

Ich reichte Aaron den Zettel und griff mit unsicheren Händen zum Telefon. Das Freizeichen erklang und ich wartete gespannt darauf, Stefans Stimme zu hören. Stattdessen folgte das leichte Klickgeräusch, das den Übergang zur Mailbox einleitete. Verwirrt und enttäuscht legte ich wieder auf: „Er geht nicht ans Telefon. Ich werde es später noch einmal versuchen."

„Warum hast du nicht auf die Mailbox gesprochen? Dann wüsste er, dass du seine Nachricht erhalten hast."

Schulterzuckend sagte ich: „Ich mag die Mailbox nicht. Wenn es beim nächsten Mal nicht klappt, kann ich mich immer noch mit der Maschine unterhalten."

Wir hatten unser Gepäck beim Eintreten in meiner Wohnung verstreut, doch vorerst räumten wir nur die Lebensmittel weg und machten einen Spaziergang mit Enya und Lucky durch den Park. Unterwegs blieb Aaron plötzlich stehen und bat: „Ist es in Ordnung, wenn ich bis morgen hier bleibe? Ich bin ziemlich müde und würde heute lieber nicht mehr weiter fahren."

Ich war davon ausgegangen, dass er ohnehin geplant hatte, erst am nächsten Tag nach Münster zu fahren, so dass ich etwas irritiert stammelte: „Ja … sicher … selbstverständlich."

Er ließ seine Hand langsam über meinen Arm gleiten: „Du wirst nicht mitkommen, oder?"

Seine Ungeduld brachte mich zum Lächeln. „Glaubst du, du erträgst es, wenn ich bis zum nächsten Wochenende hier bleibe und einige Dinge zu klären versuche? Anschließend könnte ich für zwei Wochen zu dir kommen. Wenn wir sehen, dass alles gut läuft, gerne auch länger – wenn du das dann noch möchtest."

In gespielter Verzweiflung seufzte er theatralisch: „Das wird die längste Woche meines Lebens. Aber ich freue mich, dass du es versuchen möchtest."

Nach einiger Zeit fragte er leise: „Wie heißt deine Schwester?"

„Lisa Herzog. Warum fragst du?"

„Darf ich versuchen, sie für dich zu finden? Ich verspreche dir, das ich keinen Kontakt zu ihr aufnehmen werde, ohne dich vorher zu informieren."

Resigniert und traurig trat ich an den See und blickte auf das Wasser: „Meinetwegen. Aber du wirst nicht viel Glück haben. Ich habe es doch auch schon so oft versucht."

Er trat hinter mich und nahm mich sanft in den Arm: „Wer weiß, vielleicht habe ich ja mehr Glück."

Am nächsten Tag hatte ich sehr viel zu tun, so dass es mir erst abends gelang, Stefan Hürten erneut anzurufen. Diesmal musste ich nicht lange warten, und beim Klang meiner Stimme sprudelte es gleich aus ihm heraus: „Leonie, wie schön. Wir haben noch einen Safe im Haus gefunden – hinter einem Bild versteckt. Es hat etwas gedauert, bis wir auch den passenden Schlüssel hatten. Aber schließlich konnten wir ihn öffnen. Er enthielt einen großen Umschlag mit dem Namen Ihres Vaters. Weiter nichts. Aber so wie es sich anfühlt, könnte der Umschlag tatsächlich ein Tagebuch enthalten. Ist das nicht wunderbar? Ich hoffe so sehr, dass es sich tatsächlich um das Tagebuch handelt."

Er ließ mich nicht zu Wort kommen, und als er plötzlich innehielt, wusste ich nicht mehr, was ich sagen sollte. Er hatte etwas gefunden, das meinem Vater gehörte oder zumindest für ihn dort hinterlegt worden war. Ob es wirklich das Tagebuch war, wusste ich nicht. Die Hoffnung wuchs in mir heran zu einem großen Gebilde, das ich doch lieber stutzte für den Fall, dass die Enttäuschung sonst zu groß werden könnte.

„Leonie? Sind Sie noch da?"

„Ja … ja. Eh …", stammelte ich.

„Freuen Sie sich denn gar nicht?"

Allmählich fand ich meine Sprache wieder: „Ja, doch, natürlich. Vielen Dank, dass Sie mich so schnell informiert haben. Ich bin nur etwas durcheinander. Wann und wo kann ich den Umschlag abholen?"

„Ich bin gerade im Haus meines Vaters. Wenn Sie wollen, können sie herkommen. Ansonsten bringe ich ihn morgen gerne vorbei."

Ich könnte das Tagebuch schon am gleichen Tag in Händen halten – wenn der Umschlag denn das Tagebuch enthielt. Noch zögerte ich. Wollte ich das Geheimnis wirklich ohne Aaron lüften? Traute ich mir zu, mich ganz alleine den Emotionen zu stellen, die schon alleine der Anblick des wertvollen Erinnerungsstückes vermutlich in mir hervorrufen würde? Andererseits: Könnte ich es ertragen, es *nicht* zu holen, obwohl ich wüsste, dass ich nur ein paar Minuten fahren müsste, um es an mich nehmen zu können?

„Ich komme. Vielen Dank, Stefan."

Als ich klingelte, dauerte es keine zwei Sekunden, bis er die Türe öffnete: „Hallo Leonie, kommen Sie doch herein."

Er führte mich in das, was einmal das Wohnzimmer gewesen war. Jetzt standen nur noch ein Regal, ein Tisch und einige Stühle in diesem Raum, und ich sah mich irritiert um.

„Wir sind dabei, das Haus bis auf einige Erinnerungsstücke, die ich mitnehmen werde, leer zu räumen. Meine Frau kann sich leider nicht dazu durchringen, hier einzuziehen. Ich allerdings bringe es nicht übers Herz, dieses Haus zu verkaufen. So werden wir es vorübergehend vermieten, bis ich weiß, was die richtige Lösung ist."

Es war merkwürdig, aber es erfüllte mich mit Trauer, dass zukünftig kein Mitglied der Familie Hürten hier wohnen sollte. Dennoch freute ich mich, dass das Haus weiter in ihrem Besitz bleiben würde: „Ich verstehe. Es tut mir Leid, dass sich Ihr Wunsch nicht erfüllen lässt."

Er lächelte, ging auf den Tisch zu und griff zum Umschlag, der dort lag: „Hier ist es."

Unsicher nahm ich das Kuvert entgegen und befühlte es. Es schien tatsächlich eine Art Buch oder zumindest ein dickes Heft zu enthalten. Behutsam öffnete ich den Umschlag und schaute hinein. Ich zog ein Buch mit einem halbfesten Einband und einen weiteren Umschlag heraus, auf dem ich die Handschrift meines Vaters erkannte. Nach kurzem Zögern entschied ich mich, den Brief erst zu Hause zu öffnen. Lieber warf ich einen Blick auf das Buch. Es hatte einen handgefertigten Einband aus feinem Leder, der mit eingeprägten Motiven geschmückt war: eine Strandszene bei Sonnenunter- oder -aufgang. Über dem Meer zogen Vögel ihre Kreise, am Wasser standen Pferde, und ein Hund lief den Strand entlang. Meine Finger glitten behutsam über das Leder, und ich nahm jede einzelne Einkerbung in mich auf. Ich *wusste* augenblicklich, dass dies das Werk meines Vaters war, mehr noch: Ich wusste, dass es speziell für mich angefertigt worden war. Als ich das Buch aufschlug, bestätigten die Worte auf der ersten Seite, was ich schon längst verstanden hatte: „Für Leonie". Ich blätterte weiter und bemerkte, dass das ganze Buch in einer sehr gleichmäßigen Schrift verfasst worden war. Es sah so aus, als hätte mein Vater Aufzeichnungen, die er an anderer Stelle gemacht hatte, bewusst ausgewählt und in dieses Buch eingetragen.

Ein sanftes Räuspern verband mich wieder mit der Gegenwart. Stefan sah mich so erwartungsvoll an, dass ich ihn auch ohne Worte verstand:

„Ja, es ist das Tagebuch – oder so etwas Ähnliches jedenfalls. Es ist für mich, und es enthält die Erinnerungen meines Vaters. Sehen Sie nur."

Fast ehrfürchtig nahm er das Buch entgegen und fuhr vorsichtig mit dem Finger über die Prägung: „Glauben Sie, er hat das selbst gemacht?"

„Das weiß ich nicht, aber ich bin fest davon überzeugt, dass er es zumindest ganz bewusst in Auftrag gegeben hat."

Es blitzte schalkhaft in seinen Augen und er fragte: „Das heißt, Sie mögen das Meer, Pferde und Hunde?" Ich nickte.

„Finden Sie nicht, dass schon alleine das Buch, auch ohne die schriftlich fixierten Erinnerungen, deutlich zeigt, wie wichtig Sie Ihrem Vater waren?"

Dieser Gedanke war auch mir gekommen, aber bisher hatte ich ihn mehr oder weniger bewusst zu verdrängen versucht. Jetzt brach er sich Bahn bis in mein Herz, und ich schluckte: „Ich denke schon, ja. Vielen, vielen Dank dafür, dass Sie immer weiter gesucht haben, bis Sie es gefunden haben."

„Es ist mir eine Ehre und eine Freude, dass ich es Ihnen heute überreichen konnte. Ich danke *Ihnen* dafür, dass ich beim Öffnen des Umschlags dabei sein durfte." Er trat näher und legte mir mitfühlend die Hand auf die Schulter: „Vielleicht sollten Sie nicht alleine sein, wenn Sie sich das Buch genauer ansehen."

Auch wenn es mir schwerfiel, beschloss ich, Stefans Rat zu beherzigen und zu warten, bis ich bei Aaron wäre. Immerhin hatte ich in dieser Woche so viel zu tun, dass ich ausreichend Ablenkung haben dürfte.

Schon am nächsten Tag setzte ich meine Klavierstunden fort. Wie üblich kam Robert zu mir nach Hause: „Hallo, Leonie, schön, dass du wieder da bist. Wie war euer Urlaub?"

Ohne Umschweife fiel er mit der Frage ins Haus, die ich lieber noch ein wenig hinausgezögert hätte. Aber vermutlich hätte ich mich ohnehin nicht auf die Musik konzentrieren können, wenn ich wusste, dass ein unangenehmes Thema vor mir lag.

So sagte ich: „Es war sehr schön, danke. Wir haben uns einige Orte angesehen, aber vor allem die Nordsee und die Natur auf uns wirken lassen." Ich atmete einmal tief durch und fügte zögernd hinzu: „Allerdings hat unser Urlaub zum Schluss eine etwas unerwartete Wendung genommen."

Er musterte mich mit stiller Neugier und fragte schließlich: „Was ist passiert?"

„Aaron möchte, dass ich zu ihm ziehe."

Er zog einen zusätzlichen Stuhl ans Klavier, setzte sich und begann, ganz leise eine Melodie zu spielen. Da ich stehen blieb und ihm zusah, klopfte er auf den Stuhl. „Und? Möchtest du das auch?" Er spielte unbeirrt weiter, während er sprach.

Ich konnte meine Verlegenheit fast mit Händen greifen, als ich sagte: „Ich habe gleichzeitig ‚Nein' gesagt und angefangen, den Umzug zu planen."

Robert lachte laut auf und sagte: „Das sieht dir ähnlich." Ernster fragte er: „Was ist das Problem? Warum hast du ‚Nein' gesagt?"

„Na ja, ich muss so vieles bedenken. Zum Beispiel, wie ich meinen Klavierunterricht bei dir fortsetzen könnte. Vielleicht könnte ich meine Wohnung hier in Krefeld behalten und einmal pro Woche herkommen, damit ich meine Kunden sehen kann. Wenn ich einen passenden Termin fände, könnten wir unsere Stunden einfach fortführen."

„Wohnt Aaron nicht in Münster?"

„Doch. Das ist es ja gerade."

„Na, das ist doch hervorragend. Das passt."

Verständnislos sah ich ihn an: „Wieso passt das? Das ist ziemlich weit, um jede Woche hin- und herzufahren."

Er griff wieder in die Tasten und sagte lächelnd: „Meine Schwester wohnt in Hiltrup – und ich besuche sie alle 14 Tage. Ich verbringe dann das Wochenende bei ihr. Wenn du möchtest, kann ich bei euch vorbeikommen. So müsstest du nur noch alle zwei Wochen herkommen, oder aber unsere Stunden würden vierzehntägig stattfinden."

„Heißt das, du möchtest auch, dass wir meinen Unterricht fortführen?" Manchmal konnte das Leben anscheinend ganz komplikationslos sein.

„Auf jeden Fall. Weißt du denn schon, wann du umziehen möchtest?" Er zwinkerte mir verschwörerisch zu.

„Nein, am nächsten Wochenende fahre ich zuerst einmal für zwei Wochen zu Aaron, und dann sehen wir weiter."

Er schmunzelte: „Umzug auf Probe, sozusagen?" Etwas ratlos zuckte ich mit den Schultern.

„Darf ich dir einen Rat geben?" Er sah mich so eindringlich an, dass ich nickte.

„Wenn du glaubst, dass er der Richtige für dich sein könnte und dass du die Richtige für ihn sein könntest, dann lass es darauf ankommen. Im schlimmsten Fall stellst du nach einiger Zeit fest, dass es die falsche Entscheidung war, und ihr trennt euch wieder. Aber es aus Angst nicht zu versuchen, ist der falscheste Weg, den du einschlagen kannst. So etwas nagt an deinem Selbstbewusstsein und nimmt dir jede Chance, mit einem anderen Menschen glücklich zu werden."

Ich fragte nicht weiter. Es war offensichtlich, dass er aus eigener Erfahrung sprach.

Münster

Das Wochenende nahte viel schneller als erwartet. Mit klopfendem Herzen packte ich nicht nur die gewohnten Dinge für zwei Tage, sondern plante einen längeren Aufenthalt bei Aaron. Die Hunde merkten natürlich, dass etwas Besonderes bevorstand, und liefen entsprechend aufgeregt hin und her. Abwechselnd steckten sie ihre Nasen in das Gepäck, und Enya stellte bald fest, wo ihr Hundefutter untergebracht war. Da ich es sicher verschlossen hatte, griff sie nach ihrem Kuscheltier und schleppte es durch die Wohnung, während Lucky sich einen Ball schnappte und ihn mir vor die Füße legte.

Lachend sagte ich: „Nein, jetzt nicht. Wir fahren zu Aaron und nehmen das alles mit. Bring es wieder zurück." Er nahm den Ball ins Maul und ließ ihn auffordernd in meine Hand fallen.

Schnell brachte ich unser Gepäck ins Auto und lud die Hunde ein, bevor sie sich als wahre Entpackungs-Künstler entpuppen konnten. Wir drehten eine letzte Runde durch den Garten, bei der ich die Blumen noch einmal goss und überprüfte, ob das Gartenhäuschen verschlossen war. Den Rasen hatte ich schon am Vortag gemäht, und die Nachbarn würden sich um die Biotonne kümmern.

Obwohl ich schon mehrfach das Wochenende bei Aaron verbracht hatte, war ich fast so aufgeregt wie beim ersten Mal. Meine Gedanken schweiften ab zu dem Tag, an dem Hannah und Daniel einander kennen gelernt hatten. Eine fast magische Anziehungskraft zwischen beiden hatte dazu geführt, dass sie schon nach kurzer Zeit gemeinsam für längere Zeit nach Chile geflogen waren. Seit Aarons Tag im Krankenhaus hatten wir allerdings nichts mehr von ihnen gehört, und ich fragte mich, ob ihre anfängliche Begeisterung anhalten und in einer tragfähigen Beziehung münden würde. Ganz anders als unsere Freunde waren Aaron und ich ganz behutsam und langsam auf einander zugegangen, und heute waren wir im Begriff, einen weiteren entscheidenden Schritt zu wagen. Auch wenn ich allen erzählte, dass es ja nur für zwei Wochen und sozusagen „auf Probe" sei, drang es allmählich zu mir durch, dass ich gerade dabei war, bei Aaron einzuziehen. Ob er das auch so empfand?

Bei unserer Ankunft führte Aaron mich in den ersten Stock zu einer Tür, die hinter einem Mauervorsprung verborgen lag und mir bisher nicht aufgefallen war.

„Das ist das ehemalige Arbeitszimmer meines Vaters. Wie du siehst, sind die Möbel alle schon etwas älter. Hier könntest du in Ruhe arbeiten, und sogar Klavier spielen." Unsicher fuhr er fort: „Wenn es dir nicht gefällt, dann können wir aber auch gerne tauschen. Du nimmst mein Arbeitszimmer, und ich dieses – wie du möchtest. Oder du gestaltest diesen Raum um, bis er dir gefällt."

Ich sah mich um. Der Raum wirkte hell, so dass der große, antike Schreibtisch aus Nussbaumholz und das perfekt darauf abgestimmte Klavier sofort ins Auge fielen. Die Möbel waren in einem hervorragenden Zustand. Ich trat auf das Klavier zu und berührte die Tasten. Es klang anders als mein eigenes, irgendwie kantiger, schien jedoch gestimmt zu sein. Am Fenster war ein Ruhesessel so aufgestellt, dass man auf den Wald blickte. Es fehlten ein paar Accessoires, aber insgesamt bildete der Raum ein harmonisches Ganzes, in dem ich mich würde wohl fühlen können.

„Hat dein Vater Klavier gespielt?"

„Nein, meine Mutter. Aber sie hat ihm hier manchmal Gesellschaft geleistet und ihm etwas vorgespielt. Früher gab es auch im Wohnzimmer noch ein Klavier, aber das steht jetzt bei Chloé. Sie spielt auch."

„Dein Vater hatte ein sehr schönes Arbeitszimmer. Hast du es so belassen, wie es war?"

„Im Wesentlichen schon. Vor einigen Jahren habe ich es einmal renoviert, aber es wurde nie genutzt." Augenzwinkernd fügte er hinzu: „Jetzt habe ich es nur noch einmal gründlich geputzt."

„Warum hast du es nicht zu deinem Arbeitszimmer gemacht? Die Aussicht auf den Wald ist wunderschön." Ich fuhr mit dem Finger über den Schreibtisch und sah durchs Fenster hinaus. Aaron trat hinter mich, umschlang mich mit seinen Armen und folgte meinem Blick: „Ich glaube, das war hauptsächlich Faulheit. Ich hatte keine Lust, täglich mehrmals hoch zu kommen und wieder hinunter zu gehen, wenn ich etwas brauchte. Jetzt habe ich außer dem Schlafzimmer alles auf einer Etage. Das finde ich praktischer. Aber, wie gesagt, wir können gerne tauschen, wenn dir das lieber wäre."

Lachend wehrte ich sein Angebot ab: „Auf gar keinen Fall. Mir gefällt es, dass dieser Raum etwas abgelegen ist. Bist du sicher, dass du ihn mir überlassen willst?"

Er ließ mich los und führte mich zur Tür: „Komm, wir holen deine Arbeitsmaterialien. Dann kannst du sie nachher oder morgen in Ruhe einräumen."

Schon nach kurzer Zeit wurde mir klar, wie sehr Aaron darauf hoffte, dass ich länger als zwei Wochen bei ihm bleiben würde. Nicht nur ein Arbeitszimmer stellte er mir zur Verfügung, sondern auch die Hälfte seines Kleiderschranks sowie ausreichend Platz für Kosmetika.

Sogar an die Hunde hatte er gedacht. Es gab einen Platz für ihre Näpfe und ihre Körbchen, eine Kiste für Spielsachen und eine andere für Futter. In der Diele hatte er eine Leinengarderobe angebracht, die einen Labrador am Wasser darstellte. Zu Lucky gewandt sagte er bedauernd: „Tut mir Leid, Kumpel, aber einen Kurzhaarcollie gab es nicht." Ich fragte mich, wie unsere Hunde reagieren würden, wenn sie einmal verstanden hatten, dass ihre Leinen auf diese Weise in ihre Reichweite kamen. Aber ich war so gerührt von Aarons Fürsorge, dass ich beschloss, einfach abzuwarten.

Abends öffnete ich den Brief, der zum Tagebuch meines Vaters gehörte. Enttäuscht stellte ich fest, dass es eine Kopie des Briefes war, den ich schon besaß. Verwirrt sah ich zu Aaron: „Ich verstehe das nicht. Warum mag er mir zweimal denselben Brief gegeben haben?"

Aaron setzte sich zu mir: „Ich weiß nicht. Vielleicht wollte er sicher gehen, dass du diesen Brief zusammen mit dem Tagebuch bekommst. Es wäre ja möglich gewesen, dass das andere Exemplar verloren ginge."

Er griff nach dem Buch und strich fast andächtig über den Einband. „Ist es das?" Ich nickte.

Sein Blick drückte Anerkennung und Respekt aus. „Hast du schon darin gelesen?"

„Nein. Stefan meinte, ich sollte damit warten, bis du da bist. Und ich glaube, er hatte Recht."

Aaron fuhr mir mit dem Handrücken durchs Gesicht und drückte mir liebevoll einen Kuss auf die Schläfe: „Möchtest du, dass wir es uns zusammen ansehen?"

Mein Atem stockte kurz, doch dann entspannte ich mich wieder, und ich sagte: „Ja, wenn das für dich in Ordnung ist."

„Ich würde mich freuen."

Er nahm das Buch in die Hand und schlug es auf. Sein Blick fiel auf die erste Seite, so wie meiner vor ein paar Tagen: „Für Leonie".

„Er hat das Buch wirklich für dich geschrieben? Es ist nicht einfach sein Tagebuch, das er dir geschenkt hat?"

„Ich weiß es nicht, aber es scheint in einer sehr gleichmäßigen Schrift verfasst zu sein. Es sieht so aus, als hätte er bestimmte Dinge aus einem anderen Buch hier zusammengetragen. Aber vielleicht irre ich mich ja auch. Lass uns schauen, was er geschrieben hat."

Aaron blätterte um und begann, zu lesen:

„Am Tag unserer Hochzeit war ich überzeugt davon, den glücklichsten Tag meines Lebens zu erleben. Heute weiß ich, dass ich mich damit geirrt habe.
Am heutigen Tag wurde unsere kleine Tochter geboren: Leonie. Sie ist so winzig klein und doch absolut perfekt. Ich könnte ihr stundenlang zusehen, wenn sie friedlich in ihrem Bettchen liegt und schläft, aber auch wenn sie vor Hunger schreit und sich an Cornelias Brust wieder beruhigt. Ihre Augen schauen verwirrt auf die Welt und ihre Haare stehen struppig von ihrem Kopf ab. Die kleinen Fingerchen versuchen schon, sich an mir festzuhalten.
Ich liebe ihre Mutter von Herzen, aber seit heute weiß ich, was vollkommene und bedingungslose Liebe bedeutet. Ich kann mir nicht vorstellen, dass es irgendetwas Größeres und Schöneres gibt als die Liebe zu seinem Kind."

Er zögerte: „Soll ich weiter lesen? Es scheint sehr privat und intim zu sein."

Ich kuschelte mich in seinen Arm und sagte: „Lies ruhig weiter. Ich möchte ja, dass wir es uns zusammen ansehen." Er blätterte um, schwieg jedoch. Fragend blickte ich ihn an und sah so etwas wie Ehrfurcht in seinen Augen, während er auf das Tagebuch starrte. Ein Blick auf das Buch verriet mir den Grund. Es gab nicht nur Text im Tagebuch. Mir war ein Rätsel, wieso mir das beim ersten Durchblättern nicht aufgefallen war. Auf der nächsten Seite befand sich die Zeichnung eines Neugeborenen. Da ich mehrere Fotos von mir als Baby gesehen hatte, wusste ich, dass dort jemand mich gezeichnet hatte.

„Bist du das?", fragte Aaron fast atemlos.

Meine Antwort war ein leises Flüstern: „Ja, ich denke schon."

„Hat dein Vater das gezeichnet? Das ist wirklich sehr gut. Er hatte viel Talent."

„Hmm, ich wusste nicht, dass er zeichnete. Aber sieh nur, die Initialen: KM. Das muss von ihm sein. Warum hat er uns nie etwas gezeigt? Ich verstehe das nicht."

„Vielleicht war das einer der Gründe für sein Wohnmobil? Vielleicht brauchte er etwas nur für sich, aber wollte es dann letztendlich doch mit dir teilen."

Wir blätterten weiter, und Aaron begann wieder zu lesen:

„Mittlerweile ist Leonie zwei Monate alt, und sie entwickelt sich zu einem wahren Sonnenscheinchen. Wenn ich morgens an ihr Bett trete, lächelt sie mich freudig an, und ich kann nicht anders als glücklich sein.

Cornelia allerdings scheint mit unserem kleinen Mädchen irgendwie überfordert zu sein. Seit der Geburt habe ich sie nicht einmal lachen sehen, und alles ist ihr zu viel. Ich sehe, dass sie sich verantwortungsbewusst um unsere Kleine kümmert, aber ihr fehlt die Freude, die ich in jedem Moment empfinde, den ich mit Leonie verbringen darf. Während Cornelia sich fortwährend Gedanken darüber macht, dass wir alles richtig machen müssen, scheint sie ihre Lebensfreude zu verlieren.
Ich habe versucht, sie darauf anzusprechen, aber sie meinte, ich würde mir etwas einbilden und sie hätte nur ein bisschen Baby-Blues. Leider bin ich kein Mediziner und kann ich sie auch nicht dazu zwingen zum Arzt zu gehen, aber ich vermute, dass ein Baby-Blues mittlerweile vorbei sein müsste."

In krassem Kontrast zum gerade gelesenen Text hatte mein Vater eine Zeichnung von meiner Mutter und mir angefertigt, auf der sie mich liebevoll im Arm hielt.

„Hatte deine Mutter eine Wochenbettdepression?"

„Das kann gut sein. Sie neigte ihr ganzes Leben lang zu Depressionen. Letzten Endes ist ihr das ja auch zum Verhängnis geworden. Allerdings habe ich nie geahnt, dass sie schon bei meiner Geburt darunter gelitten hat. Das würde bedeuten, dass sie jahrzehntelang depressiv war." Ich war erschüttert. „Das erklärt so vieles. All die Gelegenheiten, bei denen ich dachte, sie würde mich hassen – in Wirklichkeit hat sie in den Augenblicken wahrscheinlich eher sich selbst gehasst. Oh Gott, wenn ich das nur geahnt hätte. So oft war ich wütend auf sie, weil sie mir keine Liebe entgegenbrachte. Aber wie soll man einen anderen Menschen lieben, wenn man sich im Grunde seines Herzens selbst verachtet?" Tränen bahnten sich einen Weg über meine Wangen und trafen auf Aarons Hand.

Betroffen legte er das Buch beiseite. „Mach dir keine Vorwürfe. Menschen mit einer Depression sind oft die letzten, die andere über ihre Krankheit informieren. Und wenn deine Mutter schon damals krank war, wusste vielleicht niemand etwas darüber, möglicherweise nicht einmal sie selbst. Dein Vater scheint etwas geahnt zu haben, aber eine Depression war etwas, worüber man nicht sprach. In den meisten Fällen wurde es auch gar nicht diagnostiziert. Ihr wart die Leidtragenden einer verborgenen Krankheit. Das ist schlimm genug, du solltest dich nicht auch noch im Nachhinein mit einem schlechten Gewissen quälen."

„Ich habe wirklich manchmal gedacht, sie würde mich hassen." Am liebsten wäre ich aufgesprungen und weggerannt, hätte mich in einer dunklen, sicheren Höhle verkrochen. Doch Aaron hielt mich sanft im Arm und rieb seine Wange an meinem Kopf.

„Seit wann weißt du, dass sie depressiv war?"

„Erst kurz vor ihrem Tod. Eine ihrer Freundinnen erzählte mir, dass meine Mutter in Behandlung war. Aber auch damals wollte sie mit mir nicht darüber sprechen. Dabei hätte so vieles anders sein können, wenn ich es gewusst hätte."

„Das ist sehr, sehr traurig, auch für dich, weil du dich ungeliebt gefühlt hast. Aber es war die Entscheidung deiner Mutter, ihre Krankheit für sich zu behalten. Vielleicht hat sie die falsche Entscheidung getroffen, aber es war ihr Recht, selbst zu bestimmen, wen sie darüber informieren wollte." Nach einer Pause fügte er hinzu: „Vielleicht gelingt es dir, ihr im Nachhinein zu verzeihen – und dir selber auch."

Meine stillen Tränen wurden zu Schluchzern: „Aber wie denn? Ich kann es ihr nicht mehr sagen. Sie hat nichts mehr davon."

„Das wissen wir nicht. Vielleicht hat sie doch noch etwas davon. Aber auch, wenn nicht, so hilft es zumindest dir, wenn du ihr und auch dir selbst verzeihst."

„Was glaubst du, warum sie so war?"

„Vielleicht weiß das keiner. Aber unsere Eltern waren Kriegskinder. Ich glaube, dass in ihrer Generation sehr viele Menschen traumatisiert waren und nie die Gelegenheit bekommen haben, ihre Traumata aufzuarbeiten. Wenn es ums nackte Überleben geht, macht man sich nur wenig Gedanken über die psychischen Folgen der Gräueltaten. Könnte das auf deine Mutter zutreffen?"

„Möglich wäre es."

Er stand auf und zog mich hoch, was dazu führte, dass Lucky und Enya erfreut aufsprangen und um uns herum hüpften.

„Ich glaube, es reicht für heute. Lass uns mit den beiden Monsterchen spazieren gehen. Vielleicht bringt uns das auf andere Gedanken." Liebevoll tätschelte er die beiden und zog sie zum Spaziergang an.

Sein Grundstück war lediglich durch einen Zaun und ein Gartentor vom Wald getrennt. Obwohl ich mittlerweile mehrfach hier gewesen war, konnte ich nach wie vor nur schwer glauben, dass dieser Ort real war. Ich lauschte den Geräuschen des Waldes und fragte: „Hast du nicht manchmal Besuch von Waldbewohnern?"

Aaron schmunzelte. „Doch, und genau deshalb dürfen wir keinen Müll auf der Terrasse oder im Garten liegen lassen. Wir hatten früher manchmal Besuch von Füchsen, die sich über unsere Abfälle her machten und alles durcheinander brachten. Aber seitdem wir peinlich darauf geachtet haben, nichts Fressbares liegen zu lassen, stellen sie kein Problem mehr dar."

„Wie gut, dass du keine Hühner hast", sagte ich grinsend.

„Ja. Leider durfte ich als Kind wegen der Füchse auch keine Kaninchen oder Meerschweinchen haben. Da meine Eltern viel arbeiteten, hatten wir überhaupt keine Haustiere. Mein Vater meinte, im Wald hätten wir genug Tiere." Ein leichter Schatten verdunkelte seine Augen.

Ich streckte die Hand aus und griff nach seinen Fingern: „Jetzt hast du einen Hund – vorübergehend sogar zwei."

In den folgenden Tagen gewöhnte ich mich erstaunlich schnell an das Leben in Münster. Aaron liebte es, morgens eine große Runde mit den Hunden zu drehen, und ich genoss es, währenddessen in aller Ruhe aufzustehen und zu duschen. Er legte Wert darauf, dass wir anschließend gemeinsam frühstückten, und auch ich wusste es zu schätzen, dass ich nur noch mittags alleine essen musste.

Die meisten meiner Kunden reagierten sehr entspannt auf meine Ortsveränderung, zumal ein Großteil unserer Kontakte ohnehin telefonisch oder übers Internet verlief. Sogar Robert hatte bereits seinen Besuch für das nächste Wochenende angekündigt.

Schon bald kannten die Hunde den Klang von Aarons Auto. Ein paar Minuten vor seiner Ankunft liefen sie zur Türe und warteten dort auf ihn. Besonders Enya hatte in kürzester Zeit verstanden, dass er bei seiner Rückkehr immer etwas Leckeres für die beiden in seiner Tasche hatte.

Nachdem er die Hunde begrüßt hatte, nahm er mich in den Arm und küsste mich. Ich schmiegte mich bei ihm an, doch etwas an der Art, wie er meine Umarmung erwiderte, ließ mich aufhorchen.

„Ist alles in Ordnung? Geht es dir gut?"

Er lächelte und küsste mich abermals, diesmal ganz sanft auf die Nase. „Ja, es ist alles gut. Aber ich glaube, ich habe etwas für dich. Wenn du es haben willst, zumindest."

Meine Neugier war geweckt: „Was ist es?"

Er griff in seine Tasche und zog einen Zettel hervor. Ich bemerkte, dass er sich leicht auf die Lippen biss, als er ihn mir gab. Mit gerunzelter Stirn nahm ich das Papier entgegen. Ich faltete es auf und stieß einen leisen Schrei aus. Dort stand der Name meiner Schwester, zusammen mit einer Adresse in Rheine und einer Telefonnummer. „Woher hast du das? Und wieso steht da Mertens und nicht Herzog?"

Aaron nahm meine Hand und zog mich wieder zu sich heran. „Ich habe lange nach ihr gesucht. Elias hat mir geholfen. Er hatte die entscheidende Idee, nach ihrem Mädchennamen zu suchen. Wie genau er den Rest gefunden hat, weiß ich nicht. Auf jeden Fall hatte er plötzlich diesen Zettel dabei."

„Seid ihr sicher, dass es sich um meine Schwester handelt?" Ich schluckte, und meine Hände wurden feucht.

„Leider nein. Ich hatte dir versprochen, ohne dein Einverständnis keinen Kontakt zu ihr aufzunehmen. Wenn du möchtest, kann ich sie anrufen und nachfragen. Oder Elias ruft sie an. Oder wir lassen es und du lässt alles auf sich beruhen. Ganz wie du willst." Er schien zu ahnen, welche Gefühle in mir tobten. Schließlich blickte ich wieder auf den Zettel. Zögernd fragte ich: „Eine E-Mail-Adresse habt ihr vermutlich nicht, oder?"

Aaron schüttelte den Kopf. „Nein, tut mir Leid. Soll ich sie für dich anrufen?"

Ich blickte ihm lange in die Augen und suchte nach einer Antwort, die ich dort nicht fand. Dann atmete ich mehrmals tief ein und wieder aus, ging zum Telefon und tippte langsam die Nummer ein, die auf dem Zettel stand.

Das Freizeichen ertönte, und fast hoffte ich, dass es sich im Nichts verlieren würde. Doch nach wenigen Malen erklang eine Frauenstimme, die mich umgehend mehrere Jahre in die Vergangenheit zurückkatapultierte: „Mertens." Es gab keinen Zweifel, das war meine Schwester. Ich flüsterte: „Lisa?" Ich wollte so vieles sagen, dass ich doch nur sprachlos das Telefon in der Hand hielt.

„Leonie? Bist du das?" Lisas Stimme klang verunsichert, und in mir schrie es „Ja, ja!" Doch meine Stimmbänder versagten ihren Dienst vollständig.

Sanft nahm Aaron mir das Telefon aus der Hand und unterhielt sich mit meiner Schwester. Ich hingegen nahm nur einen salzigen Geschmack auf meinen Lippen und Aarons Hand in meinem Rücken wahr.

Schließlich hörte ich, wie er sagte: „Leonie, deine Schwester würde sich sehr darüber freuen, wenn sie dich sehen könnte. Möchtest du mit ihr sprechen?"

Ich nickte und öffnete den Mund, brachte jedoch nur einen krächzenden Ton hervor. Verwirrt schüttelte ich den Kopf. Aaron sah mich nachdenklich an. Nach einer Weile fragte er vorsichtig: „Darf ich sie hierher einladen?"

Irgendwann nahm ich wieder wirklich wahr, was um mich herum geschah. Aaron legte mir seinen Arm um die Schultern und sagte: „Sie kann es kaum erwarten, dich endlich wieder zu sehen. Sie meint, sie hätte viel zu erzählen, aber vor allem soll ich dir ausrichten, dass Jürgen nicht mehr Teil ihres Lebens ist und du dir seinetwegen keine Gedanken machen sollst." Er machte eine Pause und strich mir die Haare aus dem Gesicht: „Und sie meinte, dass es dir schon einmal passiert ist, dass du nach einer starken Emotion deine Stimme verloren hast. Damals hättest du nach ganz kurzer Zeit wieder sprechen können, auch wenn du anschließend mehrere Wochen heiser gewesen wärst. Ich solle mir keine Sorgen machen."

„Sie hat Recht." Ich klang tatsächlich sehr heiser und erinnerte mich an den ersten Liebeskummer meines Lebens. Ein Lächeln stahl sich auf meine Lippen, bevor ich sagte: „Dass sie das noch weiß! Und dass sie es vor allem richtig einordnen kann!"

„Eine starke Emotion, aber keine schlechte Erinnerung?"

„Oh, damals schon. Man vergisst es nie wieder, wenn zum ersten Mal eine Liebe stirbt. Aber aus heutiger Sicht kann ich sagen, dass wir uns beide zu früh auf eine Beziehung eingelassen hatten und alle Fehler, die wir gemacht haben, eher aus Unreife geschahen als aus Bösartigkeit. Damals allerdings habe ich das anders gesehen."

„Und er?"

„Ich weiß es nicht. Er war lange sehr wütend. Viele Jahre später hat er geheiratet. Ich wünsche ihm von Herzen, dass er mir und uns verziehen hat. Ich jedenfalls trage ihm nichts mehr nach – wenngleich ich lange gebraucht habe, bis ich so weit war."

„Und nach dieser gescheiterten Beziehung hattest du deine Stimme verloren?"

„Na ja, für kurze Zeit schon. Bald konnte ich wieder sprechen, so wie jetzt. Ich war mehrere Wochen heiser. Letzten Endes musste ich zur Logopädie, aber ich bezweifle, dass das wirklich hilfreich war. Entspannungsübungen und Training fürs Selbstwertgefühl wären vermutlich sinnvoller gewesen. Aber was ist nun mit Lisa?"

„Sie kommt am Samstag zum Kaffee. Ich hoffe, das ist in Ordnung."

„Das ist eine sehr gute Idee. Vielen Dank." Ich freute mich wirklich sehr darauf, meine Schwester nach so langer Zeit wieder zu sehen.

In der Nacht zum Samstag wälzte ich mich schlaflos im Bett herum. Immer wieder malte ich mir aus, wie es sein würde, wenn ich Lisa am Nachmittag gegenüberstehen würde. Mal freute ich mich wie ein Kind, ein anderes Mal befürchtete ich, dass doch zu viel zwischen uns stehen könnte und wir keinen Zugang zu einander finden würden. Schließlich beschloss ich aufzustehen, um Aaron durch meine Unruhe nicht zu wecken. Wie selbstverständlich folgten Enya und Lucky mir ins Wohnzimmer. Ich griff nach meinem Buch, stellte aber schnell fest, dass ich mich nicht darauf konzentrieren konnte. Um vier Uhr morgens beschloss ich, einen Nachtspaziergang mit den Hunden zu machen.

Der Vollmond stand halbhoch am sternenklaren Himmel und tauchte alles in ein silbriges Licht. Es herrschte vollkommene Stille. Fast andächtig ging ich durch den Garten zum Wald. Das Licht des Mondes leuchtete so stark, dass es sich einen Weg bis zum Waldboden bahnte. Kurz zog ich in Erwägung, Aaron zu wecken und diese Vollmondnacht mit ihm zu teilen. Doch da er am Abend sehr müde ausgesehen und sich möglicherweise einen Infekt zugezogen hatte, ging ich stattdessen mit Lucky und Enya weiter und genoss den Zauber dieser Morgenstunden, die alles übertrafen, was ich bisher gesehen hatte. Es fühlte sich ein bisschen so an, als sei ich meinem Schöpfer begegnet, und tiefe Ruhe breitete sich in mir aus.

Leise kehrten wir ins Haus zurück. Trotz der frühen Stunde fütterte ich die Hunde in der Hoffnung, dass sie Aaron würden weiter schlafen lassen. Dann deckte ich den Frühstückstisch und ging ins Bad. Das Plätschern der Dusche wurde bald von anderen Geräuschen in der Wohnung übertönt. Vermutlich war mein Plan nicht aufgegangen. Und richtig: als ich fertig angezogen die Küche betrat, saß dort Aaron mit rot geränderten Augen und einer Packung Taschentücher in der Hand.

„Oh je, hat es dich doch richtig erwischt?" Ich trat auf ihn zu und küsste ihn auf die Stirn.

„Ich glaube schon", krächzte er etwas mühevoll.

„Möchtest du wieder ins Bett gehen? Ich kann dir dein Frühstück ins Schlafzimmer bringen."

Er schüttelte den Kopf. „Nein, lass nur. Ich habe Hunger und möchte mit dir zusammen frühstücken. Außerdem", fügte er schmunzelnd hinzu, „habe ich eine Brötchentüte gesehen. Warst du schon unterwegs? Es ist doch noch viel zu früh."

„Ja, ich konnte nicht schlafen. Aber sag mal: soll ich Robert und Lisa für heute absagen? Wenn du krank bist, möchtest du heute vielleicht keinen Besuch, oder?"

„Nein, das passt schon. Während deiner Klavierstunde kann ich mich weiter ausruhen. Und wenn Lisa kommt, kannst du dir überlegen, ob du mich dabei haben möchtest oder nicht. Allerdings wäre es ganz schön, wenn du die Hunde heute übernehmen könntest."

„Kein Problem. Fürs erste sollten die beiden ohnehin müde sein."

Wie immer ließ sich Robert bei seinem ersten Besuch in Münster zuerst wieder das Haus und den Garten zeigen. Der angrenzende Wald beeindruckte ihn genauso wie auch mich immer noch.

„Wo ist das Klavier?"

Ich zeigte ihm den Weg zum Arbeitszimmer, das in der nächsten Zeit so etwas wie mein kleines Reich werden würde. Er öffnete den Deckel des Klaviers und berührte die Tasten. Bei ihrem Klang wurde mir auf einmal bewusst, dass ich in dieser Woche nicht einmal darauf gespielt hatte. Die letzten Tage waren sehr emotionsgeladen gewesen, und auch der heutige Tag würde vermutlich nicht anders werden.

Robert nickte zufrieden: „Sehr schön. Es klingt sehr klar und rein. Ich stelle mir vor, es hätte einmal jemandem gehört, der wirklich gut spielen konnte."

Ich schmunzelte und knuffte ihn in die Seite. „Das heißt, es passt nicht zu mir, nicht wahr? Kein Wunder, ich habe noch so gut wie gar nicht darauf gespielt."

Er grinste. „Vielleicht heißt es einfach nur, dass du so viel üben musst, bis du es genauso gut kannst wie der Vorbesitzer. Wem gehört es? Aaron?"

„Ja, schon, aber er spielt nicht selbst. Es hat seiner Mutter gehört."

„Tatsächlich? Dafür ist es in einem hervorragenden Zustand. Es ist tadellos gestimmt."

Er holte wieder die Noten des jungen Mozart hervor, die mich überall hin zu begleiten schienen. „Fang erst einmal damit an. Du kennst das Stück und kannst dich ganz auf das fremde Instrument konzentrieren. Du wirst sehen, es ist wie ein neues Paar Schuhe, an das du dich erst gewöhnen musst."

Meine Finger suchten sich ihren Weg über die Tasten. Zuerst ging es etwas holprig, weil der ungewohnte Klang des Instruments die Koordination meiner Hände beeinflusste. Doch bald hatte ich mich an das Klavier gewöhnt und spielte darauf wie auf meinem eigenen. Zum Schluss spielte Robert ein Stück, das er selbst geschrieben hatte.

„Das ist ein wirklich schönes Instrument. Es macht Spaß, darauf zu spielen."

„Danke. Das hat meine Mutter auch immer gesagt." Aaron stand in der Tür und lehnte am Türrahmen. „Hallo, ich bin Aaron – gerade nicht ganz fit, wie man sieht und hört."

Robert stand auf und ging auf ihn zu. „Hallo, ich bin Robert. Freut mich, dich kennen zu lernen. Wir sind gerade fertig. Ich habe nur noch ein bisschen auf diesem Schmuckstück gespielt. Eine solche Gelegenheit bekommt man nicht alle Tage."

Aaron lächelte zufrieden. „Dann hat es sich ja gelohnt, dass ich es all die Jahre gehütet habe wie einen Schatz, auch wenn ich eigentlich keine Ahnung hatte, dass wir da etwas Besonderes im Haus haben. Aber jetzt hast du öfter die Gelegenheit, darauf zu spielen, wenn du möchtest." Zu mir gewandt fuhr er fort: „Bitte entschuldigt mich. Ich mache mir einen Tee, vielleicht hilft das gegen Halsschmerzen. Möchtet ihr auch einen?"

Da der Sommer in diesem Jahr kein Ende finden wollte, konnte ich auf heißen Tee gut verzichten. Lieber griff ich zur Rhabarberschorle aus dem Kühlschrank und machte Eclairs nach belgischem Originalrezept: Brandteigstreifen mit Vanillecremefüllung und Schokoladenglasur. In meinen Augen gab es kaum etwas Besseres, und ich wusste, dass meine Schwester diese Leidenschaft teilte.

Die Vorbereitung lenkte mich von meiner Erwartungsspannung ab, und ganz tief in meinem Inneren verborgen war da noch der Gedanke, dass mir so auf jeden Fall etwas Tröstendes bleiben würde, auch wenn sich der Besuch meiner Schwester als Fehler herausstellen würde.

Noch während ich die letzten Vorbereitungen traf und den Kaffeetisch deckte, klingelte es an der Haustür.

„Ich geh schon." Aaron hatte den Vormittag genutzt, um sich auszuruhen. Tee und, wie ich vermutete, Aspirin sei Dank ging es ihm jetzt besser, sodass er Lisas Begrüßung übernahm. Ich überlegte noch, ob ich das als gutes oder schlechtes Zeichen werten sollte, als ich hörte, wie sie sagte: „Hier riecht es aber gut!" Beim Klang der ihnen fremden Stimme sprangen Enya und Lucky auf und rannten ebenfalls zur Tür, was dazu führte, dass einerseits Aaron versuchte, die beiden zu bändigen, Lisa andererseits begeisterte Quiek-Töne ausstieß. Als ich hinzukam, hockte sie schon am Boden und schlang ihre Arme um Enya, die ihr gerade wild wedelnd die Nase ins Gesicht bohrte. Lucky stand fassungslos kläffend daneben und schien sich zu fragen, warum seine Freundin einen fremden Menschen so begeistert begrüßte. Normalerweise hätte ich jetzt versucht, den einen Hund zum Schweigen zu bringen und dem anderen gemäßigteres Verhalten nahe zu legen. Aber wie so oft trugen die beiden dazu bei, die Situation zu entspannen, und ich ließ sie gewähren. Um nichts in der Welt würde ich Lisa die Freude nehmen, die Enya ihr offensichtlich gerade machte.

Als Lucky mich bemerkte, kam er auf mich zu und lenkte so auch Lisas Aufmerksamkeit auf mich. Ich fuhr ihm durchs Fell, sodass er wieder ruhiger wurde. Meine Schwester versuchte, wieder aufzustehen, doch Enya wirkte entrüstet über die nachlassende Anteilnahme, schleckte ihr durchs Gesicht und brachte sie so ins Wanken. Plötzlich saß Lisa auf dem Boden und hatte alle Hände voll zu tun mit der begeisterten Retriever-Dame. Ich fragte mich, ob die beiden einander schon kannten. Zwar freute Enya sich über jeden Besuch, aber ihre Freude über Lisa war außergewöhnlich groß. Trotz aller Anspannung konnte ich nicht anders: Mit Schalk in den Augen beobachtete ich die beiden. Schließlich griff ich nach Enyas Halsband, überreichte sie Aaron und fasste Lisa bei der Hand, um ihr aufzuhelfen: „So, Enya, jetzt bin ich an der Reihe."

Lisa ließ sich bereitwillig hochziehen, und ehe ich mich versah, lagen wir einander in den Armen. Tränen der Erleichterung lösten sich aus meinen Augen, und als wir uns endlich ins Gesicht sahen, konnte auch Lisa ihre Rührung nicht ganz verbergen.

„Na, du Heulsuse", sagte sie leise, und zu Aaron gewandt fuhr sie fort: „Wusstest du, dass sie das immer macht? Sie weint nicht nur, wenn sie traurig ist, sondern ganz besonders auch dann, wenn sie sich freut." Sie blickte mich wieder an: „Ich hoffe mal, dass letzteres jetzt der Fall ist. Ich freue mich jedenfalls."

Ich lachte und weinte gleichzeitig, sodass ich anstelle einer Antwort nur nicken konnte. Wir umarmten einander noch einmal, bis Aaron schließlich sagte: „Lisa, möchtest du nicht hereinkommen? Im Wohnzimmer oder im Garten ist es bestimmt bequemer als hier im Flur." Mir legte er eine Hand auf den Rücken und schob mich ins Wohnzimmer, während Lisa sofort wieder von Enya belagert wurde. Ganz leise fragte er mich: „Ist alles in Ordnung?" Ich ließ meinen Blick von ihm zu meiner Schwester schweifen, und als er das Leuchten in meinen Augen sah, lächelte er beruhigt.

Wir setzten uns auf die Terrasse, nach wie vor begleitet von unseren Hunden. Lucky legte sich auf meine Füße, während Enya weiterhin die Nähe zu Lisa suchte und es sich unter ihrem Stuhl bequem machte.

„Sind das beides deine Hunde?" Lisa blickte fasziniert von Enya zu Lucky. „Ich habe ja immer angenommen, dass du nicht ohne Vierbeiner leben möchtest, aber gleich zwei?"

„Eigentlich nicht. Enya ist Hannahs Hund, aber da Hannah sich für einige Monate in Chile aufhält, lebt Enya jetzt auch bei uns. Sie versteht sich hervorragend mit Lucky, und so haben wir sie vorübergehend in unsere kleine Familie aufgenommen."

„Sie ist Hannahs Hund? Jetzt verstehe ich ihre Begeisterung." Lisa lächelte erfreut und streichelte Enya über den Kopf. Ich hingegen war verwirrt: „Wie meinst du das?"

„Als ich noch in Krefeld wohnte, habe ich die beiden ein paar Mal getroffen. Wir sind zweimal zusammen spazieren gegangen. Enya hat mich also schlicht und einfach wieder erkannt. Da ich nicht damit gerechnet hatte, dass sie hier bei dir in Münster sein könnte, ist mir gar nicht bewusst geworden, dass es dieselbe Enya sein könnte." Sie grinste: „Wie dumm von mir."

„Du hast dich mit Hannah in Krefeld getroffen?" Ich spürte einen kleinen Stich in meiner Brust. Mit unsicherer Stimme, und immer noch leicht heiser fragte ich: „Warum hat sie mir das nie erzählt?"

Lisa sah sehr nachdenklich aus. „Es ist schon einige Jahre her." Nach einer Pause fügte sie hinzu: „Bist du sicher, dass du es damals hättest wissen wollen? Um ehrlich zu sein, wollte sie es dir erzählen, aber ich habe ihr davon abgeraten. Jürgen hatte dich so verletzt, und mit ihm auch ich, dass ich nicht wollte, dass du Hannah für eine Verräterin hältst."

Aaron bemerkte meine Verunsicherung und griff nach meiner Hand. Diese kleine Geste ließ mich plötzlich vieles verstehen: „Nein, du hast vermutlich Recht. Wenn es schon ein paar Jahre her ist, wäre ich wahrscheinlich noch nicht bereit dazu gewesen.

Durch Aaron habe ich vieles gelernt, unter anderem auch, dass ich dich vermisst habe." Er sah mich aufmerksam an und bewegte seine Hand leicht auf meiner.

Ich wandte mich wieder Lisa zu: „Hast du Hannah auch später noch getroffen, nachdem du nach Rheine gezogen bist?"

„Nein, durch meinen Umzug haben wir den Kontakt verloren. Wir hatten uns auch vorher immer nur zufällig getroffen. Ich besaß nicht einmal ihre Telefonnummer. Schade eigentlich. Was macht sie denn jetzt in Chile?"

Wir plauderten eine Zeit lang über Hannah und Daniel, darüber, wie ich Aaron kennen gelernt hatte und warum ich mich überhaupt auf Teneriffa aufgehalten hatte. Ich genoss es, die Geschehnisse der vergangenen Monate mit meiner Schwester zu teilen, doch ich brannte noch mehr darauf, zu erfahren, wie es Lisa in den letzten Jahren ergangen war.

Ich erzählte von meinem Erlebnis im Park, und mit jedem meiner Worte wurde sie schweigsamer. Ihre Augen schimmerten feucht und sie wirkte abwesend, als hätte sie sich innerlich von uns zurückgezogen. So kannte ich Lisa nicht. Das Schneckenhaus war immer mein Part gewesen, während sie für den direkten und offenen Weg war. Als ich schließlich schwieg, bemerkte sie die plötzliche Stille nicht einmal. Aaron tauschte einen beunruhigten Blick mit mir aus, und ich musterte Lisa forschend.

Es dauerte lange, bis sie mich endlich ansah. „Du hast in den letzten Jahren keine guten Erfahrungen mit Männern gemacht, oder? Zuerst Sarahs Vater, dann Jürgen, jetzt dieser Kerl im Park."
Als wollte er dem etwas entgegensetzen, legte mir Aaron sanft seine Hand auf den Oberschenkel. Ich konnte geradezu körperlich spüren, wie er eine Welle der Zuneigung zu mir herüberschickte. Wärme breitete sich in meinem Bein aus und ich ließ meine Hand zu seiner hinübergleiten.

„Das könnte man vermutlich so sehen, aber ich habe immer versucht, diese Vorfälle individuell zu betrachten und sie nicht pauschal allen Männern in die Schuhe zu schieben. Es gibt auch nette Männer …" Ich erhöhte den Druck auf Aarons Hand und ein Lächeln stahl sich in mein Gesicht. „… so wie es nette Frauen gibt und solche, auf deren Gesellschaft ich gerne verzichte."

Lisas Blick fiel auf Aaron, und sie wirkte so, als würde sie ihn erst jetzt wirklich wahrnehmen.

„Du hast natürlich Recht. Aber mir fällt es zurzeit etwas schwer, auf solche Pauschalisierungen zu verzichten." Sie sah abwechselnd Aaron und mir in die Augen und sagte nach einer Pause: „Ich freue mich, dass ihr einander gefunden habt und ich wünsche euch, dass ihr glücklich miteinander werdet."

Die Schwermut meiner Schwester breitete sich wie ein dunkles Tuch über uns aus. Aaron berührte sie kurz am Arm und sagte: „Ich danke dir, Lisa." Ich stand auf und umschlang sie von hinten mit meinen Armen. Sie lehnte sich bei mir an, und ich strich ihr durch die Haare. So nah war ich meiner Schwester schon seit Jahrzehnten nicht mehr gewesen, und ich genoss den Augenblick.

Er dauerte nicht lange. Bald fuhr ein Ruck durch Lisas Körper und sie fragte verschmitzt: „Habe ich nicht vorhin etwas von Eclairs gehört? Ich könnte jetzt eines brauchen." Es zuckte in meinen Mundwinkeln, und ich brach in Lachen aus: „Wusste ich es doch, dass dir das gefallen würde."

Ich hatte schon lange keine Eclairs mehr gemacht und war gespannt, wie sie gelungen sein würden. Auch wenn man jede einzelne Komponente vorher probieren konnte, so lag das Besondere doch im Zusammenspiel der drei Geschmacksrichtungen, so dass nur das fertige Produkt das Ganze zur Perfektion brachte.

Lisa schnitt sich ein Stück ab und führte es zum Mund. Mit geschlossenen Augen kostete sie das Gebäck, und nach einigen Sekunden breitete sich ein glückliches Lächeln auf ihrem Gesicht aus: „Perfekt!" Zufrieden probierte auch ich mein Eclair und stimmt ihr zu.

„Und die hast du wirklich selbst gemacht?" Lisas Stimme drückte Bewunderung aus. Ich lächelte nur, und sie meinte: „Cool! Wie ich das vermisst habe."

Ich dachte darüber nach, dass ich in den vergangenen Jahren noch ganz andere Dinge vermisst hatte als nur Eclairs, doch ich schwieg. Vermutlich bezog sich Lisas Bemerkung nicht bloß auf Naschereien. Ich beobachtete sie dabei, wie sie genüsslich weiter aß, als mir bewusst wurde, dass es ihr bisher hervorragend gelungen war, jedes Thema, das ihr eigenes Leben zur Sprache gebracht hätte, zu umschiffen. Unwillkürlich musste ich grinsen. Das sah ihr ähnlich: Ihre wahren Gefühle hatte sie schon immer gerne für sich behalten, während es mir nur selten gelang, meine zu verbergen.

Ihr Blick fiel auf das Ende des Gartens und verlor sich in den angrenzenden Bäumen.

„Wohnt ihr etwa am Waldrand?"

Noch immer hatte ich mich nicht an das wohlige Gefühl gewöhnt, das mich überkam, wenn jemand Aaron und mich als Gemeinschaft sah, und ein angenehmer Schauer rieselte meinen Rücken entlang.

Aaron sagte: „Ja, es war die größte Freude meiner Mutter, dass sie der Natur hier so nahe sein konnte. Sie hielt sich in jeder freien Minute im Garten oder im Wald auf."

Seine Stimme klang leise und angestrengt, und ich betrachtete ihn genauer. Ein fiebriger Glanz lag in seinen Augen, und seine Wangen waren gerötet. Ich legte ihm den Handrücken in den Nacken und erschrak: „Du hast Fieber. Meinst du nicht, dass du lieber ins Bett gehen solltest?"

Er protestierte zaghaft, doch dabei fielen ihm fast die Augen zu: „Nein, ich möchte euch Gesellschaft leisten. Und außerdem konnte ich mir deine Eclairs nicht entgehen lassen." Er versuchte ein Grinsen, aber es misslang ihm und wirkte eher gequält als belustigt.

Ich entschuldigte mich für einen Moment bei Lisa, berührte Aaron an der Schulter und sagte: „Komm!" Lisa fügte scherzhaft hinzu: „Du kannst uns ruhig alleine lassen. Die Zeiten, in denen wir möglicherweise auf einander losgegangen wären, sind seit Jahrzehnten vorbei. Ruh dich aus und erhol dich. Und vielen Dank nochmal."

Im Schlafzimmer sah ich, dass Aaron sich tatsächlich mit Hilfe von Aspirin auf den Beinen gehalten hatte, doch deren Wirkung ließ jetzt nach. Er legte sich ins Bett und schlief fast auf der Stelle ein.

„Wie geht es ihm?" Lisa saß mittlerweile mit Lucky und Enya auf dem Boden und übte sich im Stereo-Kuscheln.

„Ich vermute, dass er sich eine Sommergrippe zugezogen hat. Sein Bruder war vorige Woche auch krank. Hoffentlich hat er dich nicht angesteckt."

Sie hob eine Augenbraue und sagte: „Hoffentlich hat er uns beide nicht angesteckt. Es sieht ganz danach aus, dass er sich in den nächsten Tagen über ein bisschen Pflege und Schonung freuen könnte."

„Vermutlich." Ich setzte mich zu ihr und gab ihr ein Kissen als Unterlage. Als Kinder hatten wir oft gemeinsam auf dem Boden gesessen und einander unsere Sorgen und Geheimnisse erzählt. Daran schien sich auch Lisa zu erinnern, denn plötzlich schwieg sie. Ich sah ihr eine ganze Weile zu, wie sie gedankenverloren in Enyas Fell wühlte. Schließlich fragte ich sanft: „Willst du es mir nicht erzählen?"

Ihr Körper versteifte sich. „Was denn?"

„Zum Beispiel, warum ich mir wegen Jürgen keine Sorgen mehr machen soll. Oder wie es dir all die Jahre ergangen ist."

Sie fuhr mich an: „Er ist weg, und es ist mir gut gegangen. Was willst du noch mehr?"

Früher hätte ich mich nach einem solchen Ausbruch zurückgezogen. Doch im Laufe der Jahre hatte ich gelernt, den

Unterschied zwischen einem persönlichen Angriff und einer Geste der Hilflosigkeit zu erkennen, und so wartete ich ab. Als Lisa bemerkte, dass ich mich nicht abwimmeln ließ und stattdessen auf eine Antwort wartete, seufzte sie schwer: „Du bist eine Nervensäge."

Ich schmunzelte. „Ich weiß."

Sie rollte theatralisch mit den Augen und begann zu erzählen:

„Ich vermute, du erinnerst dich an den Tag meiner Hochzeit. Der Tag, an dem ich alles vermasselt habe." Sie wartete meine Reaktion nicht ab und fuhr fort: „Jürgen hatte getrunken, und nachdem du weggegangen warst, beschimpfte er mich, weil ich ihm den Spaß mit dir nicht gegönnt hätte. Schon da wusste ich, dass ich einen Fehler gemacht hatte. Besser gesagt, ich hatte zwei Fehler gemacht: einen, weil ich mich auf seine Seite gestellt hatte, und den zweiten, weil ich ihn überhaupt geheiratet hatte. Von da an wurde es immer schlimmer. Er beschimpfte mich fortwährend, bis ich ihm schließlich glaubte, dass ich nutz- und wertlos sei. Egal, was ich machte, es war falsch." In ihrem Gesicht widerspiegelte sich der Schmerz der vergangenen Jahre. Sie sprach nicht weiter und schien, in unangenehmen Erinnerungen gefangen zu sein.

Ich räusperte mich und strich ihr sacht über den Arm. „Warum bist du bei ihm geblieben?"

Sie sah mich mit großen Augen an und zuckte resigniert mit den Schultern: „Es gab immer wieder diese Momente, in denen er mir sagte, dass er mich liebte, und in denen alles perfekt war. Ich weiß, es war dämlich, aber ich habe immer wieder gehofft, dass die guten Momente zunehmen und die anderen verschwinden würden." Sie lachte bitter: „Das nennt man wohl intermittierende Verstärkung." Ihr Blick schien sich irgendwo in der Unendlichkeit des Seins zu verlieren.

Ich sagte leise: „Ich verstehe. Aber was ist dann passiert? Jetzt seid ihr doch nicht mehr zusammen, oder?"

Sie schüttelte den Kopf. „Nein. Er begann, regelmäßig zu trinken, und dann wurde er immer aggressiver."

Ein kalter Schauer lief mir den Rücken entlang. „Hat er dich geschlagen?"

Sie schüttelte den Kopf und atmete tief ein, bevor sie weitersprach: „Nein. Er ging viel subtiler vor und hat immer darauf geachtet, mir keine nachweisbaren Verletzungen zuzufügen."

Ich kniff die Augen zusammen und bemühte mich, die in mir aufkeimende Wut zu kontrollieren. Meine Atmung beschleunigte sich, und es kostete mich große Mühe, sie zu kontrollieren. „Wo ist er jetzt?"

„Eines Abends war er mit einem Freund in der Stadt unterwegs. Sie hatten wieder einmal getrunken, und Jürgen wurde einem Passanten gegenüber gewalttätig, weil er meinte, der ältere Herr stände ihm im Weg. Er hat so auf ihn eigedroschen, dass der Mann um sein Leben kämpfen musste. Zum Glück hat er es überstanden. Dann hat man die Polizei eingeschaltet. Jetzt ist Jürgen im Gefängnis, und außerdem hat er Kontaktverbot zu mir."

„Hast du ihn nach diesem Vorfall noch gesehen?"

Sie nickte: „Ich habe gegen ihn ausgesagt." Obwohl ich Lisas Worte deutlich gehört hatte, gelang es mir nicht, deren Bedeutung wirklich zu erfassen. „Ich verstehe das nicht. Unsere Mutter hat immer gesagt, du wärst glücklich verheiratet. Warum?"

„Sie wusste es nicht." Lisa senkte den Blick noch mehr, und ich suchte vergeblich nach Worten.

Traurig sah sie mich an. „Sie konnte Jürgen doch nie leiden. Ich brachte es nicht fertig, ihr zu sagen, dass sie Recht gehabt hatte. Und außerdem war sie krank."

Endlich brach Lisa in Tränen aus. Ich nahm sie in den Arm und wiegte sie wie ein Kind. Als sie sich etwas beruhigt hatte, fragte ich: „Und was ist mit mir? Warum hast du mir nichts gesagt?"

Sie schniefte und lächelte schief: „Weil ich dich zum Teufel gewünscht hatte. Schon vergessen?"

„Nein, aber …"

„Ganz ehrlich: Hättest du mit mir reden wollen?"

Sie hatte Recht, und ich schämte mich dafür. Vermutlich hätte ich wirklich nicht mit ihr sprechen wollen. Einen Brief hingegen hätte ich durchaus gelesen. Aber das sagte ich nicht.

„Es tut mir so leid, Lisa. Wenn ich das alles auch nur ansatzweise gewusst hätte. Musstest du das alles alleine durchstehen?"

„So ziemlich."

Plötzlich musste ich trotz allem etwas grinsen. „Wir sind zwei blöde Hühner. Wir gehen lieber getrennt durch die Hölle anstatt uns unserer Schwester anzuvertrauen. Ich glaube, das sollten wir dringend ändern."

Jetzt schmunzelte auch Lisa und sagte: „Das glaube ich auch." Sie ließ ihren Kopf an meine Schulter sinken und so blieben wir zufrieden schweigend sitzen, bis Lucky mir seine Nase ins Gesicht bohrte und uns deutlich zu verstehen gab, dass es Zeit für einen Spaziergang war.

Wir durchquerten den Garten, und ich öffnete das Tor zum Wald. Lisas Augen funkelten vor Freude. In fast jedem Strauch und jedem Baum sah sie etwas Besonderes. Es hätte mich nicht gewundert, wenn sie sich auf die Suche nach Elfen gemacht hätte. So dauerte unsere kleine Wanderung deutlich länger als sonst, und besonders Lucky freute sich über die schier unendlichen Möglichkeiten, herumzuschnüffeln.

An einem mit Moos bewachsenen Baumstumpf zückte Lisa ihr Smartphone, um ihn von allen Seiten zu fotografieren. Ich setzte mich währenddessen auf eine nahe gelegene Bank und sah ihr belustigt zu.

„Wann warst du eigentlich das letzte Mal im Wald? Du tust ja so, als erlebtest du gerade eine Offenbarung."

Sie sah mich mit großen Augen an: „Keine Ahnung. Jürgen konnte den Wald nicht leiden, wegen der Ungeziefer, wie er sagte.

Und alleine habe ich Angst im Wald. Hast du keine Angst, wenn du alleine durch den Wald läufst, ganz besonders nach dem, was dir im Park passiert ist?"

Ich stand auf und wir gingen langsam weiter. „Eigentlich bin ich nie alleine im Wald. Mindestens Lucky ist immer dabei. Und ja, doch, es gibt Momente, in denen ich ein mulmiges Gefühl habe. Aber die gäbe es auch, wenn ich woanders unterwegs wäre. Dann erkläre ich mir immer sehr geduldig, dass ich mein Leben nicht von Angst bestimmen lassen möchte. Meistens klappt das."

„Und wenn nicht?" Sie sah mich eindringlich an, und in mir erwachte das Gefühl, dass wir nicht mehr nur vom Wald sprachen.

Ich überlegte. „Dann höre ich auf meine Intuition und trete den Rückzug an. Allerdings versuche ich es beim nächsten Mal wieder. Und wenn es ganz schlimm wird", ich zuckte mit einem entschuldigenden Lächeln mit den Schultern, „gönne ich mir eine Auszeit auf Teneriffa."

Sie schmunzelte. „Wo du dann Aaron kennenlernst. Ziemlich abgefahren, die ganze Sache."

„Weißt du, was noch abgefahrener ist? Durch den Vorfall im Park habe ich wieder Kontakt zu Robert. Er war es, der uns dort geholfen hat."

Lisa blieb abrupt stehen. „*Der* Robert? Unser Klavierlehrer von damals?"

Ich nickte. „Genau. Er erteilt mir auch wieder Klavierunterricht. Er war heute Morgen noch da."

„Wo?"

„Na hier, bei uns im Haus."

„Wohnt er in Münster?" Lisas Stimme bebte etwas und verriet mir, dass sie Robert mindestens genauso sehr ins Herz geschlossen hatte wie ich.

„Nein, er wohnt in Krefeld. Aber seine Schwester lebt in Hiltrup, und er besucht sie regelmäßig. Deshalb war er heute hier. Solange ich bei Aaron bin, unterrichtet er mich in Münster."

„Du hast ein Glück!" Sie seufzte sehnsüchtig. „Darf ich euch einmal besuchen, wenn er kommt? Ich würde ihn so gerne wieder sehen."

Ich hakte mich bei ihr unter und sagte: „Klar, du kannst jederzeit vorbeikommen. Ich freue mich darauf."

Lisa blickte auf ihre Uhr und meinte: „Sollten wir nicht zum Haus zurückkehren und nachsehen, wie es Aaron geht? Er sah vorhin ziemlich fertig aus."

„Wir sind schon auf dem Rückweg. Du hast es nur nicht gemerkt, weil es ein Rundweg ist. Aber du hast Recht, ich möchte auch nach ihm sehen."

Wir waren nur einige Schritte weit gegangen, als Lisa abrupt stehen blieb. „Was heißt das, solange du bei Aaron bist? Wohnst du nicht hier?"

„Ich weiß es nicht. Wir haben zusammen Urlaub mit dem Wohnmobil gemacht, und auf der Rückfahrt hat er mich gebeten, bei ihm einzuziehen. Ein Teil von mir hätte am liebsten abgelehnt, aber da war ein anderer Teil, der sich sofort an die Planung und Vorbereitung gemacht hat. Aaron hat wohl gespürt, dass ich nicht ganz überzeugt war, und war so enttäuscht. Da habe ich mir einen Kompromiss erbeten: ich bin ihm eine Woche später gefolgt, und nun bin ich für zwei Wochen hier. Danach sehen wir weiter. Allerdings ist er jetzt ja auch noch krank. Ziemlich kompliziert alles." Ich seufzte und spürte, wie sich in meinem Bauch etwas zusammenzog.

„Wie lange kennt ihr euch?" Sie zupfte nachdenklich ein Blatt vom Ast und zerrieb es zwischen ihren Fingern.

„Seit drei Monaten. In dieser Zeit haben wir viel Schönes erlebt und vielleicht genauso viel Schreckliches. Aber alles ist immer irgendwie gut ausgegangen. Und jedes Erlebnis hat uns einander näher gebracht."

„Aber?"

Ich biss mir auf die Unterlippe und schloss die Augen. Eine Träne löste sich und blieb an meinen Wimpern hängen. Schließlich sah ich Lisa an und stöhnte auf. „Ich habe Angst, dass ich nur hier bin, weil er es von mir erwartet hat. Bisher war alles zwischen uns harmonisch. Auch das Schreckliche, das wir erlebt haben, kam immer von außen. Wir haben uns noch nicht ein einziges Mal mit den Macken des anderen auseinandersetzen müssen. Er liest mir geradezu jeden Wunsch von den Augen ab. Das macht mir Angst."

Mitfühlend drückte sie mir einen Kuss auf die Stirn. „Liebst du ihn?"

Der ersten Träne folgten weitere und ich schniefte. „Ja, schon."

Lisa zog mich in ihre Arme. „Wovor hast du Angst?" Da ich nicht antwortete, fuhr sie fort: „Weißt du, es gibt keine Garantie für ewige Liebe. Aber wenn man nichts riskiert, kann man auch nichts gewinnen. Dann hat man von Anfang an verloren."

Erstaunt hob ich den Kopf. „Das sagst *du*, nach allem, was du mit Jürgen erlebt hast?"

Sie lächelte versonnen: „Ja. Es war eine schwere Zeit mit ihm und ich weiß nicht, ob ich ihm jemals ganz werde verzeihen können. Aber mir ist klar geworden, dass seine Seele krank ist. Wenn wir es nicht miteinander versucht hätten, würde ich mir für den Rest meines Lebens die Frage stellen, ob es hätte klappen können. Jetzt kenne ich immerhin die Antwort."

Ich war beeindruckt. „Wow! Was ist mit meiner kleinen Schwester passiert? Was hast du mit ihr gemacht?"

Sie lachte: „Du meinst das kleine verwöhnte Ding, das immer Recht haben musste und allen seinen Willen aufzwingen wollte? Ich glaube, das ist erwachsen geworden."

„Es fühlt sich an, als wäre ich jetzt die kleine Schwester."

Sie fuhr mir durch die Haare und zupfte leicht an einer Strähne. „Du hast mir noch nicht geantwortet. Wovor hast du Angst?"

„Ich weiß es nicht. Vielleicht davor, dass ich ihn nicht genug liebe, dass er mich mehr lieben könnte als ich ihn. Und davor, dass er mich verlässt, wenn ich mich ihm ganz öffne."

„Wieso sollte er das tun? Das wäre vollkommen verrückt."

Ich erzählte ihr von Aarons überstandener Krankheit und von meiner Angst, dass sie wieder ausbrechen könnte und sowohl ich als auch das Leben ihn dann verlieren würden.

Ihr Blick wurde kritisch: „Willst du nur einen gesunden Mann? Auch dafür gibt es keine Garantie, weißt du?"

Ich erschrak vor der Interpretation, die sie meinen Worten gegeben hatte. „Nein! So war das nicht gemeint. Ich habe Angst vor der Verantwortung, ich habe Angst, ihn zu verlieren, und ich habe solche Angst, ihn zu enttäuschen. Er hat etwas Besseres verdient als mich." Ich ließ mich auf den Waldboden fallen und vergrub mein Gesicht in Luckys Fell. Lisas Hand fuhr mir sanft über den Rücken.

„Das ist der größte Unsinn, den ich je gehört habe, Schwesterchen. Vermutlich ging es dir einfach nur zu schnell und bist du mit der Situation überfordert. Aber ich fürchte, du musst dir klar darüber werden, was größer ist: deine Angst oder deine Liebe. Und wenn du das nach den geplanten zwei Wochen noch nicht weißt, solltest du wieder in deine eigene Wohnung ziehen. Alles andere wäre Aaron gegenüber ziemlich unfair."

Lisa sprach genau die Worte aus, vor denen ich mich so fürchtete.

Langsam gingen wir zurück zum Haus. Meine Beine waren schwer und gehorchten mir nur mit Mühe. Schon jetzt wusste ich, dass ich Aaron am nächsten Wochenende würde verlassen müssen. Was ich nicht wusste, war, wie ich ihm das erklären sollte. Schließlich konnte ich mir meinen Gemütszustand selber nicht erklären. Würde es ihm möglich sein, mir Raum zu geben, um herauszufinden, was mich bedrückte, oder würde er unsere Beziehung für beendet erklären?

Ich wollte ihn nicht verlieren, aber ich konnte auch nicht so tun, als sei alles in Ordnung.

Jetzt war er allerdings erst einmal krank und brauchte mich. Schlimmer noch: Er hatte nicht die geringste Ahnung, wie es in mir aussah. Der Gedanke flackerte in mir auf, dass ich versuchen könnte, mit ihm zu reden. Aber würde das irgendeinen Sinn machen, solange ich selber nicht wusste, was mit mir los war?

Wir betraten das Haus, und Lucky stürmte sofort ins Schlafzimmer. Es brach mir fast das Herz, als er vor Aarons Bett stand und ihn fragend ansah. Ich trat heran und sah auf einen Blick, dass Aaron hohes Fieber hatte. Gleichzeitig schlief er tief und fest. Ich sagte leise seinen Namen und berührte ihn an der Schulter, doch er reagierte nicht. Auch als ich ihn leicht schüttelte, schien er es nicht zu bemerken. Auf dem Weg ins Bad stieß ich beinahe mit Lisa zusammen.

„Und? Wie geht es ihm?"

Ich zuckte ratlos mit den Schultern: „Er glüht. Ich glaube, ich sollte einmal Fieber messen."

Sie folgte mir, als ich mit dem Fieberthermometer ins Schlafzimmer zurückkehrte. Meine Vermutung wurde bestätigt. Aarons Körpertemperatur war auf 40,2 °C gestiegen.

„Sollten wir nicht einen Arzt rufen?"

„Ich weiß nicht. Leider kann ich ihn nicht fragen, ob er das möchte. Ich werde in einer Stunde noch einmal nachmessen und sehen, wie es sich entwickelt. Notfalls kann ich auch seine Geschwister anrufen und fragen, wie sie das sehen.

„Das ist eine gute Idee. Komm, lass ihn schlafen."

Sie führte mich zurück ins Wohnzimmer. Am liebsten hätte ich den Kopf in den Sand gesteckt und erst dann wieder herausgezogen, wenn alle Probleme gelöst wären. Bis dahin wäre ich allerdings vermutlich erstickt. Wenn ich es genau betrachtete, hatte bisher fast jede Krise auch ihr Gutes gehabt und hatte ich im Nachhinein immer erkannt, dass ich etwas Wichtiges für mich und mein Leben gelernt hatte. Ob das diesmal auch der Fall wäre?

Ich hörte mich sagen: „Kannst du bis morgen bleiben? Es gibt auch ein Gästezimmer. Ich könnte dir das Bett beziehen."

Lisa kam auf mich zu und drückte mich an sich. „Natürlich kann ich bleiben. Aber zuerst fahre ich einkaufen, und nachher koche ich uns eine schöne Hühnersuppe. Das wird ihm guttun, und uns auch."

Sie fuhr los, und währenddessen bereitete ich das Gästezimmer vor. Ich erinnerte mich an meine erste Nacht in diesem Bett und spürte, wie mir Tränen in die Augen schossen. Wütend wischte ich sie fort und trank ein Glas Wasser – um den Kloß in meinem Hals wegzuspülen.

Zum Glück kam Lisa bald zurück, und wir konnten das Gemüse für die Suppe vorbereiten. Nach kurzer Zeit durchzog deren Duft das Haus, und Lucky und Enya beschlossen, dass die Küche ein hervorragender Aufenthaltsort sein müsste.

„So, das muss jetzt eine Weile vor sich hin köcheln. Lass uns wieder ins Wohnzimmer gehen, die Suppe muss nicht beaufsichtigt werden."

Dort bemerkte Lisa das Tagebuch unseres Vaters. Sie nahm es in die Hand und ließ vorsichtig ihre Finger darüber gleiten.

„Was ist das? Es sieht sehr schön aus."

„Das ist Papas Tagebuch, das er mir zusammen mit dem Wohnmobil überlassen hat. Weißt du davon?"

Lisas Gesicht überschattete sich. „Ja, sicher, ich habe ja das Motorrad bekommen. Aber ein Tagebuch war nicht dabei. Darf ich es mir ansehen?"

Ich biss mir auf die Unterlippe und überlegte. Den ersten Teil hatte ich gemeinsam mit Aaron gelesen, doch dann hatten wir es vorübergehend beiseitegelegt. Welche Informationen würde das Tagebuch noch enthalten? Könnten sie Lisa verletzen? Aber immerhin war sie meine Schwester und hatte auch ein Recht auf das Vermächtnis unseres Vaters.

„Sollen wir es uns zusammen ansehen? Ich bin selber nur bis zu dem Lesezeichen gekommen."

Sie nahm das Buch in die Hand und blätterte es bis zum Lesezeichen durch.

„Ich wusste gar nicht, dass Papa so gut zeichnen konnte. Hast du das gewusst?"

„Nein. Ich erinnere mich daran, dass er unsere Ostereier immer ganz liebevoll bemalt hat. Aber dass er so etwas wie das hier konnte, ist mir neu."

„Glaubst du, das hat er wirklich selber gezeichnet? Vielleicht war es ein Freund."

„Der Gedanke war mir auch schon gekommen, aber sieh nur! Hier sind seine Initialen."

Lisa begann zu lesen:

„Heute feiern wir Leonies ersten Geburtstag. Noch hat sie überhaupt nicht verstanden, dass dies ihr Ehrentag ist. Als ich sie heute Morgen aus dem Bettchen holte, strahlte sie mich an und sagte klar und deutlich „Papa". Cornelia macht sich Sorgen, weil Leonie bisher nur gebrabbelt hat. Sie meinte, ihr würde bestimmt etwas fehlen und wir müssten sie untersuchen lassen, um sie besser zu fördern. Der Kinderarzt lächelte nur müde darüber. Trotzdem bin ich froh, wenn sie jetzt anfängt zu sprechen, und sei es nur, damit ihre Mutter sich weniger Sorgen machen muss. "

Sie lächelte: „Findest du Geburtstage immer noch so toll wie früher? Du hast jedes Mal so getan, als sei ein Geburtstag der wichtigste Tag im Leben – neben Weihnachten, vielleicht."

„Aber sie *sind* doch der wichtigste Tag im Leben."

Sie sah mich verständnislos an, und ich erklärte es ihr: „Wenn wir deinen Geburtstag nicht feiern könnten, bedeutet das, es gäbe dich gar nicht. *Deshalb* ist der Geburtstag so wichtig. Nicht wegen Besuch, Kaffee, Kuchen oder Geschenken, sondern weil wir dann den Tag der Geburt feiern."

„Hmm, die meisten Leute machen sich eher Gedanken darüber, dass sie ein Jahr älter werden. Manche mögen Geburtstage deshalb nicht, weißt du?"

„Ja, aber genau das finde ich falsch."

Wir blätterten weiter, bis endlich auch von Lisa die Rede war.

> *„Cornelia ist wieder schwanger. Das heißt, Leonie wird knapp drei sein, wenn ihr Geschwisterchen auf die Welt kommt.*
>
> *Ich freue mich darüber, dass wir ein weiteres Kind bekommen werden, aber gleichzeitig hoffe ich, dass alles gut gehen wird. Ich wünsche mir, dass ein zweites Kind Cornelias Stimmung wieder hebt und nicht nur alles schlimmer machen wird. Und ich hoffe, dass Leonie Freude haben wird an einem Geschwisterchen."*

Lisa grinste: „Na, hast du Freude an mir gehabt?"

Vor mir sah ich all die Situationen, in denen mit mir geschimpft worden war, weil ich Lisa angeblich etwas angetan hätte. Da ich die Ältere war, war ich für alles Mögliche verantwortlich gemacht worden, auch wenn drei Jahre Altersunterschied mich eigentlich niemals zum Aufpasser für meine kleine Schwester hätten machen dürfen. Aber dafür konnte Lisa ja nichts. Darum sagte ich: „Oh ja, das habe ich."

Sie strahlte und nahm mich in den Arm. „Ich fand es immer toll, eine große Schwester zu haben."

Dann wurde sie ernst. „Mir war nicht klar, dass Mama schon vor meiner Geburt Stimmungsschwankungen hatte."

„Ich vermute, dass sie nach meiner Geburt eine Wochenbettdepression hatte, die sich dann dauerhaft manifestiert hat. Leider ist das damals niemandem aufgefallen."

„Steht das auch im Tagebuch?"

„So in etwa."

Sie vergrub ihre Hände in Luckys Fell, der sich mittlerweile wieder zu uns gesellt hatte, während Enya lieber der Küche und dem Suppenduft treu blieb.

Nach einer Weile blätterte sie erneut weiter, bis sie zu einer Zeichnung unseres Kindergartens kam. Der Himmel schien zu weinen, denn es regnete.

> *„Seit einigen Wochen geht Leonie in den Kindergarten. Ich hatte gehofft, dass es ihr dort gefallen und die anderen Kinder ihr gut tun würden. Aber immer wieder kommt sie weinend von dort zurück und berichtet, wie schlimm die anderen Kinder seien. Die Kindergärtnerinnen meinen, Leonie sei nur zu schüchtern und müsse lernen, mit den anderen klar zu kommen. Ich würde ihnen gerne glauben, dass die Gesellschaft der Kinder gut ist für Leonie, aber irgendwie habe ich kein gutes Gefühl dabei."*

Bei der Erinnerung an meine Kindergartenzeit schüttelte es mich, und ich wollte das Thema schnell hinter mir lassen. Doch Lisa sagte: „Ich habe dich als Kind nie für schüchtern gehalten. Du hast dich immer für mich eingesetzt und mich verteidigt, manchmal sogar unseren Eltern gegenüber. In meinen Augen warst du groß und stark."

Ich musste lachen. „Vielen Dank, aber ich war alles andere als groß und stark. Ich glaube, Papa hat ganz richtig erkannt, dass ich mit anderen Kindern so meine Schwierigkeiten hatte. Schade, dass er es nie geäußert hat. Aber vielleicht fehlten ihm auch einfach die Worte."

„Kann es sein, dass ihr viele Gemeinsamkeiten hattet?"

Ihre Frage machte mich ein wenig traurig. „Möglicherweise. Leider kann ich ihn nicht mehr dazu befragen."

„Nein, aber das Tagebuch scheint einiges preiszugeben. Ich glaube, ich verstehe allmählich, warum er es dir hinterlassen hat."

Viele Seiten weiter stießen wir auf eine Zeichnung des Wohnmobils. Ich las vor:

„Mein Freund Peter hat sich für den Urlaub ein Wohnmobil gemietet. Er wird mit seiner Frau und seinen Kindern quer durch Norwegen fahren. Heute hat er das Gefährt abgeholt, und ich habe ihn begleitet. Wenn ich ehrlich bin, erscheint es mir wie der Himmel auf Erden – ein fahrbares Haus, mit dem man dorthin fahren kann, wohin man möchte. Ich würde mir vermutlich einen ruhigen Flecken Erde suchen, an dem ich mich immer wieder einmal zurückziehen könnte. "

Lisa unterbrach mich: „*Darum* hatte er ein Wohnmobil, von dem wir nichts wussten. Mein Gott, dieses Buch beantwortet so viele Fragen. Hätten wir doch zu Hause über all diese Dinge sprechen können. Das hätte uns allen so viel Leid erspart."

Ich nickte nur und überließ mich meinen Gedanken. Lisa blätterte noch etwas weiter, schien jetzt aber in erster Linie an den Zeichnungen interessiert zu sein. Als sie fertig war, legte sie ihre Hand auf meinen Arm.

„Leonie?"

„Ja."

„Sorgst du bitte dafür, dass es dir und Aaron nicht auch so geht, dass ihr nach vielen Jahren Dinge bedauert, die nicht geschehen sind? Sprecht miteinander! Bitte, erzählt einander, was euch bedrückt, und sucht nach Lösungen."

Ich schluckte und kämpfte schon wieder mit den Tränen.

„Wenn ich nur wüsste, was mit mir los ist, dann könnte ich das tun. Ich weiß es aber nicht. Irgendwie fühlt sich plötzlich alles falsch an, wenn ich hier bin."

Sanft fragte sie: „Aber du liebst ihn doch, oder?"

Bei diesen Worten schien mein Herz in viele Tausend Stücke zu zerfallen.

Plötzlich ertrug ich es im Wohnzimmer nicht mehr. Ich ging zu Aaron und hielt ihm noch einmal das Fieberthermometer ans Ohr.

„Und?" Lisa war mir gefolgt.

„39,8 °C. Es ist etwas gesunken."

Unsere Stimmen hatten ihn geweckt, denn er schlug die Augen auf und sah verwundert zuerst zu Lisa, dann zu mir.

„Hey", sagte ich leise, und Lisa fügte hinzu: „Na, Großer."

Ihre Worte drückten die ganze Verunsicherung aus, mit der sie in dieser Situation kämpfte. Sogar Aaron schien das wahrzunehmen, denn er fragte: „Was ist passiert?"

„Du hast ziemlich hohes Fieber, und wir fragen uns, ob du einen Arzt brauchst." Ich legte ihm die Hand auf die Stirn und bemerkte, dass sie feucht war.

Er schüttelte den Kopf. „Nein, warte noch ab. Ich habe schnell hohes Fieber, wenn ich krank werde. Das ist nicht schlimm."

Sein Blick wanderte durch den Raum. „Kannst du mir etwas zu trinken bringen? Ich habe Durst."

Noch bevor ich auf seine Bitte reagieren konnte, war Lisa verschwunden. Sie kam mit einer Flasche Wasser und einem Glas zurück, das sie ihm reichte.

„Ich habe auch Hühnersuppe gekocht. Möchtest du welche?"

„Ja, gerne."

Sie brachte ihm eine Tasse mit Suppe, die er dankbar annahm. Immer wieder sah er mich kurz an, doch ich stand nur reglos an seinem Bett und beobachtete ihn.

Meine Seele schien meinen Körper verlassen zu haben und uns von außen her zuzuschauen. Es kam mir vollkommen unwirklich vor, dass ich in einer Woche nicht mehr hier sein sollte. Genauso unwirklich erschien es mir, jetzt hier zu stehen.

Als Aaron mit seiner Suppe fertig war, musterte er mich besorgt, doch das Fieber hinderte ihn daran, seinen Fragen nachzugehen, und er schlief wieder ein.

Aaron erholte sich schnell von seinem Fieberschub. Schon nach zwei Tagen war er fieberfrei und klagte lediglich noch über Halsschmerzen. Während es ihm zusehends besser ging, fühlte ich mich immer elender. Ich schlief kaum noch, und mir war fortwährend übel.

Obwohl ich versuchte, mir nichts anmerken zu lassen, entgingen ihm die Veränderungen nicht. Er schlich um mich herum wie eine Raubkatze um ein krankes Tier, mit dem Unterschied, dass er nicht vorhatte, mich zu fressen. Trotzdem fühlte es sich genauso an, als er sich mir letztendlich gegenübersetzte, meine Hände ergriff und sagte: „Leonie, bitte. So geht das nicht weiter. Was ist los mit dir? Habe ich irgendetwas falsch gemacht? Bitte, sprich mit mir."

Ich blickte schuldbewusst auf den Boden und saugte mich am Muster des Laminats fest. Mein Brustkorb war zum Zerreißen gespannt, und ich hegte nicht den geringsten Zweifel daran, dass man an gebrochenem Herzen sterben konnte. Verzweifelt suchte ich nach einer plausiblen Antwort, doch ich fand keine. Als er schließlich die Finger unter mein Kinn legte und mich zwang, ihn anzusehen, blickte er in mein schmerzverzerrtes Gesicht. Seine bis dahin besorgten Züge wichen nackter Angst, und ich fühlte mich noch elender.

„Du bist nicht krank, oder?" In seiner Stimme lag ein Hoffnungsschimmer. Mit einer Krankheit hätte er umgehen können. Aber ich musste ihm diese Hoffnung rauben und schüttelte den Kopf.

Ich sah, dass er das verstand, wofür ich keine Worte fand. Tränen lösten sich aus seinen Augen, denen er keine Bedeutung schenkte. Er sah mich nur weiter verständnislos an.

„Warum, Leonie? Was ist passiert?"

Wieder schüttelte ich den Kopf und flüsterte: „Ich weiß es doch nicht. Ich weiß es wirklich nicht." Dann begann ich hemmungslos zu schluchzen.

Er blieb noch eine ganze Weile bei mir sitzen, bis ich nur noch leise vor mich hin weinte. Ich spürte, wie er mir den sanftesten aller Küsse auf die Stirn drückte, bevor er sagte: „Ich werde Chiara und Elias bitten, euch nach Hause zu fahren. Du fährst in diesem Zustand auf keinen Fall selber Auto, hörst du?" Mit erstickter Stimme fuhr er fort: „Bitte, verzeih mir, dass ich jetzt gehe, aber ich möchte nicht dabei sein, wenn ihr das Haus verlasst."

Wenige Sekunden später fiel die Tür ins Schloss.

Noch am selben Abend war ich wieder in meiner Wohnung in Krefeld. Chiara und Elias hatten mir kein Wort des Vorwurfs entgegengebracht. Aarons Schwester hatte mich schweigend in den Arm genommen, und dann hatten wir gemeinsam versucht, meine Sachen zu packen. Elias fuhr die Hunde in meinem Wagen nach Krefeld, während ich zu Chiara ins Auto gesetzt wurde. Als wir ankamen, halfen beide mir dabei, mein Gepäck ins Haus zu bringen und die Hunde in den Garten zu lassen. Beim Abschied streichelte Chiara Enya und Lucky. Zu mir sagte sie: „Wenn wir irgendetwas für dich tun können, dann lass es uns wissen."

Kurz darauf fiel zum zweiten Mal an diesem Tag eine Tür ins Schloss.

Krefeld

Obwohl Lucky und Enya bei mir waren, fühlte ich mich unendlich einsam. Sogar die Hunde schienen sich von mir zurückziehen: Anstatt wie üblich neben mir in der Couch oder aber zu meinen Füßen, lagen sie dicht aneinander gekuschelt gemeinsam in Enyas Körbchen. Stundenlang saß ich da, starrte leer vor mich hin und versuchte, einen klaren Gedanken zu fassen. In meinem Kopf und in meinem Herzen gab es nur endlose Leere. Plötzlich hatte ich großes Verständnis für Hannah, die mehrere Tage ihr Bett nicht verlassen hatte, nachdem Paul sich von ihr getrennt hatte.

Immer wieder und wieder ließ ich die letzten Tage vor meinem inneren Auge Revue passieren, ohne dass mich das auch nur einen Schritt weiter brachte. Ich stand vor der großen Frage: Was war passiert? Und warum hatte ich es plötzlich nicht mehr bei Aaron ausgehalten?

Lisa rief mehrfach an, aber ich ließ das Telefon unbeachtet klingeln. Ich wollte niemanden sehen, und schon gar nicht Lisa.

Nachdem ich zwei Tage nicht geschlafen hatte, die Hunde nur mit dem Nötigsten und mich kaum versorgt hatte, fiel ich erschöpft ins Bett und wachte erst zwölf Stunden später wieder auf. Mein Kopf dröhnte, und ich zitterte, ein deutliches Signal dafür, dass ich dringend etwas essen musste. Ich machte mir einen Tee und aß Müsli dazu. Mehr gaben meine Vorräte nicht her. Ich musste einkaufen.

Irgendwie gelang es mir, zu duschen, mit Lucky und Enya zum Park und anschließend zum Supermarkt zu fahren. Mein Körper wurde offensichtlich von einem Autopiloten gelenkt, denn er bewegte sich ohne mein Zutun durch den Laden und legte verschiedene Artikel in den Einkaufswagen, die sich später als nützlich erweisen würden. An der Kasse fuhr ich fast einem Mann gegen die Beine.

Als er sich zu mir umdrehte, lächelte er mir freundlich zu und sagte: „Leonie? Was machst du denn hier? Bist du nicht in Münster?"

Mir wurde augenblicklich übel, und ich lief schnell hinaus. Kurze Zeit später folgte mir Robert, zusammen mit meinen Einkäufen. Er fand mich auf einer Bank vor dem Supermarkt.

„Bist du krank? Kann ich dir irgendwie helfen?"

Ich schüttelte den Kopf, und Robert brauchte nicht lange, um zu verstehen, dass Krankheit nicht das Problem war. Er fragte: „Wo ist dein Auto?" Dann brachte er mich mitsamt dem Einkauf in meinem Wagen nach Hause. Mehr oder weniger geschickt räumte er alles in die Küchenschränke. Er sichtete meine neuen Vorräte, wählte einige aus und nahm einen Topf und eine Pfanne aus dem Schrank.

Genervt fragte ich: „Was machst du da?"

Er reagierte ungerührt mit einer Gegenfrage: „Wann hast du das letzte Mal etwas Richtiges gegessen?"

„Ich weiß nicht."

Er lächelte wieder: „Das dachte ich mir schon. Und genau das werde ich jetzt ändern."

Ich wusste, wie stur er sein konnte, und hatte keine Lust, mit ihm zu diskutieren.

Bald duftete es nach etwas, das möglicherweise Spaghetti Bolognese werden sollte. Mein Magen meldete sich zu Wort und forderte endlich eine anständige Mahlzeit ein. Ich kehrte in die Küche zurück, um nachzusehen, ob meine Vermutung stimmte. Anschließend deckte ich den Tisch und fütterte die Hunde.

Robert nickte mir anerkennend zu: „So gefällst du mir schon besser."

In weiser Voraussicht servierte er mir nur eine kleine Portion, doch er hatte sehr gut gekocht, und ich bat um einen Nachschlag.

Während des Essens sprachen wir beide kein Wort, aber es war kein unangenehmes Schweigen, eher ein Zur-Ruhe-Kommen.

Als wir die Spülmaschine eingeräumt hatten, schob er mich in die Couch und nahm mir gegenüber im Sessel Platz.

„Erzähl!" Es lag so viel Wärme in seiner Stimme, dass mein Widerstand bröckelte. Dennoch fand ich zuerst keine Worte, und er half mir.

„Vor einer Woche warst du in Münster. Ich habe euch besucht, und abgesehen davon, dass Aaron erkältet war, wirktest du sehr zufrieden. Er übrigens auch. Was ist also passiert?"

Stockend erzählte ich ihm, was sich seitdem zugetragen hatte.

„Das heißt, du bist plötzlich in Panik geraten, und du weißt nicht, warum?"

„So ungefähr."

„Es gibt immer einen Grund für Angst. Aber es kann vorkommen, dass der Grund nicht direkt ersichtlich ist. Darf ich dir ein paar Fragen stellen?"

Ich seufzte und nickte.

„Wie habt ihr denn euer Zusammenleben gestaltet?"

„Wie meinst du das?"

„Na, was hast du den ganzen Tag gemacht? Und was hat Aaron gemacht?"

„Also … wir haben zusammen gefrühstückt. Dann ist er zur Firma gefahren und gegen fünf zurückgekommen. Ich war mit den Hunden unterwegs und habe dann gearbeitet. Abends haben wir zusammen gekocht und anschließend die Zeit miteinander verbracht."

„Wart ihr dann zu Hause oder bei Freunden?"

„Zu Hause."

„Leonie, mit wie vielen Menschen hast du an einem normalen Tag gesprochen?"

„Manchmal habe ich mit Kunden telefoniert. Und abends mit Aaron, natürlich."

„Ich habe dein Arbeitszimmer gesehen. Es war sehr schön, aber auf Dauer ein bisschen zu einsam, oder? Wo ist denn dein Büro hier in Krefeld?"

„In der Innenstadt."

„Kann es vielleicht sein, dass das alles zu einsam für dich war? Wenn Aaron zu deinem Dreh- und Angelpunkt wird, kann das auf Dauer nicht gutgehen. Du brauchst auch noch ein eigenes Leben. Eigene Freunde, ein Hobby. Das gilt für ihn übrigens auch".

„Du meinst, wir haben alles falsch gemacht?"

Robert schenkte mir wieder sein vertrautes, warmes Lächeln.

„Ihr habt nur das falsch gemacht, was fast alle Liebespaare am Anfang machen. Nur gerät nicht jeder gleich in Panik."

Noch war ich nicht überzeugt. Ich hatte das Gefühl, dass mit mir etwas nicht stimmte. Vielleicht war ich doch krank? Oder brauchte psychiatrische Hilfe?

„Na gut, ich hätte mir mehr Freiraum bewahren müssen, eigene Dinge machen. Oder sie zumindest planen – so lange war ich ja noch gar nicht bei Aaron. Aber das kann doch nicht der Grund für eine solche irrationale Angst gewesen sein."

Robert überlegte. „Kannst du dich daran erinnern, wann du diese Angst zum ersten Mal gespürt hast?"

„Ja. Ich war besorgt wegen Lisa. Eigentlich haben wir uns sofort gut verstanden, aber meine Angst wurde immer schlimmer. Auch als sie weg war, änderte sich daran nichts. Meine Panik wuchs von Tag zu Tag, bis ich gegangen bin."

„Spürst du diese Angst immer noch?"

Ich lauschte in mich hinein. „Nein, ich glaube nicht. Da ist eine unglaubliche Leere und Traurigkeit in mir, aber keine Angst."

„Leonie, bist du sicher, dass es *deine* Angst war, die du gespürt hast?"

„Ich verstehe nicht, was du meinst."

Er stand auf, setzte sich ans Klavier und bat mich: „Schließe die Augen." Er spielte eine langsame Melodie, die mich in ihrer

Schwermut mit sich fortzog. Ich protestierte: „Robert, hör bitte auf. Das macht mich nur noch trauriger."

Die Melodie wandelte sich und wurde leicht und heiter. Sofort fühlte ich mich besser. Sogar der Hauch eines Lächelns erschien auf meinem Gesicht.

„Verstehst du jetzt? Die Schwingungen, die die Musik in dir hervorruft, können auch durch Menschen verursacht werden. Vor allem, wenn man sich sehr nahesteht und man empfänglich dafür ist. Denke mal darüber nach."

Seine Worte hallten lange in mir nach. Dennoch entstanden daraus keine greifbaren Bilder, die mir weitergeholfen hätten. Immerhin hatte Robert mir noch einmal ins Bewusstsein gerufen, dass ich meine Stimmung durch Musik beeinflussen konnte. Das tat ich in den nächsten Tagen denn auch ganz bewusst. So gelang es mir, eine Art Routine in meinen Alltag zu bringen, die mich zumindest auf den Beinen hielt. Robert kam täglich für ein paar Minuten vorbei, um sich davon zu überzeugen, dass ich etwas aß und dass die Hunde nicht zu kurz kamen. Für seine unaufdringliche Art der Hilfe war ich ihm sehr dankbar.

Einige Tage später saß ich am Schreibtisch, als plötzlich das Skype-Symbol auf dem Desktop meines PCs aufleuchtete. Verwundert starrte ich es an. Wir hatten Skype installiert, als Hannah nach Chile gegangen war, aber wegen der unterirdischen Internetqualität auf der Pferdefarm hatten wir es nie nutzen können. Entsprechend ratlos blickte ich auf den Bildschirm und klickte hektisch hin und her, bis ein ziemlich unscharfes Bild von Hannah vor mir auftauchte, die mir freudig zuwinkte und fortwährend meinen Namen wiederholte.

Ungläubig rief ich: „Hannah!?"

„Ah, Leonie, endlich! Siehst du mich, hörst du mich?"

Ich musste tatsächlich lachen. „Ja, Hannah, du siehst etwas verschwommen und verpixelt aus, aber ja, ich kann dich sehen und hören. Wo bist du?"

„Ich bin zu Hause. Hör zu, ich muss dir etwas erzählen."

Und sie erzählte: dass sie und Daniel geheiratet und beschlossen hatten, in den nächsten Jahren in Chile zu bleiben, weil es Daniel dort viel besser ginge als in Deutschland. Auch sie selbst habe endlich das Gefühl, angekommen zu sein. Außerdem hätten sie jetzt ein eigenes Häuschen, und Daniel habe alle Hebel in Bewegung gesetzt, damit sie dort brauchbares Internet hätten. Wir könnten also zukünftig regelmäßig miteinander skypen.

Sie ließ mich kaum zu Wort kommen, bis sie schließlich fragte: „Wie geht es euch denn? Wie geht es Aaron, und wie geht es Enya?"

Ich schluckte schwer und sagte: „Enya geht es gut. Sie versteht sich hervorragend mit Lucky. Die beiden sind mittlerweile ein Herz und eine Seele."

„Das freut mich. Sag mal, darf sie weiterhin bei dir bleiben oder soll ich sie herholen?"

Vor mir tauchte ein Bild auf, wie ich zusammen mit Lucky vereinsamte, und ich sagte schnell: „Ich würde mich freuen, wenn sie bleiben könnte."

„Vielen, vielen Dank, Leonie. Aber wie geht es dir und Aaron?"

Ihre Frage bohrte sich wie ein Dolch in mein Herz. „Ich weiß nicht, wie es Aaron geht. Ich befürchte, nicht viel besser als mir. Aber ich weiß es nicht."

Sie war zutiefst betroffen. „Oh, nein, das tut mir so leid. Ich schwärme dir vor, wie glücklich ich bin, und du hast Liebeskummer. Willst du mir erzählen, was passiert ist?"

Und nun berichtete ich: von unserem gemeinsamen Urlaub, meinem Einzug bei Aaron, dem Wiedersehen mit Lisa und schließlich von meiner Flucht und meiner Verzweiflung, weil ich mir wie ein Monster vorkam. Hannah hörte mir andächtig zu und unterbrach mich kein einziges Mal.

„Und seitdem habt ihr nicht mehr miteinander gesprochen?"

„Nein. Was soll ich ihm denn sagen? Ich weiß ja selber nicht, was in mich gefahren ist."

„Ach, Leonie, ich würde dich so gerne in den Arm nehmen. Es ist so viel passiert in den letzten vier Monaten, das war bestimmt wie eine emotionale Achterbahnfahrt für dich. Vielleicht ist es dir einfach zu viel geworden. Möglicherweise hat irgendetwas an dem Wochenende das Fass zum Überlaufen gebracht. In dem Fall wäre es kein Wunder, dass du keine Erklärung findest für das, was passiert ist. Das wäre so, als wenn du versuchen würdest, einen Eintopf in seine Bestandteile zu zerlegen, indem du eine einzelne Zutat herausholst."

Hannahs kulinarische Vergleiche brachten mich fast immer zum Schmunzeln, und so war es auch diesmal.

„Darf ich Daniel davon erzählen? Er kennt Aaron schon so lange. Vielleicht kann er euch weiterhelfen."

Nun musste ich wirklich kurz lachen: „Als wenn du ihm das nicht sowieso erzählen würdest. Ich kenne dich doch."

Sie grinste: „Ja, aber dann kann ich dir ganz beruhigt berichten, was er dazu sagt."

Nach dem Gespräch mit Hannah nahm ich ein großes Blatt Papier und Filzstifte aus dem Schrank. In die Mitte des Blatts schrieb ich „WAS IST PASSIERT? – HYPOTHESEN". In die linke obere Ecke: „ROBERT – zu einsam? Ich-du-wir? War es *meine* Angst? (Was meint er damit?)" Rechts oben stand: „HANNAH – übergelaufenes Fass?" Unten in die Mitte schrieb ich: „LEONIE –Angst wovor?"

Ich war mir nicht sicher, ob es mir helfen würde, wenn ich die verschiedenen Fragen zu einem Bild zusammenfügte, aber ich hatte die Hoffnung, so irgendwann das fehlende Puzzleteilchen zu finden.

Mehrmals am Tag hatte ich das dringende Bedürfnis, Aaron anzurufen und mit ihm zu sprechen. Ich wollte wissen, wie es ihm ginge, und ich hätte gerne seine Stimme gehört. Aber ich hatte

Angst, ihn noch mehr zu verletzen als ich es schon getan hatte, und ich schwieg und überließ mich meinen Zweifeln und Fragen.

Möglicherweise ging es ihm ähnlich, denn eine Woche, nachdem ich Münster verlassen hatte, schrieb er mir eine E-Mail.

Liebe Leonie,

ich hoffe, ich darf dich immer noch so nennen?

Seit einer Woche grüble ich fortwährend darüber nach, warum du plötzlich voller Angst und Verzweiflung nach Krefeld zurückgekehrt bist. Wieder und wieder lasse ich unsere gemeinsame Zeit vor meinem inneren Auge vorbeiziehen und frage mich, was ich falsch gemacht haben könnte. Dabei fallen mir viele Dinge ein, aber ich hoffe, es war nichts dabei, das dich dermaßen in Panik versetzen konnte. Das heißt im Endeffekt: Ich finde keine Antwort.

Wenn ich früher einmal so ratlos war wie jetzt, bin ich mit Daniel losgezogen, wir haben ein paar Bierchen getrunken und über die Geschehnisse der Welt philosophiert. Und genau das werde ich jetzt auch tun. Wenn du diese Mail liest, sitze ich vermutlich schon im Flieger nach Chile.

Ich brauche etwas Abstand, und da ich den zurzeit nicht emotional herstellen kann, versuche ich es mit einer räumlichen Veränderung. Möglicherweise kann ich so zu mir selbst finden und alles aus einer anderen und erfolgversprechenderen Perspektive sehen.

Ich weiß nicht, ob wir noch eine gemeinsame Zukunft vor uns haben und wie diese aussehen könnte. Irgendwann werde ich dich danach fragen, und dann hoffe ich auf eine ehrliche Antwort von dir. Wie auch immer sie ausfällt, ich werde sie aus ganzem Herzen respektieren.

Doch jetzt brauche ich ein wenig Zeit, um zur Ruhe zu kommen. Daniel hat mich eingeladen, und eine ganz neue Umgebung wird mir vielleicht guttun.

Ich wünsche dir, dass du Ruhe und Frieden findest. Sollte ich dazu beitragen können, dann lass es mich bitte wissen.

Liebe Grüße
Aaron

Stundenlang saß ich vor dem PC und las diese Nachricht. Jedes Mal, wenn ich am Ende angekommen war, scrollte ich wieder hoch und begann von neuem, bis ich sie auswendig hätte aufsagen können. Ganz allmählich sickerte es zu mir durch, dass Aaron mich nicht vollkommen aufgegeben hatte und dass er nach Antworten suchte, genau wie ich. Das machte mich gleichzeitig tieftraurig und überglücklich. Er war jetzt unerreichbar weit fort, und er wollte seine Ruhe. Selbst wenn ich gewollt hätte, ich hätte ihn weder sehen noch sprechen können. Aber: Er würde mich irgendwann fragen, ob es mit uns irgendwie weitergehen könnte. Das gab mir Hoffnung.

Und so gab ich mir einen Ruck und rief Lisa an. Seit unserem ersten Wiedersehen hatte ich nicht mehr mit ihr gesprochen. Auch wenn es wohl kaum einen Zusammenhang gab, so war doch ihr Erscheinen eng mit meiner Entfremdung von Aaron verknüpft. Ich hatte das irrationale Gefühl, dass nur einer von beiden Teil meines Lebens sein könnte und dass ich meine Aussöhnung mit ihr teuer bezahlt hatte.

Nach meinem Anruf setzte sie sich sofort ins Auto und kam zu mir. Die Zeit reichte gerade, um meine in letzter Zeit ziemlich verkommene Wohnung etwas aufzuräumen und mich selber in einen vorzeigbaren Zustand zu bringen. Kurz bevor Lisa klingelte, sprangen Enya und Lucky auf und rannten freudig wedelnd zur Tür. Ich hatte die beiden in Verdacht, sich sehr darüber zu freuen, dass endlich wieder einmal ein Mensch in normaler Gemütsverfassung zu Besuch kam. Diesmal beteiligte sich auch Lucky daran, Lisa überschwänglich zu begrüßen, sodass sie Halt an der Wand suchen musste, wenn sie nicht umgeworfen werden wollte. Schließlich gelang es ihr, auch mich zu begrüßen, und sie nahm mich in den Arm. Dabei strahlte sie so viel Wärme aus, dass mir erneut die Tränen kamen.

„Ach, Schwesterchen, es tut mir so leid. Manchmal denke ich, ich hätte euch nicht besuchen sollen. Vielleicht wäre dann noch alles gut zwischen euch."

Ich musste zugeben, dass ich Ähnliches auch schon gedacht hatte, es aber letzten Endes doch nur für eine Verirrung meines Geistes hielt.

„Du hast weder mir noch Aaron etwas getan. Es macht also gar keinen Sinn, dass es deine Schuld sein sollte."

„Aber ich habe gesagt, dass du wieder ausziehen solltest, wenn du dir nicht sicher bist. Ich hätte den Mund halten sollen, anstatt den Zweifel in dir zu säen, der sich wie ein Geschwür ausgebreitet hat."

„Der Zweifel war schon vorher da, erinnerst du dich?"

„Ja, schon, aber trotzdem …"

Lucky schien Wert darauf zu legen, dass Lisa nicht von meiner Schwermut angesteckt wurde, denn er legte ihr mit einer auffordernden Geste seinen Ball vor die Füße. Sie grinste und fragte: „Darf ich?"

„Ja, natürlich. Aber lass uns lieber in den Garten gehen, bevor die beiden hier alles auseinander nehmen."

Draußen war es ziemlich kalt und feucht. Der lange, heiße und nicht endende Sommer war nahtlos von Vorboten des Winters abgelöst worden. In einigen Nachbarhäusern stand noch die Dekoration für das Martinsfest im Fenster. Bald würde sie dem Weihnachtsschmuck Platz machen. Bei dem Gedanken erschauerte ich. Ein Weihnachten ohne Aaron konnte und wollte ich mir nicht vorstellen.

Ich überlegte lange, ob und wie ich auf seine E-Mail antworten sollte, sah mich dazu aber noch nicht in der Lage. Dennoch hatte er irgendeine Reaktion mehr als verdient, und so setzte ich mich abends an meinen Schreibtisch und schrieb:

Lieber Aaron,
ganz herzlichen Dank für deine Nachricht. Ich würde sie gerne ausführlich beantworten, aber dafür ist es noch zu früh. Auch ich suche nach Antworten, die es nicht zu geben scheint.
Ich wünsche dir eine schöne Zeit in Chile und hoffe, dass du etwas von dem findest, was du suchst.
Ganz liebe Grüße
Leonie

Einige Tage später blinkte endlich das Skype-Symbol auf meinem PC wieder auf. Ich hatte schon mehrmals überlegt, ob ich Hannah anrufen sollte, mich dann aber nie getraut, weil Aaron sich bei ihr zu Hause aufhielt. Umso mehr freute ich mich, endlich mit ihr sprechen zu können. Doch meine Freude sollte nicht lange anhalten.

Hannah saß tränenüberströmt am Bildschirm und stieß zusammenhangloses Zeug aus. Ich verstand nur die Worte *Daniel*, *Aaron* und *Pampa*, und ich hatte nicht den Eindruck, dass die Ursache dafür in einer schlechten Verbindung lag. Eine eiserne Faust legte ihre Finger um meinen Hals und drückte langsam und unbarmherzig zu. Ich zwang mich, zu atmen und meine Angst zu ignorieren.

Langsam sagte ich: „Hannah, es tut mir leid, aber ich verstehe dich nicht. Bitte, beruhige dich und sprich in kurzen Sätzen mit mir."

Sie schluchzte auf und sagte lange gar nichts mehr. Schließlich stotterte sie: „Aaron ist hier … hier bei uns."

„Ja, ich weiß."

Sie hatte offensichtlich nicht erwartet, dass Aaron mich informiert hatte, und wirkte desorientiert. Mühsam sammelte sie sich und fuhr fort: „Daniel ist mit Aaron in die Pampa gefahren." Die Botschaft der kurzen Sätze schien bei ihr angekommen zu sein, denn sie machte eine Pause.

„In die Pampa? Aber – das ist in Argentinien."

„Genau. Sie sind alleine unterwegs. Und sie sind seit drei Tagen verschwunden."

„Was heißt das, alleine? Kein Mensch fährt alleine durch die Pampa, jedenfalls kein Tourist."

Sie stöhnte auf. „Wem sagst du das? Aber sie haben es trotzdem gemacht." Wütend fügte sie hinzu: „Irgend so ein bescheuertes Männerding."

Sie war zu recht wütend. Auch ich wusste um die Gefahren in der Einsamkeit der Pampa. Wilde Raubtiere und Verbrecher waren kaum das Problem, aber es gab unzählbare Möglichkeiten zu verunglücken. Schon alleine die überall frei herumlaufenden Rinder und Pferde, die hinter jeder Wegbiegung auftauchen konnten, waren ein großes Risiko. Von unwegsamem Gelände ganz zu schweigen. Aber ich beschloss, diesen Punkt jetzt nicht zu vertiefen. Daher fragte ich: „Was meinst du damit, dass sie verschwunden sind?"

„Sie hatten geplant, jeden Tag in einer anderen Unterkunft zu übernachten. Die Route war genau festgelegt. Aber sie sind in keiner einzigen der Unterkünfte angekommen. Wir haben davon erst jetzt gehört, weil das ganze Kommunikationsnetz hier zusammengebrochen war."

„Haben sie kein Funkgerät dabei?"

„Doch – keine Reaktion."

„Ist die Polizei eigeschaltet?"

„Ja. Sie sagen, dass es nicht gut aussieht, wenn es nach drei Tagen noch kein Lebenszeichen gibt. Und dass ich die Angehörigen informieren soll."

Bei diesen Worten begann sie wieder, heftig zu schluchzen, und auch ich konnte meine Tränen nicht mehr zurückhalten. Ich hörte mich sagen: „Ich informiere Elias und Chiara. Muss ich sonst noch jemandem Bescheid sagen?"

„Nein, Daniels Eltern habe ich schon angerufen."

„Hannah, wo bist du jetzt?"

„Ich fliege gleich nach Mendoza. Dort haben sie den Wagen gemietet, und von dort sind sie auch losgefahren."

Ich zögerte nur den Bruchteil einer Sekunde, dann sagte ich: „Ich komme."

„Wirklich?" Ein kleiner Funken Hoffnung erschien in ihrem Gesicht.

„Ja, wirklich. Ich werde Lisa bitten, sich um die Hunde zu kümmern, und dann komme ich nach Mendoza. Es wird allerdings ein Weilchen dauern, bis ich da bin. Ich schicke dir eine Nachricht, sobald ich meine Flugdaten habe."

„Danke, Leonie."

Den Rest des Tages verbrachte ich damit, Lisa zu erklären, dass sie die Verantwortung für Enya und Lucky übernehmen musste, und Elias und Chiara zu bitten, mich an ihrer Stelle nach Mendoza fliegen zu lassen.

Letztendlich holte Elias die Hunde ab und brachte sie zu Aarons Haus, wo sich Lisa und Chiara um die beiden kümmern würden. Chiara buchte mir in der Zwischenzeit ein Flugticket, und ich packte mehr schlecht als recht meinen Koffer. Zum Glück hatte ich einen Reisepass und brauchte man als Tourist kein Visum für Argentinien, sodass ich schon am nächsten Morgen nach Düsseldorf zum Flughafen fahren konnte.

Ich hatte Hannah mitgeteilt, wann ich landen würde, und hoffte, dass sie die Information erhalten hatte. Bisher hatte sie sich noch nicht wieder gemeldet.

Mendoza

Von Düsseldorf flog ich zuerst nach Madrid, dann würde es weitergehen nach Santiago, und von dort nach Mendoza.

Bei der Zwischenlandung in Madrid blickte ich kurz auf mein Smartphone und fand endlich eine Nachricht von Hannah:

„Sie leben!!! Man hat sie gefunden und sie leben! Mehr weiß ich leider noch nicht."

Die ganze erzwungene Selbstbeherrschung, die ich in den vergangenen Stunden mühsam aufrechterhalten hatte, fiel in sich zusammen. Ich sank schluchzend auf einen Stuhl und schlug die Hände vors Gesicht. Eine nette ältere Dame setzte sich zu mir, tätschelte mir die Hand und sprach auf Spanisch beruhigende Worte. Sie warf einen Blick auf meine Bordkarte und leitete mich zur rechten Zeit zum richtigen Schalter. Ich stammelte ein „Gracias", und sie drückte mich kurz.

Beim Betreten des Flugzeugs fragte mich eine Flugbegleiterin mehrmals bekümmert, ob ich krank sei und Hilfe brauche, doch ich wiederholte nur stereotyp „Están vivos." Sie musterte mich misstrauisch, und ich musste ihr schließlich erklären, wovon ich sprach. Dabei stellte ich fest, dass starke Emotionen und das Sprechen einer Fremdsprache keine günstige Kombination darstellen, und lieferte ihr eine Kurzfassung auf Englisch. Das wiederum war nicht gerade ihre Stärke, und so musste ich ihrem Kollegen alles noch einmal erklären. Endlich waren sie davon überzeugt, dass ich keine bösen Absichten hatte, und ich durfte meinen Sitzplatz aufsuchen.

Nach dem langen Flug gestaltete sich die Landung in Santiago sehr turbulent. Es regnete heftig, und es stürmte. Nur unter großen

Anstrengungen gelang es dem Piloten, uns sicher in Chile ankommen zu lassen. Ich ahnte Böses für den Weiterflug.

Erneut warf ich einen Blick auf mein Smartphone: „Sie sind im Krankenhaus von Mendoza. Ich fahre jetzt auch hin." Die Nachricht war vor mehreren Stunden gesendet worden und hinterließ ein ungutes Gefühl in mir.

Die Anzeigetafeln im Flughafen bestätigten meine Befürchtungen: Alle folgenden Flüge waren gestrichen worden. Immerhin erfolgten die Durchsagen hier relativ langsam und deutlich, sodass ich verstand, was man uns mitteilte. Wegen eines Unwetters war der Betrieb auf dem Flughafen eingestellt worden. Keiner wusste, wie lange das dauern würde, aber wir sollten uns auf mindestens vierundzwanzig Stunden einstellen.

Ich stöhnte. Aaron lag in Mendoza im Krankenhaus, ich hatte keine Ahnung, wie es ihm ging, und saß hier fest und konnte offensichtlich nicht einmal mit Hannah kommunizieren. Ein Flughafenmitarbeiter sprach mich an und wollte wissen, wohin ich denn wollte und woher ich kam. Er brachte mich zu einem Schalter, wo man mir einen Hotelgutschein aushändigte. Mit einem Bus brachte man uns zu einem Hotel. Dort teilte ich mir das Zimmer mit zwei Argentinierinnen, die ebenfalls nach Mendoza wollten. Das gab mir die Hoffnung, dass ich zumindest meinen Weiterflug nicht verpassen würde. Mit ein wenig Glück wären die Damen besser in der Lage, die notwendigen Informationen zu erhalten, als ich. Leider konnten auch sie niemanden erreichen, um ihre Verzögerung anzukündigen, was sie zu der Vermutung veranlasste, dass das Mobilfunknetz zusammengebrochen sei. Meine Verzweiflung wuchs von Minute zu Minute. Offensichtlich hielten sie es schon bald kaum noch mit mir und meiner Unruhe aus, denn sie luden mich zum Essen ein und ließen sich meine Geschichte erzählen. So gewann ich zwei gute Freundinnen, die mich durch die nächsten dreißig Stunden begleiteten, bis wir endlich argentinischen Boden erreichten.

Der kurze Flug von Santiago nach Mendoza war trotz allem so beeindruckend, dass ich meine Sorgen und Ängste vorübergehend ein wenig vergessen konnte. Nicht nur überquerten wir die Anden, sondern man sah auch sehr deutlich, dass die chilenische Seite des Gebirges reich an Niederschlägen sein musste, während auf der argentinischen Seite eher Trockenheit vorzuherrschen schien.

Nach einer Reise von über fünfzig Stunden erreichte ich endlich Mendoza und konnte nur hoffen, dass Hannah dort tatsächlich auf mich warten würde.

In der Ankunftshalle wimmelte es von Menschen. Die einen strebten sofort dem Ausgang zu, andere ließen suchende Blicke durch den Raum schweifen. Beinahe stolperte ich über ein Kleinkind, das weinend am Boden saß. Dann fiel mein Blick auf Hannah: Sie trug eine Jeans, einen dicken Pullover und darüber eine Steppweste, und mir wurde schlagartig klar, dass ich falsch gepackt hatte. Ich hatte mich so vorbereitet wie für einen Urlaub auf Teneriffa. Mit meiner leichten Sommerkleidung würde ich in den nächsten Tagen wohl frieren. Immerhin hatte ich eine Jeans eingepackt. Der Rest würde sich finden.

„Hannah!", rief ich und winkte ihr aufgeregt zu. Sie war blass, und dunkle Schatten umgaben ihre Augen. Ob sie wohl genauso wenig geschlafen hatte wie ich?

Erleichtert lief sie auf mich zu und wir fielen einander in die Arme. „Leonie, Gott sei Dank. Ich dachte schon, ich würde dich in diesem Gewusel niemals finden."

Ich drückte sie an mich, als wollte ich sie nie wieder loslassen. „Ich habe dich so vermisst, Hannah. Ich hätte dich so sehr gebraucht." Es sollte nicht vorwurfsvoll klingen, und das tat es auch nicht. Hannah strich mir über die Haare und sagte: „Ich weiß." Dann nahm sie mich bei der Hand und führte mich zum Ausgang. „Komm, wir fahren erst einmal ins Hotel und bringen deine Sachen weg. Wenn du dich umgezogen und etwas gegessen hast, fahren wir ins Krankenhaus."

Plötzlich begann die Halle, sich um mich herum zu drehen, und ich versuchte, tief durchzuatmen. „Können wir nicht sofort zum Krankenhaus? Wie geht es den beiden?"

Der Druck ihrer Hand wurde fester, als sie sagte: „Sie sind in Sicherheit, Leonie. Sie haben keine Verletzungen, die nicht wieder verheilen würden." Sie legte mein Gepäck ins Auto und nahm mich noch einmal liebevoll in den Arm. „Aaron wird wieder gesund, ganz bestimmt. Allerdings ist er ziemlich geschwächt, und er hat starke Schmerzen, sodass er meistens schläft und kaum wahrnimmt, was um ihn herum geschieht. Aber das liegt nur an den Medikamenten. Komm, entspann dich ein bisschen."

Im Auto starrte ich unbestimmt vor mich hin und sah weder Straßen noch Häuser. Erst im Hotelzimmer kam ich wieder etwas zu mir. Ich hörte Hannah sagen: „Jetzt dusche erst einmal, zieh dir etwas Wärmeres an, und dann frühstücken wir. Anschließend fahren wir ins Krankenhaus."

Ich schüttelte heftig den Kopf. Ich wollte nicht frühstücken, und schon gar nicht duschen. Ich wollte nur zu Aaron. Doch Hannah schob mich einfach ins Badezimmer.

„Oh doch, ich möchte nicht, dass du auch noch krank wirst. Ob es dir gefällt oder nicht, wir müssen sorgsam mit unseren Kräften umgehen, damit wir den Männern eine Hilfe sein können."

Irritiert sah ich sie an: „Seit wann bist du so abgebrüht?"

Sie lachte: „Ich bin nicht abgebrüht, ganz im Gegenteil. Ich war noch nie so wenig abgebrüht wie gerade jetzt, aber ich bin realistisch. Nun geh schon, ich möchte die beiden auch schnell wiedersehen."

Gehorsam zog ich mich aus und stieg in die Dusche. Zusammen mit dem Wasser ließ ich alle Tränen aus mir herauslaufen, bis ich das Gefühl hatte, dass keine mehr übrig waren. In ein Handtuch gewickelt betrat ich das Zimmer. Hannah hatte inzwischen meinen Koffer geöffnet und versucht, mir passende Kleidung zurechtzulegen. Da sie nicht gefunden hatte, wonach sie suchte, hatte sie kommentarlos einen Pullover und dicke Socken aus ihrem eigenen Gepäck hinzugefügt.

Sie bestand weiterhin darauf, dass wir frühstückten, und so biss ich vollkommen appetitlos in das vor mir liegende Brötchen. Verwundert stellte ich fest, dass es eigentlich sehr gut schmeckte. Dennoch gelang es mir nur mit größter Mühe, es aufzuessen. Meine Gedanken wanderten immer wieder zu Aaron und ließen die schlimmsten Szenarien auferstehen. Während ich meinen Tee trank, belegte Hannah weitere Brötchen und packte sie, zusammen mit einer Flasche Wasser und etwas Obst, ein.

Endlich fuhren wir zum Krankenhaus. Wir kamen durch ein Viertel mit Einfamilienhäusern, in deren Vorgärten Kinder spielten. An einer Straßenecke standen Leute zusammen und unterhielten sich. Und immer wieder lagen Hunde herum, nicht nur in den Gärten, sondern auch auf den Straßen. Sie sahen wohlgenährt aus und machten nicht den Eindruck, vernachlässigt zu sein. Bei ihrem Anblick wanderten meine Gedanken zu Lucky und Enya, und dann sofort weiter zu Aaron.

Ich freute mich so sehr darauf, ihn wiederzusehen. Aber würde er mich wiedersehen wollen? Und ging es ihm gut genug, damit er sich der Frage überhaupt stellen konnte?

Ich schluckte und fragte Hannah: „Weiß er, dass ich komme?"

Sie sah mich von der Seite her an und ließ sich Zeit mit der Antwort. „Daniel weiß es, aber Aaron nicht. Daniel wollte nicht, dass er es erfährt, solange nicht hundertprozentig feststand, dass du kommst."

Ich fuhr mir mit der Hand über die Stirn und nickte. „Ich verstehe." Aaron hatte ihm also alles erzählt, und folglich vertraute Daniel mir nicht mehr.

Hannah berührte mich kurz am Oberschenkel und sagte: „Aber ich verstehe es nicht. Was ist zwischen euch vorgefallen? Weißt du, es ging Aaron schon nicht gut, als er hier ankam. Vermutlich sind die beiden auch nur deshalb auf die blöde Idee gekommen, alleine durch die Pampa zu fahren."

Gequält sah ich zu ihr hinüber. „Darf ich dir das später erzählen? Bitte!"

Zum ersten Mal seit meiner Ankunft lächelte sie, als sie sagte: „Ja, klar. Tut mir Leid."

Im Krankenhaus fuhren wir gleich hoch in den fünften Stock, wo Hannah mich beim Personal kurzerhand als Aarons Verlobte vorstellte. Offenbar sah ich ausreichend besorgt aus, sodass man uns diese kleine Notlüge sofort glaubte. Mir war nicht ganz wohl bei der Frage, was Aaron dazu sagen würde, aber ich wollte nicht riskieren, ihn nicht sehen zu dürfen, und ließ Hannah gewähren.

Sie führte mich zum Zimmer und klopfte an. Nach kurzer Zeit hörte ich Daniels Stimme, die uns auf Spanisch hereinbat. Hannah griff erneut nach meiner Hand und zog mich hinein. Wir betraten einen lichtdurchfluteten Raum, in dem zwei Betten standen. In einem davon saß Daniel und wirkte recht munter. Offensichtlich hatte er sich den Fuß gebrochen. Außerdem war sein Arm bandagiert und hatte er mehrere Schürfwunden im Gesicht. Bei meinem Eintreten war seine Freude spürbar. Er hielt mir seine gesunde Hand hin, zog mich zu sich ans Bett und sagte: „Leonie, dich schickt der Himmel."

Ich sah hinüber zu Aaron und spürte wieder Tränen in mir aufsteigen. Er schlief. Um den Kopf trug er einen Verband. Im Gegensatz zu Daniel sah er sehr blass und krank aus. Seine linke Hand war eingegipst, und in seinem rechten Arm steckte eine Kanüle, die zu einem Infusionsbeutel führte, der über seinem Bett hing. Auf der anderen Seite des Bettes hing ein Beutel herab, der wohl seinen Urin auffing. Am liebsten hätte ich Aaron sofort in den Arm genommen und liebkost, aber ich wagte nicht, ihn zu berühren.

Hannah begrüßte zuerst Daniel mit einem Kuss und dann Aaron, indem sie ihm sanft über den Arm strich. Nun begrüßte auch ich Daniel mit einem Kuss auf die rechte Wange. Er griff mit seinem gesunden Arm nach meiner Schulter und hielt mich fest.

„Schön, dass du da bist, Leonie. Aaron wird sich freuen."

Er hielt meinen Blick gefangen, und ich fragte: „Bist du sicher?" Meine Lippen bebten und meine Stimme klang zittrig. Sanft fragte er: „Warum bist du hier?"

Ich hielt seinem Blick stand. „Weil ich ein Idiot bin. Ich weiß jetzt, was Aaron mir bedeutet und dass ich Fehler gemacht habe. Aber wenn er nicht mehr aufwacht, wird er nie erfahren, wie sehr ich ihn liebe. Ich muss es ihm einfach sagen, auch wenn er mich nach allem, was passiert ist, nicht mehr um sich haben will."

Endlich löste er den Griff um meine Schulter und ließ seine Hand über meinen Arm hinunter gleiten.

„Du bist kein Idiot. Ihr habt Fehler gemacht, ja. Aber daraus könnt ihr lernen, und das werdet ihr auch." Er lächelte mir aufmunternd zu. „Lernt, einander so zu vertrauen, dass ihr keine Angst vor Meinungsverschiedenheiten habt. Nur wenn ihr offen zueinander seid, könnt ihr miteinander wachsen. Auch wenn das manchmal nicht ganz so harmonisch verläuft, es lohnt sich. Glaube mir."

Er bewegte den Kopf ein wenig auf Aaron zu und fuhr fort: „Keine Angst, er wird wieder aufwachen. Die Ärzte haben ihn ruhiggestellt, weil er so starke Schmerzen hat. Aber wenn er aufwacht, wird er sich ganz bestimmt über dich freuen."

Ich verstand und ging hinüber zu Aarons Bett. Vorsichtig berührte ich seine Hand und ließ mit einem Seufzer einen großen Teil meiner Angst fallen. Es tat so gut, ihn zu spüren. Seine Finger zuckten kurz bei meiner Berührung. Ich fuhr ganz langsam und sanft seinen Arm entlang bis hoch zu seinem Gesicht. Die Außenseite meiner Finger glitt über seine Wange und ich flüsterte: „Hallo, Aaron. Ich bin's, Leonie." Als ich ihn ansah, flackerten seine Augenlider kurz, doch er schlief weiter. Ich zog mir einen Stuhl an sein Bett und ließ seine Hand in meiner ruhen. Hannah und Daniel beobachteten uns, und auch sie ließen ihre Hände ineinandergleiten.

Nach einiger Zeit wollte ich wissen: „Was ist eigentlich passiert? Und was ist mit Aaron? Warum hat er solche Schmerzen? Und warum scheint er in einem viel schlechteren Zustand zu sein als du?"

Ein Schatten legte sich wie eine schwere Decke über Daniel. Er lächelte unbeholfen. „Na, immerhin fragst du nicht, warum wir so blöd waren, alleine in die Pampa zu fahren."

Ich schmunzelte: „Das kommt später."

Er atmete tief ein. „Wir waren mehrere Kilometer auf einer schnurgeraden Straße unterwegs. Mir wurde die Gegend unheimlich, doch Aaron genoss die endlose Weite. Schließlich tauchten einige Büsche am Straßenrand auf, und wir witzelten noch darüber, dass sie eine Art Not-Toilette darstellen könnten. Wir lachten herzhaft darüber – und deshalb sahen wir die Pferde zu spät, die plötzlich quer über die Straße galoppierten. Aaron riss das Steuer herum, um ihnen auszuweichen. Fast wäre ihm das auch gelungen, doch der Wagen rutschte in einen Graben und überschlug sich mehrmals. Als wir wieder zu uns kamen, waren die Pferde weg, doch wir waren beide verletzt und hatten keinen Empfang. Wir hatten großes Glück, dass uns jemand gefunden hat." Er machte eine Pause und blickte zu Aaron: „Er hat eine starke Rippenprellung auf der linken Seite. Der ganze Rippenbereich ist angeschwollen und hochempfindlich, sodass ihm jede noch so kleine Bewegung wehtut. Jeder Atemzug schmerzt. Er bekommt starke Schmerzmittel und eine Salbe gegen die Schwellung. Ob's hilft, wird man sehen. Auf jeden Fall wird er wohl noch lange Schmerzmittel nehmen und sich schonen müssen. Es wäre gut, wenn er bald wieder essen und trinken könnte. Die Ärzte denken schon über eine Magensonde nach." Er zog bekümmert die Stirn in Falten, dann fuhr er fort: „Der linke

Arm ist gebrochen, und am Kopf hat er eine Platzwunde. Alles halb so schlimm, wenn die Schmerzen nicht wären."

Es klang, als wollte er weiterreden, doch er schwieg. Schließlich fragte ich: „Und du, wie geht es dir?"

Er zuckte mit den Schultern: „Geht schon. Mein Fuß ist gebrochen und wurde operiert, eine Fleischwunde am Arm musste genäht werden, und blaue Flecken und Schürfwunden. Das wird schon wieder."

Hannah griff ihm liebkosend ins Haar. Nachdenklich sah sie zu Aaron und sagte: „Ich finde, er sieht entspannter aus als vorher." Daniel folgte ihrem Blick und nickte: „Kann schon sein, ja."

„Trotzdem verstehe ich das nicht", wandte sie ein. „Es ging ihm nicht gut, als er bei uns ankam, das war deutlich. Er war übermüdet und traurig, aber nicht so schwach. Was ist passiert, als ihr unterwegs wart? Warum ist er dem Tod von der Schippe gesprungen und geht es dir so viel besser als ihm? Immerhin hast du Blut verloren, nicht er."

Lange Zeit war es still im Krankenzimmer. Ein feuchter Glanz trat in Daniels Augen und er presste die Lippen zusammen. Ratlos sahen Hannah und ich einander an. Schließlich fragte sie: „Habt ihr euch gestritten?"

Unwillig schüttelte Daniel den Kopf. „Es war seine Entscheidung. Ich war dagegen, aber er ließ nicht mit sich reden, der Sturkopf."

Langsam ließ ich Aarons Hand los und setzte mich zu Daniel aufs Bett. „Was war seine Entscheidung?"

Kaum hörbar sagte er: „Als klar wurde, dass man uns so schnell nicht finden würde, hat er unsere Vorräte nicht mehr angerührt. Er hat einfach aufgehört, zu essen und zu trinken." Daniel griff so heftig nach meinem Arm, dass ich vor Schmerz zusammenzuckte. „Ich wollte das nicht, das musst du mir glauben."

Besänftigend legte ich meine Hand auf seine, und er lockerte seinen Griff. „Ich glaube dir ja. Aber warum?" Ein schrecklicher Gedanke durchfuhr mich: „Wollte er nicht mehr leben?"

Daniels Augen weiteten sich, als er verstand, worauf ich hinaus wollte. „Nein, nein – ich meine, doch. Er wollte nicht sterben. Auf keinen Fall wollte er das. Aber er war der Meinung, es wäre wichtiger, dass ich weiter lebe. Und die Vorräte hätten für eine Person länger gereicht als für zwei. Verstehst du?"

Ich nickte langsam, doch Hannah schüttelte heftig den Kopf. „Ich verstehe das ganz und gar nicht. Was sollte das?"

Als Daniel ihr ins Gesicht sah, wurden seine Züge weich, und sein Blick glitt hinunter zu ihrem Bauch. Schlagartig verstand ich: Hannah war schwanger, und Aaron hatte nicht gewollt, dass ihr Kind ohne Vater würde aufwachsen müssen.

Wut blitzte in ihren Augen auf und sie fuhr Daniel an: „Woher wusste er das? Wir wollten es noch keinem sagen."

„Es tut mir leid, Schatz. Aber wir dachten, wir würden sterben. Da haben wir einander so einiges erzählt. Es war vielleicht unsere letzte Gelegenheit." Um Entschuldigung bittend sah er von ihr zu mir.

Hannah rang noch mit sich selbst, doch ich drückte zuerst Daniel und dann Hannah einen Kuss auf die Wange. „Darf ich euch trotzdem gratulieren?" Erwartungsvoll sahen wir nun beide Hannah an. Sie war irritiert, doch dann strahlte sie auf und sagte: „Ja, klar. Aber erzähle es bitte nicht weiter. Ich finde, es ist zu früh dafür."

Ich nahm sie in den Arm und freute mich von Herzen für sie. Sie erwiderte meine Umarmung, dann ging sie zu Aaron hinüber und nahm sein Gesicht so sanft, wie es ihr möglich war, in ihre Hände. Sie ließ ihre Wange an seiner ruhen und flüsterte ihm zu: „Danke, du verrückter Kerl. Das werde ich dir nie vergessen, auch wenn es eine vollkommen bescheuerte Idee war." Sie richtete sich auf und sagte: „Ich glaube, der Taufpate steht fest, oder?"

Daniel stimmt ihr erleichtert zu und berührte mich noch einmal am Arm: „Ich fände es schön, wenn du dir diese Aufgabe mit Aaron teilen würdest. Ich weiß, dass Hannah einverstanden wäre."

„Das fände ich auch schön. Aber das lassen wir besser Aaron entscheiden."

Noch lange saß ich an Aarons Bett und hoffte darauf, dass er aufwachen würde. Irgendwann war ich dankbar für die Vorräte, die Hannah eingepackt und mir dagelassen hatte. Sie war mittlerweile ins Hotel zurückgekehrt. Daniel hatte auch mich fortschicken wollen, aber ich hatte Aaron nicht verlassen können. Schließlich war ich so müde, dass mein Oberkörper auf sein Bett sank und ich einschlief.

Ich träumte, dass mich jemand an den Schultern fasste und mit aller Kraft versuchte, mich von Aaron fortzuzerren. Er versank in einem tiefen Wasserstrudel, und ich musste hilflos zusehen, wie er verschwand. Ich versuchte, mich zu wehren und ihn festzuhalten, aber es war sinnlos. Mein Atem ging immer schneller und ich schrie verzweifelt.

Ich schnappte nach Luft und hörte eine Stimme, die freundlich sagte: „Señora." Warme Hände legten sich auf meine Schultern, und ich hörte dieselbe Stimme wieder: „Señora, por favor. ¡Despertá!"

Der Wasserstrudel, der Aaron aufgesaugt hatte, war fort. Mein Kopf lag auf einer Art Stoff und ich nahm Krankenhausgerüche wahr, irgendwo auch den Duft von Aarons Körper. Verwirrt öffnete ich die Augen und richtete mich mühsam auf. Ich blickte in das rundliche Gesicht einer freundlich aussehenden Krankenschwester. „Lo siento, señora. Ich muss Ihren Mann behandeln. Darf ich?"

Zuerst tauschte sie den Urinbeutel aus. Dann desinfizierte sie sich die Hände und zog die Decke von Aarons Oberkörper. Ich sah eine Schwellung im vorderen Rippenbereich. Als sie bemerkte, dass ich sie verstand, erklärte sie mir noch einmal, welche Verletzungen Aaron davongetragen hatte und dass ich mir keine Sorgen machen sollte. Mit Bewegungen, die unendlich sanft aussahen, machte sie winzige Kreise auf seinem Brustkorb. Sie erklärte: „Ich mache das einmal am Tag, um die Heilung zu beschleunigen. Wenn Sie möchten, können Sie das gerne drei- bis viermal am Tag wiederholen. Dann zeige ich Ihnen, wie es geht."

Voller Dankbarkeit, endlich etwas tun zu können, probierte ich es zuerst an meinem, dann an ihrem Unterarm aus. Die Besonderheit bestand darin, nicht die Finger auf der Haut kreisen zu lassen, sondern mit äußerster Sanftheit die Haut kreisförmig zu bewegen. Als sie schließlich mit mir zufrieden war, trug sie noch ein Gel auf die Prellung auf und deckte Aaron wieder zu. Er schien die ganze Prozedur nicht bemerkt zu haben.

„Wacht er auch irgendwann auf? Ich mache mir solche Sorgen."

Sie nickte beruhigend. „Er hat starke Schmerzen und war sehr unruhig. Wir haben ihm neben Schmerzmitteln auch etwas zur Beruhigung gegeben, damit er sich nicht weiter verletzt. Allerdings kommt er so nicht dazu, etwas zu essen. Das gefällt uns nicht. Vielleicht kommt er etwas zur Ruhe, wenn er sieht, dass Sie hier sind. Wir würden die Beruhigungsmittel sehr gerne reduzieren." Sie machte eine Pause. „Sollen wir es versuchen? Können Sie noch ein paar Stunden hier bleiben, damit Sie da sind, wenn er aufwacht?"

Auf einmal mischte sich Daniel in unser Gespräch und fuhr dazwischen: „¡No! Das kann sie nicht. Sie ist seit über zwei Tagen unterwegs und vollkommen übermüdet. Sie muss sich ausruhen."

Die Krankenschwester sah fragend von Daniel zu mir, und ich gab zu: „Er hat recht, aber ich möchte so gerne hierbleiben. Bitte."

Sie überlegte einen Moment, forderte mich auf zu warten und verließ den Raum. Kurze Zeit später kam sie in Begleitung eines

Pflegers zurück, der eine Art faltbares Gästebett dabei hatte. Er klappte es auf und stellte es in einiger Entfernung von Aarons Bett ans Fenster. Augenzwinkernd sagte sie zu mir: „Das ist eigentlich für die Mütter unserer kleinen Patienten gedacht. Aber ich glaube, wir können hier einmal eine Ausnahme machen. Allerdings müssen wir es Ihnen wegnehmen, wenn wir es für ein Kind brauchen. Einverstanden?"

Vor Freude fiel ich ihr um den Hals, und sie tätschelte mir den Rücken. Zufrieden verließ sie zusammen mit ihrer Begleitung das Krankenzimmer und ließ uns zurück.

Daniel räusperte sich und meinte schalkhaft: „Also, irgendetwas muss ich falsch gemacht haben. *Meine* Frau hat kein Bett bekommen."

„Das liegt wahrscheinlich daran, dass *du* nicht extra aus Deutschland hergeflogen bist, um dich ins Krankenhaus zu legen", sagte ich, plötzlich gut gelaunt.

„Tu mir einen Gefallen, leg dich hin und schlaf ein bisschen. Ich sage dir Bescheid, wenn er aufwacht." Beim Anblick seines gebrochenen Fußes überkamen mich gewisse Zweifel an seinem Versprechen, aber ich wusste, dass er Recht hatte, und streckte mich auf dem Bett aus.

„Leonie, aufwachen." Hannahs Stimme holte mich aus einem diesmal traumlosen Schlaf zurück ins Krankenzimmer. Ich blinzelte müde und wünschte mir, endlos weiterschlafen zu können.

„Du solltest aufstehen. Aaron wacht allmählich auf."

Meine Müdigkeit verflog sofort, und ich rieb mir die Augen. Noch etwas unsicher stand ich auf und trat an sein Bett. Hannah zog mir einen Stuhl herbei und sagte: „Komm, setz dich."

Mein Herz klopfte wie wild, und in meinem Magen rumorte es. Aaron bewegte sich ein wenig. Er stöhnte leise, und ich nahm seine Hand in meine. Meine Daumen bewegten sich sacht auf seiner Haut. Er blieb wieder still liegen und zog die Stirn kraus, so als würde er über etwas nachdenken.

Endlich öffnete er die Augen. Das Licht blendete ihn, sodass er seine Lider mehrmals wieder schloss, bis sein Blick mich fand und sich an mir festhielt. Die Emotionen, die sich in ihm abspielten, waren deutlich erkennbar: Auf Unverständnis folgte langsames Begreifen, darauf Erstaunen und letztlich tiefe Freude.

„Leonie!?"

Als ich seine bedingungslose Freude in mir aufnahm, fiel ein großer Teil meiner Angst in sich zusammen, und Tränen der Erleichterung brachen aus mir hervor. Aaron versuchte, meine Tränen mit seiner Hand zu trocknen, zuckte aber vor Schmerz zusammen und ließ die Hand wieder fallen. Hannah trat hinzu und reichte mir eine Packung Taschentücher. Sie legte mir beruhigend den Arm um die Schulter und führte unsere Hände sanft wieder zu einander.

„Leonie, was machst du hier? Und wo sind wir genau?"

Offensichtlich war Aaron noch nicht wieder ausreichend bei Bewusstsein gewesen, um die Geschehnisse der letzten Tage zu erfassen. Hannah erklärte es ihm so gut, wie es ihr möglich war: „Du warst mit Daniel in der Pampa unterwegs, und dort hattet ihr einen Unfall. Es hat ein paar Tage gedauert, bis man euch gefunden hat. Jetzt seid ihr im Krankenhaus von Mendoza. Ihr habt beide großes Glück gehabt, auch wenn du leider ziemlich starke Schmerzen hast."

Aaron nickte langsam. Unter dem Einfluss der Medikamente dauerte es etwas, bis er Hannahs Worte verarbeitet hatte. Dann sagte er: „Der Unfall, ja. Wir dachten, wir würden sterben. Wo ist Daniel? Wie geht es ihm?"

„Alles in Ordnung, Kumpel. Mir geht es besser als dir. Mach dir keine Sorgen."

Aaron wandte den Kopf Daniel Stimme zu. Nach einigen Augenblicken zwinkerte Daniel ihm verschwörerisch zu. Aaron setzte zu einem Seufzer an, unterbrach den Atemzug aber sofort wieder, als ein heftiger Schmerz ihn daran hinderte.

„Scheiße, was ist das?", entfuhr es ihm. Ich hatte ihn noch nie fluchen hören und erinnerte mich an Daniels Worte. Ich unterdrückte ein Schmunzeln. Ob ich dies wohl als gutes Zeichen für unsere Beziehung werten dürfte?

„Eine 1a-Rippenprellung", unterbrach Daniel meinen Gedankengang. „Daran wirst du noch lange Freude haben. Außerdem ein gebrochener Arm und eine Platzwunde am Kopf. Willkommen im Leben, mein Freund."

„Na, toll. Das ist ja jetzt noch schlimmer als gleich nach dem Unfall." Mit Mühe unterdrückte Aaron einen weiteren Seufzer. Allmählich schien er zu verstehen, dass er keine wirklich gefährlichen Verletzungen hatte. Seine Gesichtszüge entspannten sich.

Er sah mich so neugierig und vertrauensvoll an, dass ich schlucken musste. „Leonie, wir sind in Argentinien. Was machst du hier?"

Ich kam mir dumm und hilflos vor und sagte: „Dich davor bewahren, noch mehr Blödsinn zu machen."

Daniel räusperte sich leise im Hintergrund, woraufhin Aaron fragend die Augenbraue hob.

„Ich … ich möchte …" Er sah mich unverwandt an, bis ich in seinem Blick zu versinken schien. „Ich möchte dich um Verzeihung bitten. Ich hätte nicht einfach weggehen dürfen, sondern dir sagen müssen, was mich bedrückte. Ich weiß jetzt, dass wir Fehler gemacht haben, aber Daniel sagt, Fehler sind dazu da, dass man aus ihnen lernt. Wenn man euch nicht gefunden hätte, wenn … dann hätte ich dir das alles nie sagen können. Dann hättest du nie erfahren, wie sehr ich dich liebe. Es …"

„Schschsch." Er unterbrach mich und führte meine Hand zu seinen Lippen. „Langsam, Leonie, nicht so schnell. Ich bin noch etwas benebelt." Er schwieg und ordnete seine Gedanken.

„Wenn man uns nicht gefunden hätte, hättest auch du niemals erfahren, wie sehr ich *dich* liebe. Aber man *hat* uns gefunden und uns damit eine zweite Chance gegeben. Dafür bin ich sehr, sehr dankbar. Und dafür, dass du jetzt hier bist."

Ich seufzte und schloss erleichtert die Augen. Gleichzeitig hatte ich ein schlechtes Gewissen, weil ich wusste, dass Aaron diese Art der Gefühlsäußerung vorläufig verwehrt bleiben würde. Ich setzte noch einmal an: „Es tut mir leid." Doch er schüttelte nur den Kopf: „Es gibt nichts zu verzeihen. Du hast es nicht böse gemeint, und ich auch nicht. Lass es uns in Zukunft einfach besser machen. Wir sollten ausnahmsweise einmal auf Daniel hören." Ein zaghaftes Grinsen stahl sich in sein Gesicht, und in mir breitete sich ein warmes Glücksgefühl aus, das ihm nicht verborgen blieb.

Sein Blick wandelte sich, und er bat mich leise: „Würdest du mich bitte küssen? Wenn ich mich dafür aufrichten muss, wird daraus nichts. Ich möchte …"

Ich schnitt ihm das Wort ab. Aus Angst, ihm weh zu tun, berührte ihn nur ganz sanft. Doch er umfasste meinen Kopf und zog ihn näher zu sich heran. Ich spürte die Sehnsucht, die von ihm ausging, und beantwortete seinen Kuss. Plötzlich zuckte er zusammen und stöhnte.

Ich küsste ihn noch einmal vorsichtig und meinte: „Wenn du möchtest, kannst du etwas zum Schlafen bekommen, dann spürst du den Schmerz nicht mehr. Das haben sie in den letzten Tagen auch so gemacht."

Aber Aaron schüttelte den Kopf. „Auf keinen Fall, jedenfalls nicht tagsüber. Ich möchte dich sehen und spüren können und nicht mehr bewusstlos gespritzt werden. Bitte, sag ihnen das."

Ich streichelte ihn sacht und beruhigend, doch er war schon wieder eingeschlafen.

Schweren Herzens verließ ich Aaron und fuhr mit Hannah in die Stadt, um mir etwas Warmes zum Anziehen zu kaufen. Unter normalen Umständen hätte ich gerne länger in dem modernen Einkaufszentrum herumgestöbert, in das sie mich führte, doch nun wollte ich nur noch etwas essen und anschließend schlafen.

Wir fanden eine kleine, nett aussehende Pizzeria, in der ich die beste Pizza meines Lebens aß. Es war mir im Vorfeld nicht bewusst gewesen, aber da ein Großteil der Einwohner Argentiniens spanische oder italienische Wurzeln hatte, hatten sie selbstverständlich auch die Pizza mit ins Land gebracht – mit großem Erfolg, wie ich fand.

Bei unserer Ankunft im Hotel wurden wir sogleich an die Rezeption gerufen. Ein Mitarbeiter der Autovermietung wartete auf uns und brachte das Gepäck, das man im Unfallfahrzeug gefunden hatte. Es stellte sich heraus, dass Aaron sorgfältig darauf geachtet hatte, ein vollständig versichertes Fahrzeug zu mieten, sodass wir von dieser Seite keine Unannehmlichkeiten zu erwarten hatten.

Hannah war erleichtert: „Gut, dass Aaron dabei war. Ich bin mir nicht sicher, ob Daniel so vorausschauend gewesen wäre. Aaron hat wirklich an alles gedacht. Er hat auch eine Reisekrankenversicherung, die für alle Krankenhauskosten aufkommen wird."

Verwundert hielt ich inne: „Woher weißt du das?"

„Weil ich mir erlaubt habe, in seine Brieftasche zu schauen, bevor du angekommen bist. Als ich seine Versichertenkarte fand, habe ich dort angerufen. Ich musste ihnen nur noch seine Mitgliedsnummer nennen, und seitdem kümmern sie sich um alles. Möglicherweise wird er auch nach Deutschland zurückgeflogen, sobald er transportfähig ist. Darüber entscheiden allerdings die Ärzte hier."

„Wow, du bist klasse. Vielen Dank. Das sind gleich ein paar Sorgen weniger."

Sie wirkte erleichtert. „Gott sei Dank! Ich habe schon befürchtet, ihr würdet mir verübeln, dass ich seine privaten Dinge durchstöbert habe."

„Ach was, das war genau richtig. Ich bin mir sicher, dass Aaron das genau so sehen wird."

Die Erkenntnis, dass Aaron wirklich wieder ganz gesund werden würde und dass sein misslungenes Abenteuer keine schwerwiegenden finanziellen Konsequenzen nach sich ziehen dürfte, ließ mich in dieser Nacht zum ersten Mal seit langem ruhig und entspannt schlafen. Folglich wachte ich am nächsten Tag erst gegen zehn Uhr auf. Aus dem Frühstück machten wir einen Brunch, damit wir bis zum Abend bei Aaron und Daniel bleiben könnten.

Bei unserer Ankunft im Krankenhaus wurde dort schon das Mittagessen verteilt. Aaron sah deutlich besser aus als noch vor einigen Stunden. Er war nicht mehr so blass, und sowohl das Gästebett als auch den Urinbeutel hatte man entfernt. Er freute sich sichtlich, als er mich sah, und streckte seine Hand nach mir aus.

„Schön, dass du da bist, Leonie."

Bald kam ein Krankenpfleger mit einem Tablett herein und stellte es auf Aarons Tisch ab. Auf Englisch sagte er: „Hallo, mein Name ist Pablo. Ich bringe Ihnen Ihr Mittagessen."

Aaron sah misstrauisch zum Tablett, doch Pablo lächelte ihm ermutigend zu: „Keine Sorge, ich helfe Ihnen."

Er machte sich am Bett zu schaffen, um das Kopfteil aufzurichten. Dabei legte er Aaron beruhigend die Hand auf die Schulter und sagte: „Das wird jetzt vermutlich etwas weh tun, aber es ist nicht gut, im Liegen zu essen." Äußerst vorsichtig richtete er das Bett auf, doch Aaron biss trotzdem die Zähne zusammen. Sein Körper verkrampfte sich, und ich befürchtete, dass seine Schmerzen dadurch nur noch größer würden. Ich bat den Pfleger, eine kurze Pause einzulegen, und ließ meine Finger sanft über Aarons Brustkorb kreisen, wie ich es am Tag zuvor gelernt hatte. Zufrieden stellte ich fest, dass seine Gesichtszüge weicher wurden, und fragte ihn: „Geht es dir jetzt besser? Glaubst du, du kannst jetzt etwas essen?"

Er nickte und sah mich erstaunt an. Auch Pablo wirkte irritiert und beobachtete mich weiterhin genau, unterhielt sich jedoch während des Essens nur mit Aaron. Anschließend entfernte er den Zugang für die Infusion und half Aaron zur Toilette. Als dieser zurückkam, hatte er Schweißperlen auf der Stirn vor Anstrengung.

Hannah war ganz fasziniert von dem, was meine Finger bewirkt hatten.

„Wie hast du das gemacht? Woher kannst du das?"

Ich zuckte mit den Schultern. „Das hat mir doch gestern die freundliche Krankenschwester gezeigt. Ich wusste nicht, ob es gegen Schmerzen hilft, aber ich dachte, einen Versuch sei es wert." Lächelnd fügte ich hinzu: „Es scheint ja geholfen zu haben."

„Faszinierend."

Daniel klopfte bedauernd auf den Gips an seinem Fuß und sagte: „Schade, dass mein Fuß so gut eingepackt ist. Sonst könntest du das bei mir auch einmal versuchen."

Abends erschien die nette Krankenschwester wieder. Sie hatte einen Zettel in der Hand.

„¡Hola! Na, heute sehen Sie ja schon viel besser aus. Das freut mich. Ich heiße übrigens Carmen. Ich habe eine gute Nachricht für Sie. Ihre Versicherung hat gerade angerufen. Übermorgen geht's nach Hause. Unsere Ärzte haben Sie für transportfähig erklärt, allerdings sollen Sie während des Flugs liegen."

Sie hatte vergessen, dass Aaron sie nicht verstand, und er hielt verunsichert den Atem an. Hannah gesellte sich zu ihm und übersetzte für ihn. Sofort griff er nach meiner Hand und fragte: „Aber was wird aus Leonie?"

Carmen verstand seine Geste und erklärte mir, dass ich innerhalb der nächsten zwölf Stunden die Versicherung anrufen solle, um die weitere Vorgehensweise zu besprechen und zu klären, ob ich den für mich reservierten Platz im gleichen Flug in Anspruch nehmen wolle.

Ich war verwirrt: „Woher weiß die Versicherung von mir?"

„Das weiß ich nicht. Möglicherweise geht man automatisch von einer Begleitperson aus. Kommen Sie, ich zeige Ihnen das Telefon."

Eine hilfsbereite Mitarbeiterin der Versicherung erklärte mir, dass man zwar einen Platz für eine Begleitperson reserviert habe, dieser jedoch nicht zu den Erstattungsleistungen gehöre und man mir aufgrund von Aarons Liegend-Transport nicht garantieren könne, dass mein Platz in seiner Nähe sei. Das gefiel mir zwar nicht wirklich, aber so könnte ich zumindest zusammen mit ihm in Deutschland ankommen, und ich stimmte dankbar zu.

Unser Flug würde von Mendoza nach Buenos Aires und von dort mit der Lufthansa nach Frankfurt führen. Über die genaue Art des Weitertransports würde dann in Frankfurt entschieden werden, sie sei abhängig von Aarons Verfassung. Außerdem würden wir während der gesamten Reise von einem Sanitäter begleitet. Zuversichtlich kehrte ich zum Krankenzimmer zurück.

Auf dem Weg dorthin begegnete ich einer jungen Frau, die ein etwa dreijähriges Kind an der Hand hielt. Das Kind zerrte an ihr herum, stemmte die Füße in den Boden und schrie herzzerreißend, während ihm dicke Tränen über die Wangen kullerten. Es sah so aus, als wollte das Kind auf keinen Fall seiner Mutter folgen. Sie sprach beruhigend auf den Kleinen ein: „Komm, wir gehen zu Papa. Ein paar Schritte nur noch, dann kannst du ihn sehen." Das Kind zögerte kurz, rief verzweifelt: „Papa!", wollte aber wieder in die entgegengesetzte Richtung. Es versuchte, sich auf den Boden zu werfen, und schrie noch mehr. Vermutlich tat ihm die Hand weh, die seine Mutter festhielt. Der

Mutter traten Tränen der Überforderung in die Augen, sie sah auf eine nahegelegene Zimmertür und schimpfte jetzt lautstark mit dem Jungen, der nur immer verzweifelter in die Gegenrichtung wollte. Ich folgte dem Blick des Kindes: Am Ende des Flurs stand ein Wasserspender. Vielleicht hatte der Kleine nur Durst? Ich ging zum Wasserspender und füllte einen Becher, wodurch das Geschrei sirenenhaft anstieg. Lächelnd näherte ich mich dem Kind. Ich hockte mich vor ihm hin und hielt ihm den Becher hin. Es starrte ungläubig auf das Wasser, dann ging in seinem verweinten Gesicht die Sonne auf, und es trank den Becher in einem Zug leer. Ich fragte: „Möchtest du mehr?", und der Kleine nickte zaghaft. Als ich zurückkehrte, hörte ich, wie die Mutter sich bei ihm entschuldigte. Zu mir sagte sie: „Vielen, vielen Dank. Ich war so dumm, dass ich nicht bemerkt habe, dass mein Sohn Durst hatte. Sonst schreit er eigentlich nie so." Ich nickte ihr aufmunternd zu: „Es ist bestimmt nicht einfach, wenn Ihr Mann im Krankenhaus liegt und Ihr Sohn das alles nicht wirklich versteht. Machen Sie sich keine Vorwürfe."

Ich ging weiter und wurde kurz vor der Tür von Carmen abgefangen.

„Vielen Dank, das war sehr freundlich von Ihnen. Die Mutter wirkte ein wenig überfordert."

„Keine Ursache, das war doch selbstverständlich. Der Kleine hatte nur Durst." Sie musterte mich, und ich fühlte mich aus unerklärlichen Gründen unbehaglich.

„Sie haben eine besondere Gabe, wissen Sie das?" Ich fühlte mich noch unbehaglicher.

„Was für eine Gabe?"

Sie legte mir ihre warme Hand auf den Arm und sagte: „Sie spüren, was in anderen Menschen vorgeht und was sie brauchen."

Ich zog fragend die Augenbrauen hoch. „Ich beobachte sie nur, und dann erkenne ich oft, wie man ihnen helfen kann." Mit einem angespannten Lachen fuhr ich fort: „Eigentlich ist das eher ein Fluch, oder?"

„Sagen Sie das nicht. Diese Gabe ist ein Geschenk. Sie sorgt allerdings auch dafür, dass Sie besonders gut auf sich Acht geben müssen."

Ihre Worte ließen mich aufhorchen. „Wie meinen Sie das?"

„Wissen Sie, manche Menschen haben ein empfindlicheres Nervensystem als andere. Sie nehmen mehr wahr und verarbeiten es anders, was sich in unterschiedlicher Weise äußern kann. Man erscheint weniger belastbar und kann zum Beispiel durch Geräusche, Menschenansammlungen oder die Stimmungen anderer Menschen überreizt werden." Sie lächelte: „Andererseits erkennt man beispielsweise, was andere brauchen, um sich wohl zu fühlen."

Ich fand mich in dem, was sie sagte, wieder und schluckte: „Ich weiß, was Sie meinen. Ich denke oft, mit mir stimmt etwas nicht, weil mich Dinge überfordern, die andere ganz normal oder sogar toll finden: Partys, Stadtbummel … Alles, bei dem vieles gleichzeitig passiert. Ich möchte dann nur noch weglaufen, werde unfreundlich oder meide die Situationen von vornherein. Das kommt bei meinen Mitmenschen nicht gut an."

Sie legte ihren Arm um meine Schulter und sagte: „Sie sind ganz in Ordnung so, wie Sie sind. Lassen Sie sich nichts anderes einreden. Für die Beschaffenheit Ihres Nervensystems sind Sie nicht verantwortlich. Aber lernen Sie, behutsam damit umzugehen! Dann verstehen Sie vieles besser und müssen nicht mehr an sich selbst zweifeln."

„Sprechen Sie aus eigener Erfahrung?"

Sie schenkte mir ein wohlwollendes Lächeln und nickte.

„Wie macht man das, auf sich selbst Acht geben?"

„Das ist leider nicht für jeden gleich. Lernen Sie Ihre eigenen Bedürfnisse und Emotionen kennen und schätzen. Ich persönlich muss darauf achten, dass ich genug schlafe und regelmäßig esse. Außerdem brauche ich Ruhepausen und Zeit für mich. Lernen

Sie, sich bewusst zu entspannen. Das hilft Ihnen, zu spüren, was Sie brauchen und was Ihnen schadet. Und es hilft Ihnen, Ihre eigenen Gefühle von denen der anderen zu unterscheiden."

Plötzlich fühlte ich mich sehr verletzlich und wie wund. Roberts Gesicht tauchte vor mir auf, und ich hörte seine Stimme, die fragte: „Bist du sicher, dass es *deine* Angst war, die du gespürt hast?"

Carmen bemerkte, dass etwas in mir vorging und fragte nur: „Ja?"

Noch konnte ich es mir nicht wirklich vorstellen, aber möglicherweise war sie die Person, die mir weiterhelfen konnte.

„Kann es sein – ich meine, ist es möglich, dass jemand große Angst spürt und dann …"

„… dass diese Angst auf Sie übergeht, sodass Sie plötzlich etwas empfinden, das Sie sich nicht erklären können?"

Tränen traten in meine Augen, doch diesmal schämte ich mich nicht dafür.

„Ja, das ist möglich. Ganz besonders dann, wenn Sie ohnehin schon überreizt sind oder wenn die andere Person Ihnen sehr vertraut ist. Darum ist gezielte Entspannung so wichtig."

Sie gab mir Zeit, diese Informationen zu verarbeiten, und fuhr mir mit dem Handrücken über den Arm.

„Ist Ihnen so etwas passiert?"

Ich nickte: „Ich glaube, schon."

„Mit Ihrem Mann?"

Wieder nickte ich. „Vielleicht auch mit meiner Schwester."

„Ihr Mann macht einen sehr netten und liebevollen Eindruck auf mich. Fragen Sie ihn doch einfach, was er damals empfunden hat."

„Das werde ich. Vielen, vielen Dank."

Viel später als geplant betrat ich das Krankenzimmer wieder. Hannah sagte: „Leonie, na endlich! Wo warst du denn so lange?"

Es kostete mich ein wenig Mühe, mich zu sammeln. Dann antwortete ich: „Ich wurde von Carmen aufgehalten. Es ist alles in Ordnung."

Ich wandte mich Aaron zu und erzählte ihm, was ich von der Versicherung erfahren hatte. Ein zufriedenes Lächeln erschien auf seinem Gesicht, und er zog mich zu sich heran. „Schön, dass wir gemeinsam zurückfliegen können."

Ich beugte mich zu ihm hinab und küsste ihn vorsichtig. Er sah, dass mich etwas beschäftigte, und fragte: „Geht es dir gut? Möchtest du überhaupt mit mir zurückfliegen oder wärst du lieber noch länger hiergeblieben?"

Ich nagte unentschlossen an meiner Unterlippe. „Darf ich dich etwas fragen?"

„Selbstverständlich. Was ist los?"

„Es könnte sein, dass ich gerade etwas sehr Wichtiges über mich erfahren habe. Ich muss herausfinden, ob es stimmt. Würdest du mir dabei helfen?"

Er fuhr sanft über meine Hand und fragte: „Was muss ich tun?"

Ich zögerte und wog meine Worte sorgfältig ab. „Erinnerst du dich an den Tag, als Lisa uns besucht hat und du krank geworden bist?"

„Ja, sicher."

„Weißt du noch, was du damals empfunden hast?"

Er sah mich überrascht an und überlegte. „Ich war nervös, weil Lisa zu Besuch kam. Ihr wart vor langer Zeit im Streit auseinandergegangen und hattet einander über Jahre nicht gesehen. Nun hatte ich den Kontakt hergestellt. Wenn euer Treffen ein Misserfolg geworden wäre, hätte ich mich dir gegenüber schuldig gefühlt. Davor hatte ich Angst. Als klar wurde, dass ich Fieber bekam, nahm meine Unruhe zu. Ich konnte dich nicht mehr schützen. ... Später spürte ich, dass etwas passiert sein musste. Du wurdest von Tag zu Tag trauriger und zogst dich immer mehr zurück. Und ich wusste nicht, was ich dagegen tun konnte.

Panik stieg in mir auf, doch diesmal hatte ich eine Vorstellung davon, wo sie herkam. Fast bedauerte ich, Aaron an diese Zeit erinnert zu haben. Ich seufzte tief und bemühte mich darum, mich zu entspannen. So vorsichtig, wie ich konnte, umarmte ich ihn. „Ich danke dir. Es tut mir Leid, wenn ich dich jetzt schon wieder beunruhigt habe. Das wollte ich nicht. Aber du hast mir mehr geholfen, als du dir vorstellen kannst."

„Leonie, was ist damals passiert? Hattest du Streit mit Lisa?"

Ich schüttelte den Kopf. „Nein, ich verstehe mich wieder sehr gut mit ihr. Aber es sieht ganz danach aus, dass deine Angst auf mich übergegangen ist. Vielleicht hatte Lisa auch Angst, sodass ich doppelt beeinflusst wurde." Ich wusste nicht recht, wie ich ihm erklären sollte, was ich glaubte herausgefunden zu haben. „Plötzlich hatte ich eine unerklärliche Angst und bin in Panik geraten."

Er dachte nach: „Das heißt, wenn ich dir von meinen Sorgen erzählt hätte, wäre das alles nie passiert?

„Möglicherweise nicht." Lächelnd fuhr ich fort: „Aber dann hätte ich Carmen nicht kennengelernt und so vieles nicht erfahren. Und wir hätten Hannah und Daniel nicht wiedergesehen."

„Und ich dachte, es wäre besser, meine Befürchtungen für mich zu behalten. Das tut mir leid, Leonie. Ich hatte ja keine Ahnung."

„Ich doch auch nicht. Nimm es dir selbst nicht übel, und mir bitte auch nicht."

„Kannst du mir erklären, was du von Carmen erfahren hast? Es scheint wichtig zu sein."

„Das ist es auch. Aber: Wäre es in Ordnung, wenn ich es zuerst noch ein bisschen durchdenke und wir zu Hause darüber sprechen?"

„Zu Hause?"

Hannah, die uns schweigend zugehört hatte, konnte sich nun nicht mehr zurückhalten: „Wo ist denn *zu Hause*?"

Mein Blick ruhte auf Aaron. „Also, Lucky und Enya warten in deinem Haus auf uns. Vielleicht wäre das ein guter Ausgangspunkt für *zu Hause* – wenn du möchtest."

Tränen der Erleichterung traten ihm in die Augen. Er nahm sie wie selbstverständlich hin, und bald wurden sie vom Glanz der Freude abgelöst.

„Die beiden Fellnasen sind bei mir? Wie schön. Ich finde, da gehören sie auch hin." Er machte eine nachdenkliche Pause. „Und du gehörst auch dort hin – zumindest, bis es mir wieder besser geht. Anschließend können wir gerne umziehen, wenn dir das lieber ist. Ich hätte nicht versuchen dürfen, dich einfach so umzupflanzen. Das war nicht fair."

Plötzlich machte alles, was ich mit Robert, Hannah und Daniel besprochen hatte, Sinn. Sie hatten mit allem Recht. Doch ich hatte eine Krankenschwester in Argentinien gebraucht, um die Puzzleteilchen zusammenzufügen.

Ich schüttelte sanft den Kopf. „Wir müssen nicht umziehen. Dein Herz hängt viel zu sehr an diesem Haus. Außerdem ist es gerade richtig mit seiner ruhigen Lage direkt am Wald. Es wäre nur schön, wenn wir ein paar Dinge ändern könnten, damit es sich für mich wie unser gemeinsames Zuhause anfühlt."

„Natürlich. Ich freue mich sehr darauf." Er zwinkerte mir verschwörerisch zu.

„Warum?"

„Dann kann ich dich endlich bitten, dich zu mir zu legen, und dich in den Arm nehmen.

Ich lachte befreit auf. „Das wird dir zurzeit wohl kaum gelingen. Aber *ich* kann dann *dich* in den Arm nehmen."

Er brummte zufrieden. „Das klingt fast noch besser."

Keine drei Tage später waren wir wieder in Münster. Der Sanitäter, der uns begleitete, hatte sich am Abend vor der Abreise bei Aaron vorgestellt, sodass wir das Krankenhaus mit einem relativ entspannten Gefühl verlassen konnten.

Hannah und Daniel hatten uns das Versprechen abgerungen, sie zu einem späteren Zeitpunkt noch einmal gemeinsam zu besuchen. Da ich kaum chilenischen Boden betreten hatte und zudem die Pampa mit eigenen Augen sehen wollte, hatten wir gerne zugesagt. Und auch zu Carmen, der netten Krankenschwester, würde ich weiter Kontakt halten.

Am Morgen unseres Abflugs wurden wir von Michael, dem Sanitäter, abgeholt. Unser Gepäck wurde getrennt transportiert, während ich Aaron die ganze Reise über begleiten konnte. Ein Krankentransportwagen brachte ihn zum Flughafen. Wir mussten vor den anderen Passagieren einchecken und entsprechend früh dort ankommen. Michael übernahm sämtliche Formalitäten, auch die für mich.

Im Flugzeug wurde Aaron auf einem Stretcher untergebracht, einer Art Liege, die auf den Sitzen befestigt wurde. Schon jetzt war erkennbar, dass der Rückflug ihn sehr anstrengen würde. Jede Erschütterung ließ ihn trotz der hohen Dosis Schmerzmittel zusammenzucken, und ich hoffte für ihn auf wenig Turbulenzen. Immerhin würden wir die Anden nicht überqueren müssen, wofür ich trotz der wunderschönen Aussicht jetzt sehr dankbar war.

Michael und ich saßen in Aarons Nähe, und als die Crew ihre Sicherheitsanweisungen beendet hatte, zeigte sich, dass wir mit unserer Begleitung einen wahren Glücksgriff getan hatten. Michael war ein paar Jahre jünger als wir und Sanitäter mit Herz und Seele. Er liebte seine Arbeit als Begleiter bei Flügen, weil sie ihm die Möglichkeit gab, „seine" Patienten etwas besser kennenzulernen und seine wahren Qualitäten unter Beweis zu stellen. Er war einer der wenigen Menschen, die ich kannte, bei denen man das Gefühl hat, dass sie in sich ruhen. Außerdem war er so einfühlsam, dass er immer wieder die richtigen beruhigenden oder auch aufmunternden Worte fand, um Aaron seine Schmerzen und mich meine Sorgen etwas vergessen zu lassen.

Mit seiner freundlichen und unkomplizierten Art entlockte er uns die Geschichte unseres Kennenlernens sowie unserer vorübergehenden Entfremdung. Im Gegenzug erzählte er uns, auf welch verschlungenen Pfaden er zu seiner heutigen Tätigkeit gekommen war. Er war längst nicht immer mit sich und der Welt im Reinen gewesen und hatte seine Arbeit als Krankenhausarzt im Dauerstress aufgegeben, um sich fortan als Sanitäter jeweils nur noch einem Patienten zu widmen. Seine sehr unkonventionellen Arbeitszeiten störten ihn nicht, da er Erfüllung fand, in dem, was er tat.

Nach längeren Schweigen, in dem jeder seinen eigenen Gedanken nachhing, tippte er mich kurz am Arm und fragte: „Und bis vor ein paar Tagen wussten Sie nichts davon?"

Ich schaute verständnislos auf und blickte zuerst in Michaels neugierige, freundliche Augen, dann zu Aaron, der mich ebenfalls interessiert und warm ansah.

„Ich verstehe nicht."

„Entschuldigung, ich meine, ob Sie früher nichts von Ihrer Hochsensibilität wussten?"

„So nennt man das?"

„Ja, hochsensibel oder auch hochsensitiv. Da es ein relativ neues Forschungsfeld ist, muss man sich auf die genaue Bezeichnung wohl noch einigen. Das, was Sie vorhin beschrieben haben, passt auf jeden Fall genau dazu."

„Das klingt irgendwie nach einer Krankheit." Ich runzelte die Stirn.

Michael lachte entspannt auf. „Keine Sorge, das ist keine Krankheit, nur eine Eigenschaft. Allerdings eine, die das Leben ganz schön kompliziert machen kann, wenn man nicht ausreichend informiert ist. Wie sind Sie damit umgegangen, wenn ich fragen darf?"

Eine Wolke schien das ohnehin schon gedämpfte Licht im Flugzeug noch weiter zu verdunkeln. Ich sah mich als Kind vor mir, wie mit mir geschimpft wurde, weil ich weinte; wie ich weinte, ohne dass ich den Grund dafür kannte; oder etwas später, wie ich es hasste, mich in großen Gruppen aufzuhalten, und wie ich nur noch weglaufen wollte, weil mir alles zu viel wurde.

„Am Anfang, als ich klein war, habe ich noch gedacht, die anderen wären dumm oder böse, weil sie mich nicht verstanden. Später wurde ich oft gehänselt, weil ich irgendwie anders war, und so kam ich zu der Erkenntnis, dass mit mir wohl etwas nicht stimmte. Ganz tief in mir verborgen habe ich die Hoffnung nie aufgegeben, dass ich vielleicht doch ganz in Ordnung wäre, aber letzten Endes habe ich mich wohl immer mehr in mich selbst zurückgezogen. Ich hatte keine Lust mehr auf die Menschen und ließ nur noch ganz wenige an mich heran."

Aaron räusperte sich leise: „Hast du deshalb die meiste Zeit deines Lebens Hunde gehabt, damit du dennoch nicht ganz alleine bist?"

„Wahrscheinlich schon, ja. Nur habe ich darüber vorher nie nachgedacht."

„Und dein Vater hat das geahnt." Es war keine Frage, sondern eine Feststellung.

„Möglich wäre es."

Michael fragte: „Und jetzt? Hat sich für Sie etwas dadurch geändert, dass Sie die Hintergründe kennen?"

Ich überlegte: „Ich glaube schon, ja. Ich habe Erklärungen gefunden für vieles, das mir ein Gefühl des Ausgeschlossen-Seins gegeben hatte. Jetzt bin ich nicht mehr Leonie, die spinnt und herumzickt, sondern ich bin Leonie, die bestimmte ihrer Eigenschaften richtig einordnen und, ja, auch schätzen kann. Und ich weiß jetzt, wie ich der überforderten Leonie helfen kann, und das wahrscheinlich irgendwann sogar kompetent und ohne Schuldgefühle." Ich zögerte: „Vermutlich wird es noch ein Weilchen dauern, bis ich das alles umsetzen kann, aber ich habe endlich das Gefühl, auf dem richtigen Weg zu sein."

Nun musterte ich ihn interessiert. „Warum fragen Sie? Dies ist kein Small Talk mehr, oder?"

Er sah aus, als hätte man ihn bei etwas ertappt. Zögernd erzählte er: „Ich kenne ein kleines Mädchen, das einen hervorragenden Kinderarzt zu haben scheint. Jedenfalls hat er den Eltern von der besonderen Sensibilität ihrer Tochter berichtet. Während der eine Elternteil das relativ gelassen sieht, versucht, sich auf die Kleine einzustellen, und den einen Ratgeber nach dem anderen liest, hat der andere größere Probleme damit, die Besonderheiten des Mädchens anzuerkennen. Eine unkomplizierte Tochter ohne besondere Bedürfnisse wäre wohl netter, und man müsste sich ihrer nicht schämen." Bei den letzten Worten klang er bitter.

Ich wollte ihm Mut zusprechen und griff nach seiner Hand. „Wenn Sie irgendeinen Einfluss darauf haben, dann kümmern Sie sich um die Kleine. Vielleicht versuchen Sie es einmal so: Wenn sie Diabetikerin wäre, fände jeder es ganz normal, ihre Bedürfnisse zu berücksichtigen. Warum nicht auch, wenn sie ein empfindliches Nervensystem hat?"

Lächelnd drückte er mich kurz an sich. „Ich danke Ihnen. Sie haben mir sehr geholfen. Auch wenn es Ihnen vielleicht jetzt noch schwer fällt, das zu glauben: Sie sind eine starke Frau, Sie werden Ihren Weg gehen. Davon bin ich überzeugt."

„Leonie?" Aaron streckte seine Hand nach mir aus, und ich trat zu ihm an den Stretcher. Er strich mir sanft über die Wange und sagte: „Ich liebe dich so, wie du bist, das weißt du doch, oder? Ich habe niemals gedacht, dass mit dir etwas nicht stimmt. Ich weiß, dass manches für dich schwieriger ist als für andere. Dafür kannst du Dinge, die für andere undenkbar sind. Und das ist gut so, das macht dich zu dir selbst. Bitte, versuche nicht, dich irgendwie zu verbiegen."

Ich war überrascht. „Hast du das immer gewusst?"

Beinahe schuldbewusst nickte er: „Fast von Anfang an, ja. Aber ich dachte, du wüsstest das auch und könntest damit umgehen. Sonst hätte ich manches bestimmt anders gemacht".

„Du kannst nichts dafür. Lass es uns in Zukunft einfach besser machen, indem wir offen über unsere Wünsche und Bedürfnisse reden und gemeinsam nach Lösungen suchen."

„Das werden wir."

Münster

Am Frankfurter Flughafen wurde Aaron zu einem weiteren Krankenwagen gebracht, der uns nach Münster fahren würde. Da er zwar erhebliche Schmerzen hatte, sein Zustand aber ansonsten stabil war, durfte ich die Fahrt zusammen mit Aaron und Michael im Transportraum verbringen. Mittlerweile waren wir alle ziemlich erschöpft, und entsprechend verlief die weitere Reise nach Münster zwar in freundlicher Atmosphäre, aber doch eher schweigsam.

Nach etwa vier Stunden erreichten wir das, was ich von nun an „unser Zuhause" würde nennen können. Dort wurden wir schon von Lisa, Chiara, Elias und natürlich Enya und Lucky erwartet. Es tat mir sehr leid für die Hunde, aber sicherheitshalber mussten sie zuerst einmal im Wohnzimmer eingesperrt werden, damit sie den Sanitätern nicht vor die Füße laufen oder gar Aaron anspringen konnten.

Wenn wir nicht so erschöpft gewesen wären, hätte es mir Spaß gemacht, unser Empfangskomitee zu beobachten. Elias sah sehr ernst und gefasst aus und bemühte sich, alle Fäden in der Hand zu halten und zu organisieren, was getan werden musste. Chiara hingegen rang mit ihren Tränen und hätte Aaron wohl am liebsten in ihre Arme geschlossen. Elias hinderte sie allerdings daran und schob sie Lisa in die Arme, die nun ihrerseits Chiara zu trösten versuchte. Lucky bellte entrüstet, weil wir ihn eingesperrt hatten, während Enya sich vermutlich in ihr Schicksal fügte.

Elias zeigte den Sanitätern den Weg zum Schlafzimmer. Als Aaron endlich in seinem eigenen Bett lag, verabschiedete sich der Sanitäter aus dem Krankenwagen. Er fuhr sofort weiter zu seinem nächsten Einsatzort und fragte Michael: „Soll ich Sie mitnehmen?"

Dieser schüttelte den Kopf: „Nein, ich habe jetzt Feierabend und komme in den Genuss eines langen Wochenendes. Vielen Dank." Zu Aaron sagte er: „Brauchen Sie noch irgendetwas? Kann ich noch etwas für Sie tun?"

„Nein, danke. Sie haben schon so viel getan. Das werde ich so schnell nicht vergessen."

Michael grinste verschmitzt: „Das glaube ich. Es war mir eine Freude, Sie beide kennenlernen zu dürfen. Ich wünsche Ihnen gute und baldige Besserung. Denken Sie bitte daran, einen Termin bei Ihrem Arzt zu machen, damit er die Fäden an Ihrer Stirn ziehen kann. Und jetzt ruhen Sie sich erst einmal gründlich aus."

Er drehte sich zu mir um und breitete seine Arme aus. Sein Blick wanderte kurz zu Aaron: „Darf ich?" Der nickte gelassen lächelnd, und Michael drückte mich an sich. „Vielen, vielen Dank, dass ich an Ihrer Geschichte teilhaben durfte. Ich werde Ihre Worte berücksichtigen. Passen Sie auf sich auf, passen Sie auf Sie beide auf."

„Das werde ich. Danke, und ein schönes Wochenende."

Elias brachte ihn zur Tür und fragte: „Kann ich Sie noch irgendwo hin fahren? Zum Bahnhof vielleicht?"

Michael zögerte einen Moment. „Würden Sie das tun? Das wäre sehr hilfreich. Dieses Haus liegt doch etwas abgelegen. Ich kann mir aber auch ein Taxi bestellen, wenn Sie lieber bei Ihrer Familie bleiben wollen."

„Ach, die kommen schon klar, da bin ich ganz zuversichtlich. Kommen Sie, ich fahre Sie."

Endlich hatte Chiara die Gelegenheit, Aaron richtig zu begrüßen. Sie setzte sich zu ihm ans Bett und überfiel ihn geradezu mit ihren Fragen: „Ich habe mir solche Sorgen um dich gemacht. Geht es dir gut? Wirst du wieder gesund?"

Aaron wirkte ein wenig überfordert, und so setzte ich mich dazu und erzählte ihr alles, was ich wusste.

Lisa kam hinzu und legte mir eine Hand auf die Schulter. „Möchtet ihr etwas essen? Habt ihr Hunger?"

Aaron war zu erschöpft dazu, doch ich versprach ihr, nachher etwas mit ihr zu essen. Zuerst jedoch öffnete ich vorsichtig Aarons Joggingjacke und zog ihm das T-Shirt hoch. Dann ließ ich meine Finger über seine Brust kreisen, und auch diesmal wirkte die Behandlung. Schon bald war er eingeschlafen.

„Was hast du da gemacht?" Lisa war fasziniert.

„Das habe ich in Mendoza im Krankenhaus gelernt. Eigentlich soll es nur die Heilung beschleunigen, aber zumindest bei Aaron hilft es auch gegen Schmerzen." Ich zwinkerte ihr zu: „Hast du nicht etwas von Essen gesagt? Ich glaube, Aaron können wir jetzt getrost alleine lassen."

Lisa hatte Lasagne gemacht, die nach der langen Reise und den Sorgen der letzten Wochen hervorragend schmeckte. Auch Chiara und Elias gesellten sich dazu, denn alle waren neugierig zu erfahren, was ich erlebt hatte und wie es weitergehen würde. Ich wiederholte noch einmal für Elias, was ich über Aarons Gesundheitszustand wusste, und er versprach, sich schon am nächsten Tag um einen Termin beim Hausarzt zu kümmern.

„Wie sieht es denn jetzt aus mit euch beiden?" Lisa sprach die Frage aus, die allen auf der Seele zu brennen schien.

Ich suchte nach den richtigen Worten. „Ich habe viel gelernt in den letzten Tagen, Dinge, die mein ganzes Leben ein wenig erschüttern. Aber auch Dinge, die mir den richtigen Weg in die Zukunft weisen. Ich muss alles noch ein wenig überdenken und schauen, wie ich damit umgehe. Aber Aaron und ich, wir werden zusammen weitergehen. Wir haben festgestellt, dass wir einiges anders machen müssen, aber darüber werden wir uns weiter unterhalten, wenn es ihm wieder besser geht. Zuerst muss er sich erholen und müssen wir beide zur Ruhe kommen."

„Das freut mich sehr. Du hast ihm sehr gefehlt, weißt du? Willkommen zurück." Elias war sichtlich und spürbar erleichtert. Und Chiara fügte hinzu: „Wenn du unsere Hilfe brauchst, dann melde dich bitte. Wir sind immer für euch da.

Lisa hielt noch eine kleine Überraschung bereit. „Wir haben uns überlegt, dass ich in den nächsten Tagen hier bleiben und im Gästezimmer schlafen könnte. Dann wärt ihr nicht alleine, und ich könnte dir helfen, wenn nötig. Und wenn es sein muss, kann auch Chiara noch einmal mit einspringen. Wir haben in der vergangenen Woche hervorragend harmoniert, als wir uns gemeinsam um die Hunde gekümmert haben."

„Das wäre toll, Lisa. Aber musst du denn nicht arbeiten?"

„Ach, das erzähle ich dir ein anderes Mal. Mach dir keine Sorgen. Es ist alles in Ordnung."

Satt und erleichtert legte ich mich schließlich zu Aaron.

Ich war glücklich, mich endlich neben ihm ausstrecken zu können. Die Wärme seines Körpers und sein vertrauter Duft hüllten mich bald in einen tiefen Schlaf, aus dem ich nur mit Mühe wieder auftauchte, als er nachts leise meinen Namen rief. Er klopfte sanft auf meinen Arm, und endlich öffnete ich die Augen. Ich spürte, wie das Adrenalin in meinem Körper anstieg, und fragte besorgt: „Aaron, ist etwas passiert? Geht es dir nicht gut?"

Er lächelte entschuldigend und flüsterte: „Es ist alles gut. Es tut mir furchtbar leid, dass ich dich geweckt habe, aber ich müsste mal ins Bad. Und ich vertraue meinem Kreislauf noch nicht so wirklich. Könntest du mich begleiten?"

Ich stand auf und sah ihm etwas ratlos dabei zu, wie er unter Schmerzen versuchte aufzustehen.

„Kann ich dir irgendwie helfen?"

„Nein, das sollte schon gehen. Es tut nur höllisch weh, wenn ich meinen Oberkörper bewege."

Schließlich stand er vor der Bettkante und schwankte. Ich legte seinen gesunden Arm um meine Schultern und wartete ab, ob sich sein Kreislauf stabilisieren würde. Er verstand mich auch ohne Worte, und nach kurzer Zeit nickte er mir zu. Nachdem sein Körper sich an die aufrechte Haltung gewöhnt hatte, kam er ganz gut zurecht, sodass wir ohne Zwischenfälle das Schlafzimmer wieder erreichten.

Ich sah ihm zu, wie er sich behutsam hinlegte und versuchte, eine möglichst schmerzfreie Position zu finden. Offensichtlich gelang ihm das in Rückenlage am besten.

Ich fragte: „Darf ich mich vorsichtig bei dir ankuscheln?

Aaron öffnete die Augen und zwinkerte mir zu. „Du darfst dich auch unvorsichtig ankuscheln. Hauptsache, du kommst näher und ich kann dich spüren."

„Ich will dir nicht wehtun."

„Das tust du nicht. Du liegst auf meiner unverletzten Seite. Komm schon."

Er streckte seinen Arm nach mir aus und zog mich zu sich heran, bis mein Kopf auf seiner Brust lag und mein Arm auf seinem Bauch ruhte.

„Bist du sicher, dass das so geht?"

Er lachte leise und stöhnte in gespielter Verzweiflung auf. „Nein, Leonie, ich bin mir nicht sicher. Aber ich möchte dich spüren. Ich habe viel zu lange darauf verzichten müssen. Wenn es zu weh tut, sage ich dir Bescheid, in Ordnung?"

Beruhigt genoss ich seine Nähe und schlief bald wieder ein.

Als ich die Augen wieder aufschlug, schien die Sonne ins Zimmer. Jemand hatte die Rollläden hochgezogen, und mein Blick fiel auf Aaron, der neben mir lag und mich unverwandt ansah. Etwas unbeholfen strich er mir die Haare aus dem Gesicht und sagte leise: „Guten Morgen."

Ich nahm seinen Anblick in mich auf, und nachdem ich mich davon überzeugt hatte, dass es ihm gut ging, rückte ich näher auf ihn zu und küsste ihn endlich. Er erwiderte meinen Kuss lange und sanft. Ich spürte, dass er mehr wollte, doch er schien seine Zärtlichkeiten genau zu dosieren, um nicht plötzlich von seinem eigenen Körper ausgebremst zu werden. Darum widersprach ich auch nicht, als er sich von mir löste und mit einem entschuldigenden Lächeln sagte: „Lisa hat Frühstück gemacht."

Drei Tage später fuhren wir zu Aarons Hausarzt, Dr. Mortier. Da Elias einen Termin gemacht hatte, mussten wir nicht lange warten, bis wir ins Sprechzimmer vorgelassen wurden. Wir betraten einen modern eingerichteten, kühl wirkenden Raum, bei dessen Planung das Kriterium Funktionalität klar im Vordergrund gestanden hatte. Die Freundlichkeit des Arztes stand in krassem Kontrast zum Raum.

„Herr Baumann, guten Tag." Bei diesen Worten glitt sein Blick langsam Aarons Körper entlang und verweilte kurz dort, wo er die Verletzungen vermutete, dann reichte er Aaron die Hand.

„Guten Tag, Herr Doktor. Darf ich Ihnen meine Partnerin vorstellen? Leonie Mertens."

Dr. Mortier schenkte mir ein strahlendes Lächeln und bat uns, Platz zu nehmen.

„Na, dann erzählen Sie mal. Was kann ich für Sie tun?"

Diese Aufforderung verunsicherte Aaron. Er sah sich hilfesuchend zu mir um, doch bevor ich etwas sagen konnte, fuhr der Arzt fort: „Keine Sorge, ich habe Ihre Unterlagen erhalten und sie mir angesehen. Ich weiß, welche Art von Verletzungen Sie haben. Was der Bericht mir allerdings nicht erzählt, ist, wie es Ihnen geht und wie Sie mit Ihren vorübergehenden Einschränkungen zurechtkommen."

Aaron schien etwas sagen zu wollen, doch stattdessen zuckte er in einer hilflos wirkenden Geste mit den Schultern. Dr. Mortier musterte ihn freundlich und sagte: „Ich verstehe. Darf ich mir zuerst Ihre Stirn ansehen?"

Er entfernte vorsichtig das Pflaster. „Das sieht sehr gut aus. Ich kann die Fäden ziehen. Das wird ein wenig ziepen, aber es tut nicht wirklich weh."

Mit sicheren Händen entfernte er schweigend die Fäden und desinfizierte die Wunde. Anschließend klebte er ein farbloses Pflaster auf. „So, damit können Sie ab jetzt duschen und sich vorsichtig die Haare waschen. Am besten lassen Sie sich dabei helfen."

Beide sahen wie abgesprochen in meine Richtung, und ich nickte. Endlich sprach auch Aaron wieder: „Das ist schön, aber wie geht das mit dem Gips?"

„Entweder besorgen Sie sich in der Apotheke eine Schutzhülle, oder Sie packen den Arm gut in eine Tüte. Ein bisschen aufpassen sollten Sie natürlich trotzdem, aber mit ein wenig Hilfe klappt das schon. Das ist übrigens ein unkomplizierter Bruch, der sollte keine Probleme machen. Gleich zu Beginn des neuen Jahres werden sie den Gips los. Vor Weihnachten klappt es leider nicht mehr."

„Na ja, nicht so schlimm."

„Aber die Prellung macht Ihnen Probleme, oder? Zeigen Sie mal her."

Aaron öffnete den Reißverschluss seiner Jacke, schaffte es aber nicht, sie auszuziehen. Ich half ihm dabei, doch als ich ihm das T-Shirt über den Kopf zog, stöhnte er hörbar auf. Wir hatten gewusst, dass es dazu kommen könnte, Dr. Mortier jedoch runzelte die Stirn.

„Darf ich mal?"

Er tastete Aarons Oberkörper ab, indem er sich zuerst auf die gesunden Bereiche konzentrierte. „Tut es weh, wenn ich Druck ausübe?"

„Ja, aber es geht. Bei Bewegungen ist es besonders schlimm. Es fühlt sich an, als würde man mir ein Messer in den Brustkorb rammen."

Der Arzt legte Aaron beruhigend die Hand auf die Schulter.

„Sie haben da eine sehr starke Prellung, dann ist so etwas nicht ungewöhnlich. Vielleicht kann Ihnen eine Bandage helfen. Es wäre nämlich gut, wenn Sie sich allmählich wieder ein wenig bewegen könnten."

Er war hervorragend vorbereitet und hielt eine Bandage für Aaron bereit, die er ihm anlegte. Dazu musste dieser sich ein wenig strecken, und er biss die Zähne zusammen. Nach kurzer Zeit wurden seine Züge weicher, und ein kleines Lächeln erschien in seinem Gesicht.

„Danke. Ich glaube, das hilft wirklich."

„Sehr schön. Versuchen Sie es damit, und wenn Sie sich wohl genug fühlen, dann gehen Sie spazieren. Zuerst nur ein kleines Stück. Überfordern Sie sich nicht, aber Ihren Körper ein wenig fordern dürfen Sie schon." Er zwinkerte Aaron aufmunternd zu. „Ich schreibe Ihnen noch ausreichend Schmerzmittel und Magenschoner auf bis Weihnachten. Danach würde ich Sie gerne wiedersehen. Falls nötig, selbstverständlich auch früher."

Schließlich half er Aaron, sich wieder anzuziehen, und wünschte uns zum Abschied frohe Weihnachtstage.

Seit meinem Abflug nach Argentinien war so vieles passiert, dass die Adventszeit völlig an mir vorübergegangen war. Auf einmal wurde mir bewusst, dass das Haus noch gar nicht geschmückt war und wir überhaupt keine Pläne gemacht hatten. Seit Jahren hatte ich Weihnachten entweder zusammen mit Hannah oder auch ganz alleine verbracht. Welche Möglichkeiten boten sich diesmal? Ob es Aaron gut genug gehen würde für eine Weihnachtsfeier? Ich würde ungern ganz darauf verzichten, wollte ihn aber auch nicht damit belasten.

Vermutlich hatte ich eine Zeitlang schweigend gegrübelt, denn Aaron fragte plötzlich. „Leonie?"

Verwirrt wandte ich mich ihm zu. „Ja? Entschuldigung, ich war in Gedanken."

Er lachte: „Das habe ich gemerkt. Ich habe dich gebeten, kurz bei der Gärtnerei anzuhalten, aber du bist schon vorbei gefahren. Könntest du bitte wenden?"

„Ja, sicher. Warum?"

„Ich finde, wir brauchen einen Adventskranz, meinst du nicht?"

Plötzlich war sie da, die Weihnachtsvorfreude, die ich fast noch mehr liebte als Weihachten selbst. Ich strahlte: „Doch, das brauchen wir. Und Deko, und einen Weihnachtsbaum, und einen Plan für eine Feier …"

Wir stiegen aus und er grinste. „Habe ich da etwa eine kleine Weihnachts-Elfe an meiner Seite? Komm mal her." Etwas mühsam breitete er seine Arme aus und zog mich zu sich heran. „Das sollst du haben: Deko, Baum, Feier und alles, was dazu gehört." Mit einem entschuldigenden Lächeln fuhr er fort: „Wäre es trotzdem in Ordnung, wenn wir uns heute nur um den Kranz kümmern?"

Ich blickte ihm in die Augen und sah dort neben dem schon fast vertrauten Schmerz unendlich viel Wärme.

„Bist du müde?"

„Ja, leider."

Ich kuschelte mich noch einmal vorsichtig bei ihm an und sagte: „Kein Problem. Komm, wir suchen uns einen Kranz aus."

Wir sahen uns in der Gärtnerei um und entdeckten viele verschiedene Gestecke und Kränze. Aaron hatte nur Augen für die Adventskränze, und ich erkannte sofort, welchen er haben wollte: Es war ein Kranz aus Tannengrün mit dunkelroten Kerzen, farblich passenden Schleifen und kleinen Rentieren aus Holz als Dekoration. Ich hatte mit allem gerechnet, aber nicht damit, dass er sein Herz an diesen ausgesprochen niedlichen, doch zugegebenermaßen recht kitschigen Kranz verlieren würde. Er berührte die Rentiere mit den Fingern und wirkte ein wenig verlegen, sodass ich schnell sagte: „Der ist sehr hübsch, findest du nicht?"

„Wirklich? Elias und Chiara würde er wohl eher nicht gefallen."

„Hmm, das ist dann schade. Aber was ist mit dir, gefällt er dir?"

Er nickte bedächtig und beobachtete mich sorgfältig. Ich nahm den Kranz in die Hände und freute mich über seine Wahl: „Na, dann kommt mal mit, ihr kleinen Tierchen. Ich hatte noch nie einen Rentier-Kranz. Das müssen wir dringend ändern."

Aaron zögerte noch: „Bestimmt?"

„Ja, natürlich. Wenn ich einen für mich alleine gekauft hätte, hätte ich vermutlich auch diesen hier gewählt. Es ist doch egal, was andere dazu sagen."

„Du hast Recht. Wir nehmen ihn."

Er strahlte wie ein kleines Kind, und ich freute mich, ihn endlich wieder einmal unbeschwert zu sehen.

Als wir nach Hause kamen, begegnete uns Lisa. Ihr Blick fiel sofort auf den in Papier eingewickelten Kranz in meiner Hand.

„Was ist das? Oh, und wie war es beim Arzt?"

Enya und Lucky spürten die entspannte Stimmung, in der wir zurückkamen, und hüpften ausgelassen um uns herum. An den vergangenen Tagen hatten die beiden sich uns eher bedächtig genähert, vor allem Lucky war sehr vorsichtig mit Aaron umgegangen. Auch jetzt war er der ruhigere von beiden, doch er stupste Aaron immer wieder auffordernd ans Knie, bis er die gewünschten Streicheleinheiten bekam.

Ich packte den Kranz aus und stellte ihn auf den Wohnzimmertisch. „Tadaa, unser Adventskranz!"

„Oh, ihr habt endlich einen Adventskranz, das ist toll. Ich hatte schon befürchtet, Weihnachten würde in diesem Jahr bei euch ausfallen. Darf ich noch mehr Deko anbringen? Bitte, Aaron."

Aaron lachte wieder und war sichtlich gerührt. Scherzhaft sagte er: „Oh nein, nicht noch ein Weihnachts-Fan."

Lisa war kurz verunsichert, doch dann verstand sie den Spaß und rieb sich mit kritischem Blick an der Nase. „Hmm, wer hat denn den Kranz eigentlich ausgesucht?"

Ich beeilte mich zu sagen, dass ich das gewesen war, aber Aaron errötete bei ihrer Frage, und sie begann, schallend zu lachen.

„Sag mal, Schwesterchen, kann es sein, dass wir beide nicht die einzigen im Raum sind, die Weihnachten toll finden?"

Aaron zupfte verlegen an meinen Haaren herum und sagte: „Nein, ihr seid nicht die einzigen. Aber ich habe keine Deko. Wir haben immer bei Chiara Weihnachten gefeiert, und … ich habe mir nie die Zeit genommen, das Haus zu dekorieren. Es gab immer wichtigere Dinge."

Seine Worte drückten in keiner Weise das aus, was er eigentlich meinte. Ich begriff, dass er sein Haus nie dekoriert hatte, weil er immer damit gerechnet hatte, dass sein Leben jederzeit beendet sein könnte - und musste aufkeimende Wut seiner Krankheit gegenüber unterdrücken. Mittlerweile hatte der Krebs allerdings keine Macht mehr über ihn, und ich war fest entschlossen, ihm das auch zu zeigen. Ich nahm Aaron in die Arme und ließ meinen Kopf an seiner Brust ruhen.

„Ich glaube, dieses Haus verdient es, geschmückt zu werden, und seine Bewohner brauchen eine ganz besonders schöne Weihnachtsfeier. Wir könnten unsere Geschwister einladen, als Dank für alles, was sie in der letzten Zeit für uns getan haben. Oder auch einfach so, weil sie dazu gehören. Was meinst du?"

Er fuhr mit seiner Hand durch meine Haare und zog leicht daran, bevor er mich zärtlich küsste.

„Das wäre schön. Aber, Leonie, ich kann dir kaum helfen. Wird dir das nicht zu viel, wenn du so vieles vorbereiten musst? Ich möchte nicht, dass du dir zu viel zumutest."

Lisa unterbrach seine Überlegungen. „Leonie muss ja nicht alles machen. Wir könnten gemeinsam überlegen, wie wir feiern wollen und welchen Beitrag jeder dazu leisten kann. Wir verteilen einfach die Aufgaben. Darf ich das organisieren? Ich rufe Chiara an und frage, ob sie und Elias vorbeikommen, um alles zu besprechen. Was haltet ihr davon?"

Ich fand, das klang nach einem guten Plan.

Lisa zog los, um Weihnachtsschmuck zu besorgen, und Aaron wollte sich ein wenig ausruhen. Wie so oft in letzter Zeit schlief er fast augenblicklich ein. Ich war schon länger nicht mehr alleine mit Enya und Lucky unterwegs gewesen, weil Lisa und Chiara diese Aufgabe, die sie vor meinem Abflug übernommen hatten, wie selbstverständlich auch nach unserer Rückkehr beibehalten hatten. Das war sehr hilfreich, aber irgendwie fehlten mir die besinnlichen Stunden mit den Hunden. Aaron wirkte vollkommen entspannt, sodass ich nach den Leinen griff und mit den beiden zum Wald ging. Mittlerweile war es wirklich kalt geworden, mein Atem bildete kleine Wolken vor meinem Gesicht, und ich war froh darüber, dass ich mich warm angezogen hatte. Trotzdem machten wir einen langen Spaziergang, der uns erst zwei Stunden später wieder nach Hause führte.

Die Hunde hatten so ausgelassen getobt, dass sie sich sofort in ihre Körbchen zurückzogen. Auch ich war zufrieden und ausgeglichen, allerdings etwas durchgefroren. Ich ging in die Küche und kochte Kakao. Als ich Aarons Stimme hörte, kehrte ich mit zwei dampfenden Tassen, die einen verführerischen Duft verbreiteten, zurück ins Wohnzimmer.

„Möchtest du auch einen Kakao?"

Er setzte sich auf und bat mich, mich zu ihm zu setzen. „Sehr gerne. Wart ihr spazieren?"

„Ja. Es tut mir Leid, dass ich dich so lange alleine gelassen habe, aber es war wirklich schön und hat mir gut getan."

„Das freut mich. Die beiden scheinen ganz erledigt zu sein."

Ich lachte. „Ja, sie haben es schamlos ausgenutzt, dass sie endlich wieder einmal ohne Leine unterwegs waren. Ich vermute, dass Lisa und Chiara sie nicht ableinen."

„Sind sie weggelaufen?" Er warf Enya und Lucky einen misstrauischen Blick zu.

„Nein, aber sie haben wohl Nachlaufen gespielt, und das ziemlich ausdauernd. Außerdem ist es schrecklich kalt draußen. Ich bin jetzt auch etwas müde, dabei müsste ich endlich einmal ein wenig arbeiten."

„Komm, ruh dich erst ein wenig aus." Er rückte näher und zog mich zu sich heran. Ich machte es mir in der Wärme seines Körpers gemütlich, schmiegte mich bei ihm an und genoss den stillen, vertraulichen Moment.

Ich hatte überhaupt keine Lust, mich von Aaron zu trennen und zum Arbeitszimmer zu gehen, und so fragte ich: „Kann ich auch hier unten arbeiten? Würde dich das stören?"

„Natürlich kannst du hier unten arbeiten. Du störst mich nicht. Gefällt dir das Zimmer oben doch nicht?"

„Ich weiß nicht. Es ist sehr schön, aber …"

„Aber du fühlst dich nicht wohl dort?"

„Irgendwie nicht. Tut mir leid." Ich verspürte das Bedürfnis, mich bei ihm zu entschuldigen, und legte ihm meine Hand auf den Oberschenkel.

„Das macht doch nichts. Ich arbeite ja auch nicht dort, erinnerst du dich? Sollen wir dir eine Ecke im Wohnzimmer einrichten oder in meinem Büro, oder möchtest du den Raum oben behalten und ihn nur anders einrichten?

„Ich glaube, mir fehlt mein Klavier. Und mein Büro."

„Dein Büro bei dir zu Hause oder das in der Stadt?"

„Irgendwie beides. Bitte, versteh mich nicht falsch. Ich möchte nicht wieder weg. Es kommt mir auch vollkommen kindisch vor, aber mir fehlen einige meiner Sachen."

Er schüttelte lächelnd den Kopf und streichelte meinen Arm.

„Ich kann das gut verstehen. Weißt du, Chiara hat eine Idee. Eigentlich wollte ich es erst nach Weihnachten ansprechen, aber wir können auch jetzt darüber reden. Sie möchte unsere Firma umstrukturieren. Wir haben noch einige ungenutzte Räume, und sie möchte unter anderem eine Küche und einen Ruheraum einrichten. Sie möchte die Firma zu einem Ort machen, an dem man nicht nur arbeitet, sondern auch wirklich lebt. Wenn du möchtest, kannst du einen der Räume zu deinem Büro machen. Es gehört ein kleiner Garten zum Gebäude, sodass du sogar die Hunde mitnehmen könntest, wenn du möchtest. Außerdem träumt Chiara davon, dass wir mittags in der Firma essen, damit wir uns abends nicht mehr mit Kochen befassen müssen."

„Du meinst, ich hätte mein eigenes Büro in eurem Firmengebäude?"

„Das können wir so gestalten, wie es dir gefällt. Entweder du bekommst deinen eigenen geschlossenen Raum, in dem du deine Ruhe hast, oder du teilst dir mit einem von uns ein Büro, oder aber – und die Idee gefällt mir persönlich am besten – wir arbeiten alle in einem großen Raum, haben aber Ausweichmöglichkeiten, zum Beispiel ein Besprechungszimmer für Kundenkontakte oder auch ein oder zwei kleine Büros für den Fall, dass einer von uns doch einmal alleine arbeiten möchte."

„Das klingt hervorragend. Darf ich mir das noch ein wenig überlegen?"

„Selbstverständlich. Wir wollten es ja ohnehin erst nach Weihnachten besprechen. Vorher erwartet sie keine Antwort. Und wenn ich wieder fit bin, können wir gerne dein Klavier und deinen Schreibtisch holen lassen, und alles, was du sonst noch haben möchtest."

„Aber hier steht schon ein Klavier. Und zwei Schreibtische sind auch schon da."

Er ließ seinen Kopf auf meinem ruhen. „Das macht doch nichts. Wir hatten früher immer zwei Klaviere – eines im Wohnzimmer und eines oben. Und wenn wir Chiaras Idee umsetzen, brauchen wir in der Firma ohnehin mehr Schreibtische."

Ich ging hoch ins Arbeitszimmer und versuchte, mir vorzustellen, wie es mit meinen eigenen Möbeln aussehen würde. Der Blick auf den Wald faszinierte mich nach wie vor, sodass ich nicht verstand, warum ich in diesem Raum nicht arbeiten konnte. Schritte und Hundegetrippel auf der Treppe verrieten mir, dass Aaron mir folgte.

Er trat hinter mich und legte mir seinen Arm um die Schulter. „Worüber denkst du nach?"

„Ich begreife einfach nicht, was mich hier stört, und ich frage mich, ob es besser wäre, wenn ich es neu einrichten würde."

„Mich persönlich hat immer gestört, dass dieses Arbeitszimmer im ersten Stock ist. Für meinen Vater war das gut, weil wir Kinder ihn so nicht allzu sehr an der Arbeit hindern konnten. Aber eigentlich ist es mir zu abgelegen vom Tagesgeschehen."

„Wenn hier niemand arbeiten möchte, sollten wir vielleicht über eine alternative Nutzung nachdenken. Vielleicht eine Bibliothek mit kuschliger Leseecke oder so".

„Hättest du gerne eine Bibliothek?"

„Ich habe immer davon geträumt, mindestens eine Wand voller Bücher zu haben mit einem bequemen Lesesessel und möglicherweise einer Entspannungsecke."

Er trat in die Mitte des Raumes, sah sich gründlich um und schloss anschließend die Augen. Ein zufriedenes Lächeln trat in sein Gesicht.

„Das ist eine hervorragende Idee. So könnten wir den Raum umgestalten, und ich hätte trotzdem das Gefühl, dass wir das Zimmer im Sinne meines Vaters nutzen würden."

Nun verstand ich. „Du hast das Arbeitszimmer unverändert gelassen, weil du sonst den Eindruck gehabt hättest, deine Eltern zu verraten, oder?"

Etwas betreten sah er mich an und nahm mich in den Arm. „Ich glaube schon, ja."

„Dann sollten die Möbel in eines der neuen Büros in der Firma umziehen."

„Du hast Recht. So machen wir es. Komm, nimm dein Notebook mit runter, wenn du jetzt noch arbeiten musst. Dann kannst du ausprobieren, wo es dir am besten gefällt."

Ich blickte ihn an und sagte schmunzelnd: „Heute gefällt es mir mit Sicherheit im Wohnzimmer am besten. Dann kann ich in deiner Nähe bleiben."

Schon bald stellte ich allerdings fest, dass ich mich damit getäuscht hatte. Es dauerte nicht mehr lange, bis Lisa schwer bepackt mit Weihnachtsschmuck zurückkehrte. Und nicht nur das, sie brachte Elias mit, der zusammen mit einem mir bis dahin unbekannten Mann einen Weihnachtsbaum hereintrug. Der Mann wirkte ausgesprochen schüchtern und wagte kaum, mich anzusehen. Mit seiner dunklen Haut und seinen ebenmäßigen Gesichtszügen konnte man ihn als gutaussehend bezeichnen, ein Eindruck, der sich bestätigte, als er sich zu einem kleinen Lächeln durchrang.

Elias schnaufte etwas unter dem Gewicht des Baumes. „Wir haben Lisa im Gartencenter getroffen, und sie meinte, ihr bräuchtet noch einen Weihnachtsbaum. Ich hoffe, es ist euch nicht zu früh. Notfalls stellen wir ihn noch ein paar Tage in den Garten. Wo soll das gute Stück hin?"

Aaron blickte mich fragend an, doch ich strahlte schon vor Begeisterung. Er grinste belustigt und meinte: „Ich glaube, ihr könnt den Baum sofort aufstellen, zumindest wenn ihr einen Ständer mitgebracht habt. Du weißt, ich habe keinen Weihnachtsschmuck."

Erleichtert legten sie den Baum auf den Boden. Ich ging auf Elias' Begleiter zu und hielt ihm die Hand hin. „Hallo, ich bin Leonie."

„Freut mich, ich bin David." Er hatte eine warme, freundliche Stimme, die er jedoch nur sehr zögerlich einsetzte. Er blickte unsicher von Elias zu Aaron, dann wieder zu mir.

Aaron nickte seinem Bruder kaum wahrnehmbar zu. Nun wirkte auch der sonst sehr ruhige und entspannte Elias ungewohnt nervös. Er legte David den Arm um die Schulter, räusperte sich und sagte: „Leonie, ich würde dir gerne David vorstellen. Er ist nicht nur ein guter Freund und Weihnachtshelfer, sondern auch und vor allem mein Lebensgefährte."

David stand die Anspannung ins Gesicht geschrieben. Schweißperlen erschienen auf seiner Stirn, und er war jeden Moment zum Rückzug bereit. Er tat mir unendlich leid, und ich mochte mir gar nicht vorstellen, welche Erfahrungen aus seinem bisherigen Leben diese Reaktion hervorgerufen hatten. Auch Elias hatte in meiner Anwesenheit bisher ein Geheimnis aus seinem Privatleben gemacht, aber immerhin war er mir immer offen und angstfrei begegnet. Es freute mich, dass die beiden den Mut gefunden hatten, uns gemeinsam zu besuchen, um den Weihnachtsbaum vorbeizubringen. Am liebsten hätte ich David beruhigend in den Arm genommen, aber er wirkte so verletzlich, dass ich es nicht wagte. So schenkte ich ihm ein warmes Lächeln und ging zuerst auf Elias zu, der meine Umarmung dankbar annahm. „Das freut mich für euch."

Dann sah ich David an und hielt ihm meine Hände hin. „Herzlich willkommen. Es freut mich, dich kennenzulernen. Und ganz lieben Dank für den Baum."

Er schaute mich mit großen, ungläubigen Augen an, bis sein Gesicht erleichtert aufleuchtete. Mit einem kurzen Blick auf meine Hände griff er nach ihnen und zog mich langsam zu sich heran. „Gern geschehen. Ich wünsche euch viel Spaß damit."

Aaron stand auf und gesellte sich zu uns. „An dem Spaß kannst du jederzeit teilhaben. Vor allem aber dann, wenn du Heiligabend zu unserer Weihnachtsfeier kommst. Leonie wünscht sich, dass wir in diesem Jahr hier feiern. Mir ist das auch lieber, dann erspare ich mir die zurzeit noch anstrengende Autofahrt."

„Sehr, sehr gerne." Und auf einmal fiel alle Anspannung von David und Elias ab. Sie umarmten einander kurz und liebevoll, und aus dem schüchternen, zurückhaltenden David wurde ein fröhlicher, fürsorglicher Mann, der mit seinem ersten Erscheinen nur noch sein ruhiges Auftreten gemeinsam hatte.

Lisa kann herein mit Tellern und Besteck, die sie auf dem Esstisch ablegte. „Bleibt ihr zum Abendessen? Es gibt allerdings nur Brot, Aufschnitt und Tomatensalat. Gekocht habe ich heute Mittag schon."

Elias scherzte: „Nur Brot, Aufschnitt und Tomatensalat? Da musst du aber noch ein wenig üben bis Januar. Das reicht dann nicht mehr." Er zwinkerte ihr zu, und auch Aaron und David grinsten. Nur ich verstand nicht, was gerade ablief, und runzelte die Stirn.

Lisa warf mir einen schuldbewussten Blick zu. „Ich habe meinen alten Job gekündigt und arbeite ab Januar für die Firma Baumann. Es tut mir leid, ich habe dir noch nichts erzählt, weil du ausreichend andere Sorgen hattest."

Verständnislos fragte ich: „Willst du als Köchin arbeiten?"

Sie prustete los: „Ja, äh, nein. Ach, es ist etwas komplizierter."

Elias erklärte: „Wir haben Lisa als Multifunktionstalent eingestellt. Vorrangig wird sie uns als Sekretärin zur Seite stehen, aber sobald die Küche da ist, will sie mittags für uns kochen. Solltest du dich dazu durchringen können, dein Büro in unsere Räume zu legen, kämst du auch in den Genuss ihrer Kochkünste."

„Oh, wie schön. Das ist dann wohl ein sehr überzeugendes Argument für ein Büro in eurer Firma." Ich freute mich schon darauf, in den regelmäßigen Genuss von Lisas Kochkünsten zu kommen.

Aaron spielte nachdenklich mit meinen Haaren. „Ich würde mich sehr darüber freuen, Leonie. Aber sieh dir bitte vorher alles einmal in Ruhe an und lass dir von Chiara ihre Ideen und Pläne beschreiben. Nimm dir die Zeit, die du brauchst, ehe du eine Entscheidung triffst. Wenn du zu uns kommen solltest, wäre es mir wichtig, dass du dich dort wirklich wohl fühlst."

Wir deckten gemeinsam den Tisch. Dabei zeigte sich, dass David ein Talent dafür besaß, mit wenigen Mitteln eine kleine Wohlfühloase zu schaffen: Eine Kerze, ein paar Servietten, und schon sah der Tisch fast aus wie eine Festtafel.

Fasziniert beobachtete ich ihn. „Machst du das immer so?" Er folgte meinem Blick und fragte: „Den Tisch decken?" Ich nickte, woraufhin er entschuldigend mit den Schultern zuckte: „Das bringt mein Beruf so mit sich. Ich bin Innendekorateur, da muss ich auf solche Dinge achten. Sie sind mir in Fleisch und Blut übergegangen. Stört es dich?"

Ich lächelte breit. „Auf keinen Fall." Schmunzelnd fügte ich hinzu: „Vielleicht möchtest du mit Lisa die Weihnachtsdekoration in diesem Haus übernehmen?" Es war als Scherz gemeint, aber er ergriff die Chance mit beiden Händen und sagte: „Das würde ich sehr gerne. Es hat Spaß gemacht, mit ihr zusammen den Schmuck auszusuchen. Ich hoffe nur, wir haben in eurem Sinne ausgewählt. Ich konnte es kaum glauben, als sie mir von eurem Adventskranz erzählte. Vielleicht war es falsch, aber ich habe ihr gesagt, sie soll dem Stil des Kranzes treu bleiben."

„Sehe ich da Belustigung oder Anerkennung in deinen Augen?"

So wie Aaron einige Stunden vorher strich er mit dem Finger über eines der kleinen Rentiere. „Beides, ehrlich gesagt. Es ist witzig, diesen Kranz in einem Haus voller Erwachsener anzutreffen. Aber wenn es das ist, was euch gefällt, dann ist es nur richtig, dass ihr ihn genommen habt. Mir gefällt er übrigens auch, wenngleich ich ihn meinen Kunden wohl nicht empfohlen hätte. Wer hat ihn eigentlich ausgesucht?"

„Wir beide."

„Schon klar. Ich meine, wem ist er zuerst aufgefallen?"

Ich schwieg, während meine Augen fröhlich funkelten und Aaron suchten. David stieß einen leisen, beifälligen Pfiff aus. „Cool. Das hätte ich nicht gedacht. Du scheinst ihm gut zu tun."

„Danke, aber ich glaube, es ist eher so, dass er mir guttut."

Plötzlich wurde er ernst und legte mir die Hand auf die Schulter. „Täusche dich nicht. Er ist wie ausgewechselt, seitdem er dich kennt. Darum wollte ich dich unbedingt kennen lernen. Ich wollte wissen, wer die Frau ist, die ihm seine Lebensfreude zurückgegeben hat."

„Und? Entspreche ich deinen Vorstellungen?"

„Ich hatte keine Vorstellungen, nur Neugier. Aber ich bin beeindruckt."

Verwundert hob ich eine Augenbraue. Ich konnte mir nicht vorstellen, schon jemals einen anderen Menschen beeindruckt zu haben. David fühlte sich durch meine kleine Geste ermutigt, leise fortzufahren: „Ich sehe eine Frau vor mir, die tiefe Narben auf ihrer Seele trägt, aber dennoch so viel Wärme im Herzen hat, dass sie ohne Zögern ihre Hand nach ihren Mitmenschen ausstreckt, auch wenn diese nicht dem Mainstream entsprechen, und so zu deren Heilung beiträgt. Das macht dich zu etwas Besonderem."

Ich schluckte, während sich eine Träne löste und langsam meine Wange hinunterrollte.

„Es tut mir leid, Leonie. Ich wollte dir nicht zu nahe treten." Er sah sich hilfesuchend nach Aaron um. Dieser fing seinen ratlosen Blick auf und kam ihm zu Hilfe.

Er schloss mich in seine Arme und fragte: „Was ist passiert?"

David wiederholte seine Worte. Dann fügte er hinzu: „Ich habe sie zum Weinen gebracht. Das wollte ich nicht."

Aaron schob mich ein wenig von sich fort, damit er mir ins Gesicht sehen konnte. Er strich mir über die Wange und fragte leise: „Ist alles gut?" Ich sah ihn an, seufzte tief und nickte.

Er umfing mich wieder mit seiner Wärme, und ich hörte ihn sagen: „Mach dir keine Sorgen. Du hast nichts falsch gemacht. Es ist nur so, dass Leonie manchmal vor Glück oder Rührung weint. Es bedeutet längst nicht immer, dass sie traurig ist. Ich habe das auch erst lernen müssen."

„Oh, ich verstehe." David legte mir die Hand auf den Rücken und flüsterte mir zu: „Du hast übrigens Recht."

Ich verweilte in Aarons Umarmung, sodass David mein Lächeln nicht sehen konnte. Aber Aaron fragte: „Womit hat sie Recht, wenn ich fragen darf?"

„Nachdem ich gesagt hatte, dass sie dir guttut, hat Leonie darauf bestanden, dass es eher umgekehrt ist. Ich allerdings würde sagen, ihr seid wie geschaffen für einander."

Als wir schließlich schlafen gingen, hatte ich zwar noch immer nicht gearbeitet, aber wir hatten einen schönen und letzten Endes entspannten Abend mit Elias, David und Lisa verbracht. Gemeinsam hatten wir den Weihnachtsbaum aufgestellt und dekoriert, und Lisa und David hatten auch den Rest des Hauses geschmückt. An der Haustüre wurden unsere Besucher fortan von einem Kranz mit Rentier begrüßt, bei dem das Tierchen so dezent angebracht war, dass die gesamte Komposition eher edel wirkte. Ähnlich zog es sich durch das ganze Haus. Die Rentiere wiederholten sich in zurückhaltenden Holztönen, sodass es gar nicht kitschig war, sondern einfach nur schön. Auch die Lichterketten, die Elias an den Fenstern angebracht hatte, waren kein bisschen aufdringlich und trugen zu einer gemütlichen Atmosphäre bei. Sogar das Schlafzimmer war passend geschmückt. Allerdings waren die Kerzen hier – vermutlich aus Sicherheitsgründen – durch flackernde LED-Lichter ersetzt worden.

Aaron zündete die Weihnachtsbeleuchtung an und machte das Schlafzimmerlicht aus. Ich sah ihm an, dass er vollkommen erschöpft war und Schmerzen hatte. So setzte ich mich zu ihm und ließ meine Finger über seinen Brustkorb kreisen. Mittlerweile konnte ich den Druck erhöhen, ohne dass es ihm schadete. Er empfand den stärkeren Druck sogar als angenehm.

Irgendwann griff er nach meiner Hand und sagte: „Komm." Ich legte mich neben ihn und schob ihm meinen Arm unter den Kopf. Er drehte sich langsam auf die Seite und ließ seinen Kopf auf meiner Brust ruhen. Sein eingegipster Arm lag auf meinem Bauch. Es war das erste Mal seit dem Unfall, dass er es wagte, sich so auf die Seite zu drehen, dass ich ihn im Bett in den Arm nehmen konnte. Er stieß einen wohligen Seufzer aus. Bald ging sein Atem ganz regelmäßig, und seine Finger zuckten im Schlaf auf meinem Bauch.

In den nächsten Tagen gewöhnte ich mir an, im Wohnzimmer zu arbeiten. Zuerst lag Aaron häufig auf der Couch, las eine Weile oder hörte Musik mit Kopfhörern, um mich nicht zu stören. In dem Maße, wie es ihm besser ging und die Schmerzen ihn weniger belasteten, setzte er sich immer häufiger mit an den Tisch und arbeitete selbst ein wenig oder zeichnete. Das Arbeiten fiel ihm schwer, weil er nur eine Hand voll nutzen konnte, und so entstanden mehrere Zeichnungen. Es begann mit dem Weihnachtsbaum, dann kam die restliche Dekoration an die Reihe, und als er das Gefühl hatte, dass seine Finger ihm wieder besser gehorchten, zeichnete er Enya und Lucky und schließlich auch mich. Er ließ mich an seinen Fortschritten immer teilhaben, nur eine ganz bestimmte Zeichnung schien er vor mir verborgen zu halten.

Kurz vor Heiligabend saß er ganz versunken vor dieser Zeichnung, als ich mit den Hunden vom Spaziergang zurückkehrte. Ich wollte ihn nicht überrumpeln und klopfte an den Türrahmen. Überrascht sah er auf: „Warum klopfst du an?" Ich lächelte: „Du wirktest so vertieft, dass ich dich nicht erschrecken wollte. – Was machst du da?"

Verlegen drehte er das Blatt um und sagte: „Warte. Ich möchte nicht, dass du es unvorbereitet siehst."

Neugierig trat ich näher: „Was ist es?"

Er antwortete mit einer Gegenfrage: „Glaubst du, du könntest es zumindest ein bisschen verstehen, wenn ich sage, dass ich um Sarah trauere?" Noch nie hatte jemand meine Tochter beim Namen genannt, geschweige denn um sie getrauert. Ich war gerührt.

„Natürlich kann ich das verstehen."

Er zeigte auf das Blatt: „Ich musste irgendetwas tun, um ihren Tod zu verarbeiten, auch wenn ich sie niemals kennen gelernt habe. Und das hier hilft mir dabei."

Ich trat auf ihn zu, legte ihm die Hände auf die Schultern und schmiegte mich an: „Es tut mir leid, dass ich dich damit allein gelassen habe. Dass ich überhaupt nicht auf die Idee gekommen bin, dass du Hilfe brauchen könntest."

Er strich behutsam über meine Arme und sagte leise: „Das ist nicht deine Schuld. Ich habe nichts gesagt." Dann drehte er sich zu mir um und küsste mich zärtlich. „Möchtest du es sehen? Es ist aber noch nicht ganz fertig."

Vorsichtig drehte ich das Blatt um. Aaron hatte ein kleines Mädchen gezeichnet, das mit einem Hund unter einem ausladenden Baum spielte. Der Baum stand auf einem Hügel, hinter dem die Sonne aufging.

„Aaron, das ist wunderschön." Wie verzaubert starrte ich weiter auf die Zeichnung. Er hatte eine perfekte Szenerie geschaffen.

Seine Stimme klang unsicher, als er fragte: „Gefällt es dir?"

„Es ist so unglaublich schön. Warum ist es noch nicht fertig?"

„Ihr Name fehlt noch. Ich kann mich nicht entscheiden, wo er hin soll und welche Schriftart ich benutzen will."

„Was wirst du damit machen?"

„Wenn du damit einverstanden bist, würde ich es gerne in Stein meißeln lassen. Den Stein könnten wir in den Garten legen oder stellen, je nachdem, wie groß er ist. Ich dachte, entweder hier vorne, wenn du ihn immer sehen möchtest, oder weiter hinten, wenn dir lieber wäre, dass er nicht immer ins Auge fällt."

Er hatte sich alles schon ganz genau überlegt und sorgte sich dennoch um meine Gefühle. Ich setzte mich auf seinen Schoß und schlang die Arme um seinen Hals: „Danke, Aaron. Kann ich irgendetwas für dich tun? Etwas, das dir hilft?"

Er schüttelte lächelnd den Kopf: „Das hast du schon, indem dir gefällt, was ich mache."

„Es gefällt mir sogar sehr gut. Du könntest es auch genauso lassen, wie es ist, ohne Namen. Wir wüssten trotzdem, was der Stein bedeutet, aber wir wären nie verpflichtet, Fragen zu beantworten."

Ich spürte, dass seine bloße Anwesenheit meinen Körper mit wohltuender Wärme durchströmte. Diese Wärme schien in ihn überzugehen, denn in seinen Augen erschien bald ein warmer Glanz.

Vorsichtig fragte ich ihn: „Du hättest sehr gerne Kinder gehabt, oder?" Er nickte schweigend.

„Darf ich dich fragen, warum du strikt gegen künstliche Befruchtung bist? Ich weiß, dass ich dir damit nicht weiterhelfen könnte, aber ich wüsste gerne den Grund."

Aufrichtig erstaunt sah er mir in die Augen: „Das weißt du nicht? – Bei einer IVF werden mehrere Eizellen befruchtet. In den meisten Fällen gibt es hinterher mehr befruchtete Eizellen als gebraucht werden. Aus jeder befruchteten Eizelle könnte zumindest theoretisch ein Kind entstehen. Das bedeutet, dass man zuerst Leben zeugt, um es hinterher wieder zu zerstören. Das möchte ich auf keinen Fall. Leider kann das kaum jemand nachvollziehen." Er zupfte wieder liebevoll an meinen Haaren herum: „Und darum ist es sehr gut so, wie es ist. Wir müssen uns überhaupt nicht mit der Frage auseinandersetzen."

„Nein, das müssen wir leider nicht. Aber weißt du was?" Er schüttelte den Kopf. „Ich kann das sehr gut nachvollziehen. Ich werde niemals jemanden verurteilen, der nach diesem Strohhalm greift. Aber ich selber würde es vermutlich auch nicht wollen."

Am Tag vor Heiligabend verwandelte sich unser Haus in eine Art Bienenstock. Fortwährend kam jemand herein und ging wieder hinaus, wobei Lisa und Chiara alle Fäden in Händen zu halten schienen. Vor mir hielten sie verborgen, was sie machten, und ich hatte das Gefühl, dass auch Aaron nicht wirklich informiert war.

Ich hatte den Auftrag erhalten, das Eis für den Nachtisch zu besorgen und mich ansonsten um die Hunde zu kümmern. Da wir uns mit Rücksicht auf Aaron darauf geeinigt hatten, eine Weihnachtsfeier ohne Geschenkestress zu organisieren, hatte ich nicht einmal in dieser Hinsicht etwas zu tun. Es war mir schon fast unheimlich, dass außer Aaron alle herumwuselten und ich nur zuschauen durfte.

„Aaron, weißt du, was sie hier machen? Ich komme mir irgendwie überflüssig vor."

Er zuckte gelassen mit den Schultern. „Ich nehme an, es geht um Vorbereitungen für morgen. Lass sie einfach."

„Aber wieso dürfen wir nicht helfen?"

Er lachte. „Weil sie sich in den Kopf gesetzt haben, dass wir uns entspannen und ausruhen sollen. Sie haben alle Aufgaben verteilt, deine Aufgabe lautete Eis und Hunde. Das Eis ist da, mit den Hunden können wir nachher noch ein wenig spazieren gehen, und damit hast du alles erledigt. Lies ein Buch oder setz dich einfach zu mir. Sie sind erwachsen, sie wissen schon, was sie machen. Wenn sie Hilfe brauchen, werden sie Bescheid sagen."

Ich stöhnte innerlich. „Ich kann mich doch nicht einfach hier hin setzen und lesen, während sie alle arbeiten."

„Doch, das kannst du. Aber ich sehe schon, das wird nichts. Komm, lass uns spazieren gehen, und wenn sie danach immer noch hier sind, setzen wir uns oben ins Arbeitszimmer."

„Bist du sicher, dass du mitgehen möchtest? Es ist sehr kalt draußen."

Er unterdrückte ein Kichern. „Ich weiß, dass es kalt ist. Aber wenn du mir ein bisschen hilfst, kann ich mich warm anziehen. Im schlimmsten Fall musst du mich anschließend behandeln, dann hast du sofort wieder etwas zu tun. Bitte, Leonie, entspann dich ein bisschen. Es wird alles gut. Und wenn morgen nicht alles perfekt ist, dann ist das auch egal."

Wir schlugen den üblichen Weg durch den Garten ein, und in der Stille des Waldes kam ich endlich zur Ruhe. Aaron ließ seine Finger in meine gleiten, als wollte er mich nicht verlieren. Er blieb stehen und strich mir eine Strähne aus dem Gesicht.

„Besser?"

Ich lächelte zufrieden. „Ja, danke. Ich weiß auch nicht, was mit mir los war. Tut mir leid."

„Aber ich weiß es. Du brauchtest eine kleine Pause von der Hektik. Falls es dich tröstet, es macht mich auch ein wenig nervös, dass sie so geheimnisvoll tun. Aber es scheint ihnen Spaß zu machen."

Plötzlich streckte er die Hand aus und sagte: „Schau mal!" Ich wusste nicht, was er meinte, doch dann sah ich es auch. Auf seiner schwarzen Jacke erschienen kleine weiße Punkte, die schnell größer wurden.

„Schnee!" Mein Herz hüpfte vor Freude. Nach dem furchtbar langen und heißen Sommer hatte ich jede Hoffnung auf Schnee aufgegeben. Umso mehr freute ich mich jetzt über die weißen Flocken. Enya teilte meine Freude und schnappte ausgelassen nach jeder Schneeflocke, während Lucky eher angewidert den Kopf einzog.

„Ich glaube, der junge Mann findet den Schnee nicht so toll." Aaron strich Lucky mitfühlend über den Rücken.

„Nein, jedenfalls nicht, solange er vom Himmel fällt. Wenn er allerdings als dicke Schicht auf dem Boden liegt, kann auch Lucky zum kleinen Schneemonster werden. Ich bin gespannt, ob es dazu kommen wird."

Wir gingen gemächlich weiter und genossen die kleinen, tanzenden Sterne. Als wir das Haus erreichten, sahen wir aus wie gepudert.

Die Weihnachtsbeleuchtung brannte überall und hieß uns willkommen. Ansonsten waren die Räume allerdings wie leergefegt.

„Nanu, wo sind sie denn auf einmal hin?"

Aaron ging durch die Küche, das Wohnzimmer und das Esszimmer und sagte: „Ich nehme an, sie sind fertig für heute. Schau mal, wie lieb. Jemand hat uns einen Teller mit Keksen hingestellt und schon alles für Kakao vorbereitet. Möchtest du Kakao? Soll ich uns welchen machen?"

„Ich hätte sehr gerne eine Tasse Kakao. Aber schaffst du das?"

„Ich weiß nicht, aber ich möchte es gerne versuchen. Du könntest schon mal die Hunde abtrocknen. Wenn ich Hilfe brauche, rufe ich dich."

Da der Schnee sehr pulverig war, dauerte es nicht lange, bis Lucky und Enya sich in ihre Körbchen legen konnten. Ich zündete den Adventskranz an, dann half ich Aaron, die Tassen auf den Tisch zu stellen. Wir schauten dem Schneetreiben im Garten zu und ließen uns von der heimeligen Atmosphäre davontragen.

Aaron legte sich auf die Couch, seinen Kopf in meinem Schoß. Ich fuhr ihm durch die Haare und er schloss genießerisch die Augen.

„Ich freue mich auf morgen, weißt du das? Es war eine wirklich gute Idee von dir, in diesem Jahr hier Weihnachten zu feiern. Da unsere Geschwister so geheimnisvoll tun, fühle ich mich ein bisschen so wie als Kind. Sie machen mich nervös, aber wir wissen, dass wir ihnen vertrauen können. So war es früher auch. Vor lauter Vorfreude war mir manchmal sogar ein wenig übel. Und dann war es doch immer wieder das schönste Weihnachtsfest." Er lächelte bei der Erinnerung.

„Stimmt. Bei uns war es so ähnlich. Die Tür zu unserem Wohnzimmer war aus Glas. An Heiligabend hängte mein Vater sie immer zu. Außerdem waren meine Großeltern meistens da. In der Küche wurde heftig herumgewerkelt, und ich bin vor Anspannung fast verrückt geworden. Irgendwann wurde ich bei meiner Tante abgeliefert, die in der Nähe wohnte, weil ich alle in den Wahnsinn trieb." Ich musste grinsen und spürte so etwas wie Hochachtung meiner Tante gegenüber, die es immer wieder schaffte, uns relativ entspannt durch den Tag zu begleiten.

„Ich bin wirklich gespannt, was sie für morgen vorbereitet haben. Allerdings glaube ich, dass wir heute Abend und morgen in der Küche essen müssen. Es sieht so aus, als hätten sie den Tisch schon fertig gedeckt."

„Wirklich? Und, sieht es schön aus?"

„Selbstverständlich sieht es schön aus. David kann gar nicht anders als es schön aussehen lassen."

Ich lächelte wieder. „Das glaube ich dir gerne. Aber sag mal, warum hat Elias ihn eigentlich so lange vor mir versteckt gehalten? Und wieso war er so extrem unsicher bei unserer ersten Begegnung? Jetzt wirkt er ausgesprochen offen und nett."

Aaron setzte sich auf und klopfte auf seine Oberschenkel. Wir tauschten die Plätze, und nun war er es, der meine Haare liebkoste.

„Davids Familie stammt aus Pakistan. Als ihm seine sexuelle Neigung bewusst wurde, hat sein Vater versucht, ihm seine Sexualität auszuprügeln, und seine Mutter hielt ihn für eine Brut des Teufels. David hat es seiner Familie zuliebe versucht, sich auf Frauen einzulassen, aber es funktionierte nicht. Er wollte seinem Leben ein Ende setzen und sich vor den Zug werfen. Zum Glück wurde er im letzten Moment von einer Ärztin und deren Tochter daran gehindert. Sie haben dafür gesorgt, dass er sein Elternhaus verlassen und fortan in einer anderen Stadt leben konnte. Bis heute hat er keinen Kontakt zu seiner Familie. Er ist absolut liebenswert, aber wenn er jemandem als Elias' Partner zum ersten

Mal gegenübertreten soll, gerät er in Panik. Ich vermute, dass er außerhalb seiner Wohnung in der Regel als Single auftritt."

„Kein Wunder, dass er Angst hatte."

„Hmm, aber jetzt vertraut er dir, und er freut sich auch auf morgen. Und das ist gut so."

Ich befürchtete, dass unsere Geschwister an Heiligabend wieder den ganzen Tag über das Haus unsicher machen würden, aber damit hatte ich mich getäuscht. Offensichtlich fanden die letzten Vorbereitungen an anderer Stelle statt.

Als wir aufwachten, herrschte eine ungewohnte Stille. Ich dachte, es wäre noch sehr früh am Morgen, doch durch die Rollläden, die wir nie komplett herabfuhren, drang Licht ins Schlafzimmer. Ich blickte auf den Wecker und stellte fest, dass wir so lange geschlafen hatten, wie seit Wochen nicht mehr. Die Hunde lagen friedlich in ihren Körbchen, und Aaron ruhte auf der Seite und beobachtete mich. Er fuhr mir mit dem Handrücken über die Wange und flüsterte: „Guten Morgen, und frohe Weihnachten." Ich stöhnte wohlig und kuschelte mich bei ihm an: „Frohe Weihnachten." Wir blieben noch eine Zeitlang liegen und genossen die Nähe des anderen, bis Lucky der Meinung war, dass es Zeit für ein wenig Bewegung war. Er lief um unser Bett herum und stupste uns abwechselnd auffordernd an. Aaron ließ sich als erster erweichen und stand auf, um die Hunde in den Garten zu lassen.

Ein ungewöhnlicher Lärm, der ganz klar durch unsere Vierbeiner verursacht wurde, brachte mich dazu, auch aufzustehen und durchs Fenster zu schauen. Der Garten lag unter einer dicken Schneedecke, und Enya und Lucky tobten ausgelassen darin herum. Lucky begleitete sein Spiel durch aufgeregtes Bellen, während Enya still und leise dem Schnee hinterherjagte. Ich zog mich an und ging ebenfalls hinaus.

Aaron hob bedauernd die Arme. „Ich hätte die weiße Pracht gerne fotografiert, aber diese beiden kleinen Monsterchen waren schneller. Sie haben schon alles durcheinander gebracht."

Ich musste lachen. „Das sehe ich. Immerhin haben sie eine Menge Spaß. Komm lieber mit rein. Es ist gut möglich, dass sie es noch eine Weile im Schnee aushalten. Nicht, dass du noch erfrierst."

Wir hatten es gerade geschafft, zu frühstücken und zu duschen, als es klingelte. Aaron sperrte die Hunde ins Wohnzimmer und ging zur Tür, während ich den Tisch zu Ende abräumte.

Ich hörte, wie er mit jemandem sprach. Es klang nach einer mir unbekannten Männer- und einer Kinderstimme.

Aaron fragte: „Magst du Hunde?" Das Kind schien mit Gesten oder Mimik zu antworten, denn es blieb still.

„Auch, wenn sie groß sind?" Wieder Stille.

„Na, dann komm mal mit rein."

Die Wohnzimmertür öffnete sich wieder, und Aaron schob ein etwa acht- oder neunjähriges Mädchen herein, gefolgt von Michael, dem Sanitäter aus dem Flugzeug.

„Leonie, du hast Besuch."

Neugierig ging ich auf unsere Überraschungsgäste zu. Michael schob sich schnell vor das Kind, reichte mir breit lächelnd seine Hand und sagte: „Frohe Weihnachten, Leonie. Ich hoffe, wir überfallen Sie nicht allzu sehr. Emma wollte Sie unbedingt einmal kennenlernen und hat ein kleines Geschenk für Sie."

Ich hob überrascht die Augenbrauen. „Für mich?"

Emma zupfte verlegen an meiner Hose und fragte: „Bist du die Frau, die so ist wie ich?"

Ich hockte mich vor dem Mädchen hin. „Hallo, Emma. Ich weiß nicht so recht, was du meinst. Aber eigentlich denke ich, dass niemand so sein kann wie du. Es gibt nur eine Emma, die so ist wie du, und nur eine Leonie, die so ist wie ich. Warum glaubst du, dass ich so bin wie du?"

Sie tastete hilfesuchend nach Michaels Hand, sah mich aber weiterhin an.

„Papa hat gesagt, dass er dich im Flugzeug kennen gelernt hat und dass du auch manchmal fühlst, was andere fühlen. Und dass das für dich ganz schön kompliziert war, weil du so vieles erst erfahren hast, als du schon erwachsen warst."

Ein Lächeln breitete sich in meinem Gesicht aus. „Ah, dann bist du das Mädchen, von dem dein Papa mir erzählt hat; das Mädchen mit dem tollen Kinderarzt, der schon jetzt erkannt hat, dass die Welt für dich ein bisschen anders aussieht als für die meisten anderen Kinder.

Sie nickte ernst. „Ja, und du hast zu Papa gesagt, dass er gut auf mich aufpassen soll. Und das macht er jetzt – weil du das gesagt hast. Und er bringt mir bei, wie ich auch selber auf mich aufpassen kann. Und darum habe ich ein Bild für dich gemalt."

Emma hielt mir ein aufgerolltes Blatt Papier hin, das sorgfältig mit einem Geschenkband zusammengebunden war. Ich strich ihr sanft über den Kopf und sagte: „Vielen Dank, Emma. Es freut mich, dass dein Papa so gut auf dich aufpasst."

Ich öffnete das Band und entrollte das Blatt. Sie hatte einen Wald im Hintergrund gemalt, mit Rehen und Kaninchen. Im Vordergrund gingen ein Mädchen und eine Frau spazieren. Über den Köpfen der Menschen schwebten Denkblasen, in denen sich das Bild des Waldes wiederholte. Unter den Personen standen die Namen „Emma" und „Leonie".

Gerührt nahm ich die Kleine in den Arm: „Vielen Dank, Emma, das ist sehr schön."

Eifrig versuchte sie, ihr Bild zu erklären: „Wenn wir im Wald spazieren gehen und kein anderer da ist, dann können wir den Wald so sehen, wie er ist. Aber wenn andere Menschen dabei sind, die böse oder traurig sind, dann sehen wir den Wald nicht mehr. Dann sehen wir nur noch böse oder traurig."

Dieses kleine Mädchen hatte verstanden, wofür ich Jahrzehnte gebraucht hatte. Ich nickte ihr zu.

„Du hast Recht. Dabei ist der Wald viel schöner als böse oder traurig, nicht wahr? Aber wenn es uns gelingt, uns zu entspannen, dann können wir den Wald vielleicht trotzdem sehen, auch wenn andere Menschen da sind."

„Ich weiß, aber das ist ganz schön schwierig. Darf ich dich irgendwann noch einmal besuchen, und dann üben wir das mit dem Entspannen?"

„Das ist eine ganz wunderbare Idee. Dann üben wir das zusammen. Das macht bestimmt viel mehr Spaß als alleine."

Plötzlich drehte sie sich zu Michael um. „Papa, du hast etwas vergessen. Wir haben auch ein Geschenk für Aaron." Schuldbewusst sah sie Aaron an. „Das habe ich aber nicht selber gemalt. Das haben wir nur gekauft."

Michael reichte ihr eine Geschenktasche, die sie Aaron mit etwas unglücklicher Miene hinhielt. „Wir wissen nicht, ob du das schon wieder trinken darfst. Papa hat es trotzdem gekauft. Und damit du auf jeden Fall jetzt schon etwas damit machen kannst, habe ich noch ganz viele Süßigkeiten dazugetan."

Aaron holte eine Flasche Rotwein hervor sowie Schokoladen-Weihnachtsmänner, Nougatkugeln und andere Naschereien. Er lächelte ergriffen.

„Es stimmt, den Wein sollte ich noch nicht trinken. Aber über die Süßigkeiten freue ich mich schon jetzt. Und wenn ich wieder Wein trinken darf, wird diese die erste Flasche sein, die ich öffne. Versprochen."

Er strich ihr vorsichtig über den Rücken und fügte hinzu: „Du bist ein ganz tolles Mädchen, und ich freue mich, dass ihr uns heute besucht habt. Möchtest du auch ein Geschenk?"

Sie antwortete nicht, aber sah ihn in gespannter Erwartung an. Aaron ging zum Schrank und suchte etwas in seinen Zeichnungen.

„Es ist leider nicht eingepackt, denn ich wusste nicht, dass du kommst. Ich hoffe, es gefällt dir trotzdem."

Emma nickte, noch bevor sie sich das Bild angesehen hatte. Als sie es zu sich umdrehte, wurden ihre Augen groß vor Staunen, und ihre Lippe bebte ein wenig. Ich war fasziniert, einem anderen Menschen gegenüberzustehen, der vor Glück weinte. Michael hockte sich zu ihr, zog sie sanft an seinen Körper heran und legte seinen Arm um sie, sodass er sie wie in einem schützenden Kokon hielt. Als er die Zeichnung sah, musste er selber schlucken, was dazu führte, dass Emma ihn ansah und lächelte.

Zu Aaron sagte er: „Das ist sehr, sehr schön. Wir werden einen Ehrenplatz dafür suchen, damit wir uns Ihre Hunde immer ansehen können. Vielen Dank."

Emma legte ihren Kopf schief und sah Aaron an. „Darf ich Leonie trotzdem noch einmal besuchen? Dann kann ich die Hunde in echt sehen, und ich kann mit Leonie entspannen üben."

„Das darfst du jederzeit, Emma."

Sie strahlte und legte ihm ihre kleine Hand auf die Brust, genau auf die Stelle, die verletzt war. Sie schien zu wissen, dass sie vorsichtig sein musste, denn Aaron zuckte unter ihrer Berührung nicht zusammen.

„Hoffentlich bist du bald wieder ganz gesund."

„Das hoffe ich auch, aber ich bin auf einem guten Weg."

Nachdem wir unsere Überraschungsgäste verabschiedet hatten, wollte Aaron noch einmal spazieren gehen, bevor der Heiligabend-Trubel losbrach.

„Puh, das war total süß, aber jetzt muss ich erst einmal durchatmen."

Er wirkte etwas traurig. Ich blieb stehen und legte ihm meine Arme um den Hals. Ohne Zögern ließ er seinen Kopf an meine Schulter sinken. Ich strich ihm über den Rücken, bis er meine Umarmung erwiderte. Er seufzte und gab mir einen Kuss. „Danke, Leonie. Genau das habe ich gerade gebraucht."

Ich nickte und legte meine Hand an seine Wange. „Geht es dir immer so nahe, wenn du auf Kinder triffst?"

„Nein, aber …" Er schwieg.

„Aber was?"

„Als Emma so vor mir stand, war es, als stände eine Miniatur-Ausgabe von dir da. Sie hat sich über so viele Dinge Gedanken gemacht, über die die meisten Erwachsenen niemals nachdenken würden. Und sie wusste ganz genau, mit welcher Intensität sie mich berühren durfte, ohne mir weh zu tun. Das kann ihr keiner erklärt haben. Ich hätte sie am liebsten auf den Arm genommen und da behalten."

Emma hatte ihm vor Augen geführt, was wir niemals würden haben können, und mir wurde klar, dass er noch einen langen Weg des Trauerns vor sich hatte.

„Du hast ihr gesagt, dass sie wiederkommen darf. Und bald haben wir ein Patenkind. Ich weiß, wir werden es nicht häufig sehen, solange es in Chile lebt, aber es wird dennoch da sein und irgendwie zu uns gehören."

Ich hätte gerne noch viel mehr gesagt, aber ich kannte das Gefühl des Verloren-Seins, das von ihm Besitz ergriffen hatte, und wusste, dass keine Worte der Welt dagegen ankommen würden. Er ließ seinen Blick durch den Schnee schweifen und kehrte zu mir zurück.

„Und ich habe dich. Das ist ohnehin das Wichtigste auf der Welt." Sein Kuss war so sanft wie der Flügelschlag eines Schmetterlings. Ich spürte ihn kaum, und doch erzeugte er genau in diesem Augenblick ein starkes Band zwischen uns.

Bei unserer Rückkehr zum Haus küsste er mich noch einmal, diesmal mit mehr Nachdruck. Er lächelte wieder und sagte: „Ich wünsche dir ein wunderschönes Weihnachtsfest. Und wenn es irgendwie geht, nehmen wir uns in den nächsten Tagen ein bisschen Zeit, nur für uns."

Kurze Zeit später trafen unsere Gäste ein, wobei „Gäste" wohl kaum das richtige Wort war, da jeder von ihnen etwas zu unserem Festmahl beisteuerte. Chiara brachte die Vorspeise mit, einen kleinen gemischten Salat. Lisa erschien mit der Hauptspeise: Schmorbraten mit gedünstetem Gemüse und Kartoffeln. Schließlich tauchten Elias und David auf mit Käse und Pralinen.

Während Lisa die Hauptspeise auf Warmhalteplatten stellte, richtete Chiara den Salat an.

Plötzlich klingelte es noch einmal. Aaron wollte zur Tür gehen und nachsehen, wer es war, doch Lisa kam ihm zuvor. Sie kehrte zurück mit Robert, der einen Suppentopf dabei hatte. Offensichtlich waren Michael und Emma nicht die einzigen Überraschungsgäste dieses Tages.

„Frohe Weihnachten, Leonie, frohe Weihnachten, Aaron. Ich hoffe, es ist in Ordnung, dass Lisa mich eingeladen hat. Als sie erfuhr, dass ich heute alleine sein würde, hat sie darauf bestanden, dass ich den Abend mit euch verbringe." Er zwinkerte mir zu. „Ich habe auch mein Keyboard mitgebracht. Ich bin für die musikalische Untermalung zuständig."

Aaron sah genau so überrascht aus wie ich, doch auch er freute sich über den zusätzlichen Gast. Robert verließ das Haus wieder, um sein Instrument zu holen.

Auf einmal sprang Enya aus ihrem Körbchen und flog geradezu zur Haustür. Ich hatte nicht die geringste Chance, sie an ihrem Halsband zu ergreifen und zurückzuhalten.

„Robert, Vorsicht!! Enya ist dir gefolgt!!"

Ich hoffte, dass er sie erwischen würde, und war unglaublich dankbar für die abgelegene Lage dieses Hauses, sodass sie wohl kaum überfahren werden konnte. Enya gab quietschende Töne von sich, die meinen Atem zum Stocken brachten. Aaron sah, dass ich in Panik zu geraten drohte, und legte mir seinen Arm um die Schulter.

„Ganz ruhig, Leonie, es ist alles gut. Warte nur ab."

Ich wollte Enya hinterherlaufen, doch er hielt mich zurück. Und dann hörte ich es: Lachen, das sich mit Weinen abzuwechseln schien, und immer wieder die Worte „Enya, mein Schatz, mein Mäuschen".

Nun gab Aaron mich frei, und ungläubig folgte ich Enya in den Vorgarten. Dort standen Hannah und Daniel, beziehungsweise Hannah hockte am Boden und versuchte, gegen die Liebesbezeugungen ihrer Hündin anzukommen, während Daniel gewisse Schwierigkeiten damit hatte, im Schnee mit seinen Krücken das Gleichgewicht zu halten.

Vermutlich quiekte ich so ähnlich wie Enya: „Hannah, Daniel, was macht ihr hier?"

Da Hannah immer noch mit Enya beschäftigt war, ging ich zu Daniel und umarmte ihn. „Daniel, wie schön, dass ihr hier seid."

„Frohe Weihnachten, Leonie."

Auch Aaron umarmte Daniel. Dann legte er ihm vorsichtig die Hand auf den Rücken und sagte: „Komm lieber herein. Schnee und Krücken sind keine gute Kombination."

Endlich erwischte ich Enya am Halsband, und Hannah konnte aufstehen. Sie fiel mir um den Hals, als hätten wir uns seit Jahren nicht gesehen.

„Ach, Leonie, ich freue mich so, euch zu sehen. Geht es euch gut?"

Ich strahlte. „Ja, es geht uns gut. Und euch? Was macht ihr hier? Wie kommt ihr hierher?"

Sie grinste: „Mit dem Flugzeug", und ich boxte ihr spielerisch in die Seite. „Na, auf die Idee wäre ich im Leben nicht gekommen. Was macht ihr hier?"

„Weihnachten mit euch feiern, Daniels Eltern in München besuchen, meine Wohnung auflösen – all solche Dinge eben."

Vermutlich tat ich so manchem Weihnachtsfest in Kindertagen damit Unrecht, aber es fühlte sich so an, als sei dieses erste Weihnachten mit Aaron das schönste meines Lebens. Wir waren umgeben von Menschen, die uns am Herzen lagen, und durch die vielleicht etwas unkonventionelle Art der Organisation konnte jeder dem Tag entspannt entgegensehen.

David übernahm die Aufgabe des Kellnerns, und ich fragte mich, ob das so geplant war, oder er auf diese Weise einer gewissen Verlegenheit entgehen wollte. Auf jeden Fall schien er sich in dieser Rolle wohl zu fühlen und trug er maßgeblich zum Gelingen des Abends bei. Er war ein genauer Beobachter, dem nie entging, wenn irgendwo etwas fehlte oder jemand etwas brauchte. Im Hintergrund lief ganz leise Weihnachtsmusik.

Wir unterhielten uns angeregt, besonders über Daniels und Hannahs Pläne. Sie würden schon am nächsten Tag nach München fliegen, wo Daniels Eltern eine Ferienwohnung besaßen, in der sie die Tage zwischen den Jahren verbrachten. Nach Neujahr wollten sie in Krefeld Hannahs Wohnung auflösen, und anschließend für ein paar Tage nach Münster zurückkehren, ehe sie wieder nach Chile zurückmussten. Es stimmte mich ein wenig traurig, dass ich Hannah auf diese Weise kaum sehen würde, aber andererseits war ihr Besuch eine einzige, große Überraschung, über die ich mich sehr freute. Es gab allerdings einen möglichen Wermutstropfen, den ich auf der Stelle klären wollte.

Ich stieß sie zögerlich am Arm an und fragte: „Hannah, was wird eigentlich aus Enya? Willst du sie mitnehmen, wenn ihr wieder zurückfliegt?" Ich wagte kaum, zu atmen, aus Angst, dass genau das ihr Plan sein könnte, und auch Aaron sah mit gespannter Erwartung zu Hannah. Offensichtlich war allen bewusst, wie wichtig uns diese Frage war, denn plötzlich hörte man nur noch die leise Musik.

Hannah sah verwirrt von einem zum anderen und musterte uns genau. Ein feines Lächeln schlich sich in ihr Gesicht, als sie sagte: „Man könnte meinen, ihr möchtet sie behalten." Ich presste die Lippen zusammen und deutete ein Nicken an. Sie drehte sich Aaron zu: „Und du, würdest du sie auch gerne hier behalten?" Er atmete tief ein und sagte: „Sie ist dein Hund, und ich könnte es gut verstehen, wenn du sie mitnehmen würdest. Ich an deiner Stelle würde das wahrscheinlich tun. Aber, wenn du fragst, ob wir

sie gerne behalten würden ..." Er griff nach meiner Hand. „...
dann kann ich nur sagen, dass wir uns darüber sehr freuen
würden. Ich habe sie sehr ins Herz geschlossen und würde sie nur
ungerne ziehen lassen."

Sie tauschte einen Blick mit Daniel aus, dann umarmte sie
mich spontan. „Ich weiß, dass man so etwas nicht machen sollte,
aber ich schenke sie euch. Sie ist sozusagen unser
Weihnachtsgeschenk an euch. Ich würde ihr diese lange Reise
gerne ersparen, und in Chile hätten wir nicht wirklich die
erforderliche Zeit für sie. Sie könnte natürlich mit den anderen
Hunden und den Pferden auf der Farm herumlaufen, aber sie ist
ein ganz anderes Leben gewöhnt. Ich glaube nicht, dass sie sich
dort wirklich wohl fühlen würde. Bei euch hingegen ist sie
glücklich und zufrieden." Bei diesen Worten tätschelte sie Enya
den Kopf.

Ich war so erleichtert, dass ich keine Worte fand. Doch Aaron
versprach: „Wir werden sehr gut auf sie aufpassen."

Zusammen mit David räumte ich den Tisch ab. Wir befüllten die
Spülmaschine und stellten Käse und Pralinen auf den Tisch.
Robert ging zum Keyboard und begann, Weihnachtslieder zu
spielen. Ich bedauerte ein wenig, dass wir im Wohnzimmer kein
Klavier hatten, aber er konnte auch dem Keyboard wunderbare
Töne entlocken. Sein Spiel sorgte dafür, dass wir unsere
Unterhaltung leiser fortführten und zeitweise sogar ganz
unterbrachen.

In einer solchen Pause nahm Chiara einen Stuhl und setzte sich
zu Robert ans Keyboard. Er war verwirrt und zögerte kurz, doch
als sie ihre Finger auf die Tasten legte, lächelte er und nickte ihr
zu. Man merkte, dass die beiden noch nie zusammen gespielt
hatten. Sie tasteten sich langsam an die Bewegungen des jeweils
anderen heran. Allmählich jedoch verschmolzen sie zu einer
Einheit, als hätten sie nie anders gespielt als miteinander.

Unsere Gespräche verstummten, und wir hörten ihnen gebannt zu. Als sie schließlich fertig waren, schenkte Robert Chiara ein warmes Lächeln. Er sah ihr in die Augen und schien dort etwas zu sehen, was uns verborgen blieb.

Er wandte sich uns zu und sagte: „Ich danke euch für einen wunderschönen Abend, und dir, Chiara, für die charmante Begleitung. Jetzt muss ich euch allerdings bald verlassen. Ich spiele gleich in der Christmette die Orgel. Ihr möchtet nicht zufällig mitgehen?"

Chiara und Lisa schlossen sich ihm an. Auch Hannah und Daniel verabschiedeten sich, da sie am nächsten Tag wieder früh am Flughafen würden sein müssen. Elias und David halfen mir, aufzuräumen. Als wir ins Wohnzimmer zurückkehrten, hatte Aaron wieder leise Musik angemacht.

Ich setzte mich zu ihm und genoss das vertraute Gefühl seines Körpers, während er sanft mein Bein streichelte. David fühlte sich in dieser Situation unbehaglich, und ich wollte gerade etwas Distanz zwischen Aaron und mir schaffen, um ihn zu helfen, als Elias seine Hand ergriff und ihn zaghaft zu sich heranzog. Seine Augen widerspiegelten die Gefühle, die er David entgegenbrachte, und er sagte: „Komm, setz dich zu mir, es ist alles gut."

David warf uns unsichere Blicke zu und wäre wohl am liebsten geflüchtet. Doch Aaron lächelte ihm aufmunternd zu, und er gab Elias' Griff nach. Es dauerte eine ganze Weile, bis es ihm gelang, sich zu entspannen. Schließlich jedoch hielt er Elias im Arm, ganz so wie Aaron mich. Und irgendwann freute er sich einfach über eine der wenigen Gelegenheiten zu dieser Nähe, die sich ihm außerhalb der eigenen Wohnung boten.

Wir unterhielten uns noch eine Weile über den vergangenen Tag sowie über die Vorbereitungen zu diesem gelungenen Fest, bis deutlich wurde, dass die letzten Stunden Aaron einiges abverlangt hatten. Es war David, der sagte: „Aaron, es war ein langer und anstrengender Tag für dich. Für Leonie wahrscheinlich auch. Es war unglaublich schön bei euch. Vielen Dank dafür. Besucht uns einmal, wenn ihr Lust dazu habt. Aber ich glaube, jetzt braucht ihr ein bisschen Zeit für euch. Ihr solltet schlafen gehen."

Als Aaron ihm ohne Murren zustimmte, war mir klar, dass er wirklich erschöpft sein musste.

Den nächsten Tag verbrachten wir vollkommen zwanglos und endlich einmal wieder nur zu zweit. Als ich aufwachte, hatte Aaron schon den Frühstückstisch gedeckt. Mittlerweile hatte er sich an den Gips gewöhnt und konnte er die allermeisten Dinge ohne Hilfe tun. Er überraschte mich mit einem Hefezopf, gekochten Eiern und anderen leckeren Dingen.

Nach dem Frühstück machten wir einen langen Spaziergang um den Aasee, den wir an diesem Tag ganz für uns alleine zu haben schienen. Trotz der Kälte hatten wir viel Spaß. Ich baute einen Schneemann und einen Schneehund, während Aaron mir spielerisch die Anweisungen zurief und Enya und Lucky sich darum bemühten, mir zu helfen, indem sie meine Schneekugeln zu fressen versuchten.

Erschöpft und glücklich kehrten wir nach Hause zurück, wo wir die Reste vom Vorabend aufwärmten und so zu einem zweiten Weihnachtsmenü kamen. Anschließend machte Aaron uns einen Espresso, und ich setzte mich mit Lucky und Enya ins Wohnzimmer. Zusammen mit dem Espresso brachte Aaron mir ein Päckchen mit, das etwa die Größe eines DIN A4-Blattes hatte, jedoch dicker war.

„Ich habe noch etwas für dich. Lisa hat es mir gegeben, weil wir gestern ohne Geschenke gefeiert haben. Sie meinte, sie hätte es gefunden, und du müsstest es unbedingt bekommen."

Neugierig griff ich nach dem Päckchen. „Was ist es?"

„Das hat sie nicht gesagt. Nur, dass ich es dir heute Nachmittag geben soll."

Er sah mir zu, wie ich sorgfältig das Geschenkband löste und das Papier entfernte. Mittlerweile war mir klar, dass es ein Buch enthielt.

„Ein Kinderbuch?" Aarons Stimme drückte Erstaunen aus.

Ich war zutiefst gerührt, als ich begriff, was ich da in Händen hielt.

„Was ist das?"

„Das – ist das Buch, aus dem mein Vater mir immer vorgelesen hat. Lisa muss es irgendwo gefunden und es aufgehoben haben."

Er sah mir über die Schulter, um den Titel lesen zu können. „Das hässliche Entlein? Aber warum?"

„Kennst du das Märchen?"

„Nicht sehr gut. Es geht um eine kleine Ente, die von den anderen ausgestoßen wird, glaube ich. Für mich klingt das unendlich traurig. Ich habe immer gedacht, dass ich diese Geschichte meinem Kind niemals vorlesen würde."

Ich blätterte durch das Buch und konnte fast die Stimme meines Vaters hören, wie er mir das Märchen wieder und wieder vorlas.

„Komm, schau es dir an."

Abwechselnd lasen wir einander Teile vor. Verwundert stellte Aaron fest: „Es war gar keine kleine Ente, es war ein Schwan. Das arme Tierchen, es hat gedacht, es sei hässlich, obwohl es im Grunde auf dem Weg war, wunderschön zu werden."

„Verstehst du jetzt?"

Er überlegte. „Ich verstehe, dass das Märchen nicht ganz so schrecklich ist, wie ich immer dachte. Letzten Endes hat es ein Happy End. Trotzdem verstehe ich nicht, warum ausgerechnet dics dein Lieblingsmärchen war."

„Wirklich nicht?"

Ratlos schüttelte er den Kopf, doch dann begriff er. „Du hast dich mit dem Entlein identifiziert. Du hast dich unverstanden und ausgestoßen gefühlt. Ach, Leonie." Er legte das Buch beiseite und nahm mich in die Arme.

„Hast du auch darüber nachgedacht, wegzulaufen?"

„Mehr als einmal. Ich hatte sogar einen genauen Plan, den ich allerdings nie ausgeführt habe. Aber vor allem habe ich mir immer gewünscht, eines Tages aufzuwachen, so wie das Entlein, und zum Schwan zu werden. Ich habe davon geträumt, irgendwann Menschen zu finden, die mich verstehen und mögen, so wie ich bin.

Aaron hielt mich lange im Arm und streichelte mich sanft. Ganz leise fragte er: „Und? Hast du sie gefunden, deine Schwanenfamilie?"

Er hielt den Atem an. Langsam hob ich den Kopf. Ich blickte ihn an und sah in seinen Augen, dass ich sie tatsächlich endlich gefunden hatte. Ihre Mitglieder hatten keine Flügel oder Federn, aber sie liebten mich – und ich liebte sie.